ro
ro
ro

Lena Wolf ist das Pseudonym einer erfolgreichen deutschen Autorin. Im Gegensatz zu ihrer Protagonistin fährt sie durchaus gerne mit ihrem Mann und ihrer Mutter gemeinsam in den Urlaub. Am liebsten nach Südfrankreich.

Mehr zu diesem Buch unter: www.lenaswolf.de

Lena Wolf

Sommer mit Aussicht

Roman

Rowohlt Taschenbuch Verlag

Originalausgabe
Veröffentlicht im Rowohlt Taschenbuch Verlag,
Reinbek bei Hamburg, Juni 2018

Umschlaggestaltung FAVORITBUERO, München
Umschlagabbildung Yoko Nakamura / Getty Images; elyaka / fotolia.com
Satz aus der DTL Dorian ST
bei Pinkuin Satz und Datentechnik, Berlin
Druck und Bindung CPI books GmbH, Leck, Germany
ISBN 978 3 499 29132 6

1

Alles andere als eine normale Urlaubsreise

Können wir bitte kurz anhalten, ich müsste auf die 17.» Der Zeigefinger meiner Mutter schiebt sich von hinten über meine Schulter und deutet auf ein unscheinbares Autobahnschild mit der Aufschrift «Mühlbuch», das den nächsten Rastplatz ankündigt.

Jetzt schon?, denke ich und werfe einen verstohlenen Blick auf meine Armbanduhr. Gerade mal 14 Uhr. Vor etwa eineinhalb Stunden haben wir ihre Wohnung bei Bad Kissingen verlassen, und sie war doch kurz vor der Abfahrt noch mal auf dem Örtchen. Wie kann es sein, dass sie jetzt schon wieder muss?

«Auf die 17?» Stefan schnaubt, halb amüsiert, halb gequält, während seine Hände sich um das Lenkrad krampfen, als wäre es Mamas Luftröhre. Im Laufe der Jahre hat er sich an die manchmal etwas gestelzte Ausdrucksweise meiner Mutter gewöhnt. Nichtsdestotrotz durchkreuzt sie mit ihrem Wunsch mal wieder seine Pläne. «Okay …», ruft er nach hinten und sucht im Rückspiegel Mamas Augen. «Wenn es unbedingt sein muss.» Stefan mag seine Schwiegermutter, aber er hasst es, unterwegs spontan zu halten. Tatsächlich geht er jetzt ein wenig vom Gas, bleibt aber auf der mittleren Spur und *schwupp* … fliegt das Schild an uns vorbei.

Ich halte kurz die Luft an. Wenn das so weitergeht, wird dies ein Familienausflug mit tragischem Ausgang. Ich lese bereits die Schlagzeile: *Todesfalle Rasthaus-Klo. Familiendrama an der Autobahn. Wie gut kennen Sie Ihre Angehörigen wirklich?* Ich kneife die Augen zusammen und mustere Stefan, als sähe ich ihn zum ersten Mal. Dass er Anfang des Jahres vierzig geworden ist, würde man nicht vermuten. Seine Gesichtszüge sind noch immer jugendlich und seine Haut für einen Mann erstaunlich makellos. Und sie ist leicht gebräunt, wie nach ausgiebigen Strandspaziergängen bei milder Frühlingssonne. Dabei geht er in Wirklichkeit nie spazieren, als Unternehmensberater fehlt ihm dafür schlichtweg die Zeit. Gerade erst hat er sich gemeinsam mit einem Kollegen selbständig gemacht, leitet nun Managerseminare sowie Einzel- und Gruppencoachings. Außerdem berät er Start-up-Firmen in der Gründungsphase und arbeitet im Grunde rund um die Uhr. Ein paar Denkfalten haben sich neuerdings auf seiner Stirn eingegraben, und vereinzelte Strähnen seines kurzen, blonden Haares schimmern silbrig, wenn er wie jetzt den Kopf zur Seite neigt.

«Kannst du es noch ein wenig aushalten, Elisabeth?» Im Spiegel zwinkert er ihr entschuldigend zu. «Aber wenn wir später noch etwas vom Abend haben möchten, sollten wir so wenig Pausen wie möglich einlegen. Ich schlage deshalb vor ...» Er tippt auf dem Display seines Navigationsgerätes herum, erreicht damit aber nur, dass der Wagen zur Seite ausbricht und gefährlich schlingert.

Mama und ich stoßen einen spitzen Schrei aus. Sofort reißt Stefan das Lenkrad zurück. «Verdammt!» Aus den Denkfalten auf seiner Stirn sind zwei tiefe Furchen geworden. Einen Moment konzentriert er sich auf den Verkehr, dann wandert sein Blick erneut zum Routenplaner. «Ich schlage also vor», greift er seinen Satz wieder auf, «noch etwas weiter zu fahren. Wenn alles nach Plan läuft, erreichen wir unser Zwischenziel in der Schweiz voraussichtlich gegen 18 Uhr.»

Meine Mutter tut, als habe sie die Worte nicht gehört, aber

natürlich will sie Stefan durch ihr Schweigen klarmachen, was sie von seinem Vorschlag hält: nichts.

Ich rutsche ein wenig tiefer in den Beifahrersitz und beobachte sie verstohlen im Außenspiegel. Mama hat ihre Lippen gekräuselt und blinzelt mit zusammengekniffenen Augen angestrengt aus dem Seitenfenster. Sonnenlicht spielt in ihren kurzen, leicht lockigen Haaren, und ich überlege, seit wann sie diesen zarten Blaustich trägt. Er ist … nun ja … *gewöhnungsbedürftig*. Meine Mutter schaut nach unten, wickelt ihren Zeigefinger in ein Taschentuch und beginnt, sich damit Stirn und Schläfen abzutupfen. Ein wenig gestresst sieht sie aus, und ich ahne, was in ihr vorgeht. Sie gehört einer Generation an, in der man bestimmte Dinge nicht in der Öffentlichkeit diskutiert, erst recht nicht mit einem Mann. Denn auch wenn es sich bei diesem Mann um ihren geliebten Schwiegersohn handelt, würde sie vermutlich eher den Rest der Strecke zu Fuß marschieren, als das Thema ihrer vollen Blase weiter zu vertiefen.

Ich grübele, ob ich etwas sagen kann, das die Situation entkrampft, doch ich fürchte, dadurch alles nur schlimmer zu machen. Diese Reise wird kompliziert genug, und wir sollten alles, das nicht zwingend diskutiert werden muss, besser umschiffen. Zum Glück scheint das auch meiner Mutter klar zu sein. Mit einem Ruck richte ich mich auf und schaue nach vorn aus dem Fenster. Immerhin spielt das Wetter mit. Schon heute Vormittag, als Stefan und ich in Frankfurt aufgebrochen sind, blitzte die Sonne strahlend und klar über den Dächern hervor. Inzwischen steht sie beinahe im Zenit und spiegelt sich auf unserer dunklen Motorhaube, als wolle sie sich vergewissern, dass keine Wolken ihren Auftritt trüben.

«Dass ich schon wieder auf die Toilette muss, liegt an den Entwässerungstabletten, die mir der Arzt verschrieben hat.» Auf der Rückbank hat meine Mutter nun offenbar doch beschlossen, das Thema noch einmal aufzugreifen. In ihrem Tonfall schwingt Trotz mit. «Außerdem bin ich beinahe neunzig. In diesem Alter muss man dankbar sein, wenn sich der Harndrang noch ankündigt.»

So viel zum Schamgefühl ihrer Generation. Stefan und ich tauschen einen verstörten Blick aus. Während er sich daraufhin kopfschüttelnd dem Verkehr widmet, drehe ich mich nach hinten und sage: «Mama, du bist siebenundsiebzig. Das ist von neunzig noch ziemlich weit entfernt.»

Meine Mutter zieht ihre Brauen in die Höhe. «Nichts macht so alt wie der ständige Versuch, jung zu bleiben», sagt sie pathetisch, und ihre wachen Augen funkeln mich vielsagend an.

Ich weiß nicht, was ich darauf sagen soll. Sprüche dieser Art begleiten mich schon mein Leben lang, allerdings habe ich das Gefühl, dass diese Marotte von Jahr zu Jahr schlimmer wird. Falls das überhaupt möglich ist. Resigniert drehe ich mich nach vorn und atme einmal tief durch.

Plötzlich werde ich mit Wucht gegen den Gurt gedrückt. Stefan hat einen Kleintransporter überholt und gleich darauf einen rasanten Schlenker auf die rechte Fahrbahn gemacht. «Also gut», sagt er in gnädigem Tonfall. «Wir halten. Kurz. Ich würde allerdings vorschlagen, dass wir während der Pause auch eine Kleinigkeit zu Mittag essen. Plug and play.» Er setzt den Blinker. Ein leises Klick-Klack, Klick-Klack ertönt, schon sind wir auf die Ausfahrt abgebogen.

Plug and play? Redet er so in seinen Seminaren?

Meine Mutter stört sich nicht an Stefans Managerjargon, im Gegenteil. Als Zeichen ihrer Zustimmung schiebt sie stumm den nach oben gereckten Daumen vor und lässt ihn neben meinem Gesicht auf und ab wandern. Ich erhasche einen Blick auf ihren Handrücken und staune, wie viele hell- und dunkelbraune Flecken sich dort tummeln. Die Adern treten blassgrün hervor und zeichnen unter der Haut ein erhabenes Muster. *Mama wird alt.* Die plötzliche Erkenntnis versetzt mir einen Stich. Am Telefon hat ihre Stimme noch immer denselben festen Klang, den ich von früher kenne, sodass in meinem Kopf die Zeit stehengeblieben ist. Doch stattdessen scheint sie förmlich gerannt zu sein.

Meine Mutter und ich haben uns in letzter Zeit kaum gesehen. Es ergab sich einfach nicht. Bei meiner Arbeit war die Hölle los, dazu unsere geographische Entfernung und dann … tja … diese dumme Sache, wegen der es zu den vielen Notlügen kam. Eigentlich kein großes Ding, wirklich nicht. Wenn ich nur wüsste, wie ich es aus der Welt räumen soll.

Mama wird ausflippen.

Nicht dran denken. Nicht jetzt.

«Habt ihr Kleingeld?» Stefan lenkt den Wagen an der Tankstelle vorbei in Richtung Raststätte. Er schaltet den Routenplaner auf Stand-by und manövriert uns in eine Parklücke.

«Ja», antworten meine Mutter und ich synchron und greifen nach unseren Handtaschen. Die Pause kommt mir sehr gelegen, allerdings aus einem anderen Grund als dem, der meiner Familie vorschwebt. «Geht ihr ruhig schon mal essen», sage ich leise und so beiläufig wie möglich zu Stefan, «ich muss kurz beruflich telefonieren und komme anschließend nach.»

«Muss das sein, Liebes?» Mama hat meine Worte gehört und kommentiert, ehe Stefan auch nur den Mund aufmachen kann. «Du hast doch jetzt Ferien!»

Ich schlucke den Kommentar, der mir dazu auf der Zunge liegt, schnell hinunter. Egal was ich sage, meine Mutter würde meine Argumente nicht gelten lassen. Dabei ist es so simpel: Ich liebe meinen Job. Als Eventmanagerin für den Frankfurter Megastore LUX14 erforsche ich Trends, plane Veranstaltungen, halte den Kontakt zu Künstlern und deren Management. Klar, dass ich dafür rund um die Uhr erreichbar sein und auch mal außerhalb der Bürozeiten telefonieren muss. Beruf und Freizeit lassen sich ohnehin meist gar nicht klar voneinander trennen, aber das stört mich nicht. Im Gegenteil. Ich mag es, wenn sich meine Tage kunterbunt und abwechslungsreich gestalten. Wer mir das Smartphone verbietet, kann mich auch gleich erschießen.

Doch allein schon die Tatsache, dass ich meiner Arbeit nicht ausschließlich am Schreibtisch nachgehe, wirkt auf meine Mutter absolut unseriös. Sie selbst hat früher als Buchhalterin für einen kleinen Musik-Fachverlag gearbeitet. Ein klassischer Bürojob mit geregelten Arbeits- und Urlaubszeiten. So und nicht anders funktioniert das Leben in ihren Augen.

«Niemand, den ich sonst kenne, hängt derart viel am Telefon wie du», kommt es prompt von hinten. «Und jetzt auch noch während des Urlaubs ...» Ich spüre ihren vorwurfsvollen Blick ein Loch in meinen Rücken brennen.

«Dies ist ja wohl alles andere als eine normale Urlaubsreise», lasse ich mich nun doch zu einem Kommentar hinreißen. Es klingt patziger, als es beabsichtigt war, und ich schaue meine Mutter nicht an, damit sie nicht an meinen Augen abliest, wie wütend mich ihre Kritik macht.

Stattdessen starre ich geradeaus durch die Frontscheibe und beobachte eine kleine Familie, Mutter, Vater und zwei Jungen, wie sie lachend zu ihrem Auto schlendern. Die Kinder essen Eis und haben ihre freie Hand jeweils in die eines Elternteils gelegt. Mein Magen zieht sich zusammen. Wie so ziemlich jedes Mal, wenn ich an den wahren Grund für diese Reise denke.

«Ich wollte damit nur sagen, dass du auf jeden Fall etwas essen solltest», protestiert meine Mutter. «Wie ich dich kenne, hast du noch nicht einmal gefrühstückt. Bald klappern deine Knochen gegeneinander.»

Das sagt die Richtige, denke ich, behalte es aber für mich. In ihrem zweiteiligen Kostüm, das entfernt an Coco Chanel erinnert, sieht Mama so schmal und dünn aus, als könne die nächste Windbö sie umpusten.

«Ich habe sehr wohl etwas gegessen», rechtfertige ich mich

lahm. Ich weiß, das Gerede macht keinen Sinn. Mein Argument, dass ich zwar schlank, aber keinesfalls dünn bin und dass die Gefahr, vom Fleisch zu fallen, bei mir nicht besteht, würde an meiner Mutter abprallen wie Regen von einem Schirm.

«Sag doch auch mal was dazu, Stefan», fordert sie ihren Schwiegersohn auf, ihr beizustehen. «Du kannst unmöglich wollen, dass deine Frau zum Knochengerüst abmagert.» Beiläufig kramt sie ein silbernes Puderdöschen aus ihrer überdimensionalen Handtasche, lässt es aufschnappen und begutachtet sorgfältig ihr Spiegelbild.

Ich schiele zu Stefan und signalisiere ihm durch wildes Augenplinkern: *Halt dich zurück, sonst wird alles noch schlimmer.* Doch er sieht an mir vorbei, greift sich das Bedienteil des Radios und versucht, es im Handschuhfach zu verstauen. Geräuschvoll hantiert er mit dem sperrigen Inhalt des Fachs, um die Klappe zu schließen. Nebenbei bemerkt er: «Mach dir keine Sorgen, Elisabeth, ich passe auf, dass Luisa nicht ihre schönen Kurven einbüßt.» Mit Wucht startet er einen erneuten Versuch, das Schloss einschnappen zu lassen. Doch ein Kabel baumelt heraus und vereitelt sein Vorhaben.

Meine Kurven? Hat er mich mal angesehen? Von welchen Kurven redet er?

Während Stefan sich weiter mit dem Fach abmüht, klingelt auf der Rückbank das Handy meiner Mutter. Udo Jürgens singt *Ich weiß, was ich will.* Dumpf dudelt es aus den Tiefen ihrer Tasche, und ich kann hören, wie Mama bei ihrer Suche immer hektischer wird. Etliche Reißverschlüsse werden auf- und zugezogen, die Musik wird lauter, doch in der enormen Tasche mit ihren schätzungsweise achtzehn Fächern scheint Udo verlorengegangen zu sein. In eindrucksvoller Lautstärke trällert er weiter, was Stefan offenbar zu Höchstleistungen anspornt. Endlich knallt das Handschuhfach zu, er lässt sich erleichtert zurück in seinen Sitz fallen und lächelt mich an. Sein Blick wird weich. *Ich weiß, was ich will*, singt Udo, *ich will dich fühlen, wenn der Morgen erwacht. Mit dir den Tag verbringen bis in die Nacht …*

In Stefans blauen Augen blitzt ein heller Schein auf. Ein Funkeln. Mir scheint, als warte er darauf, dass ich etwas sage.

«Ich … ähm …» Tatsächlich liegt mir gerade einiges auf der Zunge, nicht nur die Frage, was der Spruch mit den Kurven zu bedeuten hat. Doch als ich sehe, dass Stefans Lippen tonlos den Text mitsprechen, als sei er eine an mich gerichtete Botschaft, bleiben mir die Worte im Halse stecken.

… und glauben, nirgends ist ein Ende in Sicht, nein, für uns nicht …

Stefans Augen bohren sich in meine. Verlegen knispele ich an meinen Nägeln und fühle, wie ich eine Gänsehaut bekomme.

Mir ist die Situation unangenehm, und ich würde sie liebend gern überspielen, zum Beispiel indem ich ihn frage, warum er mich so ansieht. *Jetzt, wo er doch Conni hat.*

Aber das ist ein Thema, das ich unter keinen Umständen erwähnen sollte, wenn meine Mutter in Hörweite sitzt. Prüfend drehe ich mich zu ihr um. Sie hat jetzt das Handy am Ohr, nickt in regelmäßigen Abständen und studiert nebenbei einen zerknitterten Zettel, den sie aus den Tiefen der Tasche gezogen haben muss. Doch auch wenn es gerade den Anschein hat, dass sie in ihr Telefonat vertieft ist und hochkonzentriert den Einnahmeplan irgendwelcher Pillen vor sich hinmurmelt, weiß ich nur zu gut, dass ihr von meiner Unterhaltung mit Stefan kein Sterbenswort entgehen würde. Ihre Ohren können überall gleichzeitig Gesprächsfetzen aufschnappen. Jede noch so knappe oder verschlüsselte Äußerung wird von ihr aufgesaugt, unter den graublauen Locken zwischengespeichert und zur nächstbesten Gelegenheit hervorgeholt und analysiert.

Ich kapituliere, schlucke meine Frage schweren Herzens hinunter und schaue wieder zu Stefan.

«Ich weiß, was ich will», singt er ganz leise und jetzt ohne Udos Begleitung. Sein Blick ist so intensiv, dass ich spüre, wie mein Herz absurderweise ein wenig schneller zu klopfen beginnt. Einen Moment schaffe ich es, ihm in die Augen zu sehen, dann *muss* ich mich abwenden. Mit dem Kopf voran tauche ich in den Fußraum und beginne geschäftig in meiner Tasche zu kramen.

«Und was ist mit den länglichen Pillen, soll ich die teilen?», höre ich meine Mutter dumpf auf der Rückbank ins Telefon fragen. «Wie bitte – weglassen?» Sie klingt entsetzt.

Unbeirrt hänge ich weiter mit dem Oberkörper über meinen Beinen und versuche, etwas ganz anderes zu verstehen, nämlich was sich zwischen Stefan und mir gerade abspielt. Was ist auf einmal mit ihm los? Flirtet er mit mir? Das kann ja wohl kaum sein, schließlich …

«Luisa, ist alles in Ordnung?», fragt Stefan besorgt.

«Ja … Natürlich! Ich suche nur mein … Notizbuch.» Tatsächlich taste ich zwischen all meinen Sachen nach dem kleinen schwarzen Büchlein, das ich gleich zum Telefonieren benötige. Vollkommen unzeitgemäß, so ein Heftchen, und dass das Teil so zerfleddert aussieht, macht auf Kunden manchmal einen eigentümlichen Eindruck. Aber ich kann nicht anders. Ich hänge an dem Buch, es ist mein ständiger Begleiter, dem ich alles anvertraue – von neuen Kontaktdaten über spontane Ideen bis hin zu Aufzeichnungen, die ich mir beim Telefonieren mache. Ein Stück Nostalgie, das ich mir sorgsam bewahre. «Ich … hab's gleich.»

Als ich in Zeitlupe endlich aus dem Fußraum auftauche, lächelt Stefan mich schon wieder an. Viele kleine Fältchen legen sich um seine Augen, wie ein perfekter, maßgefertigter Rahmen. Hoppla, denke ich. Wie viele es auf einmal sind. Können die alle im letzten halben Jahr entstanden sein?

«Manche Dinge ändern sich nie», sagt Stefan amüsiert und streicht mit seinen Fingern sanft über meine Hand, in der ich das Notizbüchlein halte. «Gut zu wissen.»

«Tja ...», ich räuspere mich. Plötzlich habe ich einen fetten Kloß im Hals. Was total albern ist, Stefan ist schließlich mein Ehemann. Noch jedenfalls. Ich trage seinen Ring, und wir besitzen ein gemeinsames Haus. Es gibt somit keinen Grund, aufgeregt zu sein. *Theoretisch.* Schnell ziehe ich meine Hand unter seiner weg. «Wollen wir ... jetzt mal aussteigen?»

Herrje, was ist nur mit mir los? Wieso bringen mich seine Aufmerksamkeiten so durcheinander?

Übersprungsartig schaue ich zu meiner Mutter nach hinten, die gerade ihr Gespräch beendet.

«Wiederhören, Frau Zink», verabschiedet sie sich. «Vielen Dank für Ihren Anruf. Und grüßen Sie bitte den Herrn Doktor von mir.» Sie hat kaum aufgelegt, da schaut sie ungeduldig von mir zu Stefan. «Können wir dann jetzt endlich? Die 17 wartet!»

Während meine Mutter und Stefan auf die gläserne Eingangstür der Raststätte zueilen, schlendere ich zu dem Rasenstück hinter den Parkplätzen. In die Mitte der Grünfläche wurde vor nicht allzu langer Zeit ein Vogelbeerbaum gepflanzt. So wie er da steht, einsam und schutzlos in der Sonne, tut mir der junge Baum fast leid. Versonnen streiche ich über die grüngraue Rinde des dünnen Stammes und atme ein paar Mal tief durch. Die Luft ist herrlich. Sommerlich warm und sie duftet blumig, trotz der nahe gelegenen Tankstelle und der Autobahn. Eine milde Brise streift meine nackten Oberarme. Ich recke das Gesicht gen Himmel und fühle, wie die wärmenden Sonnenstrahlen ein wohliges Kribbeln auf meiner Haut erzeugen. Doch innerlich will mir nicht recht warm werden.

Auf meinem Handy scrolle ich durch die zuletzt gewählten Nummern, tippe die von Janosch an und höre es kurz darauf in der Leitung rauschen. Irgendwann ertönt ein fremdes Tuten.

Drei Mal, dann springt die Mailbox an. Auf Englisch erklärt mein ehemaliger Assistent zurzeit nicht erreichbar zu sein. Wie so oft. Ich bin enttäuscht. Seit Janosch vor einem halben Jahr bei LUX14 gekündigt hat, um sich in London als Trendscout selbständig zu machen, erreiche ich ihn kaum noch. Trotzdem sind wir heute fast enger befreundet als während unserer gemeinsamen Zeit in Frankfurt. Die Technik macht es möglich. Beinahe täglich schicken wir uns Kurznachrichten oder Fotos und bleiben über Instagram und Facebook im Leben des anderen auf dem Laufenden. Heute muss ich ihn aber dringend persönlich sprechen. «Hi, Jano, ich bin's, Luisa», beginne ich und gerate ins Stocken, als ich merke, wie angespannt sich meine Stimme anhört. «Hast du die Nummer von Yves Rusco rausgekriegt? Bitte melde dich, es geht um …» Ich breche ab. Obwohl wir uns so nahestehen, habe ich ihm den Grund für mein Anliegen bislang verschwiegen. Warum, weiß ich gar nicht. Vielleicht, weil ich mir einbilde, dass, je weniger ich über das Thema rede, meine Chancen auf ein Wunder steigen. «Es ist extrem wichtig», beende ich zügig den Satz und lege auf, ehe ich ihm doch noch von dem Schlamassel erzähle, in dem ich gerade stecke.

2

Salamipizza und Sanifair-Toilette

Bereits beim Betreten der Raststätte, noch im überhitzten Eingangsbereich, bereue ich es, nicht draußen auf meine Familie gewartet zu haben. Im Gegensatz zur frischen Sommerbrise schlägt mir hier drinnen eine Geruchsmischung aus Frittierfett, Kurzgebratenem und etwas undefinierbar Säuerlichem entgegen. Ich halte die Luft an, während ich im gut gefüllten Speiseraum nach meiner Mutter und Stefan Ausschau halte. Um mich herum werden fettig glänzende Essensberge, vor allem Pommes und Pizzaecken, zackigen Schrittes an mir vorbeibalanciert und oftmals noch im Gehen angeknabbert.

Ich entdecke die beiden an einem Tisch am Fenster. Sie sitzen über Eck, den Blick auf eine bunte Kinder-Hüpfburg gerichtet, und essen bereits. Als ich näher trete, schaut meine Mutter hoch. Mit einem Twist im Handgelenk, bei dem das Zifferblatt ihrer Armbanduhr im Sonnenlicht funkelt, deutet sie zum Buffet und sagt: «Hol dir etwas Leckeres, Liebes. Ich bezahle.»

Es ist nämlich so: Nicht nur hält sie meinen Job für neumodischen Quatsch, sie ignoriert auch komplett, dass ich mit fünfunddreißig Jahren längst mein eigenes Geld verdiene. Stattdessen behandelt sie mich wie einen Teenager, der orientierungslos durchs Leben treibt und finanziell von Mama abhängig ist.

«Danke, aber ich habe keinen Hunger.» Ich hänge meine Tasche über die Lehne eines freien Stuhls und setze mich. Die Augen meiner Mutter wandern in stummem Ersuchen zu Stefan. Er hebt nur hilflos die Hände.

Langsam spüre ich Wut in mir aufsteigen. Reicht es denn nicht, dass in meinem Leben gerade einiges schiefläuft – und das ist noch harmlos ausgedrückt –, müssen die beiden sich jetzt auch noch gegen mich verbünden? Da ist es doch kein Wunder, wenn einem der Appetit vergeht!

«Machst du dir Sorgen, Liebes?» Mama lässt nicht locker. Sie tupft sich den Mund mit einer Serviette ab. «Wegen Regina?» Ihr Tonfall ist jetzt nicht mehr so forsch, und ihr Blick wird weich, als sie mir in die Augen schaut und auf eine Antwort wartet.

Ich beiße mir auf die Lippen, dass es weh tut. Bitte nicht schon wieder dieses Thema. Nicht auch noch hier auf der Raststätte, zwischen Salamipizza und Sanifair-Toilette. «Nein», presse ich hervor und versuche, so unbekümmert wie nur möglich zu klingen. Allerdings schaffe ich es nicht, sie dabei weiter anzusehen. Missmutig wende ich meinen Blick ab und schiele nach links aus dem Fenster. An der Hüpfburg fängt gerade ein Junge an zu heulen, weil seine Eltern weiterfahren möchten und ihn mit sich ziehen.

Plötzlich spüre ich Stefans Hand. Sie wandert behutsam über meinen Handrücken, streift meinen Unterarm und bleibt dort bedeutungsschwer liegen. «Du tust das Richtige, Lu», sagt er zärtlich. «Es ist vollkommen legitim, dass du nach all den Jahren mehr erfahren willst.»

Ich schaue ihn überrascht an. Der sanftmütige Klang seiner Stimme und die Berührung seiner warmen, weichen Hand haben etwas Tröstliches. Gleichzeitig irritieren mich seine Worte. «Das stimmt ja so nicht», sage ich, obwohl ich mich eigentlich nicht auf das Thema einlassen wollte. «Es war nicht *mein* Wunsch, in der Vergangenheit zu stöbern. Es war der von Mama. Sie ist die treibende Kraft hinter dieser Reise.» Beinahe trotzig sehe ich zu meiner Mutter und denke im Stillen, dass ich, ginge es nach mir, jetzt garantiert nicht hier mit Hüpfburgpanorama säße, sondern an meinem Schreibtisch bei LUX14. Leider ist das in vielerlei Hinsicht gerade keine Option.

«Und das war richtig so», lobt Stefan meine Mutter. «Ich denke ganz genauso. Regina möchte dich kennenlernen, und du solltest ihr diesen Wunsch nicht ausschlagen. Da sind Elisabeth und ich uns absolut einig.» Er sucht kurz Mamas Zustimmung und fährt anschließend fort: «Dass du Angst vor dem Zusammentreffen hast, ist vollkommen verständlich. Es wäre wohl jedem mulmig zumute, wenn er seiner leiblichen Mutter nach fünfunddreißig Jahren zum ersten Mal begegnet.» Er lässt die

Schwere des Satzes einen Moment wirken. «Aber genau deshalb begleiten wir dich ja. Wir stehen dir bei.»

Während er mir ein Lächeln schenkt, das wohl als Aufmunterung gedacht sein soll, auf mich aber ein klein wenig selbstgefällig wirkt, streichelt er ununterbrochen meinen Arm.

Stefan und Mama sind sich also einig. Na, das ist ja wunderbar. So langsam fühle ich mich nicht mehr wie ein Teenager, der finanziell abhängig ist und laufend gemaßregelt wird, sondern wie eine Zweijährige, die gar nichts allein entscheiden darf. Und wieso spielt er sich jetzt auch noch als Retter auf? Als hätte er im Vorfeld dieser Reise irgendetwas dazu beigetragen, dass dieses Treffen stattfindet. Meinetwegen hätte er nicht einmal mitzukommen brauchen. Auch Mama nicht.

Diese Fahrt ist eine einzige Farce.

«Ich habe keine Angst vor der Begegnung», protestiere ich und schiebe seine Hand von meinem Arm. «Kein bisschen.» Einen Augenblick schaffe ich es noch, mich zusammenzureißen, dann kann ich nicht mehr. Die Worte sprudeln nur so aus mir heraus, als hätte jemand eine geschüttelte Mineralwasserflasche geöffnet. «Regina ist mir vollkommen egal. Vor Jahren habe ich mir dieses Treffen sehnlich gewünscht, aber nun interessiert sie mich nicht mehr. Aus und vorbei!» Ich mache eine wegwerfende Handbewegung. «Ebenso wenig schert mich ihre Einladung. Ihr wisst genau, dass ich gute Gründe habe, *dieser Frau* ihren Wunsch auszuschlagen.» Ich lege meine ganze Verachtung in die Betonung der zwei Worte. «Sehr gute Gründe.»

Aus dem Augenwinkel kann ich sehen, dass Stefan und Mama ratlose Blicke austauschen.

«Sprichst du von Reginas Brief?», fragt Stefan vorsichtig.

«Von ihren Brief*en*», korrigiere ich. «Von diesem und auch von dem ersten.» Ich schaffe es nicht, ihn anzuschauen.

«Du darfst ihnen nicht so viel Bedeutung beimessen, Lu. Die

richtigen Worte zu finden, fällt nun mal nicht jedem leicht», führt er zögernd an. «Schon gar nicht, wenn es darum geht, seine Gefühle aufzuschreiben.»

«Ach ja?» Meine Stimme klingt ein wenig schrill, doch ich kann nichts dagegen tun. Was mischt er sich ein? Er hat doch Reginas Zeilen gar nicht gelesen. Wenn überhaupt, hat meine Mutter ihm am Telefon ein paar Sätze aus ihrer Erinnerung zitiert. Und wer weiß schon, welche das waren. «Wenn sie ihr Anliegen nicht ausdrücken kann, hätte Regina besser gar nicht erst schreiben sollen.» Ermattet rutsche ich ein Stück auf meinem Sitz nach unten. Ich wünschte, die beiden würden mich endlich in Ruhe lassen.

«Ach Liebes.» Jetzt ist es Mama, die meinen Arm tätschelt. «Warte doch erst einmal ab, was Regina dir sagen wird. Ein Gespräch unter vier Augen ist so viel aufschlussreicher als ein Brief.»

Ich schließe die Augen und bete, dass der Moment vorbeigeht. In den letzten Wochen haben Mama und ich über kaum etwas anderes gesprochen als über Reginas Einladung. Schon lange haben wir nicht mehr so häufig telefoniert, und jedes Mal, wenn Mama mich anrief, kam es zum Streit. Jetzt mag ich nicht mehr. Diese Diskussion zermürbt mich. Was wollen die beiden überhaupt? Ich habe meiner Mutter das Versprechen gegeben, Regina zu besuchen, und jetzt sind wir auf dem Weg zu ihr. Reicht das nicht? Müssen wir jetzt auch noch pausenlos über sie reden?

Ich schweige weiter beharrlich. Stefan starrt vor sich auf die Tischplatte und meine Mutter auf ihren noch ziemlich vollen Teller, als stünde an einem dieser Orte zu lesen, wie sie mich zur Vernunft bringen könnten. Irgendwann hebt Mama den Kopf. Sie wartet, bis ich sie ansehe. Ihre Augen schimmern perlmuttfarben, als sie leise sagt: «Wer nach Rache strebt, hält seine eigenen Wunden offen. Denk mal darüber nach, Luisa.»

Ich wende den Blick ab. Ganz sicher werde ich das nicht tun. Ich werde weder länger über Regina noch über diesen blöden Spruch nachgrübeln. Wozu auch? Es gibt in meinem Leben Wichtigeres, das ich dringend überdenken muss. Mit Regina und ihrem französischen Berg-Kaff beschäftige ich mich erst, wenn es so weit ist.

«Ich hole mir jetzt eine Brezel», sage ich und stehe mit Schwung auf, um dem Gespräch ein Ende zu bereiten. Der Stuhl schabt quietschend über die rauen Fliesen. «Und danach können wir meinetwegen weiterfahren.»

«Ich habe übrigens im Romantikhotel *Zum springenden Hirsch* reserviert», erklärt Stefan, als wir wenig später am Auto stehen. Betont optimistisch fährt er fort: «Ein ruhiges Einzelzimmer für Elisabeth und ein lauschiges Zimmer zur Gartenseite für uns. Die Bilder auf der Website sahen äußerst vielversprechend aus.» Er zwinkert mir zu.

Eine Sekunde glaube ich, er will mich aufheitern, und quittiere seine Bemühungen mit einem dankbaren Lächeln. Ich muss mich wieder beruhigen. Die beiden sind vermutlich nur nervös und wissen nicht anders mit mir umzugehen. Mit meiner aufgestauten Wut mache ich alles nur schlimmer. Dann plötzlich erreichen mich Stefans Worte. Romantikhotel? *Ein* Zimmer? Ich starre ihn an. Stefan grinst breit, und sein Gesichtsausdruck sagt, dass ich mich nicht verhört habe.

Mit lässiger Geste öffnet er Mama die Tür, hilft ihr galant beim Einsteigen und hört nicht auf, mich über das Wagendach hinweg anzulächeln. Was bitte ist in ihn gefahren?

Sobald meine Mutter sitzt und ihre Tür geschlossen ist, flüstere ich so laut, dass er es gerade noch hören kann: «Was hat das zu bedeuten? Wieso buchst du uns ein *lauschiges* Hotelzimmer?»

Stefan lässt sich nicht in die Karten gucken. Mit geheimnisvoller Miene antwortet er: «Ich dachte, du freust dich. Wegen der Romantik.»

«Seit wann bist du denn romantisch?»

«Hast du etwa ein Problem damit?»

«*Ich* nicht. Aber du solltest eins damit haben.»

«Warum? Wir sind doch ein Ehepaar!»

«Theoretisch ja. Nur, dass der eine Teil dieses Paares …» Weiter komme ich nicht, denn in diesem Moment hämmert meine Mutter mit dem Ringfinger gegen die Scheibe. Gleich darauf öffnet sie in Königinnenmanier ein Stück die Tür und ruft: «Ich dachte, du hast es eilig, Stefan-Schätzchen?»

Wir steigen ein. Während ich den Anschnallgurt anlege und überlege, was mich noch so alles auf dieser Reise erwartet, lässt meine Mutter die Tür lautstark zuknallen. «Der größte Feind der Qualität ist Eile», zitiert sie gestelzt und vergisst nicht, uns im Anschluss ihre Übersetzung zuteilwerden zu lassen: «Also fahr bitte nicht wieder so hektisch, Stefan. Wir wollen doch sicher in unserem Hotel ankommen.»

«Aye aye, Madam!»

Sekunden später hat er den Motor gestartet, und wir nehmen erneut Kurs auf der A7 Richtung Süden. Die Sonne hat ihren höchsten Stand überwunden und belächelt mit goldenem Schein die sorgfältig bestellten Äcker entlang der Strecke. Nach wenigen Kilometern lädt rechter Hand ein klarer See zum Schwimmen ein. Vögel fliegen übermütig durch die Luft und hinter ihnen, weit weg am Horizont, erahne ich bereits die Berge.

Gerade fange ich ein wenig an zu entspannen, als meine Mutter unvermittelt fragt: «Was ist das für ein komisches Geräusch?»

Ihr Kopf taucht zwischen den Vordersitzen auf. «Irgendetwas schnarrt doch hier.»

Stefan, der gerade zwei Lastwagen passiert, die wiederum im Begriff sind, sich gegenseitig zu überholen, schweigt konzentriert.

«Also, ich höre nichts», erkläre ich.

«Aber ich.» Mama bleibt beharrlich. «Jetzt fiept es auch noch.»

Stefan schaut starr geradeaus. Er beendet sein Manöver und reiht sich auf der mittleren Spur ein. «Vielleicht ist es ja dein Hörgerät?», witzelt er und schlägt lachend auf das Lenkrad. Dabei trifft er aus Versehen die eingebaute Knopfleiste, sodass das Radio anspringt. Südwestrundfunk mit einer Reportage über Zugvögel und ihre Flugrouten. Wie passend.

Ein fremdes Geräusch ist jetzt jedenfalls nicht mehr zu hören. Nur noch meine Mutter, die pikiert erklärt: «Ich trage gar kein Hörgerät.»

Stefan tut eine Weile so, als würde er dem Bericht lauschen, dabei möchte er vermutlich nur das Gespräch mit meiner Mutter nicht vertiefen. Zugvögel interessieren ihn ganz sicher nicht. Das war zumindest so, bevor er in den Körper dieses Mannes geschlüpft ist, der plötzlich Liebeslieder summt, Übernachtungen in Romantikhotels bucht und einem den Arm streichelt.

«Also, der Gerd und ich, wir sind mal im Winter in den Harz gereist», fährt Mama unbeirrt fort, «da gab unser Wagen – ich glaube, es war ein Käfer – ähnlich unschöne Geräusche von sich.» Noch immer krallt sie ihre Nägel nach vorne gebeugt in die Lehne unserer Sitze. «Wir hielten an einem steilen Hang und mussten warten, bis jemand …»

Ich gähne innerlich. Die Geschichte mit der Panne im Harz hat meine Mutter schon mindestens zwanzig Mal erzählt. Und natürlich weiß sie das. Ich glaube, sie will uns foltern. Als Rache dafür, dass wir sie nicht ernst nehmen.

Während ich Stefan im Stillen bedauere, da er ihrem maschinengewehrgleichen Geschnatter ausgeliefert ist, blende ich

Mamas Gerede aus und ziehe unauffällig mein Handy hervor. Ob Janosch sich bereits gemeldet hat? Es hängt so viel an dieser Telefonnummer, dass ich ganz wuschig werde. Was, wenn es ihm nicht gelingt, sie herauszufinden? Dann werde ich mir einen neuen Plan überlegen müssen, aber ich weiß jetzt schon, dass das leichter gesagt als getan ist. Gespannt linse ich auf das Display, doch es zeigt zu meinem Bedauern keine neue Nachricht. Um sicherzugehen, dass er sich nicht eventuell per Mail gemeldet hat, rufe ich meine beiden Accounts ab. Zunächst meinen privaten, dann den geschäftlichen. Das heißt, genau genommen *versuche* ich, meine Firmenmails abzurufen. Angeblich habe ich aber keine bekommen. Keine einzige. Null. Was vollkommen ausgeschlossen ist, an einem normalen Freitag wie heute. Typischerweise müssten haufenweise Mails mein Postfach verstopfen: Newsletter, die obligatorische Mail zum Wochenend-Meeting, Antworten auf Anfragen und Werbemails. Dazu die reguläre Geschäftspost. Und Spam. Aber da ist nichts. Ungläubig starre ich auf das Telefon in meinen Händen. Mein Blick fliegt zur Datumsanzeige meiner Uhr, dann checke ich, ob heute vielleicht ein weltweiter Feiertag ist, und nachdem ich das ausschließen kann, zwinge ich mich, scharf nachzudenken. Welcher mysteriöse Umstand könnte dafür verantwortlich sein, dass heute keine Mails kommen? Ein Satellitenausfall? Irgendetwas, das im All herumschwirrt und das Funknetz über Europa lahmlegt? Eine Cloud vor der Cloud?

Ich weiß überhaupt nicht, wo auf der Welt man heutzutage nicht erreichbar ist. Selbst auf dem Mond ist man vermutlich *available.* Ein ungutes Gefühl macht sich in meinem Inneren bemerkbar. Um mich davon abzulenken, rufe ich versuchsweise im Internet unterschiedliche Seiten auf und checke zudem mein Instagram-Profil. Alles funktioniert reibungslos.

Mit einem inzwischen mehr als flauen Empfinden im Magen wiederhole ich die Mailabfrage. Dieses Mal erhalte ich die Nachricht, dass mein Account nicht antwortet und ich mein Passwort eingeben soll. Ich atme erleichtert auf. Also doch nur wieder so ein Technik-Problem. Aber ein lösbares! Ich rufe die Seite mit den Einstellungen auf, gebe *LUXLuisa14* ein und … es geschieht nichts.

Wrong password.

Zweimal wiederhole ich konzentriert die Eingabe der geforderten Buchstaben- und Zahlenkombination, dann erscheint ein neues Fenster mit einem neuen Text. Ich werde aufgefordert, die Sicherheitsfrage zu beantworten. Auch diese Antwort wird nicht akzeptiert.

Kraftlos lasse ich mich tiefer und tiefer ins Polster sinken. Einen sehr langen Moment lasse ich mir die abwegigsten Deutungen für dieses Phänomen durch den Kopf gehen, weil ich die einzige logische Erklärung nicht wahrhaben will. Mein Magen ist inzwischen ein dicker, in sich verkrampfter Knoten, der mir Übelkeit beschert. Ich schlucke ein paar Mal trocken und starre aus dem Fenster. Die vorbeifliegende Landschaft verschwimmt vor meinen Augen, sie wird vom Schwindel in meinem Kopf zu einem Zerrbild verfremdet. Alles um mich herum dreht sich.

Mühsam fixiere ich einen Punkt in der Ferne, damit sich meine Augen beruhigen. Es dauert lange, aber schließlich funktioniert es. Sobald ich wieder scharf sehen kann, versuche ich, mich ins Intranet von LUX14 einzuloggen. Auch das ist nicht möglich. Dreimal gebe ich meinen Namen und den zugehörigen Code ein. Dreimal erscheint dieselbe Fehlermeldung: *Der Benutzername ist uns nicht bekannt.*

Ganz langsam schaffe ich es, den Gedanken, der leise in meinem Hirn herumspukt und den ich bis gerade verdrängt habe, zuzulassen: Sie haben meinen Zugang gesperrt.

Auf einen Schlag wird mir eiskalt. Es ist die einzig logische

Erklärung, und sie trifft mich wie ein Fausthieb mitten ins Gesicht: Mein Chef hat seine Drohung wahr gemacht.

Ich bin raus.

3

Conni

Nein. Das *kann* nicht sein. Mein Chef Lutz Biedinghaus und ich hatten uns auf eine Beurlaubung geeinigt.

Okay, *geeinigt* ist vielleicht nicht ganz das richtige Wort. Er hat mir eine längere Pause aufgezwungen. Von einem gesperrten Account war jedoch nie die Rede.

Draußen flimmert die Hitze über dem Asphalt, mehr nehme ich von der Umgebung nicht wahr. Ich weiß nicht einmal, ob es um mich herum wirklich so still ist oder ob ich mich nur *fühle*, als sei ich in einem Kokon dumpfer Tristesse gefangen. Wann hat Stefan eigentlich das Radio ausgeschaltet? Und seit wann hält meine Mutter auf der Rückbank ein Nickerchen? Ich habe keine Ahnung.

Mein Kopf schmerzt von der vielen Grübelei, und obwohl Stefan den Wagen auf angenehme neunzehn Grad temperiert hat, rinnt mir der Schweiß den Rücken herunter. Gleichzeitig fröstele ich und reibe mir die Arme, da es sich in meinem Inneren anfühlt, als habe ich zu viel eiskaltes Wasser in mich hineingeschüttet. Die Ungewissheit darüber, was *genau* sich zugetragen hat, nagt an mir. Nein, sie macht mich beinahe wahnsinnig. Blöderweise ist der Einzige, der Bescheid weiß und mir eine klare Auskunft geben könnte, mein Chef. Die Blöße, ihn anzurufen, werde ich mir aber ganz sicher nicht geben. Es ist zum Verrücktwerden! Wenn ich wenigstens mit jemandem über diese Sache reden könnte! Ein Blick auf mein Handy zeigt, dass Janosch sich noch immer nicht gemeldet hat. Ihm würde ich mich anvertrauen, aber offenbar hat er selbst genug um die Ohren.

Unauffällig linse ich zu Stefan. Bis zu unserer Trennung war er mein bester Berater, insbesondere, wenn es sich um berufliche Angelegenheiten drehte. Seine Begabung für analytisches Denken und die Nüchternheit, mit der er Sachverhalte ergründet und beurteilt, haben mir in der Vergangenheit häufig bei einem Problem den entscheidenden Denkanstoß geliefert. Er sieht Wege und Lösungen, die mir niemals in den Sinn kommen würden. Weil ich im Vergleich zu ihm nämlich leider vollkommen unstrukturiert bin. Und viel zu emotional.

Im Grunde sind Stefan und ich vom Naturell so unterschiedlich veranlagt, dass bei unserem Kennenlernen niemand auch nur einen Cent darauf verwettet hätte, dass aus uns mal ein Paar werden könnte. Und doch hat es gefunkt. Gut möglich, dass es eben diese Gegensätzlichkeit war, die uns zusammengeschweißt hat. Flexibilität und Spontanität waren meine Stärken, Planung und Organisation übernahm Stefan. Seine verbindliche Art bildete in meiner turbulenten Welt den Ruhepol. Er hatte die Dinge im Blick, er war mein Fels in der Brandung.

Ihn jetzt wieder in mein Leben zu lassen, sei es auch nur, indem ich ihm von meinen Problemen erzähle, hatte ich eigentlich nicht vorgehabt. Mit ihm am Abend ein Bett zu teilen, allerdings auch nicht.

Wie Stefan es prophezeit hat, erreichen wir um kurz nach 18 Uhr das Romantikhotel *Zum springenden Hirsch*. Damit haben sich seine planerischen Fähigkeiten aber auch erledigt. Ich weiß ja nicht, welche vielversprechenden Fotos er auf der Website des Hotels erspäht haben will, aber es muss sich um eine Fotomontage gehandelt haben. De facto ist an diesem Hotel nämlich gar nichts romantisch, und die Lage, zentrumsnah an der Hauptstraße, lässt auch nicht unbedingt darauf schließen, dass demnächst ein Hirsch um die Ecke gesprungen kommt. Das Haus ist ein betongrauer Klotz mit rissiger Fassade und flackernder Leuchtreklame. Vor der Eingangstür klafft eine Baugrube, sodass wir unseren Wagen in fünfzig Meter Entfernung halb schräg auf einem Gehweg parken und anschließend über eine provisorische Holzbrücke zum Gebäude balancieren müssen.

«Zum Glück liegen die Zimmer ja zur Gartenseite», macht Stefan sich selbst Mut, als wir den ebenfalls grau gefliesten Eingangsbereich betreten. «Sollen die sich hier vorn ruhig austoben.»

Eine junge Frau in einem kurzen, schwarzen Schlauchkleid und mit dunklem Kajal um die Augen schaut mürrisch von ihrem Monitor auf. Sie legt online eine Patience, und die Ankunft von Gästen scheint von ihrem Zeitlimit abzugehen. In Windeseile rattert sie alles Wissenswerte zum Hotel herunter, schiebt uns die Plastikkarten für unsere Zimmer über den Tresen und ist gleich darauf wieder in ihr Spiel vertieft.

«Ich gehe schlafen.» Mama sieht ziemlich erschöpft aus und hat auch keinen Hunger mehr. «Holt ihr mich zum Frühstück ab?»

Wir nicken, begleiten sie bis zu ihrer Tür in der ersten Etage und verabschieden uns. Nebenan, nur ein paar Schritte weiter, liegt unser Doppelzimmer.

Stefan zieht die Karte durch den Schlitz, die Tür springt auf und … mir bleibt die Luft weg. Der Raum ist winzig, wie eine Zwergenbehausung. Mit waldgrün bemalten Wänden, schlammfarbenen Vorhängen und einem Teppichboden, der seine besten Jahre lange hinter sich hat. Einen Schrank sucht man vergebens, Luxus ebenso. Das einzige Highlight ist ein DIN-A4- großer Flachbildfernseher. Na ja und der Ausblick in den Garten: ein betonierter Innenhof, in dem die Bauleute bereits das Gestänge für ein rückwärtiges Gerüst gelagert haben.

«Tja …», sage ich gedehnt und lasse meinen Blick durch das Zimmer schweifen, «so viel zum Thema Romantik.»

Das Herzstück des Zwergenzimmers bildet ein holzverkleidetes, mit handgeschnitzten Intarsien verziertes Doppelbett, über dessen Kopfende ein monströser, verstaubter Hirschkopf prangt. Zumindest thematisch wurde hier nichts ausgelassen. Wie ein Mahnmal hängt der Hirsch da, mit seinem mächtigen Geweih und einem Silberblick, von dem man sich geradezu verfolgt fühlt. Schnell schieße ich ein Foto für Janosch.

Auch Stefan kann nicht fassen, wo wir gelandet sind. Kopfschüttelnd beugt er sich über seine Reisetasche und wühlt darin herum. Als er wieder auftaucht, hält er eine Flasche Champagner in die Höhe. «Wie gut, dass ich die hier dabeihabe. Nüchtern wäre das alles ja gar nicht zu ertragen!» Er schaut mich ein wenig beschämt an.

Ich weiß nicht genau, ob er das Zimmer im Allgemeinen oder nur den Hirsch meint, aber das ist auch irgendwie egal. Was mich betrifft, passt der Spruch ohnehin auf die Reise insgesamt.

Alkohol ist keine Lösung, denke ich und deute mit dem Finger auf das schmale Bett. «Ähm … Wir schlafen da … gemeinsam?»

Stefans Blick bekommt etwas Spöttisches. «Wir haben acht Jahre in einem Bett geschlafen. Da kommt es auf diese eine Nacht wohl nicht an.»

«Aber zu der Zeit waren wir ein Ehepaar», erinnere ich ihn.

«Das sind wir noch immer.»

«Ja, aber nur auf dem Papier.» Ich begreife nicht, wie ihm das egal sein kann. «Als jemand, der mit Zahlen arbeitet, sollte dir bewusst sein, dass wir seit einem halben Jahr getrennt leben. Das sind sechs Monate.»

«Aber wir sind einvernehmlich auseinandergegangen. Alles ist gut zwischen uns. Und falls ich dich daran erinnern darf, teilen wir uns das Zimmer vor allem deshalb, weil *deine* Mutter noch nichts von unserer Trennung weiß. Außerdem …»

Ich will mir Stefans zweiten Grund gar nicht mehr anhören, weil mich sein erster schon so auf die Palme bringt, dass ich ihm ins Wort falle: «Du hast seit drei Monaten eine neue Freundin», erkläre ich. «Da schläft man nicht mit seiner Exfrau in einem Bett. Egal aus welchem Grund. Es ist Conni gegenüber nicht fair.»

Im Grunde kenne ich Conni gar nicht. Aber da sie nicht der Grund für unsere Trennung war und wir offenbar einen ähnlichen Männergeschmack haben, fühle ich mich ihr auf eine gewisse Art verbunden.

Stefan rollt nur mit den Augen.

«Oder weiß Conni etwa, dass du uns ein Doppelzimmer gebucht hast?», reite ich weiter auf dem Thema herum. «Weiß sie *überhaupt*, wo du steckst?» Kurz starren wir uns böse an, dann löse ich meinen Blick und lasse mich erschöpft aufs Bett sinken. Mit den Füßen streife ich mir die Schuhe ab.

Die Frage, was Conni weiß und was nicht, ist einfach so aus mir herausgesprudelt. Natürlich weiß sie es. Stefan ist kein Mann, der Geheimnisse hat. Er ist der Fels in der Brandung. Ein offenes Buch. Ein Sachbuch. Er ist quasi der fleischgewordene Konz-Steuerratgeber.

«Nein», sagt er nach langem Zögern. «Ich habe es ihr nicht erzählt.»

Ich falle aus allen Wolken. Dieser Mann ist nicht wiederzuerkennen.

Trotzig sieht er mich an. «Gegenfrage: Warum weiß deine Mutter noch immer nicht, dass wir uns getrennt haben?»

«Das ist ja wohl etwas vollkommen anderes.»

«Wenn du meinst.» Er lässt sich neben mir nieder. *Dicht* neben mir. Wir tragen beide nur T-Shirts, sodass sich unsere nackten Arme berühren. Ich spüre die Wärme seiner Haut und fühle, wie mich die mikroskopisch feinen Härchen seines Unterarms leicht kitzeln, sodass ich eine Gänsehaut bekomme. Die Nähe zu Stefan fühlt sich fremd an, aber gleichzeitig auch unendlich vertraut. Einen Moment rührt sich keiner von uns. Wir hängen jeder unseren Gedanken nach und starren stumm an die Wand. Sie ist gar nicht grün gestrichen, sondern tapeziert. Eine grüne Tapete mit winzigen Hirschen, die in verschiedene Richtungen springen. Automatisch beginne ich, die unterschiedlichen Posen der Tiere zu zählen. Es sind nur drei.

Als ich es nicht mehr aushalte, tue ich so, als müsste ich mich am Fuß kratzen, und rücke unauffällig ein Stück von Stefan ab.

«Ich habe Conni erzählt, dass ich zu einem Seminar nach Frankreich fahre», beginnt er stockend zu erzählen. Angesichts dieses Lügenmärchens scheint er ein schlechtes Gewissen zu haben, denn nun fügt er erklärend hinzu: «Ich brauchte einfach mal ein paar Tage für mich. Ihre Kinder sind äußerst lebhaft, das bin ich nicht gewohnt.» Als ich nichts dazu sage, weil ich immer noch ein wenig schockiert bin, wie verändert er plötzlich ist, ergänzt Stefan: «Du und Elisabeth, ihr seid nun mal meine Familie. Da ist es ja wohl logisch, dass ich euch in der Not beistehe.»

Ich muss husten. *In der Not*? Meint er das ernst? Ich bin doch keine Ausrede.

«Also», beginne ich, die Sache geradezurücken, «ich glaube, du verrennst dich da in etwas. Dies ist kein Notfall. Und selbst wenn, dürfte es Conni ganz und gar nicht recht sein, dass du dich mit deiner Exfrau auf dem Weg nach Südfrankreich befindest, mit ihr ein Zimmer teilst und Champagner trinkst.» Ich deute auf die Flasche, die er noch immer in der Hand hält.

«Ach ja?» Er setzt sich etwas schräg, um mich besser ansehen zu können. Er hat die Augen zusammengekniffen und fixiert mich mit strenger Miene. «Und deiner Mutter dürfte es nicht recht sein, dass du sie seit einem halben Jahr belügst. Aber das scheint dich wenig zu kümmern.»

«Das stimmt nicht. Außerdem lenkst du vom Thema ab.»

«Weil es dazu nichts mehr zu sagen gibt. Wie ich meine Beziehung zu Conni gestalte, geht nur mich etwas an.»

Und Conni, denke ich, halte aber den Mund.

Stefan ändert den Kurs. Sein Ton wird sanfter, und sein Blick verliert etwas an Strenge. «Bevor du jetzt dagegenhältst, dass deine Beziehung zu deiner Mutter nur dich etwas angeht, möchte ich anmerken, dass du mich dabei zum Komplizen machst. Das ist nicht fair.» Er knibbelt nervös an dem Flaschenetikett herum. «Als sie mich neulich auf dem Handy anrief und mir wie selbstverständlich von Reginas Einladung erzählte, bin ich ziemlich ins Schwimmen geraten. Ich wusste schließlich überhaupt nicht, worum es geht.»

Okay, da hat er recht. Ich schaue ertappt zu Boden. Daran, dass meine Mutter unsere Reisepläne, die ja genau genommen *ihre* Reisepläne sind, vor Stefan ausbreitet, hätte ich natürlich denken müssen. Vermutlich suchte sie einen Komplizen, um sicherzugehen, dass ich keinen Rückzieher mache. Trotzdem finde ich es unfair, mir jetzt die alleinige Schuld dafür zu geben. «Wir hatten doch abgesprochen, Mama noch ein wenig zu schonen», erinnere ich ihn. «Bis ein geeigneter Zeitpunkt gekommen ist.»

Stefan streicht sich versonnen über das Kinn. «Ich weiß, dass wir das gesagt haben. Und ich stehe nach wie vor zu meinem Wort. Trotzdem ist mir die Schwindelei unangenehm.»

«Mir doch auch», gestehe ich kleinlaut. «Allerdings begreife ich nicht, warum du überhaupt mitfahren wolltest. Das macht ja alles nur komplizierter.» Ich wünschte, er würde endlich aufhören, das Etikett zu zerfledern. Der Boden ist schon ganz krümelig, und seine Nervosität schwappt auf mich über. «Es wäre wirklich nicht nötig gewesen.»

«Schon möglich», sagt Stefan, «aber als dein Ehemann fand ich es nun mal selbstverständlich, dich zu begleiten.»

Himmel! Wir drehen uns im Kreis. «Aber du bist nicht mehr mein Ehemann», brause ich auf, «das Thema hatten wir doch gerade.»

Endlich stoppt Stefan das Geknibbel an der Flasche, stellt sie auf den Boden und zieht sich ebenfalls die Schuhe aus. Mit spitzen Fingern löst er die Knoten, fegt mit der Handfläche ein wenig Staub von den Budapester Kappen und schiebt das Paar anschließend halb unter das Bett. Stöhnend streckt er die Beine aus und wackelt mit den Zehen. «Ich wollte einfach nur helfen. Du mit deiner Flugangst und Elisabeth mit ihrer schwachen Blase – eine so weite Reise wollte ich euch allein nicht zumuten. Außerdem ...» Er hebt den Kopf, und ich fühle seinen Blick auf mir lasten.

«Außerdem was?», hake ich vorsichtig nach, ohne ihn jedoch anzusehen.

«Weißt du, Lu, ich frage mich, ob es vielleicht noch einen anderen Grund gibt, weshalb du Elisabeth noch nichts von unserer Trennung erzählt hast.»

Jetzt schaue ich ihn doch an. «Was genau meinst du? Welcher Grund sollte das sein?»

Er zögert einen Moment und sagt dann vorsichtig: «Kann es nicht vielleicht sein, dass du inzwischen gar nicht mehr zu der Entscheidung stehst?»

Mir wird ein wenig mulmig zumute. Mein Herz klopft schwer in meiner Brust. «Wie kommst du darauf?», frage ich so unbekümmert wie möglich.

Stefan legt den Kopf schräg und schaut mich offensiv an. Seine Augen leuchten so blau wie das Meer an einem windstillen Tag. «Vielleicht ...», sagt er und greift schon wieder nach meiner Hand. «Vielleicht hoffe ich es einfach. Damit es mir nicht allein so geht.»

Wie bitte? Oh Gott. Jetzt setzt mein Herz doch glatt ein paar Takte aus.

«Heißt das …» Ich weiß gar nicht, ob es gut ist, den Gedanken laut auszusprechen. Das würde ihn real machen. Noch kann ich mir einbilden, dies alles sei ein riesengroßes Missverständnis. Doch mein Mund ist schneller als mein Hirn. Ich *muss* es einfach wissen. «Willst du sagen … dass du den Schritt bereust?» Meine Stimme klingt rau, und ich spüre, wie meine Augenlider nervös zu flattern beginnen. Die Situation ist vollkommen unwirklich, und ich habe plötzlich die Befürchtung, ihn missverstanden zu haben. Oder habe ich Angst, richtig gehört zu haben? Verwirrt mustere ich das zerrissene Papier am Boden.

Als Stefan und ich beschlossen, uns zu trennen, geschah dies einvernehmlich und ohne viel Aufhebens. Wir waren im Urlaub, im Wallis, in der Schweiz. Nur ein paar Tage hatten wir uns frei geschaufelt, um den Kopf frei zu bekommen und uns von der Arbeit zu erholen. Doch statt gemütlich vor dem knisternden Kaminfeuer zu kuscheln, langweilten wir uns plötzlich miteinander. Der Alltag hatte sich wie eine dicke, filzige Wolldecke über unsere Liebe gelegt und sie mit seiner Routine erstickt. Also steckten wir die Köpfe zusammen und analysierten die Lage. Zwei Tage und Nächte redeten wir, ergründeten und suchten nach Lösungen. Bis am Ende feststand, dass nur eine Trennung uns helfen konnte. Es war traurig, aber irgendwie spürten wir auch eine gewisse Erleichterung dabei, das Problem so schnell gelöst zu haben. Zu Hause machten wir sogleich Nägel mit Köpfen: Stefan zog ins Gästezimmer, alles andere blieb, wie es war. Bis er in seinem Mittagspausenlokal Conni über den Weg lief und Hals über Kopf zu ihr zog.

«Ja», höre ich ihn leise neben mir sagen. Er drückt meine Hand. «Ja, ich bereue unsere Trennung.»

Mir wird auf einmal ganz schwindelig. Auf dieser Reise habe ich ja mit vielem gerechnet, aber bestimmt nicht damit. Und deshalb weiß ich auch so spontan gar nicht, wie ich auf diese Neuigkeit reagieren soll. Wir haben uns den Schritt doch gründlich überlegt, warum ihn jetzt in Frage stellen? *Warum?*

Weil ich vielleicht doch noch nicht so ganz über Stefan hinweg bin? Es liegt so viel Vertrautes zwischen uns, dass ich mich regelrecht zusammenreißen muss, nicht in alte Verhaltensweisen zu verfallen. Ich bin kurz davor, meinen Kopf auf seine Schulter sinken zu lassen, mich an ihn zu schmiegen und mein Gesicht in der kleinen Kuhle an seinem Hals zu vergraben. Aber wäre das schlau? Eine innere Stimme der Vernunft warnt mich davor, alles auf den Kopf zu stellen. Es gab gute Gründe für unsere Trennung, noch dazu ist Stefan inzwischen vergeben. Ich kann meinen Gefühlen unmöglich nachgeben. Schon gar nicht, ohne mir vorher über die Konsequenzen im Klaren zu sein. Und zwar gründlich. Nur fehlt mir dafür aktuell die Kraft. Das alles – Regina, diese Reise, meine Mutter, Stefan – wächst mir langsam über den Kopf. Es fühlt sich an, als würde ich vom Karussell meiner eigenen Emotionen herauskatapultiert werden und mich nun im freien Fall befinden.

Ich schaue in seine Augen und sehe die Erwartung, die darin liegt. Und ich spüre sein Verlangen. Er will, dass ich etwas sage, dass ich mich ihm öffne. Ich weiß, er möchte hören, dass ich genauso empfinde wie er, aber ich kann es nicht über die Lippen bringen. Nicht jetzt. Nicht ohne meine Gedanken ein wenig sortiert zu haben.

Klar gab es im Laufe der letzten sechs Monate Augenblicke, in denen ich an unserer Entscheidung gezweifelt habe. Oft sogar. Hätte er in einem dieser Momente dieselben Worte gesagt wie gerade eben, wäre ich vermutlich schwach geworden und mit wehenden Fahnen zu ihm zurückgekehrt. Weil ich ihn vermisst habe. Natürlich habe ich das. Doch irgendwann, etwa zu der Zeit, als Conni auftauchte, gelang es mir, unseren Schritt als das anzusehen, was er war: endgültig. Und es ging mir gut damit.

Bis heute.

«Aber …», stottere ich, «was ist mit … Conni? Ich meine, ihr seid doch so glücklich. Und überhaupt – ich mag Conni.»

Was rede ich denn da? Ich habe sie nur zweimal gesehen.

«Also, ich meine … Auf keinen Fall möchte ich schuld an ihrem Unglück sein.» Ich schaue an ihm vorbei auf die Wand, kann aber aus dem Augenwinkel sehen, wie Stefan beginnt, auf seiner Unterlippe herumzukauen. Irgendwann erklärt er: «Ich sage dir jetzt mal, wie ich die Sache sehe: Du und ich, wir sind ein gutes Team. Ein sehr gutes. Ich habe in der letzten Zeit viel über uns nachgedacht. Ich …» Er sucht nach den richtigen Worten. «Vielleicht haben wir damals einfach überreagiert. Dass wir im Urlaub plötzlich so viel Zeit hatten … damit konnten wir zwei Arbeitstiere nicht umgehen. Das waren wir nicht gewohnt.»

Ich starre ihn an, als habe er mir eröffnet, nach unserer Trennung schwul geworden zu sein. Meint er wirklich, *das* sei die Erklärung?

«Und was Conni betrifft …» Stefan lässt meine Hand los und steht auf. Er schnappt sich die Champagnerflasche und stellt sie auf einen der Nachtschränke. «Dazu kann ich dir sagen: Wir werden uns trennen.»

Mit vor Erstaunen aufgerissenen Augen beobachte ich, wie er seine Gürtelschnalle öffnet, den Riemen aus der Hose zieht und ihn sorgfältig zusammenrollt, um ihn akribisch neben der Flasche zu deponieren. Dann lässt er sich aufs Bett fallen, drückt das Kopfkissen in Form und streckt sich aus. «Ich habe ihr einen Brief auf dem Küchentisch hinterlassen, den sie schon gelesen haben müsste.»

Ich falle aus allen Wolken. «Du hast *was*? Aber … Warum?»

Er zuckt mit den Schultern.

Das ist alles?

«Also, ich glaube, ich gehe mal unter die Dusche», sage ich benommen, als auch nach längerem Warten keine weitere Erklärung von ihm folgt. Das wird ja immer doller. Ich muss jetzt dringend mal kurz für mich allein sein. Ehe Stefan etwas erwidern kann oder sich womöglich anbietet, mitzukommen, öffne ich meinen Koffer, schnappe mir meine Kulturtasche und verschwinde im Bad.

4

Die ganze Geschichte

Der Wasserdruck im Hotel ist nicht gerade berauschend, aber die kurze Erfrischung reicht aus, damit ich mir zumindest über eins klarwerde: Auf keinen Fall werde ich mich auf Stefans Avancen einlassen! Nicht zu diesem Zeitpunkt. Ich werde es ihm erklären, er wird es verstehen.

Alles wird gut.

Erschöpft rubbele ich mich trocken, kämme mein Haar und schlüpfe in das lange, ärmellose T-Shirt, das ich als Schlafshirt eingesteckt habe. Als ich kurze Zeit später das Zimmer betrete, muss ich erschreckt nach Luft schnappen. Stefan liegt wie drapiert auf dem Bett, und außer einem weißen Frotteehandtuch mit grünem Hirsch darauf, das er sich lässig um die Hüften geschlungen hat, ist er nackt. Als wäre er bei einem Film für die Rolle des griechischen Gotts zurechtgemacht und dann vergessen worden, blättert er gelangweilt in einem dünnen Flyer, vermutlich der Hausbroschüre.

Fehlen nur noch die Weintrauben, schießt es mir durch den Kopf, *dann könnte dies auch die Vorlage für ein barockes Gemälde sein.* Na ja, und der Hirsch müsste noch weg.

Mein Blick gleitet zu dem kleinen Kiefernholzschränkchen neben dem Bett, auf dem zwei Zahnputzgläser stehen, die bis zum Rand mit Champagner gefüllt sind. Er muss sie unbemerkt aus dem Bad stibitzt haben, während ich unter der Dusche stand.

«Was ist?», fragt Stefan so erstaunt, als sei ich diejenige mit dem nackten Oberkörper. Er richtet sich auf und hält mir ein Glas mit der goldenen Flüssigkeit hin, die nicht so recht sprudeln will. «Du hast lange gebraucht im Bad. Der Champagner ist jetzt noch wärmer geworden. Aber egal – da müssen wir nun durch.» Mit der freien Hand klopft er neben sich auf die Bettdecke. «Komm, mein Schatz, leg dich zu mir. Ich weiß, dieses Hotel ist nicht besonders einladend, aber davon werden wir uns nicht die Laune verderben lassen, oder?»

Ich zögere und denke, dass meine Laune eigentlich bereits seit geraumer Zeit verdorben ist und zwar genau genommen, seit Reginas Brief bei mir im Postkasten lag. Und je näher wir ihr und ihrer Pension kommen, umso schlimmer wird es. Dazu die Sache mit meiner Firma – inzwischen fühle ich mich regelrecht krank und wäre am liebsten allein. Dann würde ich mich ganz klein zusammenrollen, mir die Decke über den Kopf ziehen und versuchen zu schlafen. Oder weinen. Vermutlich beides.

Doch ich bin nicht allein, und Stefan trägt auch nicht die Schuld an meiner Misere. Meine Laune an ihm auszulassen und ihn dafür zu bestrafen, dass ich mich zu dieser Reise habe breitschlagen lassen, wäre nicht in Ordnung. Resigniert setze ich mich auf die Bettkante und nehme das Zahnputzglas entgegen.

Stefan schnippt mit dem Finger die Broschüre vom Bett und angelt nach dem zweiten Glas. «Ich dachte, *ruhig und nostalgisch* hieße, wir hätten ein romantisches Zimmer im Landhausstil, mit Kamin, einer Sitzecke und 'ner gut sortierten Minibar. Aber stattdessen», er vollführt eine allumfassende Geste und donnert zum Schluss mit der Faust gegen die Wand, «ist alles vom Billigsten. Die Wände – wie aus Pappe. Ich kann sogar deine Mutter schnarchen hören.» Er schlägt erneut gegen die Wand.

Einen Moment fürchte ich, bei seinem Gefuchtel könnte sich plötzlich das Handtuch lösen und sein … na ja … wertvollstes Körperteil zum Vorschein bringen, doch der Knoten hält. Dafür klopft es jetzt von nebenan zurück.

Verwundert hebe ich eine Augenbraue. «Scheint, als würde Mama doch noch nicht schlafen.»

Stefan macht eine unwirsche Kopfbewegung und erhebt sein Glas. «Egal.» Er lächelt mich an. «Also: Prost, mein Schatz!»

Wir stoßen an, und ich nehme einen großen Schluck. In Sekundenschnelle spüre ich, wie mir der Alkohol durch die Adern schießt und es in meinem Kopf und meinem Körper zu prickeln beginnt – gar nicht mal so schlecht.

«Weißt du, Lu …» Stefan hat das Glas abgestellt und die Hände hinter dem Kopf verschränkt. Er mustert mich vom Kopf bis zur Taille. «Ich muss Elisabeth recht geben. Du arbeitest zu viel und ruhst dich zu wenig aus. Schau dich doch nur mal an.» Er deutet an mir herunter. «Du bist mehlweiß, obwohl wir bereits Juli haben. Als würdest du unter Tage schuften.»

«Also …» Das finde ich nun wirklich übertrieben.

«Nutz die kommenden Tage und erhol dich ein wenig. Auch du brauchst mal eine Pause.»

Entsetzt schaue ich ihn an. Ohne es zu wissen, hat er gerade exakt denselben Wortlaut benutzt wie mein Chef vor zwei Wochen, als er mich in sein Büro rief, um mir eine Standpauke zu halten. Ein schlimmer Tag, und mir wird heute noch ganz übel, wenn ich daran zurückdenke.

«Niemand kann auf Dauer ohne Erholung durchhalten»,

fährt Stefan fort. «Man muss den Kopf frei machen, um neue Kapazitäten zu schaffen …»

Auch diese Worte kommen mir bekannt vor. In meinen Gedanken verwandelt sich Stefans Stimme in die meines Chefs, Lutz Biedinghaus. Ich stehe vor dessen Schreibtisch und höre mir seinen Vortrag über mangelnde Verantwortung, Fehlplanung und zusätzliche Kosten an. Biedinghaus ist furchtbar wütend, aber beherrscht. Und noch etwas ist aus seinem Tonfall herauszuhören: Enttäuschung. Nie zuvor hat er mich mit solch harschen Worten bedacht, und allein die Erinnerung daran macht, dass sich mir die Kehle zuschnürt. Ich muss ein paar Mal trocken schlucken, um die Fassung zu bewahren.

«Hey, ist alles okay mit dir?» Stefan wedelt mit der Hand vor meinem Gesicht herum, um meine Aufmerksamkeit zu erlangen. Ich zucke zusammen. «Himmel, Lu, warum bist du so schreckhaft?» Er klingt jetzt richtiggehend besorgt. «Was beschäftigt dich so? Denkst du an das Treffen mit Regina morgen?»

Sein verständnisvoller Tonfall macht alles irgendwie noch schlimmer. Nur mit Mühe schaffe ich es, gegen die Tränen anzukämpfen. Ich schüttele energisch den Kopf, als könne ich mich selbst damit hinters Licht führen.

«Was ist es dann? Etwas bedrückt dich doch.» Stefans Blick ist voller Wärme und Verständnis, und es fehlt nun wirklich nicht mehr viel, und ich fange an zu schluchzen. Aber das möchte ich unter keinen Umständen. Müsste ich jetzt weinen, würde sich der gesamte Stress der letzten Wochen entladen, und ich könnte vor morgen früh nicht aufhören.

«Süße …» Stefan streckt die Hand nach mir aus. «Komm her. Was hast du nur?»

Zu spät. Eine Träne hat sich abgeseilt, kullert mir über die Wange und hinterlässt dort vermutlich gerade ein tropfnasses Zickzackmuster. Ich presse ganz fest die Zähne aufeinander und versuche mit ein paar Wimpernschlägen, den Kummer wegzudrücken. «Nichts. Außer ... na ja ...» Eigentlich hatte ich unter der Dusche beschlossen, die Sache mit mir allein auszumachen. Es wäre nicht fair und ein vollkommen falsches Signal, wenn ich Stefan nach dem unerwarteten Geständnis seiner Gefühle und den Erwartungen, die dahinterstecken, zu meinem Berater machen würde. Aber dass er mich nun so eindringlich und voll Anteilnahme befragt, bringt diesen Entschluss gehörig ins Wanken. Ich straffe die Schultern und räuspere mich. «Ach», sage ich leichtfertig und mache eine wegwerfende Handbewegung, «im Job gibt es gerade etwas Ärger. Nichts Weltbewegendes.»

Mit der freien Hand schnappe ich mir ein Kissen und presse es wie ein trostspendendes Kuscheltier an mich. Im Schneidersitz, das Glas noch immer in der Hand, betrachte ich den Hirsch über Stefans Kopf. Er schielt verschämt zur Zimmerdecke. Sein Fell ist vollkommen verstaubt und mottenzerfressen.

«Hat einer deiner Mitarbeiter Mist gebaut?», bohrt Stefan nach.

Betreten lasse ich meinen Blick vom Hirsch auf das Kissen in meinem Schoß wandern. Ich hadere mit mir selbst. Einen Moment schaffe ich es noch, mich an meinen Vorsatz zu klammern, dann erscheint es mir plötzlich albern, so zu tun, als sei nichts, wo Stefan doch genau spürt, dass ich ein fettes Problem mit mir herumschleppe. Ganz kurz wäge ich meinen Entschluss noch einmal ab, dann sage ich zögernd: «Nein ... *Ich* habe einen Fehler gemacht. Also eigentlich sogar mehrere.»

Es fällt mir schwer, darüber zu sprechen. Wie konnten mir bloß so viele Missgeschicke unterlaufen? Ich würde mich am liebsten pausenlos selbst ohrfeigen. Übersprungsartig oder vielleicht um mir Mut anzutrinken, nehme ich einen weiteren Schluck Champagner und dann noch einen zweiten und einen dritten. Und dann ist es plötzlich, als habe jemand in meinem Inneren ein Ventil geöffnet. Nach und nach entweicht die Anspannung, ich fühle, wie ich ruhiger werde, aber gleichzeitig auch wacher. Es ist verrückt. Sogar meine Zunge fühlt sich bleischwer und zugleich redselig an.

Und dann erzähle ich Stefan die ganze Reihe von Katastrophen. Dass ich einen unserer wichtigsten Kunden an die Konkurrenz verloren habe. Dass ich in den letzten Wochen statt eine lukrative Ausschreibung zu gewinnen, entscheidende Termine verpennt und Fristen versäumt habe. Und dass ich zwei Mal in Folge einen Event-Termin doppelt vergeben habe, sodass Deutschlands angesagteste Bloggerin wieder ausgeladen werden musste, damit Udo Lindenberg im Foyer von LUX14 auftreten konnte. Ein Zahlendreher in meiner E-Mail war schuld daran. Das ist mir nie zuvor passiert.

«Solche Missgeschicke geschehen nun mal», sagt Stefan achselzuckend, «dagegen seid ihr doch versichert.»

«Ja. Schon. Es ist nur …» Nervös fahre ich mit dem Zeigefinger ein paar Falten in der Decke entlang. So gut es sich auch anfühlt, endlich einmal über alles zu sprechen, ist es mir gleichzeitig auch peinlich, meine Fehler in derart geballter Form darzulegen. Es sind regelrechte Anfängerfehler, und auf einmal komme ich mir vollkommen schusselig und inkompetent vor. Ich leere schnell mein Glas. Die Kohlensäure steigt mir in die Nase, und ich muss aufstoßen. Kurz fürchte ich, mir würde die Brezel von unterwegs wieder hochkommen, doch dann habe ich mich unter Kontrolle. «Ein paar Tage später hat sich ein zweiter Vorfall ereignet», fahre ich zähneknirschend fort. «Es ging um eine riesige Benefiz-Veranstaltung mit vielen Promis. Ich habe bei den Sicherheitsvorkehrungen Mist gebaut, und das Event musste am Ende ins Sky-Hotel nebenan verlegt werden. Ein in die Jahre gekommener Hochhausklotz. Das Essen war miserabel, und die Klimaanlage funktionierte nicht. Der ganze Abend war ein einziges Desaster und bedeutete für LUX14 einen enormen Prestige-Verlust.»

Ich schiele zu Stefan, um seine Reaktion zu sehen. Sein Gesicht ist unbeweglich und konzentriert. Schnell erzähle ich weiter. «Biedinghaus war eigentlich total nett. Er hat versucht, meinen Fehler vor den anderen Geschäftsführern zu vertuschen und hat einiges auf seine Kappe genommen.»

Stefan pfeift durch die Zähne. «Hört, hört. Will der was von dir?»

Ich schaue ihn irritiert an. «Nein, ausgeschlossen.» Ich schüttele den Kopf. «Vermutlich hatte er bloß Mitleid.» Ist ja auch nicht so, dass die Sache konsequenzenlos geblieben wäre, sonst säße ich jetzt garantiert nicht hier unter dem Hirsch.

Mein Blick hat sich auf der Bettdecke festgesaugt. Mir fällt auf, dass sie an einigen Stellen gestopft wurde und die innere Decke blau durch den Bezug schimmert. Das Flickwerk passt zu meiner desolaten Stimmung.

«Irgendwie habe ich dann außerdem noch eine große Rechnung verschlampt, was einen Rattenschwanz an Komplikationen nach sich zog. Letzten Endes scheint das wohl das Fass zum Überlaufen gebracht zu haben. Biedinghaus hat mich abgemahnt und mir sechs Wochen Urlaub aufgebrummt, damit er überlegen kann, wie es für mich bei LUX14 weitergeht. Und *ob* es für mich dort überhaupt weitergeht. Er meint, ich solle mal ordentlich ausspannen.» Ich stoße ein ironisches Lachen aus. «Aber wie soll das gehen, wenn mir die Kündigung droht?»

«So leicht können die dich nicht rausschmeißen, das weißt du ja wohl», sagt Stefan stirnrunzelnd.

«Sie haben schon meinen Zugang zum Intranet und alle meine Accounts gesperrt.» Ich kann es noch immer kaum glauben und fühle mich ein bisschen so, als habe man mir die Tür meines Zuhauses vor der Nase zugeschlagen und zweimal abgeschlossen. «Du weißt, ich liebe meine Arbeit, sie ist mehr als einfach nur ein Job. Sie ist mein *Leben.*» Erst recht, seit alles Private so schief läuft. Das sage ich aber nicht laut.

Stefan schweigt. Er schenkt uns noch einmal nach, schaut eine Weile nachdenklich in sein Glas und sagt schließlich: «Für mich steht fest, dass der Brief von Regina großen Stress in dir ausgelöst hat, auch wenn du es nicht zugibst. Dass sie sich nach all den Jahren bei dir gemeldet hat, *muss* dich doch aus der Bahn geworfen haben. Deine Fehler sind reine Konzentrationsfehler, du stehst einfach vollkommen neben dir.» Er schaut mich durchdringend an. «Du bist ganz sicher wieder die Alte, wenn die nächste Woche hinter dir liegt. Du und Regina, ihr müsst euch endlich kennenlernen und die Vergangenheit aufarbeiten.» Mit Daumen und Zeigefinger massiert er sich die Nasenwurzel. Dann fügt er hinzu: «Hör auf damit, deine Energie zu verschwenden, indem du dich dagegen sträubst. Du hast dich entschlossen, diese Reise anzutreten, also mach jetzt das Beste daraus. Letzten Endes wirst du gestärkt aus der Erfahrung hervorgehen, das darfst du mir als routiniertem Coach gerne glauben. Und wer weiß? Wenn ihr euch erst einmal ausgesprochen habt, du und Regina, vielleicht werdet ihr ja Freundinnen?»

Ich starre ihn an. Also … das scheint mir jetzt doch ziemlich weit hergeholt. Ganz sicher werden Regina und ich keine Freundinnen, niemals. Der Zug ist abgefahren, auch wenn das niemand in meiner Familie verstehen will.

Stefan stellt sein Glas bedächtig wieder zurück auf den Nachtschrank. Anschließend beugt er sich zu mir, um mir meins abzunehmen. Als er auch das losgeworden ist, robbt er ein Stück an mich heran. Er greift nach meiner Hand, umschlingt sie und beginnt, nacheinander meine Finger zu küssen.

In meiner Brust tobt ein Wirbelsturm. Tausend Gedanken tosen durch meinen Kopf und machen, dass ich stocksteif dasitze. Jetzt, da ich einmal meine Sorgen ausgesprochen habe, möchte ich am liebsten noch weiter mit Stefan über alles reden, was mich bedrückt. Einerseits. Gleichzeitig will ich das Thema

Job aber auch ruhen lassen und alles so schnell wie möglich vergessen. Und ein ganz klein wenig wünsche ich mir, mich leichtfertig dem Alkohol hinzugeben, in Stefans Arme zu sinken und so zu tun, als seien wir noch immer ein Ehepaar.

«Entspann dich, Luisa», kommt es von dicht neben mir. «Vergiss jetzt mal alles. Regina, deine Mutter und auch die Arbeit. Du kannst momentan ohnehin nichts tun.»

Er rutscht ein Stück näher, sodass ich den Duft seiner Haut wahrnehmen kann und die feinen Sommersprossen darauf sehe, die ihn so ärgern und von denen ich weiß, dass er sie am liebsten weglasern lassen würde.

Mein Herz schlägt immer schneller, und das Blut oder der Alkohol rauscht in meinen Ohren. Mir wird angenehm schwummerig. Als hätte ich zu viel Kaffee getrunken.

Als Stefan beginnt, meinen Nacken zu kraulen, bekomme ich eine Gänsehaut. «Ich weiß nicht, ob das eine gute Idee ist», flüstere ich, weil ich ganz tief in meinem Inneren dumpf eine Alarmglocke schlagen höre. Oder ist es doch nur mein Herz?

«Lass dich fallen», raunt er, «versuche, an nichts zu denken.» Der Druck seiner Finger in meinem Nacken verstärkt sich. Es fühlt sich an wie ein Massagegriff.

Mein Körper *will* sich ja entspannen, aber mein Kopf weigert sich, sein Okay dazuzugeben. Wie soll ich bitteschön an nichts denken, wenn mein Leben gerade Loopings dreht?

Stefans Hand wandert zurück zu meinem Gesicht. Er streichelt zärtlich über meine Wange, lässt den Zeigefinger langsam bis zu meinem Kinn wandern und hebt es mit sanftem Druck leicht an. Unsere Köpfe sind jetzt ganz dicht voreinander, keine Hand passt mehr dazwischen. Ich rieche seinen Atem und sein Duschgel. Beides kommt mir fremd vor.

«Luisa», haucht Stefan und gibt mir einen Kuss auf die Wange. Und dann noch einen und noch einen. Das hat er schon immer so gemacht. Er küsst noch ein paar Mal mein Gesicht, ehe seine Lippen zu meinem Mund wandern und sich sanft und weich auf ihn legen. Ich fühle meinen Widerstand mehr und mehr abebben. Wie eine Flamme, die nach ein paar sinnlosen Versuchen, noch einmal aufzulodern, schließlich erlischt. Auch die Alarmglocke in meinem Inneren verstummt. Stefans Hände, seine Küsse, der Duft seiner Haut – mein Fels in der Brandung. Mein vertrautes Nest, in das ich nur hineinschlüpfen muss, um für einen Moment die Welt um mich herum vergessen zu können. Alles erscheint mir plötzlich logisch und richtig. Sein Kuss ist voll inniger Zuneigung, ich fühle mich so geborgen wie schon lange nicht mehr, und mir wird wohlig warm ums Herz. Die Hitze wallt durch meinen Körper und breitet sich über die Adern bis in meine Fingerspitzen aus.

Ich meine – hey –, seit sechs Monaten hat mich kein Mann mehr geküsst!

Wenn man von dem siebzigjährigen Hausmeister bei LUX14 absieht, dem ich Pralinen für seine Frau mitgegeben habe. Nicht wirklich vergleichbar mit dieser Situation.

«Ich hab dich vermisst, Luisa.» Stefans Lippen wandern zu meinen Schläfen, knabbern an meinen Ohrläppchen, während er mir sehnsuchtsvolle Liebkosungen ins Ohr stöhnt. Dann lässt er sich plötzlich rücklings auf die Matratze fallen und zieht mich schwungvoll mit sich. Zu schwungvoll. Denn leider rutschen wir bei dem Manöver seitlich ab und krachen polternd gegen die Wand. In ziemlich ungemütlicher Verrenkung versuchen wir, uns wieder in Richtung Bettmitte zu dirigieren.

Noch immer halb verknotet liegen wir da, als es plötzlich an der Tür klopft. Die Stimme meiner Mutter dringt vom Flur zu uns herein. «Luisa? Stefan?» Sie klingt aufgeregt. «Was ist denn nur bei euch los? Warum hämmert ihr dauernd gegen die Wand?»

Und auf einmal ist der Zauber verflogen. Wie ein Backfisch,

der beim Knutschen von den Eltern ertappt wird, fühle ich, wie meine Wangen rot werden. Hektisch raffe ich mich auf. Während ich zur Tür eile, zupfe ich noch schnell mein Schlafshirt zurecht und habe dabei das Gefühl, vor einem riesigen Fehler bewahrt worden zu sein.

5
Der Brief

Gegen acht Uhr am nächsten Morgen sitzen wir schon allesamt im Auto und sind auf dem Weg zur nahe gelegenen Autobahn. Dem Frühstück im Hotel wollte keiner von uns recht trauen, deshalb schlug Stefan vor, dass wir uns in einer Bäckerei an der Hauptstraße Croissants und Milchcafé gönnen. Jetzt bin ich pappsatt und könnte schon wieder schlafen.

Von der durchgelegenen Matratze tun mir alle Knochen weh, außerdem dröhnt mein Kopf vom Grübeln. Die halbe Nacht habe ich mir über alles Erdenkliche Gedanken gemacht, hauptsächlich über meinen Job. Dabei bin ich meine Möglichkeiten im Geiste noch einmal genau durchgegangen, schlussendlich aber immer wieder zu demselben Ergebnis gekommen: Alles steht und fällt mit der Telefonnummer von Yves Rusco, um die ich Janosch gebeten habe. Denn mit viel Glück ist für mich bei LUX14 doch noch nicht alles verloren. Seit Rusco zur Crème de la Crème der deutschen Kunstszene gehört, ist die halbe Welt hinter ihm her. Auch Biedinghaus. Bislang allerdings ohne Erfolg. Ich bin mir sicher: Könnte ich Rusco zu einer Kooperation mit LUX14 bewegen, dann würde mir dieser Coup beim Verhandeln um meinen Job eine vollkommen andere Ausgangsposition bescheren. Mehr noch als das: Mein Chef würde mir die Füße küssen!

Leider gibt es in dieser Rechnung noch sehr viele Unbekannte. Allen voran Rusco selbst.

Verstohlen angele ich in meiner Tasche nach meinem Handy. Ein kurzer Blick genügt, um festzustellen, dass Janosch sich immer noch nicht gemeldet hat. Verdammt! Dabei bin ich mir so sicher, dass er über die nötigen Kontakte verfügt, um die Nummer für mich herauszufinden.

«Was haben wir nur für ein Glück mit dem Wetter.» Im Gegensatz zu mir hat meine Mutter ausgezeichnet geschlafen. Frisch geföhnt und mit rosigen Wangen schält sie sich aus ihrem Chanel-Jäckchen. «Und schaut euch doch nur mal an, wie wunderschön das Sonnenlicht auf die weißen Bergspitzen fällt.» Sie holt tief Luft. «Nichts entspannt so wie die Unentrinnbarkeit. Deswegen beruhigt uns die Natur und erregt uns die Welt.»

Ich schweige. Es ist mir zu früh zum Philosophieren.

«Ja, unglaublich.» Fasziniert deutet auch Stefan auf das Bergmassiv. Er hat heute Morgen noch nicht viel gesprochen, obwohl *er* definitiv gut geschlafen hat. Sein Schnarchen hätte es durchaus mit dem Röhren des Hirschen aufnehmen können. «Und seht mal, das Außenthermometer zeigt achtzehn Grad, obwohl dort oben Schnee liegt! Wir könnten Ski fahren. Also theoretisch, meine ich.»

Theoretisch. Praktisch würde er das natürlich nie tun, so spontan ist Stefan nicht. Außerdem scheut er als selbständiger Unternehmer das Verletzungsrisiko, verständlich. Andererseits – wer weiß? Seit gestern habe ich so viele neue Züge an ihm entdeckt, dass es mich nicht sonderlich verwundern würde, sollte er sich plötzlich zum Snowboarden entschließen.

Doch der Wagen gleitet weiter. So extrem ist Stefans Verwandlung dann offenbar doch nicht. Leider, muss ich mir eingestehen, denn jeder außerplanmäßige Stopp würde unsere Ankunft ein wenig hinauszögern. Und das wäre absolut in meinem Sinn.

Ich betrachte die Landschaft. Draußen sieht es in der Tat schön aus. Der Himmel leuchtet in knalligem Blau, und die Sonne blitzt hinter den Bergspitzen hervor, als wüsste sie, dass wir diese Route zum ersten Mal nehmen, und wolle uns deshalb ein perfekt ausgeleuchtetes Panorama bieten.

Mich macht diese Idylle trotzdem nervös. Zu meiner Stimmung würde kräftiger Dauerregen sehr viel besser passen.

Erschöpft schließe ich die Augen und versuche, zur Ruhe zu kommen, indem ich Stefans Rat befolge: an gar nichts denken. Doch das Chaos in meinem Kopf lässt sich nicht einfach ausschalten.

Zur Beruhigung zähle ich die Markierungspfosten am Straßenrand. Bis 58 halte ich durch, dann sind meine Gedanken bei Regina gelandet. Vielleicht hat Stefan recht, und ich muss endlich aufhören, mich gegen das Treffen zu sträuben? Jetzt ist es doch ohnehin zu spät. Mit jedem Kilometer, den wir zurücklegen, nähern wir uns Nid-sur-Mer, und wenn nicht ein Wunder geschieht, erreichen wir am Nachmittag Reginas Pension. Es gibt kaum noch ein Zurück, und wenn ich ganz ehrlich bin, ist das vielleicht auch gut so. Ich spüre inzwischen ja selbst, dass ich am Rande meiner Kräfte bin. Ich muss das Treffen endlich hinter mich bringen. Wenn ich, wie Stefan meint, gestärkt aus der Sache hervorgehen möchte, habe ich keine andere Wahl, als mir unvoreingenommen anzuhören, was Regina mir zu sagen hat. Nur *anhören*. Danach kann ich ja immer noch entscheiden, wie viel Platz ich ihr in meinem Leben einräume. Und ob ich sie überhaupt daran teilhaben lasse.

Es sind inzwischen ziemlich genau drei Monate vergangen, seit ich ihren Brief in meinem Postkasten fand. Damals war ich zunächst irritiert, denn der Absender des DIN-A4-formatigen Kuverts war das Jugendamt Frankfurt. Darin steckte ein kurzes

Begleitschreiben von einer Sachbearbeiterin namens Berger. Und darunter lag der eigentliche Grund der Sendung: ein verschlossener Umschlag, auf den Regina mit lockerer, ein wenig krakeliger Handschrift «Für meine Tochter» geschrieben hatte.

Für mich ein Riesenschock. Plötzlich ein Lebenszeichen von ihr in den Händen zu halten, brachte mich vollkommen aus der Fassung. Ich weiß noch ganz genau, dass ich mich vor Schreck erst einmal hinsetzen musste, weil meine Knie so weich wurden, als seien sie aus Gummi. Bestimmt eine halbe Stunde saß ich am Küchentisch und starrte den verschlossenen Umschlag wie einen vom Himmel gefallenen Fremdkörper an. Zwischendurch stand ich nur einmal kurz auf, um mir einen Cognac einzuschenken. Die Flasche verstaubte seit zwei Jahren auf meinem Küchenregal, und ich hielt dies für die passende Gelegenheit, ihrem trostlosen Dasein ein Ende zu bereiten. Ich schüttete in kürzester Zeit zwei Gläser in mich hinein, doch besser machte es die Sache nicht. Im Gegenteil. Statt mich auf einer Woge der Gelassenheit zu tragen, bewirkte der Alkohol, dass ich klamme Finger bekam und mein Herz wie verrückt zu rasen anfing. Lang vergangene und mühevoll verdrängte Gefühle traten plötzlich zum Vorschein, sie zerrten an mir und quälten mich. Von ganzem Herzen wünschte ich mir die Kraft, Reginas Brief ungelesen in die Mülltonne werfen zu können, doch es ging nicht. Mein Körper wollte mir einfach nicht gehorchen. Stattdessen führten meine zitternden Finger ein Eigenleben, sie rissen das Kuvert auf und beförderten einen Zettel zutage. Es war ein kariertes Blatt, schlicht, wie von einem gewöhnlichen Schreibblock abgerupft. Ich fing an zu lesen. Die Sätze waren in derselben unregelmäßigen Handschrift verfasst, wie sie vorn auf dem Umschlag zu sehen war, und ich kann den Wortlaut inzwischen auswendig. Vielleicht, weil er so schrecklich banal ist.

Meine liebe Tochter,
sicher wunderst Du Dich, nach so langer Zeit von mir zu hören. Ich bin ja selbst erstaunt, wie viele Jahre ins Land gegangen sind, seit wir uns das letzte Mal gesehen haben. Obwohl – genau genommen habe wohl nur ich Dich gesehen, Du warst damals ja noch ein Baby und hattest die meiste Zeit die Augen geschlossen. Ein niedliches Baby, an das ich mich so gern zurückerinnere!
Leider verlief mein Leben bis heute nicht so reibungslos, wie ich es mir gewünscht hätte. Für ein Kind gab es darin zu keiner Zeit Platz. Mutter zu sein hätte mich schlichtweg überfordert. Doch nun, nach 35 Jahren, geht es mir endlich gut. Zusammen mit meinem Mann Detlef (er ist nicht Dein Vater, denn zu diesem verkorksten Menschen habe ich zum Glück keinen Kontakt mehr) wohne ich in Südfrankreich. In Nid-sur-Mer, einem Nest, das seinem Namen alle Ehre macht. Es liegt am Mittelmeer, in den Bergen, südlich des Lubéron.
Detlef ist ein wunderbarer Mann, und wir sind sehr glücklich. Mehr als das, wir sind Seelenverwandte! Mit ihm an meiner Seite hat mein Leben einen tieferen Sinn bekommen – endlich!
Gemeinsam betreiben wir in Nid ein kleines Gästehaus, die Pension Regina. Klein, aber fein. Sie in Schuss zu halten macht viel Arbeit und bringt auch keine Unsummen Geld ein, aber wir sind unsere eigenen Chefs. Jobs, bei denen man sich für andere den Rücken krumm schuften muss, habe ich in der Vergangenheit zur Genüge gehabt.
Doch zu zweit geht alles leichter, und so bleibt Zeit, dass wir beide, Du und ich, uns endlich kennenlernen.
Also, mein liebes Mädchen, wie sieht es aus? Hast Du Lust, Detlef und mich zu besuchen? Wir würden uns wahnsinnig freuen!

Ganz liebe Grüße,
Deine Mutter Regina

Nicht einmal nach dem Lesen gelang es mir, den Brief zu zerknüllen oder in tausend Stücke zu zerfetzen, auch wenn mich Reginas Zeilen zutiefst verletzten. Wie Dolchstiche bohrten sie sich in mein Herz und rissen eine Wunde auf, von der ich glaubte, sie sei längst verheilt. Neben dem Schmerz machten ihre Worte mich unendlich wütend. Auch jetzt noch, drei Monate später, fühle ich bei dem Gedanken an diesen Brief Wut in mir aufsteigen wie Rauch aus einem tiefen Krater. Heiß und giftig. Ist das zu fassen? Mutter zu sein hätte sie schlichtweg *überfordert*? Ich glaube, mit diesem Gefühl stünde sie nicht allein auf weiter Flur. Es ist mit Sicherheit kein Pappenstiel, ein Kind großzuziehen, sondern erfordert unglaublich viel Mut und Kraft. Aber keine Mutter, die ich kenne, würde ihr Kind weggeben, weil sie sich … *überfordert* fühlt. Mir schießen die Tränen in die Augen bei so viel Gleichgültigkeit. Das kann doch unmöglich der einzige Grund gewesen sein, oder? Dann wüsste ich nämlich ehrlich gesagt nicht, wie ich reagieren sollte, wenn wir uns sehen.

Um nicht schon hier im Auto loszuheulen und dadurch womöglich wieder eine Diskussion anzufachen, beiße ich mir auf die Unterlippe, dass ich beinahe einen Krampf bekomme. Ich rufe mir die Zeilen noch einmal ins Gedächtnis: Detlef, Reginas Seelenverwandter, der ihrem Leben endlich einen Sinn gegeben hat. Dieses ständige Gefasel über ihn finde ich ehrlich gesagt ziemlich unpassend. Wie soll ich ihre Worte verstehen, gibt er Regina mehr, als es ein Kind hätte tun können? Und nicht nur das, er scheint ein wahres Arbeitstier zu sein, *sodass Zeit bleibt, damit wir uns endlich kennenlernen.*

Will sie damit etwa sagen, dass es an mangelnder Zeit lag, warum wir uns nie getroffen haben? Das ist ja wohl das Letzte! Außerdem frage ich mich, warum sie, wenn sie ja auf einmal geläutert wurde oder plötzlich Langeweile verspürt, mir dann nicht *wirklich* etwas schreibt? In ihrem Brief gibt es keine einzige persönliche Botschaft, keine noch so kleine Gefühlsregung dringt durch die Zeilen und auch keine Erklärung, null.

Ich atme tief durch und schaue in die Ferne. Ein riesiger Vogel, vermutlich ein Bussard, steht schräg über uns in der Luft. Bereit, hinabzustürzen, sobald er auch nur die Bewegung einer Maus erahnt. Ich unterdrücke ein Seufzen.

Wie soll ich es nur schaffen, Regina gegenüberzutreten und ihr in Ruhe zuzuhören, wenn mich ihr Brief schon derart in Rage bringt?

Dabei sind es nicht nur diese Zeilen, die mich so wütend machen. Es ist dieser alte, lange verdrängte Schmerz, der in mir rumort und mich nicht zur Ruhe kommen lässt.

Denn schon einmal hat Regina mich schrecklich enttäuscht. Damals hatte ich mir fest vorgenommen, nein, ich hatte es mir *geschworen*, sie abblitzen zu lassen, sollte sie mich jemals kennenlernen wollen – und jetzt?

Ich stehe kurz davor, diesen Schwur zu brechen, und weiß einfach nicht, ob ich das Richtige tue.

Elisabeth und Gerd, *Mama* und *Papa*, haben mich adoptiert, als ich etwa ein halbes Jahr alt war. Es war eine anonyme Adoption, Mama und Papa erfuhren nichts über meine Herkunft, genauso verwehrte man Regina jegliche Auskunft darüber, an wen ich vermittelt wurde. Mit viel Liebe und Fürsorge, aber vor allem ohne Geheimnisse, haben meine Eltern mich in den folgenden Jahren großgezogen und mir immer alle meine Fragen beantwortet. Allzu viel konnten sie mir jedoch nicht erzählen, schon gar nicht über meine leibliche Mutter. Nicht einmal ihren Namen wussten sie. Doch als ich achtzehn wurde und den Wunsch hegte, mehr über meine Vergangenheit zu erfahren und meine Herkunft zu erforschen, unterstützten sie mich mit allen ihnen zur Verfügung stehenden Mitteln bei diesem Vorhaben. Sie gaben mir Tipps, diskutierten das Für und Wider einer Begegnung mit der leiblichen Mutter und begleiteten mich schlussendlich zum Amt, weil man mir nur dort weiterhelfen konnte. Das Gesetz, das adoptierten Kindern ein Recht zuspricht, ihre Akte einzusehen, steckte in der Praxis damals noch in den Anfängen. Man riet mir deshalb davon ab, unangemeldet bei meiner leiblichen Mutter aufzutauchen, sondern hielt ihre Adresse weiter geheim. Stattdessen schlug man mir vor, Regina erst einmal einen Brief zu schreiben, den sie weiterleiten würden. Plötzlich mit der Vergangenheit konfrontiert zu werden, sei auch für die leibliche Mutter nicht ganz einfach und könne in ihrem aktuellen Leben sehr viele Probleme aufwerfen. Unter Umständen sogar ihre neue Familie zerstören. Das wollte ich natürlich auf gar keinen Fall. Zarte Bande per Post zu knüpfen schien mir daher ein guter Weg zu sein, denn auch in mir selbst fuhren die Gefühle Achterbahn. Also schrieb ich einen Brief. Zwei Wochen brauchte ich, um das, was mir auf dem Herzen lag, in geeignete Worte zu fassen. Mein Innerstes quoll plötzlich über vor Empfindungen, und es galt, sie sorgfältig zu analysieren und zu ordnen. Im Grunde wollte ich Regina nur kennenlernen. Ich war neugierig auf sie, wollte wissen, wie sie aussah, ob wir Ähnlichkeit miteinander hatten und wie ihre Stimme klang. Keinesfalls suchte ich eine Mutter, die hatte ich ja schon. Aber ich brannte darauf, ihre Geschichte zu hören. Ich *musste* einfach verstehen, warum sie mich weggegeben hatte. Gleichzeitig wollte ich ihr klarmachen, dass ich ihr deswegen nicht böse war. Tief in meinem Herzen war die Gewissheit entstanden, dass keine Frau ihr Kind leichtfertig weggibt. Auch Regina mussten widrige Lebensumstände dazu gezwungen haben, und ich nahm an, sie würde überglücklich und erleichtert sein, ein Lebenszeichen von mir zu bekommen.

Doch ich hatte mich gewaltig getäuscht.

Regina war keinesfalls erfreut oder euphorisch, sondern erteilte mir eine Abfuhr. Sie schrieb dem Jugendamt und ließ mir ausrichten, dass sie keinen Kontakt zu mir wünsche. Mehr nicht. Keine Erklärung, kein Bedauern. Nichts.

Ich war am Boden zerstört. Von seiner Mutter zweimal im Leben abgelehnt zu werden, ist mehr, als man als junger Mensch verkraften kann. Es lässt sich nur sehr schwer verwinden – und niemals vergessen.

Mama und Papa versuchten damals nach Kräften, mich zu trösten, doch der Stachel der Enttäuschung hatte sich tief in mein Herz gebohrt.

Und genau dort spüre ich ihn jetzt wieder heftig schmerzen.

Wer nach Rache strebt, hält seine eigenen Wunden offen. Mamas Worte, die sie gestern während der Fahrt gesagt hat, geistern plötzlich durch meinen Kopf. Hat sie recht? Sträube ich mich deswegen so dagegen, Regina kennenzulernen, weil ich es ihr heimzahlen will? Weil ich ihr nur begreiflich machen kann, wie verletzend ihre Absage an mich war, wenn ich ihr denselben Schmerz zufüge?

Vielleicht.

Wäre das so schwer zu verstehen?

Mama müsste sich doch noch genau daran erinnern, wie abgrundtief enttäuscht und verstört ich damals war. Sie selbst war ja schockiert von Reginas Absage, und ich weiß noch, dass sogar Papa sich hilflos und wütend fühlte. Doch statt sich jetzt auf meine Seite zu stellen, wiederholt Mama nur immer wieder dieselben Argumente: dass ich es bis an mein Lebensende bereuen würde, Regina nicht kennengelernt zu haben. Dass dies meine Chance sei, die Lücke in meinem Lebenslauf zu schließen und mehr über meine Wurzeln zu erfahren. Und dass Regina auch eine Chance verdient habe, mir alles zu erklären. Weil ihre Zeilen vielleicht nicht unbedingt das aussagen, was *wirklich* in ihr vorgeht.

Nachdem ich mit dem neuesten Brief auch Reginas vollständigen Namen und ihre Anschrift erfahren hatte, ging ich irgendwann im Internet auf die Website der Pension, um sie genau unter die Lupe zu nehmen. Es war eine einfache HTML-Seite, ohne aufwendige Navigation. Lediglich mit einem markierten roten Punkt auf der Landkarte und einem Foto des Gästehauses. Mehr nicht. Es stand dort nichts Persönliches über die Betreiber, auch fand man keine Bilder der Zimmer oder Informationen über die Region. Nur eine Preisliste und der Hinweis, dass man Anfragen per E-Mail stellen möge. Auf diesem Weg schrieb ich Regina meine Antwort. Mit Mamas guten Ratschlägen im Kopf, musste ich mich dennoch arg bemühen, einen neutralen und respektvollen Ton anzuschlagen, obwohl mir der Sinn nach etwas ganz anderem stand. Am liebsten hätte ich in dieser Mail meinem gesamten aufgestauten Ärger Luft gemacht, doch am Ende hätte ich Regina dadurch nur verschreckt. Und zurückgeblieben wäre einmal mehr das Gefühl der Unwissenheit. Dass ich meine Rückantwort von Detlef erhielt, machte meine Vorbehalte gegen diese Reise allerdings auch nicht gerade besser.

Das Einzige, das mich ein klein wenig versöhnte, war die Tatsache, dass Detlef – im Gegensatz zu Regina – hocherfreut, geradezu überschwänglich klang. Mehrfach betonte er, wie sehr er sich auf das Kennenlernen freue, und schickte im Anhang sogar zwei Fotos von sich und Regina, auf denen man sie nur leider kaum erkennen konnte. Einzig ihr lockiges braunes Haar stach mir ins Auge.

Und jetzt auf einmal, mitten auf der Autobahn, irgendwo in der Pampa – ich weiß gar nicht, ob wir uns in der Schweiz, Italien oder bereits in Frankreich befinden – wird mir erst so richtig bewusst, dass es nun nicht mehr lange dauert, bis meine leibliche Mutter und ich uns zum ersten Mal gegenübertreten. Plötzlich ist Regina nicht mehr nur ein Gefühl in meinem Bauch, sondern wird zu einer Person aus Fleisch und Blut. Puh …

Unruhig rutsche ich auf dem Sitz hin und her, während ich spüre, wie mein Magen rumort. Nervös schweift mein Blick über die Berghänge, auf denen massenhaft Weinstöcke zu sehen sind, ordentlich aufgereiht und wie mit dem Lineal gezeichnet, stehen sie wie Spielfiguren in der Landschaft herum und genießen den Sonnenschein.

Ich stehe das durch, spreche ich mir selbst Mut zu. Ich bringe das Treffen hinter mich, damit alle zufrieden sind, und danach möchte ich von dem Thema niemals wieder etwas hören!

Auf einmal meldet sich – pling! – mein Handy. Überrascht schaue ich aufs Display: eine Nachricht von Janosch! Endlich! Der Inhalt lässt mein Herz höher schlagen.

> *Liebe Lulu, hier die Nummer von Yves Rusco. Hab sie von Tom Menzel, du müsstest ihn eigentlich kennen. Er hat mal … – ach egal. Ich drück die Daumen, dass sie dich womit auch immer weiterbringt! Halt mich auf dem Laufenden! Geiler Hirsch übrigens! Wo bist du? Big Hugs, J.*

Ich muss mich zusammenreißen, um nicht in Jubelschreie auszubrechen. Wusste ich es doch, dass Janosch der richtige Ansprechpartner ist! Er kriegt einfach alles raus. Von Prinz William bis zur sizilianischen Mafia kennt er garantiert jeden, und ich schätze mal, sein Adressbuch dürfte voller sein als das von Mick Jagger.

Ich speichere die Nummer von Rusco in mein Handy und spüre dabei, wie meine Mutter sich neugierig nach vorne beugt.

«Liebes, wir haben Samstag», ermahnt sie mich ein wenig spöttisch. «Da kommt keine Post.» Als ich nicht reagiere, fügte sie hinzu: «Ich meine ja nur, dass du dich endlich mal entspannen solltest. Schau doch nur dort vorn, die Kühe!» Sie deutet schräg durch die Frontscheibe, wo im Schatten eines Tannenwäldchens ein paar graubraune Tiere dösen und schwanzwedelnd Mücken vertreiben.

«Hm-mh.» Ich bin im Geiste bereits bei meinem Gespräch

mit Yves Rusco. Ist ja auch nicht so, als hätte ich noch niemals Kühe gesehen.

«Und die Weinstöcke und die quadratisch angeordneten Felder …»

«Ja, mmh … toll.»

Mit einem resignierten Seufzer lehnt Mama sich zurück in den Sitz. «Meine Güte, Luisa! Kannst du denn nicht mal rausgucken und dich an der schönen Natur erfreuen?»

«Ja doch.» Ich tue ihr den Gefallen. Und mache für Janosch ein Foto.

Hinter mir höre ich meine Mutter stumm die Nase hochziehen. Ein sicheres Zeichen dafür, dass sie beleidigt ist.

Ich versuche, es zu ignorieren. Gerade habe ich wirklich anderes auf dem Zettel. Dummerweise ist es nicht möglich, Rusco sofort anzurufen, die Verbindung im fahrenden Wagen ist einfach zu schlecht, außerdem möchte ich auf Zuhörer lieber verzichten. Aber ein Konzept kann ich mir zurechtlegen, und das tue ich jetzt, so gut es geht. Der Mann ist Künstler und war sich bislang für alles zu schade – ein Projekt mit ihm käme wahrlich einem Wunder gleich! Aber genau das ist es, was ich zurzeit brauche: ein Wunder. Einen magischen Moment, einen Knall, ein Feuerwerk, das über mir explodiert und alle, vor allem meinen Chef, auf mich aufmerksam macht. Noch eine Chance werde ich zweifelsohne nicht bekommen.

Ich versinke tief in Gedanken, überlege mir, wie ich einen geeigneten Einstieg in das Gespräch finden könnte und welchen Tonfall ich am besten wählen sollte. Auf jeden Fall nicht zu spießig. Aber auch nicht flapsig. Und schon gar nicht darf ich mir anmerken lassen, wie nötig ich den Deal mit ihm habe. Ich muss auf natürliche Art lässig klingen. Ja, genau. Zwanglos und locker. Ganz einfach.

Mitten in meine Grübelei meldet sich plötzlich Stefan zu Wort. Und was er sagt, klingt ziemlich beunruhigend.

6

Locker, aber mit spürbarer Kompetenz

Jetzt höre ich es auch», sagt Stefan, «dieses Geräusch.»

«Siehst du!», kommt es prompt von der Rückbank. «Es ist genau wie damals, als wir –»

«Ich denke, wir sollten so bald wie möglich halten», unterbricht er meine Mutter. Vermutlich fürchtet er, sie könne sonst wieder vom Harz anfangen. Er deutet stumm auf ein stecknadelkopfgroßes Lämpchen hinter dem Lenkrad. Es leuchtet rot.

Ich sag's ja: *beunruhigend.*

Stefan fährt sich durch die Haare. «Ich muss nach dem Kühlwasser sehen, den Ölstand checken und wohl mal in den Motorraum gucken.»

Verwundert sehe ich ihn an. «Ich wusste ja gar nicht, dass du dich mit Autos so gut auskennst.»

Er wirft mir einen vernichtenden Blick zu. «Du weißt einiges nicht von mir, Luisa.»

Säße meine Mutter nicht hinter uns, die höchstwahrscheinlich schon wieder ihren Richtfunk eingeschaltet hat, würde ich zu gern fragen, was er damit meint. Aber so …

«Was ist denn mit dem Wagen?», erkundigt Mama sich pikiert. «Ist der Sprit alle?»

«Witzig, Elisabeth.»

Meine Mutter lächelt milde. Dann sagt sie: «Also, was mich betrifft: Mir käme ein Halt sehr gelegen.»

Und was mich betrifft, erst recht, denke ich. Mein Konzept für das Telefonat mit Yves Rusco steht einigermaßen, und nun brennt es mir unter den Nägeln, ihn endlich anzurufen.

«Noch eine Stunde bis Nizza», erklärt Stefan. «Dort werden wir halten.»

«Eine Stunde!», ruft meine Mutter und klingt entsetzt. Sie spricht mir aus der Seele. Wie soll ich es noch so lange aushalten? Doch Mama hat sich schnell wieder gefangen. «Okay», sagt sie zu Stefan, «aber rechne dann nicht mit meiner Hilfe. Während du den Wagen reparierst, werde ich nämlich zur Toilette gehen.» Sie beugt sich zu mir nach vorn. «Musst du auch, Liebes?»

Reparieren? Hat sie gerade *reparieren* gesagt? Dass Stefan eine wundersame Wandlung durchgemacht hat, steht außer Frage. Aber ein Auto reparieren? Ich weiß ja nicht. Irritiert schaue ich meine Mutter an. «Äh … nein. Aber ich würde mir gerne mal die Beine vertreten.»

Das ist meine Chance, mich ohne ihr Genörgel kurz aus dem Staub zu machen.

Ich habe keinen Schimmer, ob es an der leisen Zuversicht liegt, die ich tief in meinem Inneren spüre, auf jeden Fall fühle ich einen gewissen Optimismus in mir erwachen. Sogar die Natur gefällt mir auf einmal ausnehmend gut. Wir haben inzwischen das Mittelmeer erreicht und fahren die Küstenstraße entlang, die von Italien über Monaco nach Frankreich führt. Bald müssten wir die Grenze passieren. Palmen wachsen links und rechts der Straße, so üppig wie in unseren Breitengraden Linden oder Birken, und es kommt mir vor, als würden die hochstämmigen Gewächse uns mit ihrem Blattwerk fröhlich zuwinken. Nacheinander erreichen wir mehrere kleine Ortschaften mit ockergelben Häusern, Straßencafés und sorgsam angelegten Parks. Das Meer leistet uns die ganze Zeit Gesellschaft. Mit seinem einzigartigen Blau liegt es zu unserer Linken und weist den Weg, zuverlässiger, als es ein Navi könnte. Die Sonne schickt ihre Strahlen halb schräg und gestochen scharf aufs Wasser, sodass sie wie spitze Lasergeschosse reflektiert werden. Tausende blau-grün funkelnde Sterne tanzen glitzernd über dem Meeresspiegel, hell und klar, dass man selbst durch eine Sonnenbrille fürchtet zu erblinden. Ich blinzele mit den Augen und wende meinen Blick wieder geradeaus.

Für eine Hauptverkehrsader, die die südlichen Mittelmeerstädte miteinander verbindet, erscheint mir die einspurige Fahrbahn so kurz vor Nizza relativ schmal zu sein. Trotzdem hält sich der Stau in Grenzen, als wir die Ausläufer der Stadt erreichen. Rechts der Straße reihen sich bereits Cafés und Souvenirläden mit Strandutensilien aneinander, außerdem Bars und Restaurants. Stefan drosselt das Tempo und sucht nach einem Parkplatz am Straßenrand. Vergebens. Als schließlich zwanzig Meter vor uns ein anderer Wagen ausparkt, setzt er schnell den Blinker und schnappt sich den Platz.

Ein paar Mal rangiert er vor und zurück, dann stellt er den Motor aus. Sofort wird hinter uns der Anschnallgurt gelöst.

«Puh, ist das heiß», stöhnt meine Mutter, nachdem sie kurz die Wagentür geöffnet hat und ein Schwall glühender Sommerhitze in den klimatisierten Innenraum geströmt ist. Sie zieht die Tür wieder zu. «Das ist ja, als habe man die Backofentür offen stehen.»

«Du schaffst das!», motiviere ich sie und löse ebenfalls meinen Gurt. Im Gegensatz zu ihr kann ich es gar nicht erwarten, auszusteigen.

Auch Stefan ist bereits auf dem Sprung. «Ich gehe mal raus und werfe einen Blick unter die Motorhaube. Besser, ihr wartet noch einen Moment», sagt er. «Vielleicht brauche ich euch ja zum Schieben.» Er schneidet eine Grimasse und steigt aus.

Mama und ich bleiben brav sitzen und beobachten interessiert durch die Fenster, wie Stefan dreimal mit gerunzelter Stirn den Wagen umrundet und dann einen flüchtigen Blick auf den Motor wirft. Als sich abzeichnet, dass er dem Problem dort nicht auf die Schliche kommen wird, krame ich im Seitenfach nach der Gebrauchsanweisung.

Fairerweise sollte ich Stefan mit der technischen Angelegenheit nicht allein lassen. Nicht, dass ich etwas von Technik verstehe. Aber ich fürchte, ihm geht es genauso.

Nach einigem Blättern finde ich ein Foto, auf dem unsere leuchtende Anzeige abgebildet ist. Ich fahre die Fensterscheibe herunter. «Es ist ein Problem mit der Elektronik», rufe ich, und Stefan schaut mich überrascht an. Ich wedele mit dem Büchlein. «Mehr schreiben die hier aber nicht. Nur, dass man sich an seine Werkstatt wenden soll.»

Ich sehe, wie er ein wenig blass um die Nase wird. Wir fahren seit Jahren Volvo, und Stefan legt Wert darauf, dass die Autos scheckheftgepflegt sind. Außerplanmäßige Reparaturen waren bislang nicht erforderlich und sollten seiner Ansicht nach im Falle eines Falles aber ausschließlich von einem zertifizierten Fachbetrieb durchgeführt werden. Am besten in Deutschland.

«Eine Werkstatt?», fragt er deshalb skeptisch, als hätte ich vorgeschlagen, den Wagen besser gleich verschrotten zu lassen. «Hier?»

Seit der letzten Fußballeuropameisterschaft scheint Stefan den Franzosen nur martialisches Haudrauf zuzutrauen.

Also komme ich mit einem anderen Vorschlag: «Soll ich vielleicht mal bei Volvo anrufen?», biete ich an. «Die haben doch bestimmt einen Notdienst. Oder 'ne Hotline.» Sogar mein Zahnarzt in Frankfurt-Ginnheim hat eine Nummer für Notfälle. Da wird ein international agierender Automobilkonzern wohl nicht hintanstehen.

«Und dann? Sollen die am Telefon eine Ferndiagnose stellen?»

Ich zucke mit den Achseln. «Ist doch denkbar, dass sie sich in deinen Bordcomputer einloggen können.»

Stefan lächelt milde. «Darf ich dich daran erinnern, dass dies ein Firmenwagen ist?»

Schon klar. Standardausrüstung.

«Wir fahren weiter», entscheidet er, wischt sich energisch die Hände an der Hose ab und schließt die Motorhaube. «Noch knapp zwei Stunden, dann sind wir in Nid-sur-Mer. Bis dahin schaffen wir es locker. Sicher kann uns Regina dort einen Techniker empfehlen. In kleineren Dörfern wäscht ja bekanntlich eine Hand die andere. Und ein Volvo ist immer noch ein Volvo.»

Das Wort Werkstatt meidet er wie eine Katze das tiefe Wasser. Aber klar, vermutlich kennt er die Pannenstatistik in- und auswendig und wiegt sich mit seinem skandinavischen SUV in Sicherheit.

«Aber die Toilette …», erinnert Mama ihn zaghaft, als er einsteigt.

Ich schenke ihr einen dankbaren Blick und nicke. Noch zwei Stunden, bis ich endlich telefonieren kann – das halte ich nicht aus.

Stefan zögert. Sein Augenmerk gilt einem schrägstehenden Straßenschild. Er beäugt es kritisch und sagt dann: «Ich fürchte, dies ist gar kein echter Parkplatz. Wir stehen hier im Halteverbot und sollten uns zumindest nach einem anderen Stellplatz umsehen.»

Schon bewegen sich seine Hände zum Zündschlüssel. Doch als er jetzt den Motor starten will, tut sich nichts. Kein Mucks ist zu hören. Weder ein Stottern noch irgendwelche Zündgeräusche. Nicht mal leises Klicken.

Im Wagen ist es totenstill.

Bis meine Mutter japst: «Ich glaube, ich ersticke.» Sie öffnet die Wagentür, nur um festzustellen, das sich damit verbrauchte fünfzig Grad mit frischen vierzig vermischen. Mit dem Hotelprospekt vom Hirschen fächert sie sich Luft zu. «Ich halte es nicht mehr länger aus.» Ächzend hievt sie sich vom Sitz hoch. «Wenn der Wagen eh kaputt ist, warte ich so lange im Café.»

Ich halte den Atem an. Bei Autopannen ist mit Männern nicht zu spaßen. Auch Stefan bildet in dieser Hinsicht keine

Ausnahme. Seine Augen sind nur noch kleine Schlitze, und die Stirn liegt ziehharmonikaartig in Falten.

«Warum zum Teufel haben wir nur hier angehalten!?», flucht er leise vor sich hin und vermeidet es freundlicherweise, mich dabei mit Blicken zu durchbohren. «Verdammter Mist!» Mit der flachen Hand schlägt er auf das Lenkrad.

«Soll ich fragen, wo wir einen Mechaniker finden?»

«Hier? Am Meer?», stöhnt Stefan.

«Warum denn nicht?» Ist ja nicht so, dass hier keine Autos fahren.

«Nein. Ich mache das selbst.» Stefans Laune hat den Tiefpunkt erreicht. Obwohl er kein Französisch spricht, will er sich nicht die Zügel aus der Hand nehmen lassen. Nichts hasst er mehr, als anderen hilflos ausgeliefert zu sein. Das gilt auch bei mir.

«Ich frage mich durch», erklärt er und steigt aus dem Wagen. «Irgendwer wird hier ja wohl Englisch sprechen.»

Ich schnappe mir meine Handtasche, steige ebenfalls aus und sehe mich um. «Dort ist ein Café.» Mit ausgestrecktem Arm deute ich die Straße rechts entlang und schaue dann meine Mutter an, die schwitzend am Wagen lehnt und unaufhörlich mit der schmalen Hotelbroschüre wedelt. «Dort kannst du zur Toilette, Mama. Und Stefan kann nach einem Schrauber fragen. Ich warte so lange –»

Ehe ich meinen Satz beendet habe, sind die beiden losgestürmt, ohne sich noch mal umzudrehen.

Ich stoße einen Seufzer der Erleichterung aus. In Windeseile krame ich mein Handy aus der Tasche und lehne mich ein paar Schritte weiter gegen den borstigen Stamm einer Palme. So gern ich auch ein paar Fotos von der Umgebung machen würde, darf ich doch die Zeit nicht aus den Augen verlieren. Sonst sind die beiden zurück, ehe ich auch nur Ruscos Nummer gewählt habe.

Zweimal atme ich tief ein und aus und versuche, mich an mein Konzept zu erinnern. Während der Fahrt habe ich entschieden, dass es am allerwichtigsten ist, bei dem Gespräch sympathisch rüberzukommen. Locker, aber mit spürbarer Kompetenz. Und am besten noch mit einer Prise Extravaganz, darauf stehen Künstler doch, oder? Noch ein Atemzug, dann wähle ich mit zitternden Fingern die Nummer. Mein Kopf kribbelt vor Aufregung, als würde eine Ameisenstraße direkt durch mein Hirn geleitet.

Es klingelt drei Mal, dann ertönt eine tiefe Stimme. «Ja?»

«Herr Rusco?»

«Ja!»

O Gott, er ist es, Yves Rusco persönlich! Mein Herz beginnt zu galoppieren wie ein wildes Pferd. Ich schlucke ein paar Mal trocken und merke, dass meine Kehle sich schrecklich rau und ausgedörrt anfühlt. Außerdem ist sie wie zugeschnürt, sodass ich zunächst fürchterlich husten muss, ehe ich überhaupt ein einziges Wort herausbringe.

«Guten Tag, Herr Rusco», krächze ich schließlich, «hier spricht Luisa Ludwig von LUX14 in Frankfurt.» Vollkommen perplex stelle ich fest, dass ich ihm meinen Mädchennamen genannt habe. Dabei heiße ich ja eigentlich noch wie Stefan: Tormöhlen. Doch um diesen Versprecher psychologisch zu durchleuchten, fehlt mir gerade die Zeit. «Ich habe Ihre Telefonnummer von einem gemeinsamen Freund.» Rusco soll wegen der kurzen Pause nicht gleich wieder auflegen. «Von Tom … äh … Menzel.»

Habe ich *Freund* gesagt? Nun, das war vielleicht ein wenig übertrieben. Ich erinnere mich ja leider nur sehr schwach an Tom. Verdammt, was war noch mal sein letztes Projekt?

Während ich mir das Hirn zermartere, schweigt Rusco.

Ich schwenke um, lasse den Gedanken an Tom links liegen und überlege stattdessen fieberhaft, wie ich weitermachen könnte. Leider ist mein Hirn auf einmal wie leer gefegt. Meine Knie werden weich, und ich umklammere Halt suchend die Palme. Mir will partout nichts von dem einfallen, das ich mir vorhin im Auto zurechtgelegt habe.

«Tom Menzel?», schreit Rusco plötzlich in den Hörer.

Ich zucke zusammen. «Ähm … Ja, genau!» Meine Stimme kiekst verunsichert. Spürbare Kompetenz hört sich anders an.

«Und *das* ist Ihr Freund?»

«Mein …? Nein, nein», lache ich nervös. Irgendwie entwickelt sich das Gespräch nicht ganz nach meinen Vorstellungen. «Tom ist nur … *ein* Freund.»

Ein *sehr sehr sehr entfernter Freund, also eigentlich eher … ein Unbekannter.*

«Tom Menzel ist ein Freund von Ihnen?»

«Äh … ja.» Na, jetzt müsste er es aber langsam geschnallt haben.

«Sie meinen den geschminkten Lackaffen mit der blinkenden Solarlichterkrone auf dem Kopf?»

Ach, *der* Tom Menzel! Plötzlich fällt es mir wie Schuppen von den Augen, und ich bringe vor Schreck nur einen fiependen Ton zustande. Die Ausstellung! Tom Menzel! Das Event mit ihm vor einiger Zeit bei LUX14 lief ein klein bisschen … na ja, aus dem Ruder. Ein Teil seiner Performance bestand darin, die Gäste mit braunen Farbbeuteln zu bewerfen, was vorher nicht abgesprochen war. Dem Abend folgte ein monatelanger Briefwechsel mit seiner Versicherung. Kein Wunder, dass ich den Kerl aus meinem Gedächtnis gelöscht habe.

«Der Typ, der sich einen Zeh hat amputieren lassen, um auf das Waldsterben hinzuweisen?»

Oookay … Tom Menzel ist vielleicht ein klein wenig abgedreht, aber sind das nicht alle Künstler tief in ihrem Innern? Und – hey! Die gute Nachricht ist: Rusco erinnert sich an ihn. Die schlechte lautet leider genauso.

Wie kriege ich denn jetzt bloß die Kurve? Die Prise Extravaganz, mit der ich meiner Person die nötige Würze verleihen wollte, wäre damit jedenfalls aufgebraucht.

«Woher hat der Spinner denn meine Nummer?», will Rusco wissen.

Tja, das wüsste ich inzwischen auch gern. Wobei ich bezweifele, dass mir die Antwort weiterhelfen würde.

Los, Luisa, gib alles! Du hast nur diese einzige Chance, fang endlich an zu improvisieren!

In meinem Hirn laufen die Ameisen mittlerweile Amok. Ich räuspere mich und setze noch einmal neu an: «Sie haben in Ihrer Karriere doch schon so viele Leute fotografiert, Herr Rusco», sage ich und versuche, Bewunderung durchklingen zu lassen. «Wäre es nicht möglich, dass einer von denen geplaudert hat?»

«Nein.» Rusco schnauft.

Herrje, das läuft irgendwie immer noch nicht. Also noch mal von vorn. «Apropos viele Leute ...» Ich plappere jetzt einfach drauflos. Obwohl ich selbst merke, dass ich etwas überdreht klinge, halte ich es instinktiv für das Richtige, das Gespräch nicht stocken zu lassen, damit Rusco möglichst wenig zum Nachdenken kommt. Der Schweiß rinnt mir in Strömen den Rücken runter, während ich rede, und mein weißes Shirt klebt an meinem Körper wie ein nasser Duschvorhang. Mit der freien Hand beginne ich, mir hektisch Luft zuzufächeln.

«Unter Ihren Arbeiten finden sich Porträts zahlreicher Prominente, einschließlich dieses wirklich außergewöhnlichen Bildes der Queen ...» Ich rufe mir Details des Werkes vor mein geistiges Auge. Elisabeth II. hält auf der fertigen Collage einen knopfäugigen Hummer im Arm und ist in eine ausladende grüne Ballrobe gekleidet. «Ihr Kleid erinnert mich an eine Flasche», höre ich mich sagen. «Eine ... Cognacflasche! Gerade erst habe ich in meinem Küchenregal ein verstaubtes Exemplar dieses wunderbaren Getränks entdeckt. War sicher teuer. Ein

Geschenk von einem Kunden, beziehungsweise einem Freund, mit dem ich mal –» Von wem zum Geier habe ich noch mal den Fusel? Ich habe doch eigentlich gar kein so schlechtes Namensgedächtnis. Er hatte rote Haare und Sommersprossen und … egal! «Auch meine Mutter liebt Cognac», fahre ich fort. «Sie hat mal …»

Im Nachhinein kann ich nicht mehr mit Bestimmtheit sagen, wie lange ich Details aus meinem Privatleben ausgeplaudert habe. Und ich weiß erst recht nicht, wie ich es im Anschluss geschafft habe, von dort den Faden zu dem Grund meines Anrufs zu spinnen. Woran ich mich jedoch noch sehr gut erinnere, ist, dass Rusco meinen Ausführungen bis zum Ende gelauscht hat, und zwar ohne mich ein einziges Mal zu unterbrechen. Und ich weiß ebenfalls noch, dass er sich danach meine Kontaktdaten notiert hat und zum Abschied versprach, sich zu melden.

Wie in Trance verlief das Gespräch, und jetzt ist es, als würde ich nach und nach aus einem Dämmerzustand aufwachen. Ich. Habe. Gerade. Persönlich. Mit. Yves. Rusco. Gesprochen. *Ich!*

Während ich noch über dieses Wunder staune, fallen mir leider immer mehr Einzelheiten meines Redeschwalls ein. Himmel! Ich habe ihm von meinem ersten Vollrausch erzählt. Und von dem idiotischen Typen, der sich als ein so schlechter Liebhaber entpuppt hat, dass ich bis heute eine Abneigung gegen Männer hege, die *Cool Water* als Rasierwasser benutzen. Außerdem habe ich über meine Mutter gesprochen. Sogar davon, dass ich sie seit geraumer Zeit beschwindele, obwohl das doch niemals meine Absicht war, habe ich erzählt. Und dass … Ach, du meine Güte! Ich sacke an dem pieksigen Palmenstamm zu Boden. Drei Meter vor mir schleichen Autos die Küstenstraße entlang, aber ich nehme sie kaum wahr, denn jetzt poppt ein weiteres Detail des verkorksten Gesprächs in meiner Erinnerung auf: Ich habe Yves Rusco von meiner kaputten Ehe erzählt.

Kann bitte mal jemand die Zeit zurückdrehen?

Niedergeschlagen sitze ich da und muss mir eingestehen, dass ich es wohl vermasselt habe. Verflucht! Es war eine Riesenchance und dazu noch meine einzige, aber ich habe sie nicht genutzt. Statt ihn mit guten Argumenten und einem attraktiven Angebot von einer Zusammenarbeit zu überzeugen, habe ich ihn hemmungslos mit meinem Seelenmüll vollgequasselt.

Ich kann von Glück sagen, dass ich am Ende überhaupt noch von der Idee eines gemeinsamen Projekts angefangen habe. Hoffentlich war es da nicht bereits zu spät. Was, wenn Rusco jetzt bei LUX14 anruft, um sich über mich zu beschweren?

In meinem Inneren fühle ich mich plötzlich absolut leer. Die Enttäuschung darüber, schon wieder versagt zu haben, kriecht in mir hoch und hüllt mich ein wie eine dunkle feuchte Wolke.

Deine Fehler sind reine Konzentrationsfehler, du stehst vollkommen neben dir.

Stefan hat recht. Ich bin nicht mehr ich selbst. Der Stress, den diese Reise in mir verursacht hat, beginnt langsam meine Persönlichkeit zu verändern, und es wird wohl wirklich Zeit, dass ich die Begegnung mit Regina hinter mich bringe, damit ich wieder zurechnungsfähig werde.

So wie ich dasitze, mit angewinkelten Knien am Stamm einer Palme, fühle ich mich auf einmal ganz klein und hilflos. Diese Reise, meine Zukunft und irgendwie mein ganzes Leben – nichts davon fühlt sich mehr gut und richtig an. Ich entwickele mich zu einer Gefahr für die Öffentlichkeit. Ich kann ja kaum mehr –

Plötzlich klingelt mein Telefon. Zutiefst erschreckt über das Geräusch, fahre ich zusammen und merke erst jetzt, dass ich es die ganze Zeit mit der Hand umkrampft gehalten habe. Mit dem Arm schirme ich das Display vor der Sonne ab und erspähe Stefans Nummer.

«Hier im Café konnte mir keiner weiterhelfen», schimpft er drauflos, sobald ich den Anruf entgegengenommen habe. «Ich klappere also noch ein paar weitere Läden in der Straße ab. Deiner Mutter ist es draußen zu heiß, sie wartet hier drinnen. Hat sich gerade ein großes Eis bestellt ...»

Schweren Herzens rappele ich mich auf. Da Stefan kein Französisch spricht, schätze ich meine Chancen, eine Werkstatt zu finden, wesentlich besser ein als seine. Bei LUX14 habe ich viel mit Frankreich zu tun und spreche die Sprache im Grunde fließend. Ich sollte langsam zur Besinnung kommen und ihm helfen.

«Ich komme», erkläre ich und zupfe mir ein paar Baumfasern vom T-Shirt. «Gemeinsam werden wir schon einen Monteur finden.»

«Nicht nötig», wehrt Stefan ab. «Leiste du lieber deiner Mutter Gesellschaft, ich komme schon alleine klar. Später treffe ich euch dann dort im Café.»

Stefan nennt mir den Namen, dann legt er grußlos auf. Sein Ehrgeiz zwingt ihn, die Sache ohne Hilfe anzugehen. Soll mir auch recht sein. Ich stecke das Handy in meine Tasche und schlendere die Flaniermeile entlang. Nach ein paar Metern fällt mir ein buntes Schild mit eleganter Schrift ins Auge. *Chez Martin*. Ein Geschäft mit Strandutensilien und Accessoires. Keine Ahnung, warum ich mich davon angelockt fühle, vielleicht, weil ich noch eine kleine Verschnaufpause brauche, ehe ich meiner Mutter unter die Augen trete. Einen Moment wird sie sich wohl alleine mit ihrem Eis beschäftigen können.

Als ich näher trete, muss ich allerdings feststellen, dass das Schaufenster weit weniger geschmackvoll dekoriert ist, als das Schild vermuten lässt. Ein rosafarbener Panther im Bikini steht inmitten eines Dschungels aus sonnenvergilbten Kunstblumen und schaut mit verschränkten Armen in die Ferne. Ich zögere. Die Auslage lädt nicht unbedingt dazu ein, sich hier die Zeit zu vertreiben. Andererseits ... wer weiß? In meinem Job muss man neugierig bleiben und offen für alles sein. Es wird schon nicht schlimmer werden, als mir von Mama neue Vorwürfe anzuhören. Oder eine weitere Geschichte über den Harz.

«Salut, Madame», höre ich plötzlich jemanden aus dem Inneren rufen. «Treten Sie ruhig näher. Hier gibt es einiges zu sehen!»

7

Chez Martin

Die Stimme ist leicht schräg, ebenso wie der Typ, zu dem sie gehört. Er steht plötzlich im Türrahmen und mustert mich aus wachen Augen. Sie scheinen das Einzige in seinem Gesicht zu sein, das von der Sonne verschont wurde. Die Haare sind zu einem fahlen Gelb verblichen, und seine Haut sieht aus wie ein in die Länge gezogener, lederner Faltenteppich. «Sie müssen durstig sein», schließt er aus meinem vermutlich verschwitzten Äußeren. «Kommen Sie herein, wir verkaufen auch gekühlte Getränke.»

Zögernd folge ich seiner Einladung. Bereits beim Übertreten der Schwelle realisiere ich, dass die Verkaufsfläche riesig zu sein scheint. Weit größer, als ich es aufgrund der überschaubaren Fensterfront vermutet hätte. Zwei schmale Gänge führen in den hinteren Teil des Ladens, sie sind vollgestopft mit Regalen und Kleiderstangen, dass man glauben könnte, in einen Theaterfundus geraten zu sein. Beinahe überall türmt sich Ware. Mein Blick schweift von knallbunt bedruckten Handtüchern über neonfarbene Strandeimerchen bis hin zu schillernden Beach-Roben. Sogar ein paar Bücher entdecke ich in einer dunklen Ecke. Wie kann man bei dem vielen Zeug den Überblick behalten?

Zwischen knappen Bikinis, Sonnenmilch, bunten Armbändern und glitzernden Gummibadelatschen wedelt der sonnengebräunte Kerl jetzt vor meiner Nase mit einer Halbliterflasche Wasser. «Nehmen Sie die», sagt er besorgt. «Nicht, dass Sie mir aus den Latschen kippen. Ihr Nordvölker müsst viel trinken bei dieser Hitze.»

«Merci», bedanke ich mich höflich und merke, dass ich kaum noch ein Wort herausbringe, so ausgedörrt ist meine Kehle. In hastigen Schlucken stürze ich die eiskalte Flüssigkeit hinunter. Nebenbei mustere ich den Fremden unauffällig.

Er trägt ein graues Muskelshirt, das seine dünnen, sehnigen Arme betont. Auf der Brust prangt der neongelbe Aufdruck des Ladens. Martin höchstpersönlich scheint vor mir zu stehen, und ganz offensichtlich ist er selbst sein bester Kunde. Beide Unterarme sind übersät mit farbenfrohen geflochtenen Leder- und Nylonbändchen. Über dem Logo-Shirt trägt er eine offenstehende Karoweste, dazu sandfarbene Chinos und Wildledermokassins. Oben auf dem Scheitel thront eine Sonnenbrille.

Auch wenn er zweifellos über einen fragwürdigen Modegeschmack verfügt, ist er mir irgendwie sympathisch. Und wer weiß, vielleicht kann er mir sogar bei der Suche nach einer Werkstatt helfen.

«Wir sind auf der Durchreise, und unser Wagen springt nicht mehr an», erkläre ich und bin heilfroh, mich in dem fremden Land verständigen zu können. «Macht keinen Mucks mehr.»

Der bunte Vogel hat sofort Mitleid. «Alors, vous n'avez pas eu de la chance!», sagt er. Ja, Pech gehabt.

Nachdem ich ein wenig ausgeholt habe, weil mir Fachworte wie *Elektronikproblem* und *Werkstatt* fehlen und er mir immer wieder auf die Sprünge helfen muss, denkt Martin nach.

«Natürlich gibt es hier im Ort eine Werkstatt», erklärt er. «Sogar mehrere. Ich empfehle die von Jacques. Wenn ich ein wenig drängele, könnte er sich den Wagen vermutlich am Montag anschauen.»

Montag? Ich zögere. «Eigentlich wollten wir heute noch weiter. In die Berge, nach Nid-sur-Mer.»

Ich nenne ihm den Ort, obwohl ich mir im Grunde genommen nicht vorstellen kann, dass er das kleine Nest kennt.

«Ach, nach Nid!», sagt Martin überraschend. So warm und weich, wie er es betont, klingt es fast zärtlich. «Ein schönes Örtchen. Bisschen touristisch vielleicht, aber dafür haben die einen tollen Wochenmarkt.»

«Hm-m», mache ich, denn was nützt der Markt, wenn man kein Auto hat, um dort hinzugelangen?

«Und einen Kunstmarkt.»

«Ach ja?»

«Lavendel können die auch.»

«Aha.»

«Jaaa!» Martin gerät regelrecht ins Schwärmen. «Echten Lavendel. Und Öl.»

«Wirklich …» Langsam gehen mir die Vokabeln aus.

«Also, pass auf …» Er geht zum Du über: «Wenn ihr nach Nid wollt, ist die Sache klar. Ihr lasst den Wagen hier stehen, und ich kümmere mich darum, dass er am Montag abgeholt und zum alten Jacques gebracht wird.»

Also – das hatten wir doch gerade schon. «Aber wie sollen wir denn ohne Auto nach Nid-sur-Mer fahren?»

Das Problem scheint Martin vor lauter Lavendelschwärmerei wieder entfallen zu sein. Er denkt nach. Plötzlich erhellt sich seine Miene, und er schnipst mit den Fingern. «Un moment – ich rufe mal kurz meine Frau an.»

Ehe ich abwinken kann, ist Martin in einem angrenzenden Raum hinter der Kasse verschwunden und lässt mich ratlos zurück. *Un moment* – das kann in Frankreich so ziemlich alles bedeuten. Von einer Stunde bis hin zu einem Tag ist dieser Begriff unendlich dehnbar. Verzweifelt nehme ich noch einen Schluck aus meiner Flasche und überlege, kurz bei Stefan durchzuklingeln, um zu fragen, ob er inzwischen weitergekommen ist. Dann würde ich Martin einfach das Geld für das Wasser auf den Tresen legen und mich stillschweigend verdrücken. Aber wie ich Stefan kenne, hätte er längst von sich hören lassen, gäbe es einen Erfolg zu verbuchen. Unschlüssig stelle ich die leere Flasche ab, als Martin wieder auftaucht.

«Alors, c'est réglé», erklärt er freudestrahlend, während er sein Handy in die Westentasche stopft. «Meine Frau telefoniert ihre Freundinnen ab. Sie meldet sich *tout de suite.*»

Einen kurzen Augenblick hatte ich Hoffnung geschöpft, die nun zerbröselt wie eine eingetrocknete Sandburg. *Tout de suite.* Noch so ein Wischiwaschi-Ausdruck. Dagegen erscheint mir *un moment* ja geradezu präzise zu sein. Doch da die Sache nun schon mal angeleiert ist, möchte ich nicht unhöflich erscheinen und Martin, seine Frau und ihren Freundeskreis wieder zurückpfeifen. Also warten. «Ich schaue mich in der Zwischenzeit mal ein wenig um», gebe ich schüchtern von mir, weil ich mich unmöglich für eine unbestimmte Zeit hier vorn am Tresen herumdrücken kann. «Gibt ja viel zu sehen hier.»

«Naturellement!» Martin nickt erfreut. Er wittert ein Geschäft. «Probier an, was immer du möchtest.»

Ich nicke höflich. Dass ich weder einen Glitzerbikini noch ein paar knallbunte Latschen benötige, muss er ja nicht wissen.

Fröhlich pfeifend überlässt er mich seinem Sortiment und macht sich daran, einen Karton auf den Tresen zu hieven, der bis zum Rand mit Sonnenbrillen gefüllt ist.

Zögernd schlendere ich den erstbesten Gang entlang und spüre plötzlich Neugier in mir erwachen. Trends werden schließlich überall geboren, warum also nicht auch hier im Laden? Ich bin gerade einen der Gänge bis ganz nach hinten gebummelt und habe dabei mehr und mehr Spaß an den schrillen

Kleidern gefunden, da klingelt Martins Handy. Hoffnungsvoll spitze ich meine Ohren, doch leider kann ich kaum etwas von der Unterhaltung verstehen, weil es sich wohl eher um einen Monolog von Martins Frau handelt. Schließlich scheinen sich die beiden einig zu sein. Martin stößt einen Schwall liebkosender Abschiedsworte aus, dann kommt er zu mir nach hinten.

«Alors ... Eine Freundin meiner Frau war gerade zu Besuch. Sie hat einen Bekannten, dessen Cousin mal in einem Restaurant gearbeitet hat, dessen Besitzer einen Tischler kennt, der ...»

Irgendwo an dieser Stelle verliere ich den Faden. Und die Hoffnung. Unmöglich, dass sie das alles in diesem kurzen *moment* besprochen haben *und* zu einem Ergebnis gekommen sind.

«... und Nicolas wird euch fahren. Voilà!», höre ich Martin zu meiner Überraschung plötzlich sagen. «Er wohnt in Nid und hat hier im Umkreis zu tun.»

«Das ist ja ...» Unglaublich! Ich strahle ihn an. Stefan wird ein Stein vom Herzen fallen. «Allerdings haben wir auch noch Gepäck dabei», fällt mir schlagartig ein. Nicht, dass unser Fahrer mit einer Ente kommt.

Martin winkt ab. «Nicolas ist Tischler, er hat ganz sicher genügend Platz in seinem Wagen.» Mit geübtem Blick schaut er auf die Uhr zwischen den bunten Bändern an seinem Arm. «Eine Stunde müsstet ihr euch aber noch gedulden. C'est bien?»

Na, das ist doch mal eine präzise Zeitansage. «Klar, gar kein Problem.» Ich schenke Martin noch ein herzliches Lächeln. «Vielen Dank für die Mühe. Dann gebe ich mal eben meinen Leuten Bescheid.»

Während ich mein Handy hervorkrame, hat er sich schon wieder seinen Sonnenbrillen gewidmet.

Ich schlendere durch den zweiten Gang und warte, dass Stefan an den Apparat geht. Nach dem dritten Klingeln ist er dran und klingt zunächst erleichtert, als ich ihm von den Neuigkeiten berichte. Dann erzählt er von seiner Pleite. «Zwei Werkstätten habe ich bereits ausfindig gemacht, beide waren geschlossen. Und keine Menschenseele weit und breit. Wo bitteschön stecken die alle? Etwa am Strand?»

«Nicht auszuschließen, immerhin haben wir Samstagnachmittag», gebe ich zu bedenken. «Da arbeitet bei uns ja auch kaum jemand.»

«Aber es gibt für alles einen Notdienst!», hält Stefan dagegen. Dann macht sich plötzlich Skepsis breit. «Warte mal, Luisa. Dein Plan funktioniert nicht. Es sei denn …» Er stockt. «Du glaubst doch nicht im Ernst, dass ich einem wildfremden Kerl den Schlüssel für meinen Wagen aushändige, oder? Vergiss es. Das mache ich nicht. Auch nicht einem Mechaniker.»

«Ich sehe keine andere Möglichkeit. Außer, hier im Ort zu bleiben und das Wochenende abzuwarten.» Noch während ich die Worte ausspreche, kommt mir plötzlich ein Gedanke: Je mehr Tage wir hier in Nizza vertrödeln, umso weniger Zeit bliebe uns für Regina. Warum bin ich da nicht schon viel eher drauf gekommen? Mit ein bisschen Glück lohnt es sich sogar irgendwann gar nicht mehr, die Reise fortzusetzen. Stefan hat schließlich nicht ewig Zeit und ich auch nicht.

«Du hast recht», pflichte ich ihm bei, «der Volvo war ziemlich teuer und …»

«Egal.» Stefan fällt mir ins Wort. «Wir verlieren zu viel Zeit, wenn wir in Nizza rumsitzen. Womöglich schaffen die Monteure es erst Mitte nächster Woche, die Reparatur durchzuführen, und dann bleiben uns nicht mehr genügend Tage in Nid-sur-Mer.»

Tja. «Schon, aber der Wagen …»

«Ich komme jetzt erst einmal zu dir, Lu. Wer weiß, vielleicht sieht die Werkstatt ja vertrauenswürdig aus. Also: Wo sagtest du, steckst du?»

«Äh … *Chez Martin*», stottere ich irritiert und erkläre ihm den Weg.

«Okay.» Stefan hört sich zwar nicht begeistert an, dafür aber wild entschlossen. «Dann gehe ich jetzt zurück und hole deine Mutter im Café ab. Das kann aber ein bisschen dauern. Ich bin ziemlich weit gelaufen.»

Wir legen auf, und ich versuche, nicht weiter über das Thema nachzudenken. Das Schicksal scheint sich gegen mich verschworen zu haben, daran lässt sich schwer etwas ändern.

Um mich abzulenken, setze ich meinen Rundgang durch den Shop fort. Ziellos wandere ich die Klamottenreihen ab, bis ich an einem silberfarbenen Kleiderständer, der aussieht wie aus angemalten Bambusstäben zusammengeknotet, stehen bleibe. An ihm baumeln knallbunte Strandoutfits, die meisten davon definitiv nicht tragbar, jedenfalls, wenn man nicht vom Fleck weg verhaftet werden möchte. Oder zum Karneval geht. An einer rosa-weißen Tunika mit aufgedruckten Flamingos und gerüschtem Dekolleté bleibt mein Blick dennoch hängen. Das Teil hat es mir irgendwie angetan, vielleicht, weil es mich an das Nachthemd meiner Großmutter erinnert. Als ich noch klein war und Mama und Papa abends ausgehen wollten, schlief ich bei Oma. Wir kuschelten uns gemütlich in ihr quietschendes Bett, schauten Fernsehen, und ich spielte nebenbei an den bunten Rüschen ihres Baumwollhemdes herum. Wie von einem inneren Zwang geleitet, fühle ich auf einmal den kindischen Drang, das riesige Stück Stoff überzuwerfen. Nur so zum Spaß. In Gedenken an Omi. Blitzschnell knote ich meine Haare zu einem provisorischen Dutt auf dem Kopf zusammen, damit sich die Locken beim Anprobieren nicht elektrisch aufladen. Dann vergewissere ich mich, dass Martin mich nicht sehen kann, ziehe mir das T-Shirt aus und stülpe die Tunika über. Der Stoff plumpst an mir herunter wie ein Sack. Ein Blick in den Spiegel sagt mir, dass er auch sackmäßig um meinen Körper schlackert.

Man könnte auch sagen: schön luftig. Allerdings sehe ich darin kein bisschen aus wie Omi, sondern eher wie ein klappriger weißer Geist auf der Kirmes. Denn als ich mich auch aus meinen Jeans gepellt habe, muss ich mir schweren Herzens eingestehen, dass Stefan recht hat. Meine Beine sind wirklich extrem blass – als trüge ich weiße Leggings! Ich sollte schleunigst mal in die Sonne.

Um das Grauen auf die Spitze zu treiben, stülpe ich mir kurzerhand noch ein türkisfarbenes Strandhütchen über den Dutt und entwende einer Deko-Puppe ihre kreisrunde Sixties-Sonnenbrille – *et voilà*! Ich sehe aus wie Gloria von Thurn und Taxis in ihren besten Zeiten.

Obwohl ich mir eher vorstellen könnte, nackt auf der Uferpromenade Rollschuh zu laufen, als mich in diesem Flamingo-Sack in der Öffentlichkeit zu zeigen, ziehe ich das Handy hervor und schieße blitzschnell ein Foto. Kurz spiele ich mit dem Gedanken, es Stefan zu schicken, um ihn etwas aufzuheitern, doch ich fürchte, er würde den Witz nicht verstehen. Aber Janosch! Wir verfügen nun mal über denselben Humor, außerdem ist er einer der wenigen Menschen, wenn nicht der einzige, vor dem ich mich traue, mir diese Blöße zu geben.

Inspiration für triste Tage, schreibe ich dazu, füge einen zwinkernden Smiley an und drücke auf Senden. Dann bücke ich mich, stopfe das Handy zurück in meine Tasche und bekomme einen Riesenschreck, als ich mich aufrichte.

Martin steht plötzlich direkt vor mir. Die Augen weit aufgerissen glotzt er mich an, als habe er einen Geist gesehen, was ja auch in etwa hinkommt. Immer wieder gleitet sein Blick an mir auf und ab. Man könnte meinen, ich sei der erste Mensch, der sich je getraut hätte, etwas aus seinem verrückten Sortiment anzuprobieren.

«Ich … äh … wollte nur Bescheid geben, dass Nicolas schon da ist und draußen auf euch wartet.»

«Oh», sage ich peinlich berührt und zupfe nervös an der Rüschenkante meines Ausschnitts. Zu mehr bin ich nicht in der Lage, denn jetzt hat sich auch noch ein anderer Kunde in diesen Teil des Ladens verirrt. Was ist denn hier auf einmal los, *happy hour*?

«Bonjour», sagt der Fremde knapp und bleibt bei Martin und mir stehen. Er ist groß, etwa in meinem Alter, und sieht alles in allem ziemlich lässig aus. Seine dunklen Haare sind kinnlang, er trägt ausgeblichene Jeans und ein T-Shirt mit der Aufschrift *Le café sur mer*. Außerdem eine Pilotenbrille, die er jetzt abnimmt, um mich in meinem peinlichen Aufzug besser betrachten zu können. Mit hochgezogenen Brauen bleiben seine Augen einen kurzen Moment an den Flamingos auf meiner Brust hängen. Ohne eine Miene zu verziehen, klappt er seine Brille zusammen und steckt sie in die Gesäßtasche.

Ich fühle, wie in mir die Hitze aufsteigt. Nur Martin strahlt bis über beide Ohren, sodass sein schmales Lulatsch-Gesicht auf einmal kreisrund aussieht. «Wie wunderschön!», ruft er begeistert und streckt beide Daumen in die Luft. «Das hänge ich morgen genau in dieser Kombination ins Fenster!»

Fassungslos starre ich ihn an. Macht er Witze? Gerade hing noch der rosarote Panter in seinem Schaufenster und nun diene ich als Inspirationsquelle? Ein Kompliment scheint das nicht unbedingt zu sein. Außerdem geht mir der Kerl neben ihm langsam aber sicher auf die Nerven. Was glotzt der denn so? Spinnen die jetzt beide? Haben die noch niemals eine Frau in einer Tunika gesehen? Also zumindest von Martin hätte ich einen Tick mehr Haltung erwartet, immerhin hat er diesen Fummel für sein Sortiment eingekauft. Der andere Typ, vermutlich ein arroganter Franzose aus Aix oder sonst wo her, der glaubt, lange Haare bei Männern seien modern und Bartstoppeln männlich, hat ohnehin keine Ahnung. Hält sich wohl für den Nabel der Welt, kann dabei aber garantiert noch nicht mal ein H aussprechen. Total albern. Vielleicht verschwinden die jetzt mal, damit ich mich umziehen kann?

Doch nichts dergleichen geschieht. Stattdessen legt Martin seinen Arm freundschaftlich über die Schulter des fremden Kerls. Er drückt ihn leicht und sagt dann zu mir gewandt: «Dies hier ist übrigens euer Fahrer.» Er tippt dem Typen nun auch noch umständlich auf die Brust. «Das ist Nicolas.»

8

Mon Dieu, je rêve!

Die gute Nachricht ist: Ich wurde nicht nackt beim Rollschuhlaufen auf der Uferpromenade erwischt. Die schlechte ist: Martin hat keinen Scherz gemacht. Der Typ neben ihm wird uns fahren. Halleluja.

Ich weiß ja nicht, wie ich mir unseren Chauffeur vorgestellt habe, aber insgeheim vermutete ich wohl einen Rentner. Mit Schnurrbart, Baskenmütze, weißem Haar und viel Zeit. Auf gar keinen Fall hätte ich angenommen, dass unser Fahrer so … normal aussieht. Wobei normal es auch nicht wirklich trifft. Eher ein klein wenig besser als normal. Wenn man auf Männer mit kinnlangen Haaren und Dreitagebart steht.

Was ich im Grunde genommen nicht tue.

«Mademoiselle?», höre ich Martin plötzlich wie aus weiter Ferne sagen. «Ich würde euch ja gern miteinander bekannt machen, aber ich weiß gar nicht, wie du heißt.»

«Ich … ähm … heiße Luisa.»

«Bonjour, Luisa», sagt Nicolas und streckt mir die Hand entgegen. Sein Lächeln ist … nun ja … *charmant*. Soweit ich es durch die Gläser meiner XXL-Brille beurteilen kann. Er hat einen schönen Mund, die Nase ist leicht schief und um seine Augen herum tanzen feine Lachfalten. «Je suis ravi, Madame», sagt er und schaut mich schmunzelnd an.

Madame, Mademoiselle – können die sich mal entscheiden? Findet er mich etwa *madamig*?

Noch in Gedanken versunken ergreife ich die ausgestreckte Hand. Sie ist groß und ein wenig rau, aber sie umschließt meine mit angenehm warmem, verbindlichem Druck. Mir wird noch einen Tick heißer. Der plötzliche Körperkontakt bewirkt zudem, dass meine Kopfhaut schon wieder wie verrückt zu kribbeln beginnt.

Was ist nur mit mir los?

Ich schiebe es auf die Hitze. «Merci, ich … freue mich auch», stammele ich und bin irritiert, weil er mich mit seinen dunklen Augen weiterhin so intensiv ansieht.

«Alors», sagt er schließlich, und seine Hand umfasst meine noch ein wenig fester, «du bist also aus Deutschland.»

«Ja», antworte ich und versuche zu ignorieren, dass das Kribbeln meines Kopfes auf den Nacken übergreift. Mir fällt auf, dass er eine schöne Stimme hat. Tief und ruhig. Als könne ihn niemals etwas aus der Fassung bringen.

«Genau genommen komme ich aus Frankfurt. Hört man wohl. Also, dass ich nicht Französin bin, meine ich. Äh … Wenn ich Deutsch rede, hört man allerdings auch nicht, dass ich aus Frankfurt bin. Das heißt, es hat mal –» Ich breche ab, weil mir meine eigene Stimme auf einmal so fremd vorkommt. Wie eine aufgescheuchte Dohle höre ich mich an. Ich will mich am Kopf kratzen, um dem Kribbeln ein Ende zu bereiten, doch meine Hand steckt immer noch in der von Nicolas. Als er das Zucken spürt, das von mir ausgeht, lässt er mich los. Sofort strubbele ich mir durchs Haar, was zur Folge hat, dass mir der Hut ins Gesicht rutscht. Hektisch reiße ich ihn herunter und spüre den Haarknoten, den ich vorhin so achtlos gebunden habe, windschief an meinem Kopf hängen. Wenn ich den Dutt jetzt aufbinde, sehe ich aus wie ein explodierter Wollkorb.

«Interessantes Outfit», sagt Nicolas und schaut an mir hinab. «Steht dir.» Ein kurzes Lächeln huscht über sein Gesicht.

«Danke», sage ich automatisch und folge leicht verlegen seinem Blick. Als meine Augen jetzt allerdings über meine käsigen Beine zu den geschwollenen Füßen gleiten, die in ihren Sandaletten aussehen, als sei ich von Rödelheim zu Fuß hierher gelaufen, schäme ich mich in Grund und Boden. Ich muss mich schleunigst umziehen. Sofort!

Suchend drehe ich mich um die eigne Achse, kann aber weit und breit keine Kabine entdecken. Dafür schaffe ich es aber, den Hut halbwegs unauffällig unter ein Regal zu schleudern. Bei meiner letzten Drehung muss ich leider feststellen, dass schon wieder jemand den Gang entlang zu uns nach hinten kommt.

Ich reiße mir die Brille von der Nase und erkenne, dass es Stefan ist. Er nähert sich strammen Schrittes, und es fehlt eigentlich nur noch meine Mutter, damit alle etwas von meinem Outfit haben.

Stefan sieht erschöpft und auch ein wenig genervt aus. Sein Gesicht ist mit einem dünnen Schweißfilm bedeckt, und auf dem Nasenrücken kündigt leuchtendes Rot einen beginnenden Sonnenbrand an. Sein Hemd hat er ein wenig weiter aufgeknöpft, als er es üblicherweise tut.

«Luisa?», fragt er, als würde er mich nicht erkennen. Was nun wirklich total albern ist. Schließlich stecke ich nur in einer Tunika und nicht unter einer Burka. «Ich habe schon drei Mal angerufen, aber du gehst nicht ran.» Er starrt von mir zu Martin, dann zu Nicolas und zuletzt wieder zu mir. «Was tust du hier?»

Na, was wohl?, denke ich. *Shoppen.*

Und unsere Mitfahrgelegenheit klarmachen.

Ich übergehe seine Frage. «Stefan», sage ich hoheitsvoll, «das hier ist Nicolas, unser Fahrer. Er kommt aus der Gegend.» Ich wedele mit einer Hand zwischen den Männern hin und her. Dann erkläre ich Nicolas auf Französisch: «Dies ist Stefan. Mein … ein … äh, Freund. Er wird uns begleiten.» Dass auch meine Mutter noch mit an Bord sein wird, unterschlage ich erst einmal.

«Elisabeth sitzt vorne auf einem Stuhl und wartet auf uns», sagt Stefan, als habe er meine Gedanken gelesen. «Die Hitze macht ihr arg zu schaffen.»

«Kann ich gut verstehen.» Auch mir ist schrecklich heiß, obwohl hier drinnen eindeutig die Klimaanlage läuft.

Stefan reicht Nicolas kurz steif die Hand, dann fasst er mich am Arm: «Beeil dich, damit wir loskönnen.»

«Beeilen – womit?»

«Umziehen.» Er sagt es neutral, aber ich glaube, eine Spur Tadel in seiner Stimme entdeckt zu haben. Als wolle er andeuten, dass er sich mit mir in diesem Aufzug unmöglich in der Öffentlichkeit zeigen kann.

«Warum?», höre ich mich herausfordernd fragen.

Stefan lächelt milde. «Na, weil das, was du anhast, nicht ganz deinem Stil entspricht.»

Ich schaue ihn überrascht an. «Und was entspräche meinem Stil?»

«Rock und Bluse zum Beispiel.»

Rollt er gerade ein klein wenig mit den Augen?

«Oder was du heute Morgen anhattest: Jeans und T-Shirt. Etwas Geschmackvolles, Figurbetontes. Nicht so ein Schlabberkram. Und nichts mit Pink.» Stefan schaut an mir vorbei. «Ich glaube, dort ist eine Kabine.»

Gut möglich, dass er recht hat. Ich weiß ja selbst, dass diese Tunika albern an mir aussieht. Und dennoch: Seine Worte versetzen mir einen Stich. Was mischt er sich da ein? Geht das jetzt schon wieder los, dass ich wie ein Kind bevormundet werde? Eine Welle Trotz kriecht aus meinem Innersten empor.

«Danke, aber das wird nicht nötig sein. Draußen sind über dreißig Grad, und deshalb werde ich dieses luftige Teil …», ich zupfe an dem Tunika-Sack, dass er nur so schlabbert, «kaufen.»

Stefan sagt nichts, er schaut mich einfach nur an. Ganz kurz wandern seine Augen zu Martin und Nicolas, dann wieder zu mir. Er nickt. «Okay. Dann können wir ja jetzt los.»

«Mon Dieu, je rêve! Elle achète la robe!» Martin scheint mich instinktiv richtig verstanden zu haben und klatscht begeistert in die Hände. Ein Strahlen, so glitzernd und klar wie das Mittelmeer vor seiner Haustür, erhellt sein Gesicht. «Ich mach dir natürlich einen Sonderpreis!» Schon fliegt er Richtung Kasse. «Komm!» Er winkt mich hinter sich her. «Ich gebe dir eine Tüte für deine Sachen, dann kannst du das Hängerchen gleich anbehalten.»

Während Stefan dem Winken kopfschüttelnd Folge leistet, bleibe ich verdattert stehen und versuche zu ergründen, was genau in mir vorgeht. War das jetzt nötig? Habe ich mich durch diese Trotzreaktion nicht erst recht wie ein bockiges Kind aufgeführt? Ich komme zu keinem Ergebnis, denn plötzlich nehme ich neben mir eine Bewegung wahr.

Nicolas beugt sich zu mir vor und flüstert: «Très bonne idée. Ein guter Kauf. Das Teil steht dir.» Einen winzigen Moment verharrt er mit seinem Gesicht dicht neben meinem Ohr. Ich kann seinen warmen Atem spüren und eine winzige Brise seines herben Rasierwassers flattert in meine Nase. Es duftet dezent nach Holz und Zitrus und ein klein wenig nach salziger Meerluft.

Das muss aufhören. Auf der Stelle!

Ich weiche einen Schritt zurück. «Danke, sehr freundlich», sage ich förmlich und mache auf dem Absatz kehrt, «dann gehe ich jetzt mal zur Kasse.»

Martin stopft meine Jeans in eine bedruckte Papiertüte, und ich will ihm gerade sagen, dass ich auch das Wasser noch bezahlen muss, da entdecke ich meine Mutter auf einem Stuhl neben der Kasse.

«Mama!»

Sie springt auf. «Du liebe Güte, Luisa, wie siehst du denn aus?» Auf ihrem Gesicht spiegelt sich Entsetzen. «Was ist mit deinen Sachen, hast du dich bekleckert?»

Ist ja nicht so, dass ich mich in diesem Aufzug besonders wohl fühlen würde, aber das Getue um diesen Fummel geht mir inzwischen ziemlich auf die Nerven.

«Mir war warm», sage ich knapp, schnappe mir noch eine Sonnencreme für meine Beine – und Stefans Nase – aus dem Regal und lege sie auf den Tresen. «Außerdem kommt noch eine Flasche Wasser für meine Mutter dazu und die, die ich getrunken habe.»

«Ihr seid eingeladen», erklärt Martin und geht beschwingt zum Kühlschrank. Ich kaue beschämt auf der Unterlippe. Was für ein netter Kerl, denke ich und beschließe spontan, ihm später, wenn wir unser Auto aus der Werkstatt holen, eine Kleinigkeit zu schenken. Sicher fällt mir in den nächsten Tagen etwas Schönes ein.

Fröhlich pfeifend tippt Martin den Betrag in die Kasse und zieht meine EC-Karte durch das kleine Bezahlgerät. Währenddessen tritt Nicolas zu meiner Mutter.

«Bonjour, Madame», begrüßt er sie und drückt ihr links und rechts ein Küsschen auf die Wange. «Enchanté de faire votre connaissance.»

Mama ist sichtlich angetan. Zwar versteht sie kein Wort, lässt sich aber vom Klang der Sprache einlullen. «Merci beaucoup.» Sie hat die einzigen Vokabeln hervorgekramt, die sie kennt. Schelmisch blinzelt sie ihn an.

Nicolas zwinkert zurück.

«Wie soll es denn nun weitergehen?» Stefan räuspert sich. Sein Tonfall ist geschäftig. Als müsse endlich mal jemand die Fakten abklopfen. «Was geschieht mit unserem Wagen?»

Ich stecke mein Portemonnaie ein und hänge mir die Tasche über die Schulter. «Wir holen jetzt unsere Sachen aus dem Volvo und fahren dann mit Nicolas zur Werkstatt. Dort sollen wir den Schlüssel in den Briefkasten werfen. Den Rest erledigt Jacques, der Inhaber.»

Ehe Stefan etwas dazu sagen kann und Martin durch seinen zweifelnden Tonfall vor den Kopf stößt, leite ich den Abschied ein. Ich bedanke mich tausend Mal bei unserem Retter, drücke ihm mindestens zwei freundschaftliche Küsse zu viel auf die Wange und schnappe mir im Gehen noch schnell seine knallbunte Visitenkarte, denn er besteht darauf, über die Reparatur auf dem Laufenden gehalten zu werden.

Danach folgen wir Nicolas zu seinem Wagen.

Der Begriff *Wagen* ist als Bezeichnung für Nicolas' Kleintransporter allerdings gewagt. Zwar nicht vollkommen falsch, dennoch erinnert mich das Fahrzeug, das zwei Straßen weiter im Schatten eines buchenartigen Gewächses parkt, mehr an ein seltenes Urzeitgeschöpf als an ein Auto. Mit seiner eckigen, silberfarbenen Karosserie macht es den Eindruck, als habe ein Hobbybastler Hand angelegt und das Vehikel aus Wellblechresten zusammengesetzt.

«Du liebe Güte, ein TUB», entfährt es Stefan, nachdem er zunächst den danebenstehenden BMW angesteuert hatte und nun jäh eines Besseren belehrt wird. «Wie viel PS hat denn der?» Ungläubig, als wolle er checken, dass dieses Fahrzeug nicht eine zufällig herumstehende Filmrequisite ist, klopft er gegen die Fahrertür.

In der Tat sieht der kleine Transporter aus wie aus einem nostalgischen Werbefilm oder einer Pilcher-Verfilmung entsprungen. Mir gefällt er auf Anhieb. So wie er dasteht und uns aus seinen bulligen Scheinwerfern sanftmütig anzuschauen scheint, muss ich mich regelrecht zwingen, ihm nicht liebevoll über die Blechschnauze zu streicheln. Trotzdem übersetze ich Stefans Frage ins Französische und versuche, seinen skeptischen Tonfall als Interesse erscheinen zu lassen.

«Das ist kein TUB, sondern der Nachfolger, ein HY», erklärt Nicolas mir stellvertretend. «Aber ebenfalls von Citroën. In Frankreich *der* klassische Lieferwagen, jedenfalls war das einmal so. Heute sieht man ihn auf den Straßen leider nur noch selten.» Auf seinem Gesicht erscheint ein wehmütiger Ausdruck. «Dieser Wagen gehört meinem Vater. Er besitzt ihn, seit ich denken kann, und würde sich niemals von ihm trennen.» Zärtlich streicht Nicolas über den silbernen Kotflügel, so wie ich es eben vorhatte.

Ich übersetze seine Erklärung. Und improvisiere kurzerhand: «Das Auto wird sehr wertgeschätzt und ist mit Sicherheit so etwas wie ... scheckheftgepflegt.»

Stefan hebt überrascht eine Augenbraue, sagt aber nichts. Stattdessen umrundet er den Wagen einmal misstrauisch. Erst danach äußert er seine Bedenken: «Fraglich, ob wir damit in die Berge kommen. Schau dir mal die Reifen an. Da hat mein Fahrrad ja größere.»

Ich folge seinem Blick und muss ihm leider recht geben. Die Bereifung von Nicolas' Auto sieht in der Tat aus, als stamme sie von einer Schubkarre. Oder von einem Autoscooter. «Ich denke, wir können darauf vertrauen, dass Nicolas weiß, was er tut», sage ich, obwohl mir im Grunde nicht klar ist, warum ausgerechnet ich eine Lanze dafür breche, um jeden Preis und möglichst schnell zu Regina zu gelangen. «Er kennt den Weg und auch die Leistung seines Wagens.»

Stefans Gesichtsausdruck bleibt weiter skeptisch.

Nicolas, der von unserem Gespräch zum Glück kein Wort versteht, öffnet unbeirrt die zwei hinteren Türen des Transporters und beginnt, auf der inneren Ladefläche Platz zu schaffen, damit alle Koffer hineinpassen. Während meine Mutter sich ächzend fünf Schritte bis zu einer Holzbank schleppt, beobachte ich Nicolas bei seinem Treiben. Im Wagen ist es ziemlich dunkel, doch ich erkenne eine flache, verschrammte Plastikkiste, in der scheinbar wahllos Werkzeug herumliegt. Außerdem ein Bündel Tau, ordentlich zusammengebunden, sowie einen dünnen Stapel schmutziger Wolldecken. Erst viel später entdecke ich ein kniehohes Holzschränkchen auf fragilen Beinen, das Nicolas gerade gewissenhaft befestigt.

Auf einmal spüre ich eine Berührung an meiner Hand. Stefan zieht mich ein Stück zur Seite. Seine Arme schlingen sich um meine Taille, und er schaut mir ernst in die Augen. «Hör mal, Lu», beginnt er, und seine Lippen kräuseln sich nervös, «ich habe es vorhin nicht böse gemeint. Du weißt schon, die Sache mit dem … Kleid.» Er schiebt mich sanft ein Stück von sich weg, lässt seinen Blick einmal an mir hoch- und wieder hinuntergleiten. Dann umfasst er meine Handgelenke und drückt sie leicht. «Wenn ich dich so ansehe, ist es absolut egal, was du anhast. Für mich siehst du immer gut aus.»

Ich lächele beschämt. «Ist schon gut», murmele ich. War ja jetzt auch kein großes Ding. Aus dem Augenwinkel bemerke ich, dass meine Mutter uns beobachtet. Auch Nicolas hat mit dem Räumen aufgehört. Außer ein paar Vögeln, die sich über unseren Köpfen gegenseitig etwas vorsingen, ist nichts zu hören.

«Nun ja, das *Kleid* wird sicher nicht mein Lieblingsstück», sage ich zu Stefan und versuche, mich ein wenig aus seiner Umklammerung zu lösen. Doch er will mich nicht loslassen. Stattdessen schaut er mir tief in die Augen, und ich ahne, dass er mich gleich an sich drücken und küssen will. Leider bin ich total unentspannt, so unter Beobachtung von allen Seiten.

«Du liebe Güte, der Wagen hat ja hinten gar keine Sitze!» Meine Mutter steht plötzlich neben uns und starrt durch das schmale Seitenfenster in den Innenraum des Wagens. «Sollen wir etwa stehen?» Sie tritt zu Nicolas und malt fragend Vierecke in die Luft.

Nicolas räuspert sich und malt mit verschmitztem Lächeln ebenfalls Vierecke in die Luft. Dann hält er ihr seinen nach oben gestreckten Daumen entgegen. Zu mir gewandt erklärt er: «Der Wagen ist zwar nicht die Luxusklasse, aber zum Sitzen reicht es.» Er springt auf die Ladefläche und klappt von jeder Seitenwand ein Metallgestänge herunter. Mit wenigen geübten Griffen werden daraus zwei Sitzplätze. Sie sehen nicht gerade besonders gemütlich aus, aber wir fahren ja auch nicht über Holperpisten.

Stefan neben mir stöhnt.

«Na, phantastisch!», rufe ich, weil ich finde, es müsste mal langsam jemand wertschätzen, dass Nicolas sich derart um uns bemüht. Ihm kann es schließlich egal sein, ob wir heute noch unser Ziel erreichen.

«Du darfst selbstverständlich vorn sitzen», biete ich meiner Mutter an. «Dort hast du mehr Komfort und kannst auch besser hinausschauen.»

«Das Leben ist entweder ein aufregendes Abenteuer oder gar nichts», sagt sie pathetisch und zieht die Wasserflasche aus ihrer Tasche hervor. Mit leisem Knacken öffnet sie den Drehverschluss, spitzt die Lippen und nimmt ein paar Schlucke.

Stefan zieht mich zur Seite. «Mal abgesehen von dem Auto … Hältst du es wirklich für eine gute Idee, bei dem Kerl einzusteigen?»

«Worauf willst du hinaus?»

Er verzieht das Gesicht. «Na, der Typ ist Franzose.»

Ach. «Ist mir nicht entgangen.»

«Ja, und du weißt doch … wie die sind», druckst er. «Bei der WM 2006 hat Zinédine Zidane einen Gegenspieler mit einem Kopfstoß niedergestreckt!»

Das ist jetzt nicht sein Ernst!

Stefan funkelt nur stumm mit den Augen.

Seine Begründung ist so dermaßen an den Haaren herbeigezogen, dass sich mir der Eindruck aufdrängt, es ginge ihm gar nicht um *die Franzosen* im Allgemeinen, sondern speziell um Nicolas. Von *ihm* möchte Stefan offenbar unter keinen Umständen gerettet werden, warum auch immer.

Ich verschränke die Arme vor der Brust und schaue ihn offensiv an. «Und was sollen wir jetzt deiner Meinung nach tun?» Viele Möglichkeiten bleiben uns ja nicht. «Etwa ein Taxi aus Italien rufen? Oder gab es vielleicht auch mal einen italienischen Nationalspieler, der handgreiflich wurde, weshalb wir besser in Monaco Hilfe rufen sollten?»

Nicolas hockt auf der Ladefläche und beobachtet uns leicht amüsiert. Zum Glück kann er uns nicht verstehen, sonst gäbe es jetzt einiges zu erklären.

«Ist ja schon gut», sagt Stefan gereizt. «Ich habe doch bloß andeuten wollen, dass …»

Weiter kommt er nicht, denn Nicolas erhebt sich und springt aus dem Wagen. Neugierig gesellt er sich zu uns. «Y a-t-il un problème?» Mit seinen dunkelbraunen Augen schaut er mich fragend an. Für den Bruchteil einer Sekunde glaube ich ein Funkeln darin wahrzunehmen, doch es ist nur das Sonnenlicht, das zwischen den Bäumen hervorblinzelt und sich spiegelt.

«Non, non. Nicht der Rede wert.» Ich wedele hektisch mit dem Arm und schlage beinahe meiner Mutter die Wasserflasche aus der Hand. Sie stößt einen erstickten Schrei aus. «Ich denke, wir sind startklar, oder, Leute?»

9

Nid-sur-Mer

Als der Einzigen in unserer Familie, die Französisch spricht, wird letztlich mir der Platz neben Nicolas zugewiesen.

«Mir reicht das Seitenfenster.» Mama schielt mich aus zusammengekniffenen Augen an.

«Und du?», frage ich Stefan. «Man hat die Straße dort super im Blick.»

Ich ernte ein zögerliches Kopfschütteln. «Nein, danke.» Er tritt einen Schritt zurück. Der Preis, den er dafür zahlen müsste – zwei Stunden radebrechende Unterhaltung mit Nicolas –, ist ihm zu hoch.

Mir wird ein wenig flau im Magen. Es ist nicht der Smalltalk, der mir Kopfzerbrechen bereitet, eher so ein … *Gefühl.*

Und dieser holzige Zitrusduft, der es mir irgendwie erschwert, ganz normal ich selbst zu sein.

«Hilf mir mal, Liebes.» Meine Mutter deutet auf die Ladefläche. Sie ist tatsächlich wild entschlossen, das Abenteuer Klappsitz in Angriff zu nehmen.

Ich will ihr die Hand reichen, doch Nicolas kommt mir zuvor. Während er sich im hinteren Teil des Wagens abmüht, Mama anzuschnallen und ihre Tasche genau so zu ihren Füßen abzustellen, dass sie bei der Fahrt an alles herankommt, klettere ich schon mal auf den Beifahrersitz. Das mahagonifarbene Leder der stahlrohrumrandeten Sitze verbreitet nostalgischen Charme. Es ist gut erhalten, ein wenig blank gesessen und lediglich an den Rändern ganz leicht aufgeplatzt. Unwillkürlich streiche ich mit meinen Fingern sanft darüber und lasse währenddessen meinen Blick weiterschweifen. Auf der anderen Seite, etwas schräg hinter dem daumendünnen Lenkrad, befindet sich ein für meine Begriffe ziemlich übersichtliches Cockpit mit nur wenigen Anzeigen und Schaltern. Dennoch könnte ich von keinem der Geräte mit Bestimmtheit sagen, wofür sie gedacht sind. Alles wirkt so niedlich wie in einem Spielzeugauto! Sogar die schräggestellten Scheibenwischer, die ich durch die Frontscheibe erspähe, sehen fremd aus. Sie bestehen aus Metall und sind kürzer, als man es heutzutage gewohnt ist. Ob sie uns bei Regen tatsächlich weiterhelfen? Ich bezweifle es. Doch sie passen wunderbar zu diesem charmanten Fahrzeug, und wenn ich mir den wolkenlosen Himmel anschaue, ist mit Regen heute garantiert nicht zu rechnen. Seufzend lehne ich mich in das Polster. Wirklich schade, dass man so ausgefallene Autos in Deutschland kaum zu sehen bekommt.

«Alors … on y va?» Nicolas zieht sich schwungvoll auf den Fahrersitz, verstaut seine Sonnenbrille in einem kleinen Fach neben der Schaltung und schaut fragend zu mir herüber. Einen Tick zu lang blicke ich in seine dunkelbraunen Augen. Bis mir einfällt, dass er mich etwas gefragt hat. Mein Hals wird trocken, und ich wende mich nickend ab. Ja, es kann losgehen.

Nicolas startet den Motor.

Zunächst beschreiben wir einen weiten Bogen um den Block. Um zu unserem Volvo zu gelangen, muss Nicolas sich durch ein Labyrinth aus Einbahnstraßen quälen, ehe die eigentlich recht kurze Distanz geschafft ist. Beim Wagen angekommen, unternimmt Stefan einen letzten Versuch, den Motor zu starten, doch es tut sich nichts. Nach dem dritten Anlauf gibt er zähneknirschend auf. Sichtlich genervt hievt er unsere Habseligkeiten aus dem Kofferraum und schleppt sie zum Citroën, wo Nicolas alles im Laderaum verstaut.

«Halt!» Stefan sprintet noch einmal zurück und wühlt nach irgendetwas im Handschuhfach. «Sicher ist sicher», sagt er, als er, das Navi an sich gepresst, zu uns zurückkehrt. Mit gemischten Gefühlen sehe ich zu, wie er sorgfältig die Schnur um das Gerät wickelt.

Unser nächstes Zwischenziel ist Jacques' Werkstatt. Wieder brausen wir durch Nebenstraßen, dann biegen wir in eine enge Zufahrt zwischen zwei brüchigen Häuserfassaden ein und stehen plötzlich in einem erstaunlich geräumigen Innenhof. Eigentlich ist es nur ein quadratischer Sandplatz, an dessen Seiten sich die unterschiedlichsten Gewerbe angesiedelt haben. Ein modernes Schild weist darauf hin, dass hier auch Jacques' *Garage* zu finden ist. Von meinem Beifahrersitz erledige ich alles Notwendige: Ich reiße einen Zettel aus meinem kleinen Notizheft, beschreibe unsere Probleme und außerdem den Standort des Volvos. Zu guter Letzt kritzele ich noch meine Telefonnummer unten drauf.

«Ich kann nicht glauben, dass ich das zulasse», murmelt Stefan, während er mir in Zeitlupe den Schlüssel des Wagens nach vorn reicht. «Die olle Blechbox kriegt man vermutlich mit einem Fingernagel geöffnet.» Er deutet auf den klapprigen Briefkasten, der windschief am rostigen Eingangstor hängt. Wir sollen alles dort hineinwerfen, Martin wird dann mit Jacques telefonieren und die Einzelheiten absprechen. So ist es vereinbart.

«Hast du 'ne bessere Idee?» Ich falte das Blatt, schiebe den Autoschlüssel, so gut es geht, dazwischen und warte kurz Stefans Antwort ab. Als er nur stumm mit dem Kopf schüttelt, schlucke ich alle Kommentare, die mir in Bezug auf diese Reise auf der Zunge liegen, hinunter und steige achselzuckend aus dem Wagen. Danach öffne ich den klapprigen Deckel des Briefkastens und stopfe alles zusammen so tief wie möglich durch den Briefschlitz. Im Citroën verzieht Stefan gequält das Gesicht. Nun auch noch das Schicksal seines Wagens in die Hände des nächstbesten Franzosen zu legen, passt ihm gar nicht.

Nicolas, der unseren Dialog zwar interessiert mit den Augen

verfolgt hat, sich aber vermutlich keinen Reim darauf machen konnte, was es über die kurze Botschaft an Jacques noch zu diskutieren gab, startet nun erleichtert den Motor. Geschickt manövriert er uns durch die schmalen Gassen, und nach zwei flotten Abbiegungen erreichen wir zu meinem Erstaunen bereits die schnurgerade Uferpromenade. Wir folgen der Straße direkt am Meer entlang. Der Anblick ist atemberaubend. Funkelnd und glitzernd, wie ein unendlich langer Paillettenteppich, erstreckt sich das Wasser zu unserer linken Seite. Sportboote und Yachten schippern auf halber Strecke zum Horizont und bilden auf der schimmernden Weite ein abwechslungsreiches Tupfenmuster. Ich schaue zum steinigen Strand. Trotz der vorgerückten Stunde tummeln sich noch immer zahlreiche sonnenhungrige Urlauber. Sie faulenzen, springen gut gelaunt mit ihren Kindern herum oder stürzen sich lachend ins grünblaue Wasser. Andere haben sich in einem der Strandlokale, die entlang unserer Route so regelmäßig aus dem Boden schießen wie die riesigen Palmen, zu einem späten Lunch oder frühen Dinner verabredet. Gut gekleidet und zum Schutz vor der sengenden Sonne mit hellen Hüten und dicken Sonnenbrillen bewaffnet, sitzen sie lässig unter ausladenden Schirmen und unterhalten sich angeregt.

Ich bin fasziniert.

Am liebsten würde ich Nicolas bitten, anzuhalten. Ich möchte ein Foto schießen und meine heißen Füße in das glitzernde Wasser tauchen. Oder mich am besten gleich ganz hineinwerfen in die Fluten und, so weit es geht, hinausschwimmen. Wäre das herrlich! Doch wir haben inzwischen nicht nur ziemlich viel Zeit verloren, sondern unseren Fahrer auch zur Genüge strapaziert. Noch einen Extrawunsch möchte ich ihm nun wirklich nicht zumuten. Ich tröste mich mit der Vorstellung, dass sich in den nächsten Tagen ganz sicher noch ausreichend Möglichkeiten für Strandspaziergänge ergeben werden. Vielleicht sogar mit Regina. Überrascht von dem Gedanken spüre ich in mich hinein. Eigenartig, aber auf einmal stimmt mich die Aussicht, sie bald zu treffen, gar nicht mehr so missmutig wie zu Beginn dieser Reise. Als habe sich ein dünner Vorhang der Gelassenheit zwischen mich und meine inneren Ängste geschoben, bin ich plötzlich seltsam entspannt. Verrückt. Vielleicht liegt es auch nur daran, dass in meinem Leben ständig neue Komplikationen auftauchen, die mich entweder ablenken oder meine volle Aufmerksamkeit erfordern, aber egal. Hauptsache, es hilft.

Unvermittelt ertönt von hinten ein vertrautes Piepsen. Ich fahre herum und sehe Stefan, der mit dem Navigationsgerät beschäftigt ist. Seine Finger fliegen abwechselnd über das Display des Navis und über sein Smartphone und halten nur dann kurz inne, wenn sich auf dem Bildschirm eine neue Route aufbaut. Was zum Geier tut er da?

Irgendwie ist es eindeutig, aber ... Er wird doch Nicolas nicht vorschreiben wollen, wie wir zu fahren haben, oder? Das wäre ja, als würde man Tim Mälzer ein Kochbuch zum Geburtstag schenken! Ich will mich schon einmischen, doch dann überlege ich es mir anders. Sollen die Männer das unter sich austragen. Nicht mein Bier. Seufzend drehe ich mich wieder nach vorn und krame ebenfalls mein Handy hervor. Janosch hat sich noch nicht zu meinem Foto geäußert. Fand er es womöglich doch nicht so witzig? Manchmal sollte ich wohl etwas länger nachdenken und nicht jeder spontanen Eingebung folgen. Mit hängenden Schultern lasse ich das Telefon zurück in meine Tasche plumpsen.

«Martin ist ein netter Kerl, n'est-ce pas?», sagt Nicolas und schaut kurz zu mir herüber. «Ziemlich hilfsbereit dafür, dass ihr wildfremde Leute seid.» Er richtet den Blick geradeaus auf die Straße.

«Absolut.» Ich nicke. «Ich muss gestehen, dass ich bei seinem Anblick und dem des rosaroten Panthers im Schaufenster anfangs beinahe rückwärts wieder rausgestolpert wäre.» Mir huscht ein verlegenes Lächeln über das Gesicht. «Aber ich sollte meinen Mund besser nicht so weit aufreißen, schließlich trage ich eine Tunika mit Flamingos und sehe vermutlich auch nicht besonders vertrauenerweckend aus.»

Nicolas wirft den Kopf zurück und lacht. «Stimmt absolut. Du siehst aus wie …» Er hält an einer Ampel.

«Wie was?»

Seine Augen funkeln. Er antwortet nicht, sondern sieht mir einfach nur ins Gesicht. Um seinen Mund zuckt ein Lächeln.

«So schlimm?», frage ich gespielt beleidigt. «Du traust dich ja nicht mal, es auszusprechen.»

Er wendet sich nach vorn und hupt, weil die Ampel umgesprungen ist, aber der Wagen vor ihm sich nicht von der Stelle rührt. «Gut», sagt er unvermittelt und gibt dann Gas. «Du siehst *gut* aus.»

Himmel! So hatte ich das nicht gemeint. Glaubt er jetzt etwa, ich wollte ihm ein Kompliment entlocken? Ich werde rot. Am besten, ich sage jetzt gar nichts mehr. Schweigen ist Gold. Mit starr aufeinandergepressten Lippen schaue ich angestrengt nach vorn. Dort ist einiges los. Die Straßen sind mit Wochenendausflüglern verstopft, ständig hupt jemand, oder ein Wagen bremst ohne zu blinken plötzlich ab, um in letzter Sekunde eine der seltenen freien Parkbuchten anzusteuern. Immer mal wieder steht ein Lieferwagen mitten auf der Fahrspur, um etwas auszuladen. Hinter ihm bilden sich dann lange Autoschlangen, die Fahrer hängen fluchend aus den Fenstern, gestikulieren wild und lauern auf einen günstigen Moment zum Überholen. Ich mag mir gar nicht ausmalen, wie es hier an einem Werktag zugeht. Es muss das reinste Schlachtfeld sein.

Nicolas wirkt vollkommen auf den Verkehr konzentriert, sodass ich mich dazu hinreißen lasse, ihn unauffällig zu mustern.

Er hat die Sonnenbrille wieder auf die Nase gesetzt und

die Haare am Hinterkopf zu einem kurzen Zopf zusammengebunden. Sie haben ein warmes, dunkles Braun und passen perfekt zu seinem sonnengebräunten Gesicht. Ein Hautton, der von meinem so weit entfernt ist wie der Nord- vom Südpol. Sein Profil hat etwas Feines, Aristokratisches, wenn man von der leicht schiefen Nase einmal absieht. Vielleicht das Ergebnis einer länger zurückliegenden Rauferei? Seine hohen Wangenknochen hatte ich vorhin schon bemerkt. Jetzt fallen mir zudem die dichten, tiefschwarzen Wimpern auf, die so lang sind, dass sie beinahe das Brillenglas berühren. *Beneidenswert.* Meine Augen wandern weiter, bis zu seinem Oberkörper. Genau genommen bleiben sie an seinem rechten Oberarm hängen. Jedes Mal, wenn Nicolas schaltet oder den Blinker setzt, sieht man, wie das T-Shirt über dem Muskel spannt. Unwillkürlich frage ich mich, wie es sich anfühlen mag, von diesen Armen umfangen zu werden.

Plötzlich empfinde ich mein Gestarre als peinlich und wende meinen Blick abrupt wieder zur Straße.

«Warum hast du das Kleid denn überhaupt gekauft?», greift Nicolas das Thema wieder auf.

«Also … na ja …» Ich muss mich sammeln. Was soll ich dazu sagen? Dass Stefans Reaktion bei mir eine gewisse Trotzhaltung ausgelöst hat? Oder dass ich mich gerade selbst kaum wiedererkenne und unmöglich sagen kann, was in meinem Kopf vor sich geht? «Ich schätze, ich wollte einfach mal etwas Verrücktes tun.»

Ohne mich anzusehen, runzelt er die Stirn. «Tust du das sonst denn nicht? Nie?»

Also, so wie er es betont, klingt es, als sei mein Leben total öde und langweilig. Aber das ist es nicht, ganz und gar nicht. Im Gegenteil. Im Moment ist es mir in der Tat sogar viel zu turbulent.

Aber da ich Nicolas die Geschichte schlecht in allen Einzelheiten erklären kann, drehe ich den Spieß kurzerhand um und sage: «Ich finde es ehrlich gesagt *ziemlich* verrückt, mit einem wildfremden Mann in einem nostalgischen Citroën durch unbekannte Landschaften zu fahren. Das birgt viel Potenzial. Also für einen Krimi oder so», füge ich hinzu, ehe er mich schon wieder falsch versteht.

«Allerdings.» Er grinst. «Nicht nur für einen Krimi. Wenn wir allein in diesem Auto säßen …» Er überholt einen Postwagen. Von der Seite sehe ich die Fältchen um seine Augen aufblitzen, wie die Ausläufer eines Sterns.

Unruhig rutsche ich auf meinem Sitz hin und her. Wie hat er das nun wieder gemeint? *Wenn wir allein im Auto säßen?* Möge der Himmel mich davor bewahren!

Aber Nicolas hat offenbar nicht vor, den Satz zu beenden. Stattdessen sagt er etwas, das mich noch mehr durcheinanderbringt. «Zumal dieser wildfremde Mann, der dich fährt, ein Franzose ist. Die gehen ja bekanntlich nicht besonders zimperlich mit ihren Mitmenschen um. Verteilen gern Kopfnüsse und so Zeugs.»

Ich erstarre. Davon kann er eigentlich nichts wissen. Es sei denn …

Mein Kopf fliegt zu ihm herum. «Tu parles allemand?», frage ich entsetzt. Wenn er Deutsch spricht und von der ersten Sekunde an alles, was Stefan, Mama und ich miteinander gesprochen haben, mitgehört hat, wäre das … *eine Katastrophe!* Ich raufe mir die Haare und starre Nicolas an, als könnte ich dadurch seine Antwort beeinflussen. Gleichzeitig gehe ich im Geiste fieberhaft unsere Gespräche durch, aber ich kriege beim besten Willen nur noch Bruchstücke davon zusammen. Keine Ahnung, wie schlimm wir wirklich rübergekommen sind.

Nicolas' Gesichtsausdruck ist freundlich-neutral, einzig ein leichtes Flattern seiner Augenlider und die angespannten Kiefermuskeln lassen erahnen, dass er sich über mich amüsiert.

«Was ist?», hake ich panisch nach. «Habe ich recht?» Mir wird schrecklich heiß, und mit der Hand fächere ich mir Luft zu.

Bitte sag, dass ich mich irre!

«Bon, ich habe verstanden, dass ihr über Zidane gesprochen habt», erklärt er. «Und wenn Ausländer das tun, geschieht es fast immer im Zusammenhang mit dem Vorfall beim Fußball. Außerdem weiß ich selbstverständlich, was WM bedeutet.»

«Klar.» Klingt logisch. Mir fällt ein Stein vom Herzen. Erleichtert atme ich aus, kann aber trotzdem nicht aufhören, mir Luft zuzufächern. Seit unserer Abfahrt knallt die Sonne erbarmungslos vom Himmel, und der kleine Wagen, der natürlich nicht über eine eingebaute Klimaanlage verfügt, gleicht inzwischen einer Sauna. Gerade kommt es mir allerdings so vor, als habe jemand noch mal Wasser auf die glühenden Steine gegossen.

«Ziemlich stickig hier drinnen, tu ne trouves pas?», sagt Nicolas mit einem kurzen Seitenblick auf meine Beine. Jedes Mal, wenn der Stoff meines Hängekleids ein wenig verrutscht, bleibe ich mit den Oberschenkeln am Leder der Sitze kleben. Deshalb habe ich mir das Teil etwas eigenwillig zwischen die Schenkel gestopft.

«Soll ich das Fenster ein wenig öffnen?»

Ich nicke. «Sehr gern.»

Er kurbelt das Seitenfenster herunter und augenblicklich dringt frische Luft von draußen herein. Leider ist sie ebenso heiß. Ich zupfe unauffällig mein Kleid zurecht und öffne ebenfalls mein Fenster.

Ein regelrechter Sturm fegt nun durch den Innenraum, sodass ich mich pflichtschuldig zu meiner Mutter umdrehe.

Mit geschlossenen Augen lehnt sie an der Seitenwand. Ob sie schläft? Ihr Brustkorb hebt und senkt sich in gleichmäßigen Abständen. An ihrer Frisur kann ich ablesen, dass es hinten nicht so stark weht.

Dafür hat Nicolas jetzt mit seinen Haaren zu kämpfen. Sie haben sich aus dem Zopfgummi gelöst, und es kostet ihn einiges an Mühe, sie einhändig wieder zu bändigen. Fasziniert beobachte ich ihn dabei. Schöne Hände hat er, groß und ein ganz bisschen behaart, was ziemlich männlich wirkt. Seine Fingernägel sehen nach Arbeit aus. Teilweise gesplittert, aber sauber. Ringe trägt er keine.

«Ist irgendwas?», fragt er irritiert. Er hält kurz seine Hände auf Augenhöhe und betrachtet sie.

«Äh, nein, ganz und gar nicht.» Betreten sehe ich zur Seite und tue so, als würde ich mir die Schläfe reiben.

«Kopfschmerzen? Da vorn müssten irgendwo Tabletten sein.» Er deutet auf eine Klappe in der Nähe meiner Knie.

Ich schüttele den Kopf. «Nein, geht schon, danke. Es kommt von der Hitze.»

Wir schweigen. Außer dem gleichmäßigen Fahrgeräusch und dem gelegentlichen Piepsen von Stefans Handy oder dem Navigationsgerät ist nichts zu hören. Im Gegensatz zum Surren des Volvos hört sich dieser Oldtimer lauter, fast ein wenig bemüht an. Als würde er ständig sein Bestes geben.

«Ist dies euer erster Besuch in Nid?», erkundigt sich Nicolas irgendwann.

Wir fahren immer noch am Meer entlang, allerdings nicht mehr unmittelbar neben der Promenade. Auf einer leicht erhöhten Schnellstraße kommen wir inzwischen besser voran. Der Verkehr hat sich entzerrt, und als besonders erleichternd empfinde ich es, nicht mehr ständig anhalten zu müssen.

Nickend erkläre ich: «Der erste Aufenthalt überhaupt in der Provence.»

«Macht ihr Urlaub?»

«So etwas Ähnliches», weiche ich aus. Ihm den wahren Grund unseres Besuchs zu erzählen, erscheint mir irgendwie zu intim.

«Und warum gerade in Nid?»

«Das ist … Ach, es ist kompliziert.»

Nicolas schaut mich kurz an. Seine Stirn ist in Falten gelegt, und er sieht nachdenklich aus. «O-kay», antwortet er gedehnt. «Aber die Adresse verrätst du mir hoffentlich noch? Dann fahre ich euch bis vor die Tür.»

«Rue des Apricots», sage ich wie aus der Pistole geschossen. Reginas Straßennamen weiß ich auswendig, weil er sich so schön anhört und ich Aprikosen liebe. «Pension Regina.»

Nicolas reißt überrascht die Augenbrauen in die Höhe. «Pension Regina? Ist das dein Ernst?» Er klingt entsetzt. «*Merde!*»

10

Einen Elektriker, bitte!

Ich bin irritiert. «Kennst du das Haus?»

«Hm.» Nicolas nickt. «Was wollt ihr denn dort? Ich meine: warum ausgerechnet diese Pension?»

Darauf war ich nicht vorbereitet. Ich kann ihm unmöglich die Geschichte von mir und Regina erzählen, das wäre viel zu persönlich. Und wer weiß, ob meine Familie sich nicht wieder einmischen würde? Nein, es geht nicht. Schweren Herzens überlege ich mir eine Notlüge. «Die Pension hat Stefan ausgesucht. Wieso?» Ich schaue zum Himmel, als erwarte ich von dort ein Zeichen, dass man mir meine Lügen vergibt.

«Nur so.»

Also entweder glaubt Nicolas mir nicht, oder aber er hält Stefan jetzt für einen Geizkragen oder so was. Obwohl ich gut daran tun würde, das Thema auf sich beruhen zu lassen, ist meine Neugier plötzlich entfacht. «Was stimmt denn mit der Pension Regina nicht?»

Doch zu meiner Überraschung schweigt Nicolas lange Zeit. Als ich schon glaube, ich würde gar keine Antwort mehr bekommen, sagt er: «Nichts. Alles ist gut. Nur hätte ich vermutlich eine andere Unterkunft ausgesucht.»

So wie er es sagt, spüre ich sofort, dass mehr hinter der Geschichte steckt, als er zugeben mag. Doch tiefer nachbohren mag ich nicht. Das Thema ist zu heikel, und ich habe ihm schließlich auch nur Ausflüchte auf seine Fragen geliefert. Im Übrigen dürften wir uns nach dem heutigen Tag kaum jemals wiedersehen. Wozu ihn also weiter ausfragen?

Weil Regina meine Mutter ist.

Wenn es etwas gibt, das ich über sie oder die Pension wissen sollte, würde ich es natürlich gern erfahren. Und zwar am besten, *bevor* ich ihr gegenübertrete. Ich lasse mich tiefer in meinen Sitz rutschen, kaue nachdenklich auf meiner Unterlippe und schaue dabei aus dem Fenster.

Wir haben die *Autoroute* inzwischen verlassen und fahren mit gemäßigtem Tempo auf einer zweispurigen Straße, einer Art Landstraße, die gen Norden führt. Das Meer liegt in unserem Rücken. Statt auf glitzerndes Blau sehe ich nun fast ausschließlich auf hüfthohe Steinmauern, die wohl dahinterliegende Gärten abschirmen sollen und mir die Sicht versperren. Lediglich vorn, durch die Frontscheibe, kann ich den Blick ein wenig in die Ferne schweifen lassen. Der Himmel ist noch immer wolkenlos, ein klares, zum Horizont diffuser werdendes Blau bildet die Leinwand für vereinzelte Kondensstreifen. Wie verwaschene Kreidestriche hängen sie in der Luft und formen mit den teils abenteuerlich herabbaumelnden Stromleitungen ein interessantes Streifenmuster. Die Berge sind nicht mehr weit. Nach jeder Linkskurve erahne ich felsiges Gestein und glaube ein paar Mal, die feine Note junger Kiefernnadeln zu riechen.

Nicolas setzt den Blinker und biegt nach rechts. Prompt meldet Stefan sich von hinten zu Wort: «Entschuldigung, aber mein Navi sagt, dass wir noch etwa drei Kilometer weiter geradeaus fahren sollen.» Er beugt sich nach vorn und tippt mir auf die Schulter. «Luisa? Übersetzt du? Und würdest du unseren Fahrer bitten, das Navi vorn an die Scheibe zu kleben. Dann sind wir auf der sicheren Seite.»

Entsetzt drehe ich mich zu ihm um. Seine Stirn liegt in tiefen Falten, das Gesicht ist angespannt.

«Nicolas *wohnt* in Nid-sur-Mer», erinnere ich ihn. «Er wird ganz bestimmt wissen, wie wir dorthin kommen.»

«Dann frage ich mich, warum er so eigenartige Wege nimmt. Tomtom schlägt eine alternative Strecke vor, und deshalb tu mir den Gefallen und sag ihm, dass er falsch fährt.»

Männer! Mir ist klar, dass es Stefan schwerfällt, die Routenplanung in die Hände eines anderen Mannes zu legen. Noch dazu in die eines Landsmanns von Zinédine Zidane. Trotzdem finde ich die ganze Aktion albern. «Frag ihn doch selbst. Er spricht bestimmt Englisch.»

Stefan rollt mit den Augen. Ich weiß, dass er ganze Vorträge auf Englisch halten kann, warum er sich jetzt so ziert, ist mir ein Rätsel. Ich atme tief aus. «Tu parles anglais?», erkundige ich mich bei Nicolas.

Sein Blick spricht Bände. Als hätte ich ihn gefragt, ob er ein Toupet trägt, sagt er beleidigt: «Englisch? Mais non. Ich bin Franzose!»

Noch so ein Gockel! Und ich dachte immer, es sei ein Vorurteil, dass die Franzosen nur ungern Fremdsprachen sprechen.

«Sorry. Kein Englisch», informiere ich Stefan und bemühe mich, dabei ein wenig bedauernd auszusehen. Es ist Salz auf seine Wunden.

Kurz herrscht angespannte Stille. Als ich schon glaube, Stefan würde das Thema auf sich beruhen lassen, fordert er mich auf: «Dann frag *du* bitte noch einmal nach. Frag diesen Kerl, warum wir so merkwürdige Routen fahren.» Er betont das Wort *Kerl*, als stünde es stellvertretend für *Honk*.

Ich bleibe wie versteinert sitzen. Warum muss er sich da überhaupt einmischen? Was wäre so schlimm daran, wenn wir einen Umweg nehmen? Vielleicht ist dies ja der schönere Weg. Hat er da mal dran gedacht?

Da ich mit dieser Argumentation ganz sicher bei Stefan nicht punkten werde, räuspere ich mich schweren Herzens. «Mein … äh … Also, Stefan fragt, ob es nach Nid-sur-Mer noch weit ist und ob du vielleicht einen …» Ich hole tief Luft. «… also … ob du eventuell einen Elektriker dort kennst.» Mein Karma wird immer schlechter. Muss es ja auch werden bei den vielen Notlügen.

Nicolas sieht mich fragend an.

Nervös deute ich nach hinten. «Sein Navigationsgerät ist nämlich … kaputt.» OGottoGott. Ich werde auf direktem Weg in die Hölle katapultiert.

Abrupt bringt Nicolas den Wagen zum Stehen. Wir sind an eine Kreuzung gelangt, und obwohl weit und breit kein anderes Fahrzeug in Sicht ist, fährt er nicht weiter. Einen endlosen Moment schaut er starr nach vorn und presst die Kiefer aufeinander. Dann plötzlich dreht er sich zu mir. Um seinen Mund zuckt es ganz leicht. «Einen Elektriker», wiederholt er nüchtern, «für das Navi.» Er beißt sich auf die Unterlippe.

Was bitte ist daran so abwegig?

Oder steht in Frankreich die Frage nach einem Elektriker womöglich stellvertretend für etwas anderes? Etwas Obszönes vielleicht? Habe ich mich, ohne es zu ahnen, erkundigt, ob er mit mir schlafen will? Das würde zumindest den eindringlichen Blick erklären, mit dem er mich jetzt betrachtet. Mir wird ganz heiß bei der Vorstellung, mich so blamiert zu haben.

Nein, das kann nicht sein. So gut spreche ich schon Französisch.

«Ganz genau», sage ich bemüht selbstbewusst, «einen Elektriker.»

Nicolas regt sich noch immer nicht.

«Was ist denn nun?», drängelt Stefan. «Was hat er gesagt?»

Wie tausend Nadelstiche spüre ich seinen bohrenden Blick zwischen meinen Schulterblättern. «Sekunde noch», vertröste ich ihn. Und mache mich bereit für die nächste Lüge. Zu Nicolas gewandt erkläre ich: «Du hast es ja die Fahrt über gehört: Das Navi spinnt total. Piepst dauernd rum.»

Jetzt bloß nicht verunsichern lassen, ermahne ich mich. *Das alles ist nicht deine Schuld. Du hast dir nichts vorzuwerfen.*

Ungeduldig warte ich auf seine Reaktion, damit ich Stefan endlich etwas übersetzen kann. Irgendetwas. Egal was.

Während ich schon in Erwägung ziehe, in meine Geschichte noch einen Stromschlag einzubauen, den Stefan sich beim Bedienen eingefangen haben könnte, räuspert Nicolas sich. Als sei ihm nach reiflicher Überlegung endlich ein Licht aufgegangen.

Er dreht sich nach hinten und reckt Stefan seinen erhobenen Daumen entgegen. Dazu stößt er einen Schwall französischer Worte aus, die so schnell aus ihm heraussprudeln, dass selbst ich nur die Hälfte verstehe. Es gibt tatsächlich einen Elektriker im Ort, den Bekannten eines Bekannten, der jemanden kennt, der … Irgendwo da verliere ich den Faden. Aber um Stefan etwas zu übersetzen, habe ich genug gehört.

Während Nicolas sich wieder nach vorn dreht und endlich Gas gibt, um geradeaus über die Kreuzung zu brettern, setze ich nach hinten gebeugt zu einer Erklärung an: «Also, Nicolas … er ist dir sehr dankbar für den Tipp mit dem anderen Weg. Natürlich kennt er ihn. Nur … na ja … es gibt dort eine Sperre. Also eine Straßensperre.»

Stefan schüttelt den Kopf. «Das kann nicht sein. Der Tomtom würde es anzeigen.» Er schaut mich prüfend an. «Hat er wirklich *Sperre* gesagt?»

Ich tue so, als müsste ich überlegen. Dann schüttele ich den Kopf. «Nein, er sagte …» Ich wiederhole das Wort, das Nicolas mehrfach benutzt hat: *bonnes connaissances*. Gute Bekannte. «Er sagte *bonnes connaissances*. Das bedeutet so viel wie … Baustellenumleitung.»

Stefan starrt mich an. «Du kennst Vokabeln! Donnerwetter.»

Peinlich berührt muss ich schlucken. Am liebsten würde ich die Sache sofort aufklären. Lügen an sich fällt mir ja schon schwer, aber mich auch noch für etwas loben zu lassen, was frei erfunden ist, geht mir eindeutig zu weit. Ich schäme mich in Grund und Boden, doch die Sache jetzt aufzuklären, würde Stefans Lage letzten Endes nicht unbedingt verbessern. Und meine schon gar nicht. Energisch beiße ich die Zähne zusammen und wende mich wieder nach vorn. *Hoffentlich ist dieses dämliche Thema jetzt endgültig vom Tisch!*

Um sicherzugehen, dass er wirklich nicht das kleinste Fitzelchen von dem Gespräch mit Stefan verstanden hat, schiele ich zu Nicolas.

Sein Blick ist starr auf die Straße gerichtet, die Gesichtszüge vollkommen entspannt. Nichts deutet darauf hin, dass er beabsichtigt, uns an der nächsten Kreuzung rauszuschmeißen. *Puhhh*. Scheint, als sei die Sache noch mal gutgegangen.

Fix und fertig starre ich auf die Fahrbahn. Inzwischen stresst mich diese Fahrt dermaßen, dass ich mir fast wünsche, wir würden endlich in Nid-sur-Mer ankommen. Was kann mich dort schon Schlimmeres erwarten?

Unsere Straße, die *Route des Salernes*, wie ich an einem Schild ablese, ist bei weitem nicht so gut in Schuss wie das lange Stück vorhin. Es ruckelt ziemlich, und wir werden auf den Sitzen durchgeschüttelt wie in einem Bollerwagen.

Mama und Stefan tun mir leid auf den hinteren Plätzen, aber

wenigstens redet niemand mehr. Alle hängen stumm ihren Gedanken nach und wünschen sich vermutlich ähnlich sehnsüchtig wie ich, die Tour möge bald geschafft sein. Nach und nach passieren wir kleinere Ortschaften, manche erstrecken sich über Kilometer, obwohl sie nur aus ein paar Häusern und einer Tankstelle oder einem Supermarkt bestehen. In einem dieser Nester findet sich ein überraschend großes Geschäft mit Tontöpfen. Das ganze Außengelände ist damit voll gestellt. Ich lasse meinen Blick im Vorbeifahren über die Ausstellung schweifen und wünsche mir spontan, wir hätten Platz im Kofferraum, um ein paar von den kunstvoll geformten Kübeln nach Hause mitzunehmen.

Ich muss gähnen. Die Schaukelei und vor allem die Wärme haben mich ganz schön geschafft. Erschöpft schließe ich die Augen und versuche, ein wenig zu dösen, aber irgendwie kann ich nicht abschalten. Nach zwei langgezogenen Kurven schaue ich wieder nach vorn, und wie von einer überirdischen Macht gelenkt, passieren wir in exakt diesem Moment ein Schild, auf dem Nid-sur-Mer angekündigt wird. In meinem Inneren beginnt es zu rumoren. Noch dreiundzwanzig Kilometer.

Ich spüre plötzlich einen dicken Kloß im Hals. Meine vermeintliche Gelassenheit ist auf einmal fort, als hätte es sie nie gegeben. Stattdessen wird mir immer heißer. Sogar meine Handinnenflächen beginnen, feucht zu werden, und mein Herz pocht heftig.

Ich will nach Hause. Ich will mein altes Leben zurück!

Noch eine halbe Stunde, schätze ich, dann sind wir da. Dann steht Regina vor mir, und ich habe keine Idee, was ich sagen soll. Ich weiß nicht einmal, wie ich sie ansprechen soll. Mama? Wohl kaum. Das bringe ich ganz sicher nicht über die Lippen. Außerdem ist diese Anrede bis in alle Ewigkeit vergeben. Also Regina? Ja, ich werde sie weiterhin beim Vornamen nennen, ganz einfach.

Plötzlich beugt Nicolas sich zu mir rüber und deutet aus meinem Fenster. Ich verstehe, was er mir zeigen will. Mit einem Mal wirkt die Landschaft verändert. Es geht bergauf, und mit jeder Kurve gewinnen wir neue Ausblicke auf die Region. Endlich sehe ich Rebstöcke, ganze Felder davon tun sich unter mir auf. Symmetrisch angelegt und so lang und breit, dass ich mir kaum ausmalen kann, wer die vielen Trauben später einmal ernten soll. Und Lavendel! Ein leuchtendes violettes Meer, das ebenso endlos scheint wie vorhin der Paillettenteppich und in weiter Ferne mit dem Himmel verschmilzt. Unfassbar! Es ist ein Bild wie von einer Ansichtskarte. Wunderschön.

Nicolas berührt mich am Arm und zeigt auf ein ockergelbes Bergdorf, das am Hang klebt. «Das ist Nid. Und noch ein Stück nach rechts», sein Zeigefinger beschreibt eine waagerechte Linie, «liegt Nid-sur-Mer.»

«Wow», sage ich ehrfürchtig, «kann man von dort denn tatsächlich bis zum Meer sehen?»

«Nein.» Lächelnd schüttelt er den Kopf. «Das kann man nicht. Ich glaube, der Name sollte vor allem schön klingen. Einladend und ein bisschen romantisch.» In seinem Tonfall liegt liebevoller Stolz.

«Halleluja, das ruckelt ja wie bei Windstärke 6 auf einem Schiff.» Meine Mutter ist aufgewacht und reckt gähnend die müden Knochen. Kaum zu fassen, dass sie die ganze Fahrt über geschlafen hat!

«Windstärke 10», korrigiert Stefan. Und zu mir nach vorn gebeugt sagt er: «Weißt du zufällig auch, was Stoßdämpfer auf Französisch heißt? Dann sag *dem Franzosen* mal, dass er dringend neue braucht.»

Ich stöhne innerlich und werfe Stefan einen missbilligenden Blick zu, der so viel sagen soll wie: Selbst wenn ich das Wort wüsste, würde ich eher den Berg rauf nach Nid zu Fuß erklimmen, als noch mal ein Gespräch zwischen euch zu vermitteln.

Und dann, wie aus dem Nichts, taucht das Ortsschild von Nid auf. Daneben ein kleines buntes Hinweisschild, handgemalt und mit Blumen verziert. Es deutet in Richtung Nid-sur-Mer.

11

Ce n'est pas la même chose!

Auf den ersten Eindruck, noch von der serpentinenartig ansteigenden Landstraße aus, wirkt Nid eher wie ein von Riesenhand dahingewürfelter Haufen Steinklötze als ein Dorf. Farblich abgestimmt zum blassgrauen Hintergrund der felsigen Berge, kuschelt es sich unscheinbar in den Windschatten und scheint wahrlich ein Nest zu sein.

Doch sobald wir die letzte Kurve genommen haben und das farbenfroh bemalte Ortsschild passieren, wandelt sich diese Vermutung schlagartig in das komplette Gegenteil. Nichts wirkt mehr grau und verschlafen, sondern bunt und voller Leben. Es ist, als seien wir mitten in ein turbulentes Filmset geraten: Überall wuseln Menschen herum, sie sitzen auf Fahrrädern oder Vespas, sind zu zweit oder in Grüppchen unterwegs oder klemmen hinter dem Steuer ihrer meist urigen Lieferwagen. Die Fahrzeuge sehen allesamt aus, als habe ihr Besitzer sie nach seinen Bedürfnissen selbst zusammengebaut. Keins gleicht dem anderen, jedes hat eine ganz persönliche Note. Auf den teils extrem schmalen Gassen, die ein einziges Labyrinth zu sein scheinen und gesäumt sind von blassbunten Häuserreihen, zwängen sich alle aneinander vorbei. Dabei geht es laut und lebhaft zu. Man überlässt oder nimmt sich hupend die Vorfahrt, und spätestens jetzt ist klar, warum der HY sich als so praktisch erweist: Ein größerer Lieferwagen würde hier kaum vom Fleck kommen.

Nicolas manövriert uns geschickt und mit stoischer Ruhe über die gepflasterten Wege, vorbei an gut besuchten Bars und Cafés, mitten durch die Stadt.

«Kinder, ist das schön!», ruft meine Mutter hellauf begeistert. «Schaut doch mal dort vorn – die bewachsene Hauswand. Ich liebe Bougainvilleen!» Mama ist eindeutig zum Leben erwacht. Ihr Kopf fliegt von links nach rechts, und wenn sie nicht angeschnallt wäre, würde sie vermutlich nach vorn auf die Vordersitze krabbeln, um besser sehen zu können. Aber auch ich bekomme langsam eine Ahnung, warum es Regina in diese Region verschlagen hat. Man kann im Grunde überhaupt nicht anders, als sich vom Fleck weg in diesen zauberhaften Ort zu verlieben.

Auf dem Marktplatz, den wir rechter Hand passieren, herrscht gelöste Feierabendstimmung. Die Obst- und Gemüsebauern packen scheinbar ohne Eile ihre Waren ein. Kiste für Kiste wird sorgfältig befüllt und anschließend in den Marktwagen gestapelt, die gleichzeitig als Verkaufsstand dienen. Ein Grüppchen Männer ruft sich lautstark etwas zu, und alle lachen. Es werden Reste von Brot und Käse vertilgt und sogar Wein getrunken. Ein paar Besucher verabschieden sich wild gestikulierend, und nicht selten sehe ich das Klischee vom schnurrbarttragenden Franzosen bestätigt, der mit einem Baguette oder einer Flasche Wein unter dem Arm nach Hause spaziert.

«Den Markt hier in Nid solltet ihr auf jeden Fall besuchen», rät uns Nicolas. «Plant genügend Zeit ein, es lohnt sich nämlich, von Stand zu Stand zu schlendern und viel zu probieren. Ihr werdet sehen, dass sich feine Unterschiede herausschmecken lassen. Ob eine Aprikose mit Blick auf den Lubéron oder das Rhonetal gereift ist – *ce n'est pas la même chose.*»

«Oh, okay.»

«Besonders zu empfehlen ist in dieser Gegend übrigens das Olivenöl», fährt er fort. «Es wird in einer alten Ölmühle hergestellt, die dort vorn, ein kurzes Stück den Hang hinunter liegt. Man kann sie besichtigen.» Mit einer Kopfbewegung deutet er voraus.

Ich recke den Hals, doch es gelingt mir beim besten Willen nicht, sie zu entdecken. Ein blassgelber Kirchturm versperrt die Sicht. Ich drehe mich nach hinten und übersetze meiner Familie alles Wissenswerte.

Mama reibt sich die Hände. «Wisst ihr was?» Sie schaut vergnügt in die Runde. «Ich bekomme richtig Lust, mal wieder etwas zu kochen!»

«Das trifft sich gut.» Stefan streicht sich über den Bauch. «Ich habe nämlich ziemlichen Kohldampf. Das Frühstück liegt schon eine ganze Weile zurück und war eh nur etwas für den hohlen Zahn.»

«Ma famille a faim», übersetze ich Nicolas, der daraufhin mitleidig nickt. Er rät: «Falls ihr in der Pension nichts zu essen bekommt, empfehle ich euch, es in einem der Restaurants entlang der Piazza zu versuchen. In Nid gibt es hervorragende Lokale, die nicht teuer sind, aber vorzüglich kochen. Falls ihr Lust auf die hiesige Hausmannskost habt.»

«Ich glaube, Stefan würde momentan alles essen», sage ich und merke, dass es mir genau anders geht. Seit wir das Ortsschild passiert haben, kommt es mir vor, als würde eine tausendarmige Krake mit ihren feuchtkalten Tentakeln nach mir greifen und nach und nach die Luft aus meinen Lungen pressen. Der Gedanke ans Essen macht alles noch schlimmer.

«Alles okay mit dir?» Nicolas schaut besorgt auf meine Hände, die im Begriff sind, den Saum meines Kleides in einen knittrigen Wulst aus Falten zu verwandeln. Er gleicht bereits einer Mondlandschaft. «Ja, danke», flüstere ich und merke selbst, wie erbärmlich sich meine Stimme anhört. Ich wage kaum, ihn anzusehen. «Ich bin nur etwas … müde.» Einen sehr kurzen Blick riskiere ich dennoch und sehe sofort die Skepsis auf seinem Gesicht.

«Gleich sind wir da», beruhigt er mich. «Noch ein paar Straßen weiter, dann haben wir die Pension erreicht, und du kannst dich ausruhen.»

Ich weiß, seine Worte sollen als Aufmunterung gedacht sein, doch leider fühle ich mich nur immer jämmerlicher. Ich schenke ihm ein halbherziges Lächeln. *Ausruhen?* Das steht in den nächsten Tagen wohl kaum auf dem Programm, aber woher soll er das wissen.

Im Stillen habe ich mir viel vorgenommen. Ich will Regina die Gelegenheit geben, sich mir zu erklären. Aber nur, wenn sie absolut offen und ehrlich zu mir ist – ansonsten ist das Kapitel für mich abgehakt, und ich fahre nach Hause. Eine zweite Chance wird sie definitiv nicht bekommen, auch wenn Mama sich auf den Kopf stellt!

Den Rest der Fahrt zwinge ich mich, mein Augenmerk nach innen zu wenden und meinen Rocksaum in Ruhe zu lassen, der schon vollkommen zerfleddert aussieht. Die vorbeiziehende Umgebung nehme ich nur noch schemenhaft wahr, bis wir einen Verkehrskreisel passieren, der so klein und schmal ist, dass er die Bezeichnung kaum verdient. Trotz der engen Kurve hat jemand in die Mitte einen Wegweiser gezwängt. Mein Herz klopft noch einen Tick schneller, als ich Nid-sur-Mer lese. Gleich darauf wird unsere Straße einspurig, wir durchfahren einen maroden, steinernen Bogen, gerade hoch genug, dass wir ihn nicht mit dem Dach zum Einsturz bringen, danach verzweigt sich die Fahrbahn noch einmal. Nicolas biegt links ab, und wir befinden uns plötzlich auf einem breiten Sandweg mit wuchernden Hecken und Laubbäumen, deren blassgrüne Kronen beinahe an die durchhängenden Oberleitungen stoßen.

Ich ahne, dass wir der Pension Regina nun ganz nah sind.

Der Druck auf meine Brust nimmt zu, ich bekomme kaum noch Luft.

«Sie haben Ihr Ziel erreicht!», tönt Stefans Navi, und ich zucke vor Schreck zusammen, als etwas meine Schulter berührt. Zärtlich streicht er mir von hinten über den Nacken und massiert ihn leicht. «Wir haben es geschafft! Bist du aufgeregt, Lu?»

«Geht so», räuspere ich mich und streiche den Stoff meines Kleides glatt. «Eigentlich … nicht besonders.»

«Na also.» Stefan lässt seine Hand sinken und lehnt sich entspannt zurück. «Ich hab es dir doch gesagt. Alles wird gut. Wir werden uns hier eine schöne Zeit machen.»

Ich nicke stumm. Was soll ich auch sagen? Dass ich mich am liebsten von hier wegbeamen möchte? Denn für alles andere ist es wohl zu spät. Nicolas steuert den Wagen, so weit es geht, an den Fahrbahnrand, zieht die Handbremse und schaltet den Motor aus. «Alors … voilà. Wir sind da. Hier ist sie, die Pension Regina.» Er nimmt die Sonnenbrille von der Nase, verstaut sie an ihrem angestammten Platz und dreht sich zu mir. Seine Augen wirken dunkler, als ich sie in Erinnerung habe. Schwarz und glänzend sucht sein Blick meinen, und ich habe den Eindruck, er schaut bis tief in mein Herz hinein.

Seine Lippen beben, als wolle er etwas sagen, aber dann streicht er sich nur versonnen über das raue Kinn. Ich bin wie paralysiert.

«Wo denn?», fragt Mama aufgestachelt von hinten. «Wo ist die Pension?»

Nicolas' Augen flattern, als er seinen Blick von mir löst, und mir ist, als habe er auf magische Art und Weise ein Fitzelchen meines Herzens als Andenken mitgehen lassen.

Er deutet nach vorn aus dem Fenster.

Noch ein wenig benommen folge ich seinem ausgestreckten Finger. Das windschiefe Holzschild mit der Aufschrift «Pension Regina», das ein paar Meter weiter rechts an einem Baum am

Straßenrand baumelt, lässt sich nur schwer entdecken, so zugewachsen ist es. Ein krakeliger Pfeil weist in Richtung des Gestrüpps.

«Da … steht es doch.» Meine Stimme will mir nicht gehorchen, und ich muss mich umdrehen, um zu sehen, ob meine Familie mich gehört hat. Mama und Stefan recken neugierig die Hälse.

«Und warum fahren wir nicht bis vor die Tür?», erkundigt sich Stefan argwöhnisch. «Gibt es denn keine Auffahrt?»

«Schau dich doch mal um», fordere ich ihn auf. Mit dem Kopf deute ich auf den windschiefen Strommast zu unserer Linken. «Diese Gegend ist nicht gerade feudal. Einen knirschenden Kiesweg suchst du hier vergeblich.»

«Ich habe keinen Luxus erwartet. Trotzdem wird man wohl mal fragen dürfen, warum wir nicht wenigstens vor dem Eingang halten. Platz genug wäre schließlich.»

Wo er recht hat, hat er recht, denke ich. Es ist tatsächlich etwas verwunderlich, dass wir so weit weg, beinahe versteckt am Straßenrand parken. Das Einfahrtstor erkenne ich nur deshalb, weil es sperrangelweit offen steht. Ein Haus ist nicht in Sicht.

Zögernd schaue ich zu Nicolas, auch wenn ich nicht weiß, ob ich es aushalte, wenn er mich noch einmal so anschaut. Doch er weicht meinem Blick aus und löst seinen Anschnallgurt.

«On y va?», fragt er niemand Bestimmten und öffnet sogleich die Fahrertür. Plötzlich scheint er es eilig zu haben. Ohne sich umzusehen, springt er hinaus. «Ich helfe euch noch mit dem Gepäck, dann muss ich weiter.»

Schon ist er hinter dem Wagen verschwunden. Irritiert schaue ich ihm nach. Was ist denn nur auf einmal in ihn gefahren? Während ich zu begreifen versuche, was sich hier gerade abspielt, höre ich die Heckür aufgehen. Automatisch wende ich mich um und begegne Stefans Blick. Mit einem Augenrollen, das zweifelsfrei «Franzosen!» bedeuten soll, zuckt er mit den

Schultern und macht sich daran, seinen Gurt zu lösen. Während er danach meiner Mutter beim Aussteigen hilft, hocke ich weiter stocksteif auf meinem Sitz und hoffe auf ein Wunder.

Inzwischen gibt es mehr als einen guten Grund, den Wagen nicht zu verlassen. Hier drinnen fühle ich mich seltsam sicher, wie in einem schützenden Kokon. Als würde sich durch das Öffnen meiner Beifahrertür gleichzeitig die Tür zu einem fremden Leben öffnen, zögere ich es hinaus.

Erst als Mama lautstark nach mir ruft, greife ich in Zeitlupe nach meiner Handtasche. Meine Finger zittern, als ich den Riegel der Tür betätige, und ich verfluche mich innerlich dafür, dass ich es nicht schaffe, cool und lässig zu bleiben. Auf gar keinen Fall möchte ich, dass Regina mir anmerkt, wie aufgeregt ich bin. Es würde meine Position schwächen und geht sie einfach nichts an.

Mit aller Mühe reiße ich mich zusammen, steige aus und umklammere mit schwitzigen Fingern das Schulterkettchen meiner Tasche, als sei es eine Rettungsleine.

Die anderen beachten mich zum Glück gar nicht.

«Danke, mein Lieber», mit resoluter Miene scheucht Mama Stefan fort, als er sie unterhaken will, «aber so alt bin ich nun auch wieder nicht. Willst du, dass Regina mich für eine alte Schachtel hält?» Mit dem Kopf deutet meine Mutter in Richtung der Pension.

Stefan schmunzelt. «Möchtest du vielleicht unsere beiden Koffer tragen, Elisabeth? Dann fällt sie vor Bewunderung in Ohnmacht.»

Mama schneidet eine Grimasse, was Stefan entgeht, da er sich bereits der Ladefläche zugewandt hat, um das Gepäck in Empfang zu nehmen. Als alle Koffer fein säuberlich aufgereiht im Sand stehen, schließt Nicolas die Hecktüren und dreht sich zu uns um.

«Bon», sagt er knapp. Sein Blick fliegt zwischen uns und der

Straße hin und her. «Au revoir.» Er streckt uns allen die Hand entgegen und küsst jeden flüchtig links und rechts auf die Wange. «Ich wünsche euch einen schönen Aufenthalt hier in Nid.» Meine Übersetzung wartet er schon gar nicht mehr ab. Ein kurzes, unverbindliches Lächeln huscht über sein Gesicht, dann eilt er zur Wagentür.

Das war alles? Ich fühle ein dumpfes Ziehen in meiner Brust.

Während meine Mutter und Stefan losmarschieren, bemerke ich, dass Nicolas nicht einsteigt, sondern wie festgefroren dasteht und gebannt in Richtung der Pension schaut. Seine Augen sind zu kleinen Schlitzen verengt, sodass ich nicht anders kann, als seinem Blick zu folgen. Leider lässt sich von meiner Position aus nicht erkennen, was ihn derart fesselt. Doch plötzlich höre ich die fröhliche Stimme einer Frau von irgendwo hinter der Hecke zu uns dringen. «Hallo!», ruft sie vergnügt. Ein dunkler Schopf erscheint neben dem Grün. «Seid ihr aus Frankfurt?» Ohne eine Antwort abzuwarten, stürmt sie über den sandigen Gehweg auf uns zu. Dabei lacht und winkt sie ununterbrochen.

Nach ein paar Metern geschieht jedoch etwas Seltsames. Sie verlangsamt ihren Schritt und starrt an uns vorbei, als verlange dort etwas weit Wichtigeres ihre volle Aufmerksamkeit.

Neugierig drehe ich mich um und sehe Nicolas, der sie mit finsterer Miene fixiert. Mit der Hand umklammert er den Türgriff seines Wagens, so fest, dass seine Fingerknöchel weiß hervortreten.

Dann plötzlich ist der Moment vorüber. Nicolas reißt mit Schwung die Wagentür auf, springt hinter das Steuer und knallt die Tür zu. Verdutzt schaue ich zurück zu der fremden Frau. Ihre Gesichtszüge haben sich entspannt, und als sie sich jetzt auf uns zubewegt, tut sie es zwar gemächlicher als zuvor, aber sie lächelt schon wieder.

«Sekunde mal», höre ich Stefan plötzlich rufen. Während er hektisch sein Portemonnaie aus der Gesäßtasche zieht, tritt er an das offene Fenster von Nicolas' Wagen. «Was sind wir Ihnen schuldig?»

Nicolas stutzt. Noch immer schaut er grimmig drein und scheint sich ein Lächeln regelrecht abringen zu müssen, als er abwehrend die Hand hebt. «Non, non», sagt er eilig, «c'était un plaisir.» Ohne Stefan noch einmal zu Wort kommen zu lassen, kurbelt er die Scheibe hoch.

«Aber … das geht doch nicht!» Ungehalten sieht Stefan zu mir, als solle ich Nicolas zur Vernunft bringen. Doch ich kann nicht. Gerade bin ich vollkommen überfordert mit der Situation. Die Frau … Auch wenn sie sich bislang mit keiner Silbe vorgestellt hat – sie muss Regina sein. Ich *weiß* es einfach. Und es lähmt mich.

Verdammt!, fluche ich innerlich. Ich wollte doch souverän und selbstbewusst wirken, und nun benehme ich mich wie ein verschüchtertes Schulmädchen, ängstlich und unsicher. *Das ist so unfair!*

Doch sosehr ich mich auch bemühe, die Situation in den Griff zu bekommen – ich bin wie versteinert. Erst als ich wie aus weiter Ferne höre, dass ein Motor gestartet wird, drehe ich mich zu Nicolas, und durch die Scheibe begegne ich seinem Blick. Unwillkürlich weiche ich einen Schritt zurück. Seine Augen haben jeglichen Glanz verloren, sie wirken starr und eiskalt. Dann plötzlich, als wäre ich ihm in diesem Moment ein wenig zu nahe gekommen, schiebt Nicolas sich die Sonnenbrille auf die Nase, umschließt mit den Händen das Lenkrad und tritt das Gaspedal durch. Der Lieferwagen beschreibt einen forschen Satz, dann sieht man nur noch eine Staubwolke.

«Na toll!» Stefan steckt die Geldbörse ein und verzieht genervt das Gesicht. Dem Franzosen etwas schuldig bleiben zu müssen, schmeckt ihm gar nicht. Erst nachdem er mich kurz kritisch beäugt hat und mir offenbar ansieht, wie es um mein Innerstes bestellt ist, reißt er sich zusammen. Er tritt zu mir und legt seinen Arm um meine Schultern. Dann dreht er uns so, dass wir der Frau gegenüberstehen.

«Entschuldigen Sie bitte», sagt er formvollendet und macht eine entwaffnende Geste mit der freien Hand, «wir haben Ihre Frage noch nicht beantwortet. Ja – wir sind der Besuch aus Frankfurt! Und Sie müssen Regina sein, stimmt's?» Ohne mich loszulassen, streckt er ihr die Hand entgegen. «Ich bin Stefan Tormöhlen, Luisas Ehemann.»

Regina lächelt ein strahlendes Lächeln, als sie seine Hand nimmt. «Herzlich willkommen! Ich bin Regina. Wollen wir uns nicht duzen?» Sie schaut auffordernd in die Runde.

Als alle nicken, entsteht eine peinliche Stille. Wieder ist es Stefan, der das Wort ergreift: «Entschuldige die Verspätung, aber unser Wagen hatte unterwegs eine Panne. Wir mussten halten und …»

Während er sich ungeniert in den Vordergrund schiebt und der sichtlich verdatterten Regina unsere Reise in allen Einzelheiten beschreibt, mustere ich sie verstohlen. Schon vorhin, als sie aus ihrem Garten auf uns zugelaufen kam, ist mir aufgefallen, wie hübsch sie ist. Mit ihren dreiundfünfzig Jahren wirkt sie noch immer extrem jugendlich. Ein geblümtes Wickelkleid in Beigetönen unterstreicht diesen ersten Eindruck. Das Kleid ist in der Taille geknotet, sodass man gar nicht anders kann, als Reginas wohlgeformten Körper zu bemerken. Der Farbton des Kleides schmeichelt ihrem von der Sonne geküssten Teint, und dezentes Make-up lässt ihn zusätzlich strahlen. Als gekonnten Bruch zu dem femininen Kleid trägt sie olivfarbene Flip-Flops, am linken Fuß glitzert ein Goldkettchen. Die Nägel sind auf die Farbe der Schuhe abgestimmt und ebenfalls oliv lackiert.

Während mein Blick am Boden hängenbleibt, höre ich unvermittelt jemanden meinen Namen sagen.

«Du musst Luisa sein.»

Mein Herz beginnt zu rasen, als sei ich im Begriff, einen

Dreitausender zu besteigen, und ich fürchte, es müsste in der plötzlich entstandenen Stille zu hören sein. Mit Mühe reiße ich meinen Blick von Reginas Füßen los und schaffe es, ihr in die Augen zu schauen. Ihre Lider flackern ein wenig, aber ich schätze, dass es um meine schlimmer bestellt ist. Jedenfalls ist mir reichlich schwindelig, und ich kann von Glück sagen, dass Stefan noch immer seinen Arm um meine Schultern gelegt hat, sodass ich nicht nach hinten umfallen kann.

«Ja», sage ich und bin überrascht, dass meine Stimme ihren Dienst tut. Sie zittert ein wenig, aber sie funktioniert. «Ja», sage ich. «Hallo.» Mehr bekomme allerdings nicht heraus.

Regina streift sich eine Haarsträhne aus dem Gesicht, die aus ihrer Hochsteckfrisur gerutscht ist. Und dann noch eine. Ihr Haar hat dasselbe Braun wie meins, es ist voll und lockig. Nur ganz vereinzelt, als gehöre es gar nicht wirklich zu ihr, blitzt ein graues dazwischen hervor.

«Endlich sehen wir uns», flüstert sie und hält mir auffordernd die Hand hin. Als ich sie ergreife, schließt sich ihre andere darüber. «Ich freue mich riesig», sagt sie und hört nicht auf zu lächeln. Ihre Stimme hat einen angenehmen Klang, sie ist tief, fast kehlig. Man wünscht sich unwillkürlich, sie möge weitersprechen. Doch das tut sie nicht. Sie schaut mich einfach nur an, neugierig und sichtlich bewegt. Plötzlich fühle ich, wie Stefan seinen Arm fortnimmt. Und ehe ich weiß, wie mir geschieht, reißt Regina mich an sich. Sie drückt mich innig, ich spüre die Wärme ihres Körpers und atme den blumigen Duft ihrer Haare. Mir ist unbeschreiblich zumute, aufgeregt, unsicher, aber auch ein wenig erleichtert. Einen Moment hält Regina mich in ihrem Arm, dann, falls das überhaupt möglich ist, zieht sie mich noch ein wenig fester an sich heran. Ich lasse es geschehen und bin heilfroh, sie nicht weiterhin anschauen zu müssen. Denn dann würde sie bemerken, dass ich mit den Tränen kämpfe, und das möchte ich unbedingt vermeiden!

Schnell blinzele ich ein paar Mal und versuche, den dicken Kloß herunterzuschlucken, der sich in meinem Hals gebildet hat. Ich weiß nicht, wie lange wir so dastehen, aber als Regina mich endlich aus der Umklammerung entlässt, um mich stattdessen auf Armeslänge festzuhalten und mir tief in die Augen zu sehen, habe ich mich wieder einigermaßen unter Kontrolle. Neugierig betrachten wir uns. Auf Anhieb erkenne ich, dass ihre Augen meinen nur entfernt ähneln. Sie sind dunkler als meine, nicht bernsteinfarben, sondern eher kastanienbraun. Feinste Lachfältchen haben sich drum herum eingegraben, und während mein Blick weiter ihr Gesicht abtastet, entdecke ich plötzlich doch noch eine Gemeinsamkeit: Genau wie bei mir wächst auch in Reginas Augenwinkel eine einzelne schwarze Wimper. Wie ein verirrter Grashalm sticht sie hervor, exakt an derselben Stelle, an der auch bei mir eine sprießen würde, sofern ich sie nicht regelmäßig herauszupfen würde. In meinem Hals droht sich ein neuer Kloß zu bilden. So unauffällig wie möglich versuche ich, mich aufs Atmen zu konzentrieren. Ein und aus. Ganz tief. Die Luft riecht fremd, nach Gewürzen, die ich nicht kenne. Oder ist es Reginas Parfüm?

Ich kann überhaupt nicht mehr klar denken, mein Kopf ist voll mit Eindrücken, keinen davon könnte ich in Worte fassen. Aber zum Glück muss ich das auch nicht, denn plötzlich räuspert sich Mama. Sie tritt einen Schritt vor.

«Guten Tag», sagt sie ein wenig gestelzt und berührt Regina leicht am Arm. «Ich bin Elisabeth …» Den Zusatz «Luisas Mutter» lässt sie unausgesprochen in der Luft hängen.

Regina nimmt die Hände von meiner Schulter. Ehe sie sich Mama zuwendet, kann ich sehen, dass in ihren Augen Tränen schimmern. Als sich eine löst und über ihre Wange rinnt, wischt Regina sie ohne eine Spur von Scham weg. Sichtlich gerührt lächelt sie Mama an. «Hallo, Elisabeth», bringt sie mit belegter Stimme hervor. «Wie schön, dich kennenzulernen.» Die beiden

Frauen stehen regungslos da und halten sich eine Weile an den Händen. Dann wird auch meine Mutter von Regina an die Brust gezogen und so fest umarmt, dass ich Angst bekomme, Mama könnte sich dabei eine Rippe brechen. Ich kann ihnen kaum dabei zusehen, so sehr berührt mich die Szene. Wie muss es erst Mama gehen?

Aber was auch immer in diesem Augenblick in ihr vorgeht, sie hat sich besser im Griff als ich.

«Ich freue mich auch», erwidert sie, als Regina sie losgelassen hat.

Sie lächeln sich an. Dann beginnen sie, weitere Einzelheiten über die Fahrt auszutauschen. Ich bleibe regungslos daneben stehen, starre die beiden abwechselnd an, bin aber mit meinen Gedanken meilenweit weg. Wo, weiß ich gar nicht genau, denn mein Kopf ist vollkommen leer, während in meinem Körper die Gefühle Achterbahn fahren.

«Ich möchte ja nicht unhöflich erscheinen, aber ich sterbe vor Durst», unterbricht Stefan die beiden Frauen irgendwann. «Können wir drinnen vielleicht ein Glas Wasser bekommen?»

«Aber natürlich, klar!» Regina schaut ihn schuldbewusst an und schlägt sich mit der Hand gegen die Stirn, als habe sie etwas vergessen. «Wie unhöflich von mir.» Ihre Herzlichkeit wirkt ehrlich und ist ansteckend. «Kommt schnell rein und macht es euch auf euren Zimmern gemütlich. Wasser findet ihr oben. Detlef, mein Mann, kocht schon. Sobald ihr ausgepackt habt, gibt es Essen.» Sie breitet die Arme aus und schiebt uns in Richtung unseres Gepäcks. «Soll ich euch beim Tragen helfen?»

12

Die Pension Regina

Stefan und ich schnappen uns die Koffer, Regina klemmt sich Mamas Handgepäck unter den Arm, und im Gänsemarsch durchqueren wir den Vorgarten. Das Haus liegt ein wenig zurückversetzt, eingerahmt von dichten Bäumen und zur Hälfte bewachsen mit wildem Wein. Es ist eines dieser typisch französischen Bauernhäuser aus ockergrauem Stein, der über die Jahre verwittert und mit seiner Umgebung verschmolzen ist. Genau so habe ich sie während der Fahrt vielfach gesehen. Alle Fenster sind durch lichtgrüne Holzfensterläden vor der Sonne geschützt und verleihen der Eingangsfront einen schlafenden, fast verwaisten Eindruck.

«Machen wir auch keine Umstände?», erkundigt Mama sich höflich. «Wir sind zwar spät dran, aber ich schätze, zurzeit ist Hochsaison, nicht wahr? Da fällt sicher eine Unmenge Arbeit an.»

Regina nickt seufzend. «Ja, über Langeweile können wir uns hier in der Tat nicht beklagen. Aber keine Sorge, Elisabeth. Eure Zimmer sind längst fertig.» Sie zuckt leicht mit den Schultern. «Außer euch haben wir in dieser Woche nur ein älteres Ehepaar zu Gast. Rentner aus Stuttgart.»

Während sie Mama mit weiteren Details versorgt, lasse ich meinen Blick neugierig durch den Vorgarten schweifen. Alles in allem wirkt das Grundstück etwas verwildert. Jedenfalls nicht so, als sei es mit Bedacht angelegt worden. Und wenn doch, dann vor sehr langer Zeit, ohne dass jemand es regelmäßig pflegt. Lavendel wuchert in dichten Büschen, ein Großteil der unteren Zweige ist vertrocknet und wurde nicht entfernt. Rosmarin- und Thymiansträucher wachsen überdimensioniert nebendran, so dicht, dass man meinen könnte, sie wollten dem Lavendel seinen Platz streitig machen. Wo noch Raum übrig ist, sprießen Kakteen oder palmenartige Gewächse aus dem Boden. Außerdem bunte Gartenblumen, die es geschafft haben, der Hitze zu trotzen.

Überall tanzen Bienen umher, und links vor mir, auf einem windschiefen Stein, sonnt sich ein gesprenkelter Salamander. Ich bin fasziniert. Die Art von Wildwuchs gefällt mir, aber ich frage mich, ob das den anderen Gästen ebenso gehen mag. Erwartet man nicht von einer Urlaubspension, dass sie picobello in Schuss ist und schon der Eingangsbereich zum Betreten einlädt?

Direkt vor dem Haus versperrt ein abgebrochener Pinienstamm, der mal einen imposanten Baum abgegeben haben muss, den Weg. Jemand hat ihn zwar behelfsmäßig auf die Seite geschoben und auch bereits damit begonnen, den Stamm zu zersägen. Doch es liegen immer noch unzählige Holzstücke herum, erst etwa die Hälfte davon wurde bislang weggeräumt und sorgfältig an der Hauswand aufgeschichtet.

«Der Mistral hat hier im Frühjahr schlimm gewütet», erklärt uns Regina, «und bei den Häusern im Ort einige Schäden angerichtet. Wir können von Glück sagen, dass der Baum nicht aufs Haus gekracht ist. Dafür hat es das Dach auf der Rückseite erwischt. Detlef ist leider noch nicht dazu gekommen, die Ziegel wieder aufzulegen. Ihr werdet es nachher sehen. Aber keine Sorge», sie setzt ein beruhigendes Lächeln auf, «es regnet nicht hinein.»

«Na, das ist wirklich Glück», japst meine Mutter, der die Hitze offenbar schwer zu schaffen macht. Ich glaube, sie wünscht sich das Dach vor allem als Schutz vor der Sonne.

Wir betreten das Haus durch einen Seiteneingang. Die Haupttür, eine wunderschöne zweiflügelige Kassettentür aus Holz, die in demselben lichten Grün getüncht wurde wie die Fensterläden, ist defekt. «Eines der Scharniere hat sich kürzlich verklemmt und muss ausgetauscht werden. Detlef will sich das ansehen, aber –» Sie macht eine hilflose Geste.

«Wir können uns doch hier ein wenig nützlich machen», schlage ich spontan vor und möchte mich sofort dafür ohrfeigen. Ich habe keinen Schimmer von Gartenarbeit, und Scharniere auswechseln kann ich schon mal gar nicht. Ich sollte außerdem erst einmal abwarten, wie sich die Sache hier entwickelt. Wer weiß, vielleicht reisen wir morgen schon Hals über Kopf wieder ab?

Zum Glück schüttelt Regina vehement den Kopf. «Kommt nicht in Frage. Ihr seid unsere Gäste und nicht zum Arbeiten angereist.»

Durch einen schmalen, dunklen Flur, der modrig riecht und mir im Vergleich zu der trockenen Hitze draußen fast feucht vorkommt, gelangen wir in einen quadratischen Raum, den Eingangsbereich. Schwere, deckenhohe Vorhänge schirmen das Sonnenlicht ab. Nur durch einen fingerdicken Spalt zwischen den Stores zwängt sich ein gestochen scharfer Strahl. Wie ein Laserschwert scheint er die Luft förmlich zu zerschneiden, und in seiner Mitte tanzt trotzig gelblicher Staub.

Der muffige Geruch hat uns verfolgt. Mich überkommt der unbändige Wunsch, alle Fenster aufzureißen, um Licht und Luft hereinzulassen, doch ich nehme an, das ist nicht erwünscht. Ich atme durch den Mund weiter und versuche, mich im Halbdunkeln zu orientieren. Wenn mich nicht alles täuscht, müsste dies eigentlich der Bereich sein, den wir sonst durch die Eingangstür betreten hätten. Und tatsächlich erkenne ich nach und nach die Umrisse der Kassettentür. Wie anders wäre der Eindruck dieses Raums, wenn sie offen stünde! Urplötzlich flackert grelles Neonlicht auf. Als könnte Regina Gedanken lesen, hat sie den Lichtschalter betätigt. Neugierig schaue ich mich um. Leider macht der grelle Schein es nicht unbedingt besser.

In Fensternähe erspähe ich eine plumpe Sitzecke, bestehend aus drei pistazienfarbenen Knautschsesseln und einem niedrigen grünen Tisch, der ein wenig aussieht, als sei er von Ikea. Über dem Ensemble ziert ein Aquarell, Lavendel natürlich, die kahle Wand.

Zu meiner Rechten befindet sich ein hölzerner Empfangstresen. Brusthoch und über Eck steht er vor einer unverputzten Steinwand, an der ein Tageskalender baumelt, der noch das Datum von gestern zeigt.

«Da wären wir», sagt Regina und zwängt sich hinter den Holztresen. «Mal sehen, wo eure Zimmerschlüssel sind.» Sie hievt einen Karton auf die Theke und beginnt, den Inhalt zu durchwühlen. Während sie kramt, stehen wir ein wenig verloren im Raum herum.

«Hübsch», sage ich automatisch und hoffe, dass man mir die Lüge nicht anhört. Auf den ersten Blick ist hier nämlich leider gar nichts ansprechend, und meine Vorstellung von der Pension Regina als einem charmanten provenzalischen Gästehaus, das mit Liebe und treffsicherem Gespür für Schönes eingerichtet wurde, gerät arg ins Wanken. Wenn wenigstens dieses Neonlicht nicht wäre. Darin sieht so ziemlich nichts und niemand schön aus.

«Hier habe ich sie», feixt Regina und hält aufmunternd zwei Schlüssel in die Höhe. Rote Plastikschilder mit Nummern versehen baumeln daran herunter. «Dieser hier ist für dich, Elisabeth.» Sie überreicht erst Mama einen Schlüssel und dann Stefan. «Eure Zimmer befinden sich in der ersten Etage. Die Treppe hinauf und dann links. Einen Fahrstuhl gibt es leider nicht, aber die Stufen sind nicht allzu steil. Das dürfte zu machen sein.» Ihr Blick streift meine Mutter, die daraufhin die Schultern strafft, als sei Treppensteigen nun wirklich nichts, worüber sie sich Gedanken machen würde.

«Alles, was ihr sonst noch wissen müsst, erkläre ich euch

später beim Abendessen», fährt Regina lächelnd fort. «Und jetzt lasse ich euch erst einmal in Ruhe.» Sie schaut kurz auf ihre Armbanduhr. «Wollen wir uns in einer Dreiviertelstunde, also um acht Uhr, hinten im Garten treffen?»

Wir drei schauen uns kurz fragend an und nicken einvernehmlich. Essen unter freiem Himmel – das klingt phantastisch. Plötzlich verspüre sogar ich ein klein wenig Appetit.

«Und wie finden wir den hinteren Garten?», will Mama wissen.

«Zeige ich euch. An der Treppe, die ihr gleich zu euren Zimmern hochsteigt, führt ein Flur vorbei in Richtung Küche und auch ins Esszimmer. Von beiden Räumen aus gelangt man nach draußen. Ihr könnt es gar nicht verfehlen.»

Stefan lässt es sich nicht nehmen, nacheinander alle drei Koffer hochzuschleppen. Ich kümmere mich um das Handgepäck, und Mama sperrt alle Türen auf. Vor ihrem Zimmer lassen wir sie allein, vereinbaren vorher aber noch schnell, sie später zum Essen abzuholen.

Noch immer tief in Gedanken über die Begegnung mit Regina betrete ich hinter Stefan das Zimmer. Es erstaunt mich nicht, dass es auch hier drinnen stockfinster ist. Wir müssen das Licht einschalten, um überhaupt die Fenster zu finden. Ich erinnere mich an die schweren Läden, die von außen vorgeklappt sind, und hoffe, dass es erlaubt ist, sie zu öffnen. Denn auch wenn die Luft draußen vor Hitze flimmert und das Haus nach erstem Begutachten über keine Klimaanlage verfügt, brauche ich dringend Tageslicht. Und Sauerstoff. Sonst falle ich am Ende doch noch in Ohnmacht. Stefan scheint es genauso zu gehen. In stummem Einvernehmen reißen wir das zweiflügelige Fenster sperrangelweit auf und verankern die hellgrünen Fensterläden, so gut es geht, in den Scharnieren an der Hauswand. Klebrige Spinnweben erschweren die Aktion, und ich quieke erschreckt auf, als etwas kleines Dunkles über meine Hand huscht.

«Scheint, als sei hier länger kein Gast abgestiegen», meint Stefan, während er sich die Hände an seiner Hose abwischt.

«Jedenfalls keiner, der Wert auf natürliches Licht legt.»

«Und auch kein Ehepaar, das gern in einem Bett schläft. Müssen wir die etwa selbst beziehen?» Stefan kratzt sich am Hinterkopf. «Wo gibt es denn so etwas noch?»

Was er meint, sind zwei schmale Einzelbetten, die sich, wie in einem Kinderzimmer, an linker und rechter Wand gegenüberstehen. Die Bettgestelle bestehen aus dünnem, pistazienfarben lackiertem Metall und sehen eigentlich ganz hübsch aus. Kopf- und Fußteile sind zu einem schnörkeligen Herzen geformt. Die Matratzen wirken auf den ersten Blick dick und neu und wurden mit geblümten Spannbettlaken bezogen. Fast romantisch. Das restliche Bettzeug hat jemand fein säuberlich am Fußende gestapelt, die Baumwollbezüge liegen gebügelt obendrauf.

Stefan stöhnt. «Das ist ja wie in der Jugendherberge. Zum Glück sind es keine Hochbetten, und ich brauche zum Schlafen keine Leiter hochzukraxeln.»

Ich muss grinsen. Die Vorstellung, wie Stefan barfuß und im Pyjama eine dünne Sprossenleiter erklimmt, ist … nun ja … ziemlich komisch.

«Hey …» Stefan macht einen Schritt auf mich zu und sieht mir forschend in die Augen. «Du lachst ja.» Mit seinen Armen umschlingt er mich. «Wie geht es dir?», flüstert er in mein Ohr. «Also, was mich betrifft, finde ich Regina ausgesprochen nett.»

Ich schaue an ihm vorbei aus dem Fenster, hin zu einem knorrigen Olivenbaum. Seine silbrigen Blätter flimmern sanft im Wind.

«Ja, sie wirkt ganz okay», sage ich ausweichend. Mehr kann ich beim besten Willen noch nicht beurteilen. Erst einmal bin ich heilfroh, dass das erste Zusammentreffen endlich hinter mir liegt und so glimpflich abgelaufen ist. Gleichzeitig bringt mich aber genau diese Tatsache fürchterlich aus dem Konzept. Insgeheim hatte ich die ganze Zeit angenommen, Regina würde mir mehr Angriffsfläche bieten. Ich *wollte* sie unsympathisch finden, um mich in meiner Wut und meinem Schmerz bestätigt zu sehen. Doch irgendwie gelingt mir das gerade nicht.

«Und sie sieht toll aus. Wie du.» Stefan tätschelt meinen Po. «Auch wenn ihr auf den ersten Blick nicht allzu viel Ähnlichkeit habt.»

Ich nicke nur stumm, befreie mich aus seiner Umarmung und lasse mich erschöpft auf eines der ungemachten Betten sinken. Ich kann seine Begeisterung nicht teilen, dafür ist es noch viel zu früh. Mal sehen, wie das gemeinsame Abendessen verläuft und was Regina uns noch so zu erzählen hat. Ob auch Detlef anwesend sein wird?

Stefan setzt sich mir gegenüber auf das Bett. Für ihn scheint das Thema vorerst abgehakt zu sein. Er strubbelt sich durch die Haare und sieht sich im Zimmer um. Ich folge seinem Blick. Die Einrichtung ist zweckmäßig, wenig Deko. Im Grunde nur wieder zwei Bilder, Aquarelle, genau wie unten. Die Pinselführung lässt darauf schließen, dass sie vom selben Künstler sind. Vielleicht war es Regina? Unten rechts im Bild hat jemand sich mit einem Kürzel verewigt, aber ich kann den Namen nicht entziffern.

Also, ein Händchen für geschmackvolle Einrichtung haben die beiden jedenfalls nicht. Es gibt einen Tisch, der wohl als Schreibtisch gedacht ist, scharfkantig und aus Pressholz gefertigt. Halb davor, halb drunter geschoben steht ein weißer Klappstuhl aus Plastik, der aussieht, als stünde er normalerweise im Garten. Die Wände sind weiß gestrichen, ebenso der altertümliche Holzkleiderschrank und die zwei Nachttische, von denen wir jeder einen am Kopfende unseres Bettes stehen haben. Mit schlichten, gläsernen Lampen darauf. Mit ihrer abblätternden Farbe sehen die drei Holzmöbel eigentlich ganz charmant aus und versprühen wenigstens ein klein wenig Charme. Alles andere wirkt eher lieblos im Baumarkt zusammengekauft.

Auf einem der Nachtschränke sehe ich einen Zettel liegen. Ein Willkommensgruß von Regina, nehme ich an. Ich schnappe mir das Blatt und überfliege die Zeilen. Es ist die Hausordnung. Darauf vermerkt sind die Frühstückszeiten, das WLAN-Passwort und die Schließzeiten der seitlichen Haustür. Ein wenig enttäuscht lasse ich das Blatt zurück auf den Tisch gleiten. Etwas an diesen Sätzen irritiert mich, aber ich komme nicht dahinter, was es sein könnte. Es hat irgendetwas mit der Tür zu tun. Während ich weiter nachgrübele, steht Stefan auf und inspiziert das Badezimmer.

«Alles ganz okay», berichtet er, als er fertig ist. «Schlicht und weiß.» Dann setzt er seinen Erkundungsgang im Zimmer fort, öffnet alle Schubladen der Nachtschränke und auch den Kleiderschrank. Fehlt nur noch, dass er unters Bett schaut.

«Suchst du etwas?», frage ich.

«Die Minibar», sagt er prompt. «Gibt leider keine.» Er lässt sich wieder auf das Bett fallen und sieht zu mir. In seinen Augen blitzt der Schalk. «Allerdings zum Glück auch keinen Hirschen, der uns bei allem beobachtet.» Sein Tonfall wird ernst. «Ich glaube, all deine Bedenken waren umsonst, Lu. Regina war überglücklich, dich in ihre Arme schließen zu können, das konnte man sehen. Ende der Woche seid ihr bestimmt schon dicke Freundinnen.»

Ich schaue ihn skeptisch an. «Also das … mal sehen.»

So schnell wird das ganz sicher nicht gehen. Erst mal möchte ich hören, was sie zu sagen hat. Wie gute Freundinnen wir dann noch werden, wird sich zeigen.

In Rekordzeit schaffen Stefan und ich es, zu duschen und den Inhalt unserer Koffer, so gut es geht, in den Schrank zu räumen. Während ich im Badezimmer herumhantiere, höre ich Stefan telefonieren. Ein paar Mal fällt der Name Conni, doch mehr ist nicht zu verstehen. Dabei würde es mich brennend interessieren, was die beiden zu besprechen haben. Sollte Conni nicht einen Zettel auf ihrem Küchentisch vorgefunden haben? Ob es in dem Telefonat darum geht?

Ein Thema nach dem anderen, ermahne ich mich. Jetzt steht erst einmal das Abendessen mit Regina an. Um Connis Wohl muss Stefan sich kümmern.

Während er sich umzieht und in eine Freizeithose mit Poloshirt schlüpft, checke ich mein Telefon. Eigentlich ist mein Bedarf an guten oder schlechten Neuigkeiten für heute gedeckt, und zum Glück ist auch nichts gekommen. Nicht einmal Post von Janosch, was mich langsam, aber sicher stutzig macht. Normalerweise schafft er es auch mitten in Meetings oder in schlimmen Stresszeiten, ein Lebenszeichen von sich zu geben. Ob er krank ist? Vielleicht sollte ich mit einem Foto von der zusammengelegten Bettwäsche im Schullandheim-Stil nachlegen?

Gedankenverloren durchforste ich meine Sachen nach etwas Passendem zum Anziehen. Die Tunika scheint Regina nicht negativ aufgefallen zu sein, trotzdem möchte ich mich zum Abendessen hübsch machen. Sie sah so lässig und zugleich schick aus, da will ich nicht hintanstehen. Eine Weile raufe ich mir die Haare und entscheide mich schließlich für einen fließenden langen Seidenrock in Erdtönen und eine weite, dazu passend gemusterte Bluse. Außerdem flache goldfarbene Sandaletten und, falls es frisch wird, eine kuschelige Strickjacke. Meine Haare kämme ich nur kurz durch, beschließe aber, sie nicht zu föhnen, sondern an der warmen Abendluft trocknen zu lassen.

So richtig zufrieden bin ich nach einem Blick in den Spiegel dennoch nicht, aber mein Koffer ist nun mal nicht riesig, und meine Möglichkeiten sind beschränkt.

Pünktlich um 20 Uhr klopfen wir bei meiner Mutter. In der kurzen Zeit hat sie es geschafft, ihre Sachen auszupacken, sich umzuziehen und trotzdem frisch und erholt auszusehen. Sie strotzt geradezu vor Tatendrang, als sie uns die Tür öffnet. Statt des Reisekostüms hat sie sich für eine cremefarbene Hose mit passendem Baumwollpulli entschieden, dazu eine feingliedrige Kette und Armschmuck, als sei sie in Monte Carlo eingeladen.

«Ihr dreht aber auf», stellt Stefan verwundert fest. «Euch ist hoffentlich klar, dass wir nur fünf Schritte in den Garten gehen, um dort mit der Familie zu essen?»

Mama hakt sich bei ihm unter. «Mein Lieber, das ist doch aber kein Grund, sich gehenzulassen, oder? Außerdem hast du dich schließlich auch umgezogen.» Sie gibt ihm einen wohlmeinenden Klaps.

Im Treppenhaus wurden inzwischen Fensterläden und Fenster aufgerissen, und die goldene Abendsonne weist uns den Weg in einen relativ großen Salon. Es ist ein heller, quadratischer Raum mit breiter Fensterfront und Aussicht in den Garten. Der Fußboden wurde mit Holzdielen ausgelegt, die ein wenig abgetreten sind. Vor langer Zeit hat jemand sie weiß lackiert, doch inzwischen ist ein Großteil der Farbe abgeblättert. *Shabby Chic.*

Der Raum scheint als Frühstückszimmer genutzt zu werden. Ein halbes Dutzend quadratische Holztische mit mehr oder weniger passenden Stühlen stehen verteilt herum und sind einheitlich mit billigen Zuckerstreuern bestückt. Nachdem wir uns einen Moment umgesehen haben, fällt mein Blick auf die angelehnte Glastür zum Garten.

«Vorsicht Treppe», rufe ich den anderen über die Schulter zu und nehme die drei Stufen übermütig im Sprung.

Der Gartenboden ist steinhart und von der Sonne ausgetrocknet. Ein psychodelisches Muster aus Rissen zieht sich etwa fünfzig Meter über den Erdboden bis hin zu einer Reihe dunkler Kiefern. Weiter rechts erkenne ich den Olivenbaum wieder, dessen Blätter ich vorhin aus dem Fenster gesehen habe, außerdem einen Kirschbaum und eine Reihe von drei Zitronenbäumchen. Und sie tragen sogar Früchte! Vollkommen fasziniert nähere ich mich und streiche versonnen über die knallgelben Schalen. Für mich Nordlicht grenzt es an ein Wunder, wenn ich Südfrüchte in freier Natur wachsen sehe. Auch wenn es sich nur um Zitronen handelt, kann ich nicht anders und schieße schnell ein Foto. Zum Glück habe ich meine Handtasche dabei, auch wenn es mir einen verständnislosen Blick von Stefan eingebracht hat, sie die fünf Schritte in den Garten mitzunehmen.

Um die Bäume herum und eigentlich überall wuchern Kräuter, denen die trockene Erde nichts auszumachen scheint. Sie gedeihen hier hinten ebenso prächtig wie vorn im Vorgarten und sind sogar von den vertrockneten Zweigen befreit worden. Thymian, Rosmarin, Oregano und auch Lorbeer glaube ich zu erkennen. Aber natürlich auch vereinzelte Lavendelbüsche. Reste von knallrotem Mohn, der wohl versucht, die letzten Tage seiner Blüte hinauszuzögern, sprießen daraus hervor. Ich atme tief ein und aus. Hätte man mich mit verbundenen Augen in diesem Garten ausgesetzt, würde ich blind meinen Koffer abstellen. Die Luft riecht einfach nur wunderbar frisch, erst ganz allmählich nehme ich den Lavendelduft wahr. Nach und nach mischt sich auch noch ein zartes Kräuterbouquet darunter. Und dann die Kiefernnadeln. Die raue Erde. Und ich rieche Rosen! Sie stehen im Schatten der alten Kiefern und blühen üppig und zartrosa, wie die perfekte Vorlage für eine Laura-Ashley-Tapete. Einfach wunderschön.

Dennoch muss ich gestehen, dass auch dieser Teil des Gartens ziemlich vernachlässigt aussieht. Überall liegen Zweige herum, ein paar Büsche zwischendrin sind heillos vertrocknet, und an diversen Stellen entdecke ich Tonscherben, vermutlich vom Dach.

Unter den Bäumen hat jemand eine versandete Schubkarre achtlos zurückgelassen, daneben lagen ebenfalls zerbrochene Ziegel, die zu einem Haufen zusammengekehrt, aber nicht entsorgt wurden.

Exakt in der Mitte des Gartens thront ein imposanter aufgespannter Sonnenschirm und in seinem Schutz ein länglicher Holztisch mit blütenweißen Servietten, Silberbesteck und einer Auswahl unterschiedlicher Gläser. Dazu eine schlichte Glaskaraffe mit Wasser. Zum Sitzen gibt es Holzbänke mit türkisfarbenen Kissen. Ich fühle mich sofort wohl.

«Hier müsste mal jemand Ordnung hineinbringen», findet meine Mutter. Kopfschüttelnd deutet sie zu Boden. «Die Kräuter kann man ja kaum voneinander trennen, wenn man sie zum Kochen braucht.»

«Vielleicht mögen Regina und Detlef das so», verteidige ich die beiden. Muss ja nicht immer alles deutscher DIN-Norm entsprechen.

Mama legt den Kopf schräg. «Das kann nur jemand sagen, der nie kocht. Und der keinen Garten hat.» Sie bückt sich, um ein paar Rosmarinnadeln abzurupfen, zerbröselt sie zwischen den Fingern und riecht daran. Eine feine Brise steigt in meine Nase und lässt mich an Rosmarinkartoffeln in Olivenöl denken.

«Aber wir haben einen Garten», mischt Stefan sich ein. «Einen sehr schönen sogar.»

Mama richtet sich auf. Mit zusammengekniffenen Augen fokussiert sie Stefan. «Euer Garten ist nur deshalb gepflegt, weil sich ein Gärtner darum kümmert. Ihr selbst wisst doch im Grunde genommen gar nicht, was bei euch so wächst.»

Da hat sie möglicherweise sogar recht. Stefan und ich sind selten zu Hause, sodass uns das Grün nur als schöne Kulisse vor dem Fenster dient.

«Was zum Beispiel ist dies für eine Blume?» Mit spitzem Finger deutet Mama auf eine Zierpflanze mit zartrosa Blüten, die kreisförmig angeordnet sind. «Na?» Ihr Blick huscht zwischen mir und Stefan hin und her und bleibt schließlich auf mir ruhen.

Ein wenig genervt nehme ich die Pflanze in Augenschein. Gesehen habe ich sie definitiv schon mal. Aber muss man deshalb gleich wissen, wie sie heißt? «Tja … also, das ist …»

«Oleander», höre ich plötzlich eine kräftige männliche Stimme hinter mir sagen. «Schön anzusehen, aber extrem giftig.»

13

Willkommen in Frankreich!

Ich drehe mich erschrocken um und stehe einem hochgewachsenen Mann mit lichtem blondem Haar und millimeterkurz gestutztem Schnurrbart gegenüber. Er ist etwa Mitte fünfzig, und sein sonnengebräuntes Gesicht, das von tiefen Falten durchzogen ist, erinnert mich ein bisschen an den ausgetrockneten Gartenboden.

«Hallo!», lacht er fröhlich. «Ihr müsst der Besuch aus Frankfurt sein.» Seine grauen Augen blitzen uns vergnügt an. «Ich bin Detlef, Reginas Ehemann.» Nacheinander reicht er jedem die Hand.

Das ist Detlef? Der Seelenverwandte?

Ich weiß gar nicht, ob ich enttäuscht oder erleichtert sein soll, auf jeden Fall bin ich eins: verwirrt.

Wie zuvor bei der Begrüßung mit Regina, nennen wir alle unseren Vornamen, und ich bin heilfroh, nicht allein gekommen zu sein, denn so gewinne ich ein wenig Zeit, mich zu sammeln.

«Donnerwetter, Luisa», staunt er und zwinkert mir zu, «man kann zwar nicht behaupten, dass du deiner Mutter wie aus dem Gesicht geschnitten bist, aber ein paar Ähnlichkeiten habe ich schon von weitem gesehen. Vor allem in deinen Gesten.» Er grinst. «Und der wippende Gang. Den hast du definitiv von Regina.»

Ich wappne mich, um zynisch zu entgegnen, dass ich mir den Gang im Grunde erst nach einer Meniskusoperation angewöhnt habe, als ich zu lange im Schongang ohne Krücken herumlief, aber die Worte wollen nicht recht über meine Lippen.

Ich muss gestehen, er hat eigentlich gar nichts von dem unsympathischen Guru, den ich befürchtet hatte. «Tja …», sage ich ratlos. Mehr bringe ich nicht zustande.

«Ich freue mich riesig, euch alle kennenzulernen», übergeht er meine Verlegenheit. Sein Lächeln ist so breit, dass man beinahe alle Zähne sehen kann.

«Ich liege Regina schon so lange in den Ohren, einen Termin für ein Treffen zu arrangieren. Wie schön, dass es nun endlich geklappt hat.» Er reibt sich freudig die Hände. «Et alors – was möchtet ihr trinken? Wasser und ein Gläschen Rosé?» Detlef schiebt uns in Richtung der langen Gartentafel. Dort schnappt er sich die Karaffe und füllt zunächst die Wassergläser. «Der Wein steht noch im Kühlschrank, macht es euch doch schon mal gemütlich – ich hole ihn!» Schon hat er sich aufgemacht. Unschlüssig stehen wir vor dem Tisch herum.

«Also, ich setze mich.» Meine Mutter wischt mit ihrer Hand einmal kurz über das Sitzkissen, dann lässt sie sich auf der Bank nieder. Erschöpft schaut sie zu mir hoch. «Setz dich, Liebes, du machst mich sonst nervös.»

In der Tat bin ich etwas unentspannt, weil mir so vieles durch den Kopf geht. Dass Regina und Detlef ein vor Harmonie strotzendes Paar verkörpern würden, hatte ich angesichts ihres Briefes ja erwartet. Aber dass die beiden so sympathisch und entspannt wirken – darauf war ich nicht vorbereitet. Es bietet mir wenig … Angriffsfläche.

Mama macht auf sich aufmerksam, indem sie leicht an meinem Rock zieht. Kurz vergewissert sie sich, dass Detlef noch in der Küche zugange ist, dann deutet sie mit dem Kopf in Richtung des Ziegelhaufens. Mit gedämpfter Stimme sagt sie: «Also, wenn hier im Frühjahr ein Orkan gewütet hat, hätte man doch inzwischen mal den Garten aufräumen können, oder was meint ihr?» Sie zupft sich eine Kiefernnadel vom Pullover. «Immerhin ist dies eine Pension. Da muss man doch Konkurrenz fürchten und alles gut in Schuss halten.»

«Du hast ja gehört, dass die beiden das Haus ganz allein bewirtschaften», ergreife ich Partei. «Da muss man Prioritäten setzen.»

«Genau.» Stefan lässt sich neben Mama auf der Bank nieder. Er streckt die Beine unter dem Tisch aus und stützt seinen Kopf in die Handfläche. «Hauptsache ist doch, dass wir ein Bett haben und etwas zu essen bekommen.» Er grinst. «Schaut nur, es geht schon los.»

Detlef eilt durch den Garten auf uns zu und balanciert ein Tablett vor sich her, vollbeladen mit einer Unmenge Schüsselchen. «Ich hoffe, ihr seid noch nicht verhungert!» Mit routinierten Bewegungen beginnt er, alles zu verteilen. «Als Erstes das Wichtigste.» Er deponiert eine Flasche Rosé vor uns auf dem Tisch. Wassertropfen rinnen an ihr herab, und der Wein schimmert zartrosa durch das beschlagene Glas, wie eine letzte sanfte Abendwolke. Zu der Wasserkaraffe stellt er eine weitere, sie scheint eisgekühlt zu sein und ist mit Limettenscheiben garniert. Ein Brotkorb mit duftendem geröstetem Weißbrot wandert ebenfalls auf den Tisch, außerdem diverse Schälchen mit unterschiedlichem Inhalt, vermutlich Dips. Und noch eine mit Oliven in Kräuteröl. Dazu reicht er jedem einen Vorspeisenteller.

«Das sieht aber gut aus», sage ich und setze mich endlich hin. «Was ist denn das Schönes?» Mit dem kleinen Finger deute ich auf ein breiiges, dunkellila Mus.

«Ein paar Kleinigkeiten zum Wein», verkündet Detlef lächelnd. «Das, was du meinst, Luisa, ist Oliventapenade mit Pastis. In der anderen Schale befindet sich geeistes Ratatouille. Hausgemacht natürlich.» Er grinst, als er Mamas verblüfftes Gesicht sieht. «Kochen entspannt mich», erklärt Detlef, «das Brot habe ich allerdings vom Markt.» Er füllt unsere Weingläser, reicht den Brotkorb herum und setzt sich ebenfalls.

«Sollten wir nicht auf Regina warten?», frage ich zögernd, als er sein Glas erheben will. Zwar kann ich es kaum erwarten, endlich einen Schluck von dem duftenden Rosé zu kosten, doch ich möchte nicht unhöflich erscheinen.

«Regina musste noch mal weg, ein paar Dinge besorgen, die fehlen.» Ganz kurz glaube ich, einen Schatten auf Detlefs Gesicht zu sehen. Er lächelt darüber hinweg. «Sie will, dass wir schon mal ohne sie anfangen. Auch mit dem Essen.»

Seine Worte verletzen mich, obwohl ich gar nicht genau weiß, warum. Bin ich enttäuscht? Wütend? Beides wäre ja wohl vollkommen albern; was ist schon dabei, wenn sie einen Tick später zu uns stößt? Ich werde meine Fragen in den nächsten Tagen ganz sicher noch loswerden. Heute Abend im Kreise meiner Familie hätte sich vermutlich ohnehin kein geeigneter Moment ergeben.

«Santé!», ruft Detlef und hebt die Hand mit dem Glas einen Tick höher. Aufmunternd sieht er uns an. «Willkommen in Frankreich.»

Wir prosten uns zu, nippen an unseren Gläsern, und ich kann nicht anders, als nach dem ersten Schluck auf der Stelle noch einen zweiten zu trinken. Der Wein schmeckt phantastisch! Ich glaube, eine feine Note von Aprikosen und Johannisbeeren zu schmecken und würde am liebsten gleich das ganze Glas leeren, so angetan bin ich. Auch die wohltuende Wirkung des Alkohols lässt nicht lange auf sich warten. Meine Glieder und mein Kopf werden angenehm schwer, und mein Körper beginnt, sich zu entspannen, sodass ich wünschte, die Gartenbank hätte eine Lehne. Allerdings würde ich dann vermutlich noch vor dem Essen wegdämmern.

Die Luft ist wunderbar warm, nicht mehr so heiß wie bei unserer Ankunft. Auch die Bienen sind nicht mehr so zahlreich unterwegs wie zuvor, haben offenbar aber noch einiges zu erledigen, ehe die Dunkelheit hereinbricht. Eine leichte Brise bringt die Blätter des Olivenbaums zum Glitzern, und ich glaube sogar, das Meer zu riechen zu können, obwohl das ja im Grunde nicht sein kann.

«Wir waren ausgesprochen erleichtert, dass der Mistral unser Dach größtenteils in Ruhe gelassen hat», beginnt Detlef zu erzählen. «Nur eine Ecke an der Westseite hat es etwas böser erwischt. Und den Baum im Vorgarten, den habt ihr sicher bei eurer Ankunft gesehen. Ich bin dabei, alles gleichzeitig zu reparieren, aber …» Er atmet einmal sorgenvoll ein, hält die Luft an und stößt sie schließlich mit Schwung wieder aus. Als wolle er den Berg Aufgaben davonpusten. «Mein Tag müsste eigentlich achtundvierzig Stunden haben, aber selbst die würden wahrscheinlich nicht ausreichen.»

«Verständlich.» Mir gefällt seine Ehrlichkeit. «Zu zweit ist so eine Pension und der Garten», ich vollführe eine ausladende Geste, «vermutlich wahnsinnig viel Arbeit.»

Detlef nickt. «Deshalb bleibt einiges liegen, seht ihr ja. Regina wollte vor eurer Ankunft eigentlich noch die Tische im Frühstücksraum anpinseln. Sie waren ein günstiger Kauf, leider sieht man ihnen das noch an. Aber», er verzieht bekümmert das Gesicht, «auch dafür war einfach keine Zeit.»

«Könnt ihr nicht eine Hilfe einstellen?», schlägt Stefan vor und hat im Geiste vermutlich bereits ein Führungskräfteseminar im Sinn. «Jemand, der vormittags ein paar Stunden kommt und euch bei den Zimmern hilft?»

«Ach nein», Detlef winkt verschämt ab, «im Grunde kommen wir auch allein zurecht. Es würde höchstwahrscheinlich reichen, wenn Regina –»

Er bricht abrupt ab. Ein Anflug von Röte kriecht seinen Hals empor. Doch bei seiner gebräunten Haut ist dieser Eindruck schnell wieder verschwunden.

«Ach was. Wir schaffen das auch ohne Hilfe. Es dauert eben alles nur etwas länger, ich hoffe, ihr stört euch nicht daran.»

Ich werfe meiner Mutter einen warnenden Blick zu. «Überhaupt nicht», sage ich betont laut. «Aber wir könnten uns ja in den nächsten Tagen etwas nützlich machen.»

Wie schon vorhin von Regina ernte ich jetzt von Detlef ein resolutes Kopfschütteln. «Kommt nicht in Frage. Ihr macht euch hier ein paar schöne Tage und genießt die Zeit. Auf keinen Fall sollt ihr arbeiten.»

«Stefan wird tagsüber sowieso hinter seinem Laptop verschwinden», sage ich, da ich es nicht anders gewohnt bin. «Also hätte ich Zeit, Regina ein wenig zur Hand zu gehen. Im Garten zum Beispiel.»

Mama schaut mich überrascht an, als hätte ich die Idee geäußert, dort Marihuana anzubauen.

Auch Detlef reagiert skeptisch: «Du kannst es ihr ja mal vorschlagen.»

Plötzlich ertönt lautes Rufen. «Huhu!» Es kommt vom Haus.

Unsere Köpfe fliegen herum, um zu sehen, wer sich dort bemerkbar macht. Ein älteres Ehepaar eilt zügigen Schrittes und freundlich winkend durch die Küchentür auf uns zu. Sie tragen schwarze Radlerhosen, dazu kurzärmelige, knallbunte Renntrikots und windschnittige Helme, die sie sich noch im Gehen von den verschwitzten Köpfen reißen. Vor unserem Tisch bleiben sie stehen und schauen neugierig in die Runde.

«Hallo», ertönt es einstimmig.

Formvollendet reichen sie zuerst Mama, dann mir und schließlich Stefan die Hand. Detlef bekommt einen freundschaftlichen Klaps auf die Schulter. Dann erklärt die Frau: «Wir sind Helga und Klaus Schattschneider aus Stuttgart. Und Sie müssen der herbeigesehnte Familienbesuch aus Frankfurt sein.»

Ihr Mann ergänzt: «Macht es Ihnen etwas aus, wenn wir uns zu Ihnen setzen?»

Ehe einer von uns antworten kann, haben sie ihre Helme auf den Tisch gedonnert und sich auf die Bank plumpsen lassen. «Es duftet so herrlich aus der Küche», schwärmt Frau Schattschneider und lächelt Detlef an. «Was gibt es denn?»

«Pintade farcie. Gefülltes Perlhuhn. Das ist zwar mehr ein Wintergericht, aber man kann es wunderbar vorbereiten, und es macht sehr satt. Sie sind natürlich herzlich eingeladen, sich zu uns zu setzen.» Er wendet sich an uns: «Ich hoffe, das geht in Ordnung? Wir sind ja eigentlich nur eine Frühstückspension, aber zur Feier des Tages dachten wir …»

«Klar», antworten wir wie aus einem Mund. Obwohl insgeheim wohl jeder von uns angenommen hatte, dass dies ein Abend im Kreis der Familie sein würde. Doch da es nur diesen einen Tisch im Garten gibt und die Schattschneiders bereits sitzen, werden wir eben alle gemeinsam essen. Geselligkeit ist ja typisch für den Süden.

«Am besten plaudert ihr ein bisschen miteinander, und ich schaue derweil mal in der Küche nach dem Rechten.» Detlef steht auf, schnappt sich die leere Wasserkaraffe und macht sich auf in Richtung Haus.

«Wir kommen jedes Jahr zum Radfahren in die Provence», ergreift Helga Schattschneider sogleich das Wort. «Normalerweise im Frühjahr. Aber dieses Jahr mussten wir wegen einer Hochzeit im Freundeskreis auf den Sommer ausweichen», erklärt sie. «Deshalb konnten wir auch nicht in unserer bewährten

Pension in Ménerbes unterkommen und sind hier gelandet.» Sie fächelt sich mit einer Serviette Luft zu. «Die Provence ist teuer, da will man ja nicht schon für die Unterkunft ein Vermögen ausgeben.»

«Zum Radfahren ist es zu dieser Jahreszeit allerdings fast zu heiß», ergänzt ihr Mann. «Aber den ganzen Tag herumsitzen, das geht auch nicht. Also lassen wir es ruhig angehen und fahren immer schon sehr früh morgens los.»

«Verständlich», sagt Mama, aber an ihrem Gesichtsausdruck lese ich ab, dass sie dasselbe denkt wie ich: Mit ihrer untersetzten Figur und den geröteten Gesichtern hätte man den Schattschneiders allenfalls eine Busreise an die Mosel zugetraut. Dass sie seit Jahren die Hügel des Lubéron rauf und runter radeln, wäre mir im Leben nicht in den Sinn gekommen.

«Nun erzähl doch mal, was du arbeitest, Luisa.» Wir haben das gefüllte Perlhuhn inzwischen mit Heißhunger verspeist und auch bereits die dritte Flasche Wein angebrochen. Vor dem Huhn gab es eine leckere Zwiebelsuppe mit Ei und … ich glaube Spinat. Dann der Vogel und am Ende noch eine selbstgebackene Tarte mit einem Belag aus Melonenmarmelade. Ich kann mich nicht erinnern, jemals in meinem Leben so viel gegessen zu haben. Jetzt ist mir eigentlich nach etwas Bewegung, auch um den Dusel in meinem Kopf loszuwerden. Aber ich will nichts verpassen, und noch immer fehlt Regina, was ich inzwischen reichlich eigenartig finde. Müssten die Läden nicht längst geschlossen haben?

«Regina sagt, du bist Verkäuferin?», hakt Detlef nach. «In welcher Abteilung?»

Ich schaue ihn überrascht an. Verkäuferin? Also, das trifft es nicht so ganz. Das habe ich so auch garantiert nicht geschrieben.

Haben die beiden denn meine Mail nicht gründlich gelesen? Ich hatte mich so bemüht, ein paar persönliche Zeilen zu schreiben. Darüber, was ich arbeite und auch wo. Es wäre ein Kinderspiel gewesen, mich und auch LUX14 zu googeln, um mehr Informationen herauszubekommen. Man kann nämlich quasi den gesamten Laden virtuell durchstöbern. Zum einen, um online einzukaufen, aber auch, um mehr über die Vision von LUX14 und die aktuellen Projekte zu erfahren. Zudem sind beinahe alle Mitarbeiter namentlich aufgeführt, mit Foto und einem kurzen Text. Auch über mich steht dort einiges geschrieben. Zum Beispiel, was ich studiert habe, seit wann ich für LUX14 arbeite und dass mein Hobby das Fotografieren ist.

«Lasst mich raten», mischt sich Helga Schattschneider ein. «Sie verkaufen bestimmt ... Schuhe.» Sie kichert. «Habe ich recht? Und wenn nicht Schuhe, dann doch zumindest Kleidung. So modern, wie Sie angezogen sind.»

Also, falls sie unter *modern* versteht, dass ich keine hautenge Funktionskleidung mit Reflektoren am Hintern trage, muss ich ihr recht geben. Ansonsten wüsste ich nicht, was an Rock und Bluse modern sein sollte. Wie wäre wohl ihr Kommentar ausgefallen, trüge ich noch immer den rosa Kaftan?

«Äh ... Danke», murmele ich. Muss ich das Kompliment jetzt zurückgeben? «Ich –»

«Luisa steht nicht im Verkauf, sondern arbeitet hinter den Kulissen», springt meine Mutter ein. Kurz schielt sie zu mir herüber, als wolle sie mein Okay für diese Aussage abwarten. «In einem Büro. Von einem Megastore.»

So wie sie es sagt, habe ich den Eindruck, sie wolle vor den anderen mit meinem Job angeben. Als sei Verkäuferin etwas, wofür man sich schämen müsste. Dabei habe ich vor diesem Beruf einen Heidenrespekt. Er ist körperlich extrem anstrengend, man hat nur wenig Freizeit und wird verhältnismäßig mies bezahlt. Ehe Mama weitere kryptische Dinge zum

Besten geben kann, erkläre ich schnell: «Das Kaufhaus, in dem ich arbeite, heißt LUX14. Es ist kein Megastore, sondern ein Konzeptstore. Ich plane und organisiere dort Events, Ausstellungen und Kooperationen mit Künstlern. *Social networking.* Nur so kann man sich heutzutage noch von anderen Läden abheben. Und konkurrenzfähig bleiben im Zeitalter von Onlineshopping.»

Am Tisch herrscht ehrfurchtsvolles Schweigen. Den Schattschneiders, die ihre Funktionskleidung vermutlich im Supermarkt neben der abgepackten Wurst gekauft haben, steht der Mund offen.

Auch Detlef wirkt überrascht. «Ach so», wundert er sich, «da muss Regina wohl etwas falsch verstanden haben.» Übersprungsartig erhebt er sein Glas. «Hauptsache ist, dass du nun hier bist und wir gemeinsam eine schöne Zeit haben.» Sein warmherziger Blick schließt auch die Schattschneiders ein. «Prost!» Alle erheben ihr Glas.

«Da komme ich ja gerade richtig.» Regina hat sich unbemerkt genähert und steht direkt neben mir.

Ich schaue überrascht zu ihr hoch und staune nicht schlecht.

14

Ein hochbeiniger Musketier

Regina trägt noch immer das geblümte Kleid, das sie auch schon bei unserer Ankunft anhatte, doch im Gegensatz zu der Hochsteckfrisur vom Nachmittag fallen ihr die Haare jetzt offen und lockig über die Schultern. Sie hat die Flip-Flops gegen ein Paar strassbesetzte Zehensandalen ausgetauscht und das Make-up aufgefrischt. Ihre Augenlider funkeln dezent, wie weit entfernte Sterne.

So geht sie zum Einkaufen?

Nachdem Regina einmal kurz fröhlich in die Runde gewinkt hat, setzt sie sich flink neben die Schattschneiders, gegenüber von Stefan und mir.

Während wir Teller und Gläser zurechtrücken und mit ihr anstoßen, bekommt sie von Detlef eine Portion Perlhuhn aus der Küche gebracht. Mit eleganten Bewegungen genießt sie ihr Essen.

«Entschuldigt bitte, dass ich so spät bin», erklärt sie zwischen zwei Bissen. «Ein Freund im Dorf hatte Geburtstag, und ich *musste* kurz auf ein Stückchen Kuchen vorbeischauen. Na ja, und danach wurde noch angestoßen und lange geplaudert. Typisch französisch eben. Jetzt habe ich einen Bärenhunger.» Sie lächelt uns entschuldigend an.

«Klar. Macht doch nichts», höre ich mich sagen, während ich überlege, warum ich eigentlich dachte, dass sie Besorgungen macht. Hatte Detlef davon gesprochen? Ich schiele zu ihm rüber, als könnte mir ein kurzer Blick auf die Sprünge helfen. Doch er missversteht mich und sagt zu seiner Frau: «Luisa arbeitet übrigens nicht als Verkäuferin, wie du mir erzählt hast, sondern plant Veranstaltungen. Für dieses Kaufhaus – wie war noch mal der Name?» Fragend schaut er mich an.

«LUX14.»

«Richtig.» Er nickt. «Du musst etwas nicht richtig verstanden haben, Gina.»

Regina sieht schuldbewusst von ihm zu mir. «Verzeih, Liebes. Wie dumm von mir.»

Liebes?

Ich begegne Mamas Blick. Sie schaut ebenfalls ein wenig überrascht, hat sich aber gleich wieder gefangen. «Mach dir keine Vorwürfe, Regina», sagt sie, ohne mich aus den Augen zu lassen. «Ich verstehe auch nicht immer genau, womit Luisa ihr Geld verdient.»

Regina lacht hell auf. «Dann ist ja gut», sagt sie erleichtert und hält Detlef ihr Weinglas auffordernd entgegen.

Während er ihr nachschenkt, fragt er: «Habt ihr schon Pläne, was ihr in den kommenden Tagen unternehmen wollt? Sicher möchtet ihr auch mal an den Strand, oder?»

«Klar … auf jeden Fall», sage ich mechanisch. Mehr bringe ich nicht heraus, denn gedanklich stecke ich immer noch bei Reginas spätem Auftauchen und ihrem viel zu intimen Kosewort.

«Wir müssen uns als Erstes um die Reparatur des Autos kümmern», erinnert Stefan mich an unsere oberste Pflicht. Den Schattschneiders erklärt er: «Wir hatten ein Elektronikproblem am Wagen und mussten ihn in Nizza lassen. Morgen in aller Frühe wird sich jemand den Schaden ansehen und Luisa danach anrufen.»

«Montag», korrigiere ich ihn. «Am Montag wird sich der Mechaniker den Wagen vornehmen. Morgen ist Sonntag.»

Stefan rollt mit den Augen. «Ach ja.»

Die Schattschneiders nicken teilnahmsvoll, haben dann aber einen Plan B in petto. «Das bedeutet, dass Sie Zeit haben, in Ruhe über den Markt in Nid zu bummeln. Sicher hat man Ihnen schon davon vorgeschwärmt?» Ihre Frage war auf Regina gemünzt, die ein wenig irritiert dreinschaut. Ehe sie sich äußern kann, grätscht Detlef in das Gespräch. «Ein phantastischer Vorschlag», lobt er seine Gäste. Und zu uns gewandt fügt er an: «Nid hat einen zauberhaften Markt, für den es berühmt ist. Ihr solltet unbedingt ein wenig Zeit einplanen und nach dem Bummeln noch an einem der Stände zu Mittag essen. Fangfrischer Fisch vom frühen Morgen –» Er formt aus Daumen und Zeigefinger einen Kreis und verdreht schwärmerisch die Augen. Gleich darauf bekommt seine Stimme einen energischen Tonfall. «Regina wird euch begleiten. Sie kennt die meisten Bauern persönlich und weiß, wo ihr das beste Angebot zum günstigsten Preis findet. Ist doch so, nicht wahr, Schatz?»

Nur einen ganz kleinen Moment zögert Regina. Dann strahlt sie uns an. «Ja klar! Eine wunderbare Idee.»

Obwohl mich der Markt durchaus interessiert, will in diesem Augenblick der Funke bei mir nicht recht überspringen. Ein gemeinsamer Marktbesuch? Ich weiß nicht recht. Lieber würde ich erst mal ein wenig Zeit allein mit Regina verbringen und mit ihr reden, ehe wir so tun, als seien wir ganz normale Touristen.

«Ja, natürlich schauen wir uns den Markt an», entscheidet meine Mutter für mich. Sie ist Feuer und Flamme.

«Wir können leider nicht mitkommen», erklärt Klaus Schattschneider ungefragt. «Wir wollen morgen runter ans Wasser und dann ein Stück in Richtung Marseille radeln. Mal sehen, wie weit wir bei der Hitze kommen.»

Seine Frau nickt. «Man darf ja nicht vergessen, dass der Rückweg immer noch hinzukommt. Um hier auf den Berg zu gelangen, muss man ziemlich in die Pedale treten. Einmal waren wir so kaputt, dass wir einen Lastwagen angehalten haben, der uns freundlicherweise mitgenommen hat.» Sie kichert verschämt.

«Ach, ich wünschte, ich hätte Zeit, Sie auf eine Ihrer Touren zu begleiten», seufzt Stefan. «Leider habe ich mir statt eines Rennrads Arbeit von zu Hause mitgebracht.»

Stefan auf einem Fahrrad? Den Berg hinauf nach Nid-sur-Mer? Ich muss mich zusammenreißen, um nicht mal kurz an meinen Ohren zu ruckeln. Der Stefan, der normalerweise nicht einmal einen Spaziergang in Erwägung zieht, wünscht sich nun, Zeit für eine Radtour zu haben?

Angeber.

Ehe ich etwas sagen kann, wendet sich Regina an ihn: «Was

arbeitest du denn? Hört sich an, als sei dein Beruf vergleichsweise zeitaufwendig.»

Und dabei fährt er nicht mal mit dem Fahrrad in die Firma!

«Ich bin Unternehmensberater.» Sichtlich erblüht fügt er hinzu: «Mit Schwerpunkt Managercoaching.»

«Oh. Interessant!»

Ich starre sie an, als habe Stefan sich eben als das Körperdouble von Daniel Craig geoutet. Was bitte ist so *interessant* daran, Manager zu coachen?

Anscheinend einiges, denn was nun folgt, ist ein langer, detaillierter Monolog, in dem Stefan seine Arbeitsmethoden erläutert, ohne dass Regina in all der Zeit auch nur ein Mal gähnt. Ich werfe ihr einen bewundernden Blick zu und versuche, selbst nicht hinzuhören, da ich die Story bereits in- und auswendig kenne.

Den Schattschneiders scheint es wie mir zu gehen, sie langweilen sich. Wie auf ein stummes Zeichen hin erheben sie sich gleichzeitig. «Verzeihen Sie, aber wir gehen ins Bett. Wie gesagt, morgen wollen wir zeitig raus», erinnert Helga, und ihr Mann ergänzt grinsend: «Ich hoffe, wir verschlafen so den Muskelkater …»

Alle lachen, außer Regina und Stefan. Sie sind in ihr Gespräch vertieft und registrieren den Abschied der Schattschneiders nur am Rande.

Erst als Mama beschließt, sich ebenfalls aufs Zimmer zu verziehen, blicken die beiden kurz auf. «Gute Nacht, Elisabeth», wünscht Regina. «Schlaf schön. Du weißt: Träume, die man in der ersten Nacht fern von zu Hause hat, gehen in Erfüllung. Also merk sie dir gut.» Sie lacht und streift ihr Haar über die Schulter.

Stefan starrt sie fasziniert an.

«Ich begleite dich ins Haus», bietet Detlef meiner Mutter an. «Dann räume ich die Küche auf.» Meine Hilfe lehnt er kategorisch ab. Etwas verloren bleibe ich am Tisch sitzen und lasse Stefans Vortrag über die Kunst der Kommunikation über mich ergehen. Reginas Interesse an dem Thema kommt mir vollkommen abstrus vor. Zuerst dachte ich ja, sie würde sich meinetwegen mit Stefan unterhalten und, sobald es sich ergibt, das Thema wechseln. Doch das war ein Irrtum. Mit immer neuen, wissbegierigen Fragen hält sie seinen Monolog am Laufen.

Ein ungutes Gefühl macht sich in meinem Innersten breit. Flirtet sie etwa mit ihm? Oder er mit ihr?

Nein, das ist abwegig. Sie ist nicht nur fünfzehn Jahre älter als Stefan, sie ist zudem meine Mutter. Natürlich flirtet sie nicht. Und er schon mal gar nicht. Sie ist einfach nur an allem interessiert. Warum also nicht auch an Managerseminaren?

Nichtsdestotrotz fühle ich mich plötzlich total überflüssig. Müsste sie sich nicht viel mehr für mich interessieren? Wir haben doch so viel zu bereden! Aber stattdessen lachen die beiden und fachsimpeln und scheinen die Welt um sich herum vollkommen vergessen zu haben. Mit jedem Kichern von ihr und jedem neuen Satz von ihm kippt meine Stimmung weiter. Bis sie sich schließlich komplett ins Negative gewandelt hat. Der verwilderte Garten scheint mir auf einmal doch arg heruntergekommen zu sein. Die Bienen sind Mücken gewichen, und das leckere Essen liegt mir wie ein Haufen Ziegelsteine im Magen. Als würde ich aus einem Rausch erwachen, bin ich auf einmal ernüchtert und traurig. Zu gern würde ich alldem hier entkommen und ein wenig Zeit für mich allein haben!

Der Tag war definitiv mit viel zu vielen Eindrücken und Emotionen gespickt – etwas Ruhe könnte mir vielleicht helfen, alles zu überdenken und zu sortieren.

«Ich geh mal kurz spazieren», platze ich unvermittelt in das Gespräch der beiden.

Stefan hat gerade Luft geholt, um eine weitere Frage von Regina zu beantworten. Jetzt schauen beide überrascht hoch. Als hätten sie total vergessen, dass ich noch da bin, braucht es eine Weile, bis einer von ihnen etwas sagt. Stefan angelt nach meiner Hand. «Warte doch einen Moment, Lu. Ich erzähle Regina nur schnell, wie wichtig es ist, bei allem, was man tut, eine Vision zu haben, dann gehen wir uns gemeinsam die Beine vertreten.»

«Aber …» *Ich* habe eine Vision. Und die heißt: allein sein. «Ehrlich gesagt wäre ich gern eine Weile für mich.»

«Aber … du kennst dich hier in der Gegend doch gar nicht aus.»

«Einfach die Straße nach links und dann noch einmal links», höre ich Detlef sagen, der sich von hinten genähert hat, um die restlichen Teller einzusammeln. «Immer entlang der Gärten, bis linker Hand ein schmaler Pfad abgeht. Dort biegst du ein, du kannst es gar nicht verfehlen. Der Weg führt auf ein kleines Aussichtsplateau, das wird dir gefallen. Man hat einen wunderbaren Blick über das Tal und kann weit in die Ferne schauen.» In seiner Hand hält er eine Serviette, mit der er nun in die Richtung wedelt, in die ich gehen soll. «Allerdings solltest du dich so bald wie möglich auf den Weg machen. So richtig finster wird es hier zwar nicht, aber wenn man sich nicht auskennt …»

«Dann was?» Stefan wird hellhörig.

Regina vollendet seinen Satz: «Dann landet sie womöglich aus Versehen beim Nachbarn.»

«Und das ist ein Unhold?» Stefans Augen verengen sich zu Schlitzen.

«Nein», antwortet Detlef. «Ganz sicher nicht. Aber Regina und er haben kein allzu gutes Verhältnis.» Sein Tonfall ist spitz. Ebenso wie Reginas, als sie kontert: «Was ja wohl nicht an mir liegt.»

Die beiden starren sich einen kurzen Augenblick an. Wie zwei Hunde, die nicht wissen, ob sie aufeinander losgehen sollen. Dann ist der Spuk vorbei, und Detlef wendet sich wieder mir zu: «Mach dir keine Sorgen, Luisa. Du kannst dich nicht verlaufen und musst auch keine Angst haben. In dieser Gegend passiert so gut wie nie etwas, und wenn doch, sind es Bagatellen.»

Ich frage besser nicht, was in seinen Augen eine Bagatelle ist. Normalerweise gehe ich nämlich nicht gern im Dunkeln vor die Tür, schon gar nicht in fremder Umgebung. Doch ich *muss* hier weg. Sofort.

Ich stehe auf, schnappe mir meine Tasche und schlinge die Strickjacke fest um meinen Körper. «Wird schon schiefgehen.»

Regina springt auf und nimmt mich in die Arme. «Schade, dass wir heute kaum Zeit füreinander gefunden haben», sagt sie und wirkt ehrlich betrübt. «Aber morgen ist ja auch noch ein Tag. Morgen unternehmen wir gemeinsam etwas Schönes, versprochen!»

Ich weiß gar nicht, was ich sagen soll. Sie ist so nett und verhält sich mir gegenüber vollkommen unbefangen – als gäbe es da nicht diesen tiefen Graben, randvoll mit ungeklärten Fragen. Es kann doch nicht sein, dass ihr das nichts ausmacht! «Ja, gern», sage ich automatisch, denke jedoch im Stillen, dass es ja wohl an ihr liegt, dass wir heute kaum etwas voneinander hatten. Aber ich halte meinen Mund. Ich glaube, es ist besser, wenn ich mich jetzt nicht dazu äußere. Nicht nach drei Gläsern Wein.

Schnell drehe ich mich um, damit meine verworrenen Gefühle nicht überschwappen und ich womöglich noch anfange zu weinen. In meinen Augen steht bereits verdächtig viel Wasser und wenn erst mal die erste Träne gekullert ist, garantiere ich für nichts. Alleine spazieren gehen lässt man mich dann mit Sicherheit nicht mehr. «Ich komme später direkt auf unser Zimmer», rufe ich Stefan über die Schulter zu und marschiere los, ehe mich jemand aufhalten kann.

Am Haus vorbei durch den Vorgarten auf die Straße, so weit komme ich von ganz allein. Dann versuche ich, mich an Detlefs Beschreibung zu erinnern. Aber hat er rechts oder links gesagt?

Ich entscheide mich für rechts. Ist ja angeblich alles ganz easy hier. Der Sandweg ist zwar schmal und wird halb von Reginas Gartenhecke zugewuchert, aber in die andere Richtung sieht es kaum besser aus. Erleichtert über die plötzliche Stille atme ich tief durch. Die Luft ist von fremden Gerüchen erfüllt. Wie ein schweres, blumiges Parfüm hat sich die Abenddämmerung über die Natur gelegt und scheint jede Blume und jedes Kraut für die Nacht erfrischen zu wollen.

Ich konzentriere mich weiter auf meinen Atem, um mich zu beruhigen. Aber auch, um diesen wundervollen Duft für immer in meinem Gedächtnis zu speichern. Noch zwei, drei Mal sauge ich die Luft in meine Lungen, dann überwältigt mich das Panorama. Ich schnappe mir aus meiner Handtasche das Handy und knipse den lilafarbenen Abendhimmel. Danach checke ich während des Gehens meine privaten Nachrichten und Mails. Der Empfang ist langsam, und es ist auch nichts von Bedeutung dabei. Ich like ein paar Fotos auf Instagram, sehe, dass Janosch sich auf dem Weg nach Ungarn befindet, was allerdings kaum erklärt, warum er sich noch nicht zu meinem Foto geäußert hat. *Was bitte ist mit ihm los?*

Einen Moment lasse ich mir alle möglichen Erklärungen durch den Kopf gehen, dann wird der Weg steinig und erfordert meine Aufmerksamkeit. Ich stecke das Smartphone zurück in die Tasche und schaue stattdessen immer mal wieder neugierig links und rechts in die Gärten hinein. Besonders weit bin ich noch nicht gekommen – im Grunde habe ich gerade mal die Ecke von Reginas Grundstücksgrenze passiert –, da taucht rechter Hand tatsächlich ein Pfad auf. Mir ist nicht klar, ob es der von Detlef beschriebene ist, aber ich biege ein und folge dem immer schmaler werdenden Weg. Er führt genau zwischen Reginas Gelände und dem ihres Nachbarn hindurch. Das Grundstück der Pension ist weitestgehend durch eine Wand aus Kiefern und Wildwuchs abgeschirmt. Selbst an

Stellen, an denen das Grün ein wenig lichter oder vertrocknet ist, kann man das Haus nur schemenhaft erahnen. Linker Hand hält jemand sein Haus hinter einer Laubhecke verborgen, die aber nicht besonders dicht wächst. Dafür wird der Garten von einem brusthohen Gitterzaun geschützt. Keine Ahnung, warum ich es mache, aber indem ich ein paar Äste zur Seite schiebe, gelingt es mir, durch die Büsche einen Blick zu erhaschen. Im Gegensatz zu Reginas Garten sprießen die Pflanzen der Nachbarn ziemlich üppig. Ob das der Grund ist, warum sie ihn nicht leiden kann? Hier scheint sich jemand nämlich richtig gut mit Grünzeug auszukennen. Kniehohe Blumen, die größtenteils in voller Blüte stehen, schmiegen sich in farblich passenden Pulks wie Schäfchenwolken aneinander. Angetan biege ich die Zweige weiter auseinander und krame mit der anderen Hand mein Handy hervor, um auch hiervon ein paar Fotos zu schießen. Das Klicken des Auslösers kracht durch die Stille, als würde jemand von einer riesigen Scheibe Knäckebrot abbeißen. Drei Mal traue ich mich, die Abendstille zu durchbrechen, dann höre ich direkt vor mir etwas rascheln. In Panik lasse ich das Handy fallen.

War es vielleicht doch ein wenig naiv von mir, zu glauben, mir könnte hier draußen nichts zustoßen? Hört mich hier auf dem Trampelpfad überhaupt jemand, wenn ich schreie? Tausend Gedanken schwirren mir plötzlich durch den Kopf, während ich mich bücke, um das Telefon aufzuheben. Als ich hochkomme, bleibt mir vor Schreck fast das Herz stehen.

Zwischen den Büschen taucht der braungescheckte Kopf eines riesigen Hundes auf. Zweige brechen weg, und ein unheimliches Schnaufen ertönt. Ich will schreien, bekomme aber keinen Mucks heraus. Wie erstarrt stehe ich da und schaffe es gerade mal, statt weiter auf den Zehenspitzen zu balancieren, den ganzen Fuß aufzusetzen. Hechelnd bleibt der haarige Kerl am Zaun stehen und schaut mich aus dunkelbraunen Augen neugierig an. Er hat extrem lange und abstehende Ohren, und wenn er sich selbst sehen und mit Artgenossen vergleichen könnte, müsste er aller Wahrscheinlichkeit nach wegen seines außergewöhnlichen Äußeren therapiert werden.

Sogar wenn ich Angst vor Hunden hätte, würde mich dieses Exemplar vermutlich nur zum Lachen bringen.

«Hey, wer bist du denn?», sage ich leise, doch etwas an meinem Tonfall scheint ihm nicht geheuer zu sein. Geradezu hysterisch springt er am Zaun hoch und bellt. Gleichzeitig wedelt er in einem affenartigen Tempo mit seinem Schwanz, dass ich schon glaube, er hebt gleich ab.

Unvermittelt stoppt das Bellen. Mit der Nase nimmt der Hund meinen Geruch auf. Als er genug davon hat, hopst er zurück auf alle viere, bleibt aber weiterhin aufmerksam vor mir stehen. Das Einzige, das sich bewegt, ist die Spitze seiner feuchten Nase. In lustigen kleinen Bewegungen zuckt sie ein paar Mal von rechts nach links. Plötzlich ertönt von irgendwo aus dem Garten ein Pfeifen. Es gilt todsicher dem Hund, doch der macht sich nichts aus dem Ruf. Mit wachsendem Interesse beschnüffelt er nun den Boden unter seinen Füßen.

Hinter ihm sehe ich durch die Büsche die Umrisse eines Mannes. «Porthos!», ruft er aus Leibeskräften und beginnt, auf uns zuzugehen. Endlich entscheidet sich der Hund, aus dem Gebüsch hervorzupreschen. Er bellt zwei Mal, umrundet sein Herrchen und kehrt anschließend wieder zurück zu mir an den Zaun, als wolle er mich präsentieren.

«Porthos, reviens à la maison! Sophie veut aller», ruft der Mann und bahnt sich fluchend einen Weg durch die Büsche, um nach dem Rechten zu sehen. Während ich noch überlege, wo ich die Stimme schon einmal gehört haben könnte, taucht der Fremde plötzlich mit zerzaustem Haar und leicht genervtem Gesichtsausdruck in meinem Blickfeld auf.

Es ist Nicolas.

15

Ein Licht im Dunkeln

Bonsoir, Luisa», grüßt Nicolas, während er nach dem Halsband des Hundes greift. Seine Haare fallen ihm dabei offen ins Gesicht.

«Gehst du spazieren?»

Obwohl ich finde, dass das ja irgendwie auf der Hand liegt, nicke ich. Was sollte ich denn sonst hier draußen machen? Die Frage ist ja eigentlich eher, was zum Geier *er* hier tut.

«Ich wohne hier», sagt er, als könne er Gedanken lesen. «Genau genommen wohnen wir beide hier.» Er deutet auf den Hund, der das Zeichen missversteht und sich artig hinsetzt. Er hat sich inzwischen beruhigt und genießt es, sich von Nicolas den Kopf kraulen zu lassen.

Vollkommen perplex starre ich Nicolas an. Er wohnt hier? Direkt neben Regina? Warum hat er das während der Fahrt mit keiner Silbe erwähnt? Wäre es nicht normal gewesen, das mal kurz anzudeuten? Ich bringe vor Überraschung kein Wort heraus.

«Ich habe dir doch gesagt, dass es kein Umweg für mich ist, euch in die Pension zu fahren», erklärt er.

«Schon, aber …»

«Bist du ganz allein?», wechselt er abrupt das Thema. «Es wird bald dunkel.»

«Also … ja.» Ich bin viel zu durcheinander, um klar zu denken. «Ich … ähm … wollte mir den Sonnenuntergang anschauen. Regina und ihr Mann haben von einem Aussichtsplateau …» Doch dann unterbreche ich mich. Ich kann es noch immer nicht fassen. «Warum hast du nicht erzählt, dass du hier wohnst?»

Nicolas sieht mich an. Er hat den Kopf schief gelegt, und in seinen Augen glaube ich, ein Funkeln zu sehen. «Ich fand es nicht wichtig.»

«Aha.» Was soll man nun dazu sagen? Einen endlosen Moment spricht keiner von uns ein Wort, wir starren uns nur an, und ich weiß, ich sollte meinen Weg fortsetzen, schaffe es aber irgendwie nicht, mich von der Stelle zu bewegen.

«Tja …», sage ich langgezogen. «Ich geh dann mal weiter.»

Nicolas rührt sich ebenfalls nicht. Erst als ich die Hand zum Gruß hebe, sagt er: «Die Sonne geht gleich unter. Wenn sie den Horizont berührt, dauert es nur noch ein paar Minuten, ehe sie komplett verschwunden ist. Und dann wird es ziemlich unangenehm, wenn man den Weg nicht kennt.» Er schaut prüfend an mir herunter. «Hast du eine Taschenlampe dabei?»

Erstaunt schüttele ich den Kopf. «Nein. Detlef meinte, der Weg neben dem Haus sei gut befestigt. Allerdings bin ich mir nicht sicher, ob ich an der richtigen Stelle abgebogen bin. Ich sollte eigentlich nur im Kreis gehen.»

Nicolas nickt, woraus ich beim besten Willen nicht schließen kann, ob ich nun korrekt gelaufen bin oder mich gerade als geographische Null präsentiere.

«Du kannst von hier aus theoretisch immer noch eine Runde gehen. Allerdings schätze ich, dass er wollte, dass du auf der Straße bleibst. Dafür ist es nun zu spät, aber das macht nichts.» Er überlegt kurz und sagt dann: «Warte eine Sekunde, ich hole dir eine Lampe.» Und ehe ich etwas erwidern kann, hat Nicolas dem Hund das Zeichen gegeben, sitzen zu bleiben, und ist durch das Gebüsch verschwunden.

Ein wenig verdattert schauen Porthos und ich uns an.

«Leider kannst du nicht sprechen, sonst hätte ich jetzt einen Haufen Fragen an dich», gestehe ich dem Hund.

Beim Klang meiner Worte spitzt er die riesigen Ohren. Sie stehen in entgegengesetzte Himmelsrichtungen, und man möchte meinen, er könne damit fliegen.

«Zum Beispiel würde es mich maßlos interessieren, warum dein Herrchen verschwiegen hat, dass er hier wohnt.» Porthos blinzelt distinguiert. Ich bin mir sicher, selbst wenn er reden könnte, würde er nichts sagen. «Und dann fände ich es interessant zu erfahren, ob Nicolas der Nachbar ist, mit dem Regina im Clinch liegt.» Der Hund weiß, was sich gehört, und verzieht keine Miene. Ich seufze. «Dann wirst du mir wohl auch nicht verraten, ob ihr zwei hier allein wohnt, nicht wahr?» Jetzt klimpert Porthos verschämt mit den Lidern. Na ja, jedenfalls bilde ich mir das ein. War ja auch eine dämliche Frage, und ich kann nur hoffen, dass an seinem Halsband nicht ein Mikrophon angeschlossen ist, sodass …

Plötzlich höre ich Schritte. Gleich darauf taucht Nicolas wieder im Gebüsch auf. «Hier. Damit wirst du auch nach Einbruch der Dunkelheit den Weg finden», sagt er und steckt mir über den Zaun eine mittelgroße MagLite zu. «Sicher ist sicher.»

«Danke schön.» Peinlich berührt nehme ich die Lampe in Empfang. Dass ich damit zum zweiten Mal an diesem Tag in seiner Schuld stehe, macht mir ein schlechtes Gewissen. «Ich bringe sie dir gleich morgen zurück», erkläre ich gewissenhaft und versuche, Nicolas' intensiven Blick, so gut es geht, zu ignorieren.

«Pas de problème.» Er hört nicht auf, mich anzusehen.

«Also dann …» Ich will mich gerade auf den Weg machen, da höre ich in der Ferne eine Frauenstimme rufen: «Nicolas? Ist Porthos bei dir? Ich sollte ihn doch mitnehmen, oder hast du es dir anders überlegt?»

Ich erstarre in der Bewegung. Nicht, weil es in Nicolas' Leben eine Frau gibt, das kann mir ja nun wirklich so was von egal sein. Es ist etwas anderes. In meinem Hirn klingelt etwas, ein Alarmglöckchen, eine … Sirene! Denn die Frau hat deutsch gesprochen!

Entsetzt fahre ich herum. Gerade rechtzeitig, um Nicolas in

akzentfreiem Deutsch antworten zu hören: «Ja, er ist hier!» Er gibt Porthos ein Zeichen und einen leichten Klaps auf das Hinterteil. «Los, lauf zurück zum Haus!»

Mir klappt die Kinnlade herunter. «Du sprichst deutsch?», frage ich, obwohl das inzwischen eigentlich eine Tatsache ist. Mir wird schrecklich heiß. «Warum?»

Es dürfte ziemlich dämlich geklungen haben, aber ganz genauso fühle ich mich momentan auch: dämlich. Wobei ich ehrlicherweise gestehen muss, dass ich es tief in meinem Inneren ja geahnt habe. Aber eben nur *geahnt*. Das ist ein himmelweiter Unterschied zu der schrecklichen Gewissheit, die mich nun überkommt. Ich japse nach Luft.

«Na ja», sagt Nicolas und schaut ziemlich schuldbewusst drein.

Er verstummt augenblicklich, als ich wütend meine Arme in die Hüften stemme. «Das ist ja wohl das Allerletzte!», fauche ich und würde ihm seine bekloppte Taschenlampe am liebsten an den Kopf werfen. «Ich dachte, du seist ein hilfsbereiter Typ, der uns freundlicherweise aus der Patsche geholfen hat, doch im Grunde war alles nur Verarschung!»

Mir rauscht das Blut in den Ohren, und ich weiß gar nicht, was ich ihm als Erstes vorwerfen soll. Dass ich mich stundenlang abgemüht habe, mit ihm in einer Sprache Konversation zu treiben, die nicht meine Muttersprache ist? Dass ich mich dabei vermutlich angehört habe wie ein Kind? Oder dass … *Oh mein Gott!* Als ich mir bewusst mache, *was* Nicolas alles gehört haben muss, sackt mir das Blut in die Füße. Meine sehr frei interpretierte Übersetzung und … die Sache mit dem Elektriker! Ich unterdrücke ein Jaulen und schäme mich in Grund und Boden. Kein Wunder, dass Nicolas es zum Schluss kaum abwarten konnte, von uns fortzukommen. Ich schätze mal, er ist mit seinem Wagen um die nächste Kurve gebrettert und hat sich dort vor Lachen auf die Schenkel getrommelt.

Fassungslos angesichts seiner Dreistigkeit fuchtele ich mit der Taschenlampe in der Luft herum. «Vermutlich kam es dir sogar gelegen, uns aufzugreifen. Sonst wäre die lange Fahrt dir langweilig vorgekommen, aber so …» Ich schnappe nach Luft. «… hattest du ein wenig Unterhaltung.» Drohend zeige ich mit dem Finger auf ihn. «Du hast uns bespitzelt!»

Nicolas' Gesichtsausdruck wechselt von schuldbewusst zu ungläubig. «Bespitzelt?», fragt er. «Warum sollte ich das tun? Ich kenne euch doch gar nicht.»

«Ach, was weiß denn ich», sage ich aufgebracht und rudere wild mit den Händen in der Luft herum. «Vielleicht, weil du nicht alle Tassen im Schrank hast?»

Um Nicolas' Mundwinkel zuckt es.

«Grins nicht so blöd!» Wütend stampfe ich mit dem Fuß auf. «Es war hinterhältig und gemein von dir. So etwas … macht man einfach nicht!» Ich drehe mich abrupt um und will meinen Weg fortsetzen, da fällt mir etwas ein. Immer mehr Dialogfetzen kommen mir plötzlich in den Sinn, unter anderem, dass er mir ins Gesicht gelogen hat. Mit zusammengekniffenen Augen beuge ich mich zum Zaun vor. «Als es um Zidane ging, habe ich dich ganz konkret gefragt, ob du Deutsch sprichst.» Ich mache einen triumphierenden Gesichtsausdruck. «Du hast es verneint.»

Nicolas wartet, bis ich ausgesprochen und zweimal tief Luft geholt habe. Dann sagt er ruhig: «Das stimmt zwar nicht ganz, aber ich weiß, dass es sich für dich so angehört haben muss. Und es tut mir leid. Aber in dem Moment, als du nachgehakt hast, fand ich es irgendwie unpassend, die Wahrheit zu sagen. Es war … zu spät dafür.» Er klingt jetzt ziemlich zerknirscht, aber das beflügelt meine Wut nur.

«*Unpassend?*», rufe ich schrill. «Es ist nie *unpassend*, die Wahrheit zu sagen. Aber jetzt …» Ich reiße gebieterisch die Augenbrauen in die Höhe. «Jetzt ist es zu spät.»

Obwohl ich nicht genau weiß, wofür es jetzt genau zu spät sein soll, finde ich meine Worte äußerst zweckmäßig für einen wirkungsvollen Abgang. Ich wirbele herum.

«Luisa», ruft Nicolas mir hinterher. «Warte!»

Aber selbst wenn ich wollte, könnte ich mich in dieser Situation nicht bremsen. Alle Emotionen, die ich in der letzten Zeit unterdrückt habe, bündeln sich in diesem Wutanfall. Ich bin geladen wie eine Gewitterwolke und nicht mehr kontrollierbar. Seit Wochen werde ich mit Reizen überflutet – in meinem Kopf geht es inzwischen zu wie auf einer Datenautobahn. Ständig sausen Gedanken und Gesprächsfetzen hin und her, außerdem noch Bilder und Gerüche. Es fehlt nicht mehr viel, und ich werde verrückt!

Falls ich das nicht schon bin. Wie von Sinnen presche ich den Weg entlang, ohne nach links oder rechts zu gucken. Obwohl ich die Taschenlampe am liebsten in das nächstbeste Gebüsch schleudern würde, stopfe ich sie in meine Tasche und beschließe, sie ihrem Besitzer am nächsten Tag kommentarlos vor die Haustür zu legen. Auf keinen Fall werde ich jemals wieder ein Wort mit Nicolas wechseln. *Jamais!*

Erst als der Untergrund erneut steiniger und unbefestigter wird und ich mich konzentrieren muss, damit ich nicht stolpere, werden meine Schritte langsamer. Auch das Gedankenkarussell in meinem Kopf drosselt die Fahrt. Ganz allmählich rege ich mich ab. Statt weiterhin wütend zu sein, beginne ich allerdings nun, mich zu schämen. Heiliger Bimbam, wieso habe ich mich derart gehenlassen?

Wäre es nicht wesentlich schlauer gewesen, ich hätte sein Geständnis einfach hingenommen? *Ach, du sprichst deutsch, na, was für ein lustiger Zufall …*

Etwa so. Als stünde ich über den Dingen und könne mich schon gar nicht mehr erinnern, was ich genau während der Fahrt gesagt habe, weil es so unwichtig war? Warum kann ich denn nicht einmal in meinem Leben nachdenken, bevor ich handele?

Plötzlich lichtet sich der Weg, er wird breiter und mündet schließlich an dem Plateau, das Detlef mir beschrieben hat. Ich gehe vor bis zu einer schmalen, fußhohen Mauer und schaue ehrfürchtig in die Ferne. Der Ausblick ist unfassbar schön, man hat das Gefühl, bis ans Ende der Welt sehen zu können. Na ja, zumindest ist es, als würde die gesamte Provence mir zu Füßen liegen. Direkt vor mir, im Tal, beginnen die unterschiedlich bestellten Felder. Sie erstrecken sich wie ein gigantischer, aufwendig geknüpfter Flickenteppich über die hügelige Landschaft bis hin zum Horizont. Dorthin, wo die Sonne langsam ihren Blick gen Boden senkt. Der Himmel ist purpur eingefärbt, beinahe im selben Ton wie die Lavendelfelder, deren unzählige Halme zu flimmern scheinen, als wären ihre Blüten winzige Leuchtdioden. Ich kann mich nicht erinnern, jemals etwas Schöneres gesehen zu haben. Im Angesicht dieser geballten Ladung Natur fühle ich mich auf einmal nur noch klein und unbedeutend. Mein Ärger über Nicolas ist zwar nicht komplett verraucht, hat aber spürbar nachgelassen. Umso mehr trifft mich plötzlich das Gefühl der Verzweiflung. Woher soll ich nur in den kommenden Tagen die Kraft nehmen, mich mit Regina auseinanderzusetzen? Obwohl sie mir sympathisch ist, habe ich den Eindruck, vor einer Fremden zu stehen. Ob sich an diesem Empfinden jemals etwas ändern wird? Ich hoffe, dass wir schnellstmöglich die Gelegenheit bekommen, uns ungestört miteinander zu unterhalten. Sonst weiß ich nicht, wie es hier in Nid für mich weitergehen soll.

Und dann steigen mir ohne Vorwarnung Tränen auf. Sie rinnen über meine Wangen wie zwei schmale Flüsschen, die über ihre Ufer getreten sind und suchen sich ihren Weg, bis sie sich an meinem Kinn sammeln und schließlich hinuntertropfen. Es ist mir egal. Hier draußen sieht mich niemand, und ich kann endlich das tun, wonach mir seit Tagen zumute ist: hemmungslos schluchzen.

Eine Weile weine ich stumm vor mich hin, bis die Sonne ganz und gar versunken ist und es merklich kälter wird. Und dunkler. Schniefend krame ich in meiner Tasche nach einem Papiertuch und befördere auch gleich die Lampe zutage. Zwar ist es noch lange nicht stockfinster, aber die Dämmerung hat sich über die Farbvielfalt gelegt wie ein matter Filter. Auf einmal erscheint alles nur noch in Grautönen. Ich schnäuze meine Nase und nestele an dem Schalter herum. Der Lichtkegel ist breit und das Licht warm. Es erhellt den Boden vor mir beinahe fünf Meter weit, was mich irgendwie beruhigt. Dank der Lampe werde ich den Heimweg finden. Genauso wie ich wieder Tritt in meinem Leben finden werde. Ich muss nur fest dran glauben und noch ein wenig durchhalten, auch wenn ich am liebsten alles hinschmeißen und mich in einem Erdloch vergraben würde.

Nicht aufgeben, Luisa!

Energisch stapfe ich weiter, gehe bis zur Straße und biege dann nach links. Die Pension Regina wird nicht angestrahlt und wirkt deshalb auch wenig einladend. Wäre ich in dieser Gegend fremd und suchte eine Unterkunft, würde ich sie garantiert nicht ansteuern. Auch drinnen ist alles dunkel. Mit der Taschenlampe finde ich einen Lichtschalter, benutze ihn dann aber doch nicht, um niemanden zu stören.

So leise wie möglich steige ich die Treppen hoch und öffne die Tür unseres Zimmers.

Stefan ist noch wach. Mit angezogenen Beinen sitzt er auf seinem Bett und tippt etwas in seinen Laptop. Als er mich sieht, fragt er verwundert: «Woher hast du denn die Taschenlampe?»

Das ist also das Erste, was ihm einfällt? Danke.

«Von Nicolas.»

«Nicolas?» Stefan setzt sich auf, schaut aber weiter auf seinen Computer. «Was für ein Nicolas?»

«Der Typ, der uns hierhergefahren hat.»

Jetzt blickt er kurz hoch. «Ach, der mit dem Zöpfchen?»

«Ja, der. Er ist Reginas Nachbar.» Diese Information scheint sein Interesse ebenfalls nicht zu wecken.

Angestrengt starrt er weiter auf den Bildschirm. «Ich hoffe, dass wir bald gute Nachrichten aus der Werkstatt bekommen», sagt er und dehnt seine Rückenmuskulatur, indem er sich in alle Richtungen biegt. «Wäre schön, wenn wir den Wagen hierhätten, damit wir mal einen Ausflug in die Umgebung unternehmen können. Regina hat mir einige Tipps gegeben.»

«Ihr scheint euch ja prächtig unterhalten zu haben», erwidere ich und höre, dass meine Stimme etwas spitz klingt.

Stefan bemerkt es nicht. «Allerdings, mein Schatz. Regina ist an so vielem interessiert, es macht Spaß, sich mit ihr auszutauschen. Sogar zum Thema Autos hat sie etwas zu sagen.» Er klingt fasziniert.

«Na, das ist ja schön.» Hin und her gerissen zwischen dem Gefühl, stolz auf meine wissbegierige Mutter zu sein, und einer aufkeimenden Wut auf Stefan, weil er so mit sich beschäftigt ist, fange ich schweigend an, mich für die Nacht fertig zu machen.

Stefan bemerkt meinen Zwiespalt nicht. Er hat den Laptop ausgeschaltet und ist aufgestanden. «Schlafen wir in deinem oder meinem Bett?», fragt er, und ich sehe an seinem Blick, was er eigentlich meint.

Aber sosehr ich mir auch wünsche, seine Körperwärme zu spüren und einfach nur im Arm gehalten zu werden, so wenig steht mir der Sinn nach Sex. Und darauf würde er es unweigerlich anlegen. Also schüttele ich den Kopf. «Jeder in seinem», sage ich bedächtig.

16

Marmelade kochen verlernt man nicht

Stefan und ich müssen am Abend vergessen haben, die Fensterläden zu schließen, denn am nächsten Morgen hat die Sonne leichtes Spiel, bei ihrem Versuch, uns mit ihren Strahlen wach zu kitzeln. Ich blinzele gegen die Helligkeit an und schaffe es mit ein paar Verrenkungen, noch aus dem Bett einen Blick auf den leuchtend blauen Himmel zu erhaschen. Weit und breit ist keine Wolke in Sicht! Sofort hellwach, ertaste ich auf dem Nachtschrank mein Handy. Halb neun! So lange habe ich seit Ewigkeiten nicht mehr geschlafen. Aus Spaß frage ich auch noch die aktuelle Temperatur für Nid-sur-Mer ab: achtzehn Grad. Am frühen Morgen, kaum zu glauben! Ich springe aus den Federn. In Frankfurt ist das Wetter zwar oftmals gar nicht so übel, nur häufig zu schwül. Doch achtzehn Grad am Vormittag sind auch zu Hause eine Seltenheit. Während ich so leise wie möglich ins Bad tapse, werfe ich einen prüfenden Blick auf Stefan. Er liegt auf dem Rücken, gibt ab und an ein knurrendes Schlafgeräusch von sich und scheint noch tief in seinen Träumen zu stecken. Sieht so aus, als habe auch ihn die Reise geschlaucht. Stundenlanges Autofahren und eine Überdosis Schwiegermutter steckt er nicht mehr so leicht weg.

Ich steige unter die Dusche und lasse mir genussvoll das warme Wasser den Rücken hinabrieseln. Die Melancholie, die mich am Vorabend so fest im Griff hatte, ist inzwischen fast verflogen. Einzig ein dumpfes Grummeln in meiner Magengegend, wenn ich an meinen Streit mit Nicolas denke, ist zurückgeblieben. Ein bisschen ist es mir peinlich, dermaßen explodiert zu sein, andererseits fühle ich mich durchaus im Recht und stehe zu meinen Gefühlen. Soll er sich meinetwegen lustig machen, mir doch egal!

Der tiefe Schlaf hat mir gutgetan, und auch wenn dieses Badezimmer über kein Fenster verfügt, weiß ich doch, dass draußen die Sonne scheint und darauf wartet, dass ich mich blicken lasse. Kurioserweise habe ich sogar schon wieder Hunger! Hatte nicht irgendwer gestern von einem Marktbesuch gesprochen? Den kann ich mir inzwischen doch sehr gut vorstellen. Die Marktstände entlangzuschlendern, hier und dort etwas zu kaufen und danach vielleicht gemeinsam eine Kleinigkeit zu Mittag zu essen – *très français, n'est-ce pas?*

Zwanzig Minuten später habe ich mich trocken gerubbelt, einen ärmellosen Jumpsuit aus Jersey übergestreift und die Haare zu einem lockeren Zopf geflochten. Stefan schläft noch immer, als ich aus dem Bad schleiche, also laufe ich barfuß, die Sandalen in der Hand, bis ich draußen auf dem Flur stehe. Im Rausgehen schnappe ich mir noch schnell meine Tasche, stopfe das Handy hinein und eile die Treppe ins Erdgeschoss hinunter.

Ich weiß zwar nicht, was genau ich erwartet habe, aber dass ich unten keine Menschenseele antreffe, finde ich ziemlich eigenartig. Der Frühstücksraum ist wie leergefegt, keiner der Tische ist eingedeckt, geschweige denn irgendwo ein Buffet aufgebaut. Verwundert schlendere ich in Richtung Küche. In der Hoffnung, dort zumindest einen Kaffee ergattern zu können, schaue ich neugierig um die Ecke, und als ich auch dort niemanden entdecken kann, trete ich ein. Der Raum hat es mir sofort angetan. Mit seinen alten Kacheln, dem ausladenden Gasherd und einem bunten Sortiment an Kupfertöpfen, die in unterschiedlichen Höhen munter von der Decke baumeln, wirkt er auf mich wie eine Oase der Ruhe und Geborgenheit. Versonnen streiche ich über das gemaserte Holz des Esstischs. Er steht rechts an der Längsseite der Wand und wirkt riesig. Ich stelle mir eine Großfamilie vor, wie sie an diesem Tisch versammelt sitzt und zu Abend isst. Alle reden wild durcheinander und lachen, und am Ende spülen sie gemeinsam das Geschirr und hören dabei Musik. Ich spüre, wie sich mein Brustkorb zusammenschnürt. Über dem Tisch hängen zwei deckenhohe Vitrinenschränke. Sie sind vollgestopft mit Porzellan, und an der Stirnseite der Küche, neben der Tür, thront ein antikes Küchenbuffet. Es ist aus dunklem Holz und harmoniert farblich mit den breiten Bodendielen, die abgeschliffen und dunkel gebeizt wurden.

«Hallo?», rufe ich laut, da ich mir ein bisschen wie ein Eindringling vorkomme. «Ist jemand wach?» Instinktiv checke ich noch einmal die Uhrzeit. Doch inzwischen ist es Viertel nach neun, eine Zeit, zu der in einer Pension ja eigentlich Betrieb herrschen müsste.

Und plötzlich höre ich Schritte. Detlef biegt um die Ecke. Er trägt eine khakifarbene Baumwollhose, dazu ein beigefarbenes Poloshirt und vor dem Bauch eine Schürze. Sein lichtes Haar ist sorgfältig zur Seite gekämmt, das Gesicht vor Anstrengung gerötet. Als er mich sieht, reißt er überrascht die Augenbrauen in die Höhe. «Du bist schon auf den Beinen?», staunt er. «Regina meinte, ihr schlaft bestimmt alle bis mittags.»

«Also …» Wie kommt sie nur darauf? Sie kennt unsere Gewohnheiten doch gar nicht. Was mich betrifft, habe ich heute quasi verschlafen.

«Nein, eigentlich sind wir alle Frühaufsteher», erkläre ich und entdecke vereinzelte Sommersprossen auf Detlefs gebräunter Nase. Sie verleihen seinem wettergegerbten Gesicht etwas Knabenhaftes. «Normalerweise müssen wir ja arbeiten. Und Mama steht sowieso immer mit den Vögeln auf.»

«Na, wenn das so ist …» Er tritt zum Buffetschrank, öffnet eine der Glastüren und nestelt an einem flachen Stück Metall herum, das sich als CD-Player entpuppt. Leise Musik erklingt, und eine Französin mit sehr junger Stimme singt ihr halb fröhliches, halb melancholisches Lied über die Liebe. *Le grand amour* – in Frankreich drehen sich die Lieder doch irgendwie immer um das Eine.

«Wie war denn dein Spaziergang gestern?», erkundigt Detlef sich, während er beginnt, im Vitrinenschrank nach Tellern zu angeln und diese vor sich auf dem Tisch zu stapeln. «Hast du den Sonnenuntergang über dem Tal gesehen?»

Ich nicke. «Ja. Es war wunderschön.» Immer mehr kann ich inzwischen verstehen, warum Regina und er sich dieses Fleckchen Erde ausgesucht haben, um sesshaft zu werden.

«Ich kann dir sagen: Sie sehen jedes Mal anders aus. Man könnte jeden Abend dort oben sitzen und in die Ferne schauen, ohne sich zu langweilen.» Im Buffet zerrt er eine Schublade hervor, die sich ein wenig verkantet hat. Er kramt darin herum und sucht zueinander passendes Besteck heraus. Als er genügend zusammengesucht hat, legt er alles zu den Tellern. «Jetzt müssen wir aber zusehen, dass das Frühstück auf den Tisch kommt, ehe der Rest deiner Familie auftaucht.» Er zwinkert und bedeutet mir, ein Tablett von der gegenüberliegenden Arbeitsfläche zu holen. «Sie sollen doch nicht merken, dass ich ein wenig in Verzug bin.»

«Wo ist denn Regina?», frage ich, als ich ihm das Brett reiche. Detlef zögert. Ich finde, er braucht einen Tick zu lange, um zu antworten. Vielleicht bemerke ich nur deshalb, dass sich seine Kiefermuskeln hart angespannt haben. «Sie ist noch oben», sagt er schließlich, ohne mich dabei anzusehen. «Sie bringt die Zimmer der Schattschneiders in Ordnung. Die sind schon zeitig aufgebrochen. Nette Leute, findest du nicht?»

«Hm-m.» Die beiden interessieren mich ehrlich gesagt nicht besonders, aber ich spüre, dass Detlef gern das Thema wechseln möchte. Da mir sonst nichts einfällt, arbeiten wir eine Weile schweigend nebeneinanderher. Während er alles Essbare aus dem Kühlschrank hervorholt, deponiere ich es platzsparend auf dem geblümten Tablett. Nebenbei lausche ich dem Chanson. *L'amour doit faire mal*, singt das junge Mädchen, *die Liebe muss weh tun*, und ich frage mich, was sie in ihrem Alter wohl schon davon versteht.

Auf das Tablett passt nichts mehr darauf, aber Detlef ist ohnehin fertig, sodass ich mir das Teil schnappe und ins Esszimmer trage. Ich wähle einen Tisch, der am Fenster steht und von dem aus man gute Sicht in den Garten hat. Kurz muss ich warten, bis Detlef eine Tischdecke herausgesucht und ausgebreitet hat, dann verteile ich alle Frühstücksutensilien auf dem Tisch. Anders, als ich es erwartet hätte, gibt es keine handbeschrifteten Gläser mit selbstgemachter Marmelade oder eingelegtem Gemüse darin. Auch der Käse sieht nicht aus, als käme er von einem der regionalen Bauern oder vom Markt. Es ist Scheibenkäse aus dem Supermarkt. Ebenso die Wurst.

«Möchtest du ein Ei?», fragt Detlef, als er mit einem Korb Brot und einer Thermoskanne unter dem Arm an den Tisch tritt. Ich schüttele den Kopf. «Gut möglich, dass Stefan später eins nimmt, Mama garantiert nicht.» Zu viel Cholesterin.

Als es nichts mehr zu tun gibt, bleibe ich unschlüssig vor dem Tisch stehen. «Setz dich», fordert er mich auf. «Ich hoffe, du findest es nicht unhöflich, wenn ich dir keine Gesellschaft leiste, aber wenn ich nicht weitermache, komme ich zum Nachmittag ins Trudeln.»

«Oje», ich habe ein schlechtes Gewissen, «mach dir bitte wegen uns keinen Stress. Wir können unsere Zimmer selbst aufräumen.»

«Niemals!» Er schüttelt kategorisch den Kopf. Ein Grinsen huscht über sein Gesicht. «Dies ist schließlich ein anständiges Haus!»

Als er fort ist, bleibe ich einen Moment unschlüssig im Esszimmer stehen und lasse meinen Blick durch den Raum schweifen. In einer Ecke entdecke ich Farbeimer, vermutlich für die Tische. Fein säuberlich zu einer Pyramide zusammengestellt. Neugierig nähere ich mich und begutachte die runden Aufkleber auf den Deckeln. Drei verschiedene Grüntöne. Lustig. Wenn man mich gefragt hätte, wäre meine Wahl ebenfalls auf Grün gefallen. Zufall? Oder Vererbung?

Auf einem Regal sehe ich Gläser in unterschiedlichen Formen und Größen dekoriert – und mir kommt plötzlich eine Idee. Um ein wenig Stil in den Raum zu bringen, schnappe ich mir das Käsemesser, öffne die Terrassentür und hüpfe die drei Stufen hinunter in den Garten. Draußen ist es in der Sonne fast schon zu warm. Es geht kein Lüftchen, dennoch sind die Bienen bereits emsig bei der Arbeit. Kurz überfliege ich mit den Augen die Blumenvielfalt. Es gibt so viele unterschiedliche Gewächse, die ich zum Großteil gar nicht kenne, dass ich kurzerhand von jeder Pflanze, die mir gefällt, ein paar Zweige abschneide. Dann kehre ich zurück in die Küche, kürze die Stängel passend zu den Vasen, fülle Wasser hinein und verteile sie im Frühstückszimmer auf den Tischen. Sofort sieht der Raum um einiges ansprechender aus. Fehlt in der Tat noch ein wenig Farbe, denke ich. Die Stühle scheinen mir noch ganz okay zu sein, aber Regina hat recht. Die Tische könnten einen Anstrich vertragen. Vielleicht sollte ich ihr vorschlagen, sie gemeinsam zu streichen? Dabei ergäbe sich dann hoffentlich Gelegenheit, uns zu unterhalten.

Vollkommen in Gedanken, erschrecke ich regelrecht, als Mama und Stefan eintrudeln. Sie schauen sich kurz neugierig um, dann setzen sie sich zu mir an den Tisch. Stefan stürzt sich als Erstes auf den Kaffee. Während er seine Tasse füllt, klagt er: «Hast du auch so viele Mückenstiche? Ich wurde geradezu ausgesaugt. Heute Abend müssen wir unbedingt daran denken, die Fenster und auch die Läden zu verrammeln!» Wie zum Beweis kratzt er sich am Unterarm.

«Also, ich habe bei offenem Fenster geschlafen und keine Blessuren.» Mama greift sich eine Scheibe Brot, die sie dünn mit Butter und Konfitüre bestreicht. «Vielleicht hat der Alkohol sie angelockt. Ich habe zum Glück nicht so viel getrunken.»

Stefan entgegnet nichts auf Mamas Theorie, und ich halte mich besser raus. Ich schenke mir Kaffee ein, Stefan schnappt sich Brot und eine Weile genießen wir jeder schweigend unser Frühstück. Irgendwann stellt meine Mutter fest: «Die Marmelade schmeckt nach gar nichts. Was soll das für eine Sorte sein?» Sie studiert das Etikett. «Mehrfrucht ... ts!» Ihr Mund verzieht sich. «Nicht mal selbstgemacht. Dabei habe ich im Garten Sträucher mit Brombeeren gesehen.»

«Ich glaube, den beiden fehlt die Zeit dafür», werfe ich ein. «Wann sollen sie denn bei ihrem Pensum noch Marmelade einkochen?»

Mama zuckt mit den Schultern. «Weiß nicht. Andere schaffen das doch auch.»

«Andere sind auch nicht nur zu zweit.»

«Koch du doch welche», schlägt Stefan meiner Mutter vor, um einen Streit zu vermeiden. Er selbst hat sich inzwischen ein Wurstbrot geschmiert, fummelt aber nebenbei abwechselnd an seinem Smartphone und dem Mückenstich herum. «Sicher würden Detlef und Regina sich über Unterstützung in der Küche freuen.»

Meine Mutter zögert. «Was Marmelade betrifft, bin ich ehrlich gesagt ein wenig aus der Übung.» Sie schaut nachdenklich in den Garten.

«So etwas verlernt man doch nicht», sagen Stefan und ich im Einklang.

Ich muss mir ein Grinsen verkneifen, denn keiner von uns beiden ist jemals auf die Idee gekommen, etwas einzukochen. Keine Ahnung, ob einem die Fähigkeit dazu nicht doch irgendwann abhandenkommt. «Du kannst dich ja nachher mal auf dem Markt umsehen», schlage ich vor. «Dort gibt es bestimmt viel reifes Obst.» Ich zwinkere ihr aufmunternd zu. Immer nur nörgeln, ohne zu handeln – das geht doch nicht!

Meine Mutter scheint ins Grübeln gekommen zu sein. Sie spitzt die Lippen und hält nachdenklich den Kopf schräg. Als sie gerade etwas erwidern will, taucht plötzlich Regina auf.

«Guten Morgen, meine Lieben! Ihr seid ja schon früh auf den Beinen.» Sie kommt von draußen, bleibt auf Höhe der Gartentür stehen und lehnt sich lässig dagegen. Sofort beginnt mein Herz einen Tick schneller zu schlagen. Ich ärgere mich darüber, schließlich ist dies kein Vorstellungsgespräch, und ich muss mich auch sonst nicht profilieren.

Sie schenkt uns ein strahlendes Lächeln. «Habt ihr gut geschlafen?»

Auch heute sieht sie wieder ziemlich chic aus. Zu hohen schwarzen Wedges mit Korkabsätzen trägt sie knallenge Jeans und eine weite weiße Bluse, die so durchsichtig ist, dass man ihren dunklen BH durchschimmern sieht.

Stefan fallen fast die Augen aus dem Kopf.

«Danke, sehr gut», sagt meine Mutter, nachdem sie den letzten Bissen heruntergeschluckt hat. «Die Matratzen sind hervorragend.»

Regina nickt. So wie sie dasteht, die Arme vor der Brust verschränkt, mit offenen Haaren und dem von der Sonne geküssten Teint, wirkt sie locker und vollkommen entspannt. «Das sieht ja hübsch aus!», ruft sie unvermittelt und lässt ihren Blick über die Tische mit den Blumenvasen schweifen. «Das warst bestimmt du, Luisa, stimmt's?»

Ich nicke und werde noch einen Tick aufgeregter. Außerdem fühle ich, dass ich leicht erröte. *Hallo?* Ich habe durchaus Größeres vollbracht, als acht Tische mit Wiesenblumen zu dekorieren. Wie albern, deshalb so aus der Fassung zu geraten!

Regina geht durch den Raum, um sich einen Stuhl heranzuziehen, damit sie sich zu uns setzen kann. Unwillkürlich beobachte ich sie dabei. Ihre Bewegungen sind von einer eleganten Lässigkeit, von der ich nur träumen kann. Wenngleich ich ihr Outfit ein wenig ... nun ja ... unpassend finde. Jedenfalls, um damit die Zimmer der Schattschneiders aufzuräumen.

Nachdem Regina sich aus der Küche eine Tasse geholt hat, lässt sie sich erschöpft auf einen Stuhl gleiten. «Puh! Ich war eben in Nid beim Yoga.» Sie schenkt sich Kaffee ein. Dann wendet sie sich an Elisabeth. «Was treibst du denn für Sport? Als Frau kommt man um ein bisschen Training ja kaum herum.»

Mama erstarrt. Ich ahne, was in diesem Moment in ihr vorgeht. Zu Weihnachten habe ich ihr eine Gymnastik-DVD geschenkt, damit sie im Alter beweglich bleibt. Als wir sie vorgestern zu Hause abholten, lag das Teil auf ihrem Fernseher. Eingeschweißt in die Originalfolie.

«Ich gehe viel und gerne spazieren», sagt meine Mutter spitz. «Schont die Gelenke.»

Reginas streicht sich lächelnd die Haare zurück. «Ja, das ist nicht unwichtig.» Ihr Gesichtsausdruck deutet an, dass sie meine Mutter durchschaut hat. Ohne erkennbares Ziel durch die Gegend zu wandern, ist definitiv nicht Mamas Ding.

Regina macht sich nichts draus. Sie nimmt einen Schluck Kaffee und erklärt: «Man soll im Leben tun, was einem Freude bereitet.»

Also, mit diesem Spruch kann sie meiner Mutter das Wasser reichen. Ich verbeiße mir ein Grinsen und wundere mich stattdessen darüber, dass Detlef dachte, sie würde oben arbeiten. Und wieso hat sie sich zum Yoga so aufgebrezelt? T-Shirt und Leggings würden es doch auch tun.

Da niemand etwas sagt, fasse ich mir ein Herz: «Apropos spazieren gehen – gestern sprachen wir davon, gemeinsam etwas zu unternehmen. Zum Beispiel, über den Markt zu schlendern.» Ich vermeide es, sie auf ein Gespräch unter vier Augen festzunageln. Vielleicht versteht sie die Andeutung auch so. «Bleibt es dabei? Wir hätten große Lust dazu.»

Regina blickt mich über ihre Kaffeetasse an. Ein überraschter Ausdruck liegt auf ihrem Gesicht. «Auf den Markt?», fragt sie ungläubig. «Heute?»

Es kann doch unmöglich sein, dass sie es vergessen hat, oder? Unsicher schaue ich zu meiner Mutter und zu Stefan, doch beide starren nur betreten auf ihren Teller. Ich weiß gar nicht, was ich sagen soll. Vermutlich hat Regina viel in der Pension zu tun und unsere Verabredung deshalb nicht mehr im Kopf. Andererseits … Sagte sie nicht, sie wolle sich einen schönen Tag mit mir machen?

«Klar gehen wir auf den Markt!», lacht Regina plötzlich. Sie hebt die Hände zu einer übermütigen Geste. «Warum auch nicht?»

Eine Stunde später stehen wir alle vor dem Haus und warten auf Regina, die noch auf ihrem Zimmer ist.

Wir wollen mit ihrem Auto fahren, da der Weg zu Fuß für meine Mutter zu beschwerlich wäre. «Dabei gehst du doch so gern spazieren», wird sie von Stefan geneckt. Er meint es nicht böse und rudert sofort zurück: «Ich bin ehrlich gesagt sehr froh, dass wir nicht zu Fuß gehen. Dann sind wir auch eher wieder zu Hause. Ich habe haufenweise Arbeit zu erledigen und leider nicht den ganzen Tag Zeit, so gern ich es auch möchte.» Dann dreht er sich fragend zu mir. «Apropos Wagen …»

«Heute ist erst Sonntag», sage ich leicht genervt. Sind denn um mich herum plötzlich alle vergesslich? «Ich melde mich morgen bei Jacques. Verlass dich drauf.»

Meine Mutter fächert sich mit dem Reiseführer Luft zu, in dem sie eben noch eifrig geschmökert hat. «Hier steht, der Markt soll einer der hübschesten der Umgebung sein.» Ihr Wedeln wird schneller. Sie trägt ein leichtes hellblaues Sommerkleid aus Baumwolle und dazu einen cremefarbenen Strohhut auf dem Kopf und scheint trotzdem schon ziemlich ins Schwitzen gekommen zu sein. «Ich bin vor allem auf die handgefertigten Seifen und Lavendelöle gespannt.»

«Dann sollten wir deine Geduld nicht länger auf die Probe stellen.» Regina tritt aus dem Haus. Sie hat ihr schickes Outfit durch eine hellblaue Leinentasche ergänzt, die zwar der Größe nach als Einkaufstasche durchgehen würde, trotzdem erscheint mir der gesamte Aufzug für einen Marktbesuch reichlich unpraktisch. Vor allem die hohen Schuhe und die durchsichtige Bluse. Wir wollen ja schließlich nicht in ein piekfeines Einkaufszentrum, sondern uns unter die Händler mischen. Andererseits … vielleicht putzt man sich in Frankreich für den Markt heraus, wie andernorts für den Kirchgang? Dann wäre ich definitiv underdressed.

«Also los!» Regina lässt die Autotüren aufschnappen und hilft meiner Mutter beim Einsteigen.

Selbst wenn ich es wollte, bliebe nun keine Zeit mehr zum Umziehen. Mama sitzt bereits halb angeschnallt vorn auf dem Beifahrersitz des cappuccinofarbenen Fiat 500 und hätte sicher kein Verständnis dafür, müsste sie auf Seife und Lavendelöl warten, weil ich noch schnell in High Heels schlüpfen möchte.

Stefan und ich quetschen uns nach hinten, und Regina düst los.

Etwa zehn Minuten und eine rasante Fahrt später erreichen wir das Zentrum von Nid. Kurz vor dem Markt blinkt Regina links und biegt auf den Privatparkplatz eines ziemlich nobel wirkenden Restaurants ein. Weißer Kies, Buchsbäumchen, Springbrunnen.

«Ich kenne den Besitzer», winkt sie ab, als Stefan sie auf ein Schild aufmerksam macht, auf dem ein Abschleppwagen zu sehen ist. «Wer weiß, wo wir sonst einen Parkplatz finden. Ich will mir doch nicht die Schuhe ruinieren.» Sie kichert mädchenhaft.

Wir quetschen uns allesamt durch die Beifahrertür, da Regina sehr dicht an einer Mauer geparkt hat, aber dafür ist der Markt in der Tat nur ein paar Schritte entfernt.

«Ach, ist das wunderbar», ruft Mama. «So quirlig.»

«Du meinst wohl eher voll.» Stefans Gesichtsausdruck lässt erahnen, dass er sich im Grunde am liebsten jetzt schon wieder auf den Heimweg machen würde.

«Lange kann ich hier aber nicht herumbummeln», knurrt er, noch ehe wir die ersten Stände passiert haben. Und schiebt noch eine Erklärung hinterher: «Ich muss für diese Start-up-Firma noch eine Auswertung schreiben und ein Konzept für das Coaching-Wochenende nächste Woche in Köln.» Als er die Enttäuschung auf meinem Gesicht sieht, fügt er hinzu: «Na ja, notfalls nehme ich mir ein Taxi zurück.»

«Ich … kann auch nicht ewig bleiben», äußert Regina zaghaft. «Sag Bescheid, wenn deine Zeit knapp wird, Stefan, dann schmieden wir neue Pläne. Falls nötig nehme ich dich mit in die Pension, und die Damen fahren mit dem Bus. Ihr habt es ja gesehen, die Strecke ist nicht weit.»

Mama und ich werfen uns einen irritierten Blick zu. *Warum ist er erst mitgekommen, wenn er gar keine Lust hat?*, sagt meiner. Ihrer hingegen bedeutet ganz sicher: *Wenn sie sich keine Zeit für den Markt nimmt, wird sie es niemals zu einer leckeren Marmelade bringen.*

17

Der Geruch Südfrankreichs

Auf dem Markt geraten wir schnell in eine Menschentraube. Einheimische Restaurant- oder Cafébesitzer, Köche angrenzender Hotels, aber auch Hausfrauen strömen uns entgegen, eine wie die andere schwer bepackt mit randvollen Einkaufskörben. Wer beabsichtigt, sich wie wir in die entgegengesetzte Richtung durch die volle Gasse zu zwängen, ist leicht als Spätaufsteher und somit als Tourist zu entlarven. Nach einer kurzen Diskussion entscheiden wir, die Abzweigung nach rechts zu nehmen. Der Weg führt parallel zur Häuserzeile, in der sich die hübschen Cafés und Bars mit ihren gemütlichen Außenbereichen aneinanderreihen. Auf der gegenüberliegenden Seite schlängelt sich laut Regina einer der zahlreichen provenzalischen Flüsse entlang, der in den Sommermonaten zu einem dünnen Rinnsal schrumpft und deshalb nicht mal einen Namen trägt.

«Im Frühjahr und Herbst sitzen die Leute in ihrer Mittagspause an der Böschung und essen. Wein und Füße werden im Fluss gekühlt.» Ihr Gesicht bekommt einen verträumten Ausdruck. «Glaubt mir: Danach ist man gestärkt für den zweiten Teil des Tages.»

Ich seufze. Picknick in der Mittagspause? Mit Wein? Ich weiß gar nicht, wann ich das letzte Mal mittags eine echte Pause eingelegt habe, ganz sicher habe ich dabei aber weder in der Sonne gesessen noch Alkohol getrunken. Die Vorstellung scheint mir verwegen, aber auch verlockend zu sein.

Der Markt ist der Hammer! Es gibt so viel zu entdecken, dass mein Kopf in hektischen Bewegungen von links nach rechts und zurückfliegt, sodass mir fast schwindelig wird. Kein noch so winziges Detail soll mir entgehen, wer weiß, ob ich jemals wieder hierherkomme? Zunächst einmal staune ich über die Vielfalt der Lieferwagen. Kleine und mittelgroße Wagen, durchweg mit offener Ladefläche oder einem Aufstelltisch vor der Längsseite, stehen wie artige Lastentiere in Reih und Glied und scheinen in der Sonne zu dösen. Viele von ihnen ähneln Nicolas' nostalgischem HY. Auch die Standbesitzer – größtenteils Männer mit wettergegerbter Haut – wirken wie aus einer anderen Zeit. Sie müssen seit Stunden auf den Beinen sein, um alles so appetitlich und ordentlich hergerichtet zu haben. Alle Tische biegen sich vor frischem Obst und Gemüse, handbeschriebene Schiefertafeln informieren über die Tagespreise.

Obwohl ich so gut wie nie selbst koche, bin ich fasziniert von dem sagenhaften Angebot. Direkt vor mir entdecke ich einen Stand mit Olivenölen, die in den unterschiedlichsten Grüntönen schillern, und es juckt mich in den Fingern, eine der niedlichen Probierfläschchen zu erstehen. Weil sie so hübsch anzusehen sind! Doch ehe ich mich für eine Form entscheiden kann, gleitet mein Blick bereits zu dem Stand daneben. Eine rundliche Bäuerin steht inmitten von Basilikumpflanzen. Zwanzig verschiedene Sorten preist sie an, und wer sie auf ihrem Hof besucht, wird dort angeblich weitere fünfzehn Arten vorfinden.

Ich bin sprachlos. Nicht nur sieht das Basilikum, das ich von zu Hause kenne, vollkommen anders aus, ich habe zudem noch nie etwas von einer indischen Züchtung gehört. Oder von Mentholbasilikum. Ob man das wirklich genießen kann?

Gerade will ich sie bitten, mir probeweise ein Blättchen abzuzupfen, da werde ich lautstark von meiner Familie ermahnt, aufzuschließen. Gemeinsam schlendern wir die schmale Gasse entlang. Der Markt ist so viel spannender als die Flohmärkte in Deutschland, wobei ich ehrlicherweise zugeben muss, dass ich schon lange keinen mehr besucht habe. Von allen Seiten reicht man uns portionsweise Leckereien zum Probieren. Eingelegter Ziegenkäse mit Feigensenf garniert, Tatar in Honig, Trüffelsalami oder die berühmten Calissons, ein Konfekt aus Mandeln, kandierten Melonen und Orangen. Es ist unmöglich, auch nur eine der herrlich duftenden Speisen abzuschlagen, alles schmeckt köstlich, und die Bauern erweisen sich als liebenswerte Charmeure – am liebsten würde ich allen vom Fleck weg etwas abkaufen. Als Wohltat zwischen dem vielen Essen empfinde ich deshalb die dazwischengewürfelten Stände mit Kunsthandwerk. Hier scheinen die Künstler ihr Atelier kurzerhand eingepackt und unter freiem Himmel wieder errichtet zu haben. Es wird gefeilt und geknüpft, gemalt und sogar gekocht. Aber auch Tische mit Antiquitäten sehe ich zwischendrin. Wunderschöne Silberbestecke, fein säuberlich nach Dekor sortiert, liegen gebündelt auf dicht gewebten Leinendecken. Daneben verzierte Teller, alte Silberschalen, Kaffeemühlen und geschliffene Wassergläser.

Mein Handy ist unentwegt im Einsatz, so viele Motive bieten sich. Und erst die Gerüche! Ich bedauere es zutiefst, sie nicht auf meinen Bildern festhalten zu können, aber ich atme die ganze Zeit über, so intensiv es geht, ein und aus. Über dem gesamten Markt schwebt ein Duftgemisch aus reifem Obst, Lavendel, Zitronen und … ach, ich kann gar nicht alles herausfiltern. Für mich wird dies bis in alle Ewigkeit als der Geruch Südfrankreichs abgespeichert.

Mama hat sich bei Stefan untergehakt und nötigt ihn, sich gemeinsam mit ihr durch einen Stapel Tischwäsche und Geschirrhandtücher zu wühlen. Ich überlasse die beiden sich selbst und nutze die Gelegenheit, mich Regina anzuschließen. Sie steht vor einem Stand mit bemalten Keramikgefäßen und dreht gerade einen der Teller versonnen in ihren Händen, scheint aber unschlüssig zu sein. Ihr Blick schweift zum Verkäufer, der ihr aus stahlblauen Augen gewinnend zulächelt.

«Bonjour, Madame», sagt er und lässt seine Augen bewundernd an Regina hinabgleiten. Als sie sein Lächeln erwidert, stößt er einen Schwall Komplimente aus, allesamt nicht besonders originell. Irgendwie hatte ich angenommen, Regina würde auf diesem Markt mit jeder Menschenseele bekannt sein, doch dieser Kerl mit seiner schnöden Verkaufsstrategie, die Frauen in Deutschland allenfalls ein Gähnen entlocken würde, scheint ein Unbekannter für sie zu sein. Ohne ihn aus den Augen zu lassen, legt sie den Teller zurück, bedankt sich für die Komplimente und zwinkert kokett. Sofort lässt er weitere Schmeicheleien folgen und lädt Regina auf einen Kaffee ein.

«Non, merci.» Sie winkt ab. «Wir sind gerade erst angekommen und haben noch sehr viel zu erledigen. Ein andermal vielleicht.» Mit Schwung hakt sie sich bei mir unter und zieht mich mit sich.

Ich fühle die Wärme ihrer Hand auf meinem Arm und nehme durch die Gewürzmischung des Marktes den blumigen Duft ihrer Haare wahr. Es fühlt sich fremd an, ihr so nahe zu sein. Aber nicht unangenehm.

«Schade, dass der Kerl so aufdringlich war», plappere ich, weil mich ihre Berührung nervös macht und ich das Gefühl habe, etwas sagen zu müssen. «Die Teller waren wunderschön.»

«Fandest du ihn aufdringlich?» Regina wirft mir einen irritierten Seitenblick zu. «Einen Kaffee würde ich wohl mit ihm trinken. Ich fand ja eher das Geschirr, das er anbietet, zu teuer. Aber hast du seine Augen gesehen? Mon Dieu!» Sie kichert und drückt mich leicht am Arm.

Ich weiß nicht, wie ich mich verhalten soll. Obwohl ich Detlef kaum kenne, spüre ich so etwas wie Loyalität ihm gegenüber. Reginas offensives Flirten mit dem Marktverkäufer wäre ihm ganz sicher nicht recht, und ich sollte sie nicht noch darin bestärken. Gleichzeitig möchte ich das Gefühl der Vertrautheit, das sich zwischen uns zu entwickeln beginnt, gern weiter ausbauen, indem ich mich mit ihr über Männer austausche. Was soll ich nur machen?

Zum Glück winken uns in dieser Sekunde Mama und Stefan zu sich heran. Sie sind an einem Stand hängengeblieben, der kandierte Früchte in knallbunten Farben anbietet. Der Blick meiner Mutter streift wie zufällig Reginas Arm, der noch immer in meinem liegt. Sie verzieht keine Miene, doch auf einmal ist mir die vertraute Geste unangenehm. Was würde in mir vorgehen, wäre ich an Mamas Stelle? Wenn ich ein Kind, das ich fünfunddreißig Jahre großgezogen und immer für mich allein gehabt habe, plötzlich mit einer Fremden teilen müsste, die noch dazu die leibliche Mutter des Kindes ist? Ich kann es unmöglich sagen. Dennoch lockere ich mit einer fließenden Bewegung meinen Ellenbogen, bis ich ihn schließlich ganz fallen lasse. Reginas Arm gleitet herab.

Als Mama sich wieder den Früchten widmet, frage ich Regina leise: «Wollen wir uns dort vorn einen Moment hinsetzen und etwas trinken?» Ich deute auf ein paar Bistrotische mit grünen Wachstüchern, die links und rechts eines kleinen Marktwagens aufgebaut sind. Gerade sind wir uns so nahe, ich möchte die schöne Stimmung einfangen und ein bisschen mit ihr reden. Denn dass sie einfach so tut, als seien wir beste Freundinnen, obwohl noch so viel Ungeklärtes zwischen uns steht, finde ich beinahe unerträglich.

Regina lächelt mich an. «Gute Idee!»

«Das finde ich auch.» Meine Mutter steht direkt hinter uns und blinzelt gegen die Sonne an. «Eine kurze Pause kann ich bei dem Wetter in der Tat vertragen.»

Mir sackt das Herz in die Hose.

Während Mama Stefan am Arm schnappt und ihn zu einem Tisch im Halbschatten zieht, trotte ich den beiden bedröppelt hinterher.

«Ja, sucht euch ein schönes Plätzchen, ich bestell uns schon mal eine Kleinigkeit», bietet Regina an. «Einen gemischten Antipasti-Teller für alle?»

Wir zögern. Ich glaube, jeder von uns ist vom Naschen an den Marktständen inzwischen ziemlich satt.

«Warum nicht?», sagt ausgerechnet meine Mutter und blitzt auffordernd in die Runde.

«Und ein großes Wasser!», ruft Stefan Regina hinterher.

Wir verteilen uns um den Tisch, der groß genug ist, dass wir alle daran Platz finden. Von meinem Winkel aus kann ich sehen, wie Regina mit dem Händler spricht. Mit ihm ist sie offenbar bekannt, denn er kommt extra aus seinem Wagen hervorgeeilt, um sie zu begrüßen. Die obligatorischen Küsse werden ausgetauscht, dann drehen die beiden sich zur Auslage und fachsimpeln. Was sie genau reden, kann ich nicht verstehen, aber er hat während der gesamten Zeit seinen Arm um Reginas Schultern gelegt und zieht sie ein ums andere Mal lachend an sich. Zum Schluss drückt er ihr einen Kuss auf die Wange, reibt sich motiviert die Hände und kehrt zurück hinter sein Warenangebot. Sogleich beginnt er, mit schwungvollen Bewegungen einen großen gemischten Vorspeisenteller für uns zusammenzustellen.

«Cristòu ist ein Schatz», schwärmt Regina, als sie zu uns zurückkehrt und sich zwischen Stefan und mir niederlässt. «Er stellt uns ein paar Kleinigkeiten zum Probieren zusammen.» Sie schlägt die Beine übereinander und zwinkert dem Standbesitzer aufmunternd zu. «Ich muss euch allerdings warnen: Cristòu hat von allen hier auf dem Markt das beste Angebot. Sein Essen macht süchtig.»

«Das glaube ich gern», meint meine Mutter.

«Die Preise hier sind darum bestimmt gesalzen», mutmaßt Stefan. Regina legt ihm beschwichtigend die Hand auf die Schulter. «Wir sind eingeladen», erklärt sie und so, wie sie es sagt, klingt es, als sei es für sie vollkommen normal. «Cristòu würde niemals Geld von mir annehmen.» Sie drückt Stefan einmal kurz und lässt ihn dann los. Er schaut schuldbewusst zu mir.

«Aber … das geht doch nicht!» Meine Mutter schüttelt resolut den Kopf. «Wir möchten ihm oder dir auf keinen Fall etwas schuldig sein. Es ist ja schon so furchtbar nett, dass wir kostenlos bei euch wohnen, deshalb –»

«Papperlapapp!», fällt Regina ihr energisch ins Wort. «Wir sind Cristòus Gäste, und dabei bleibt es.» Sie springt auf, um den Stapel Besteck, den unser Gastgeber soeben auf seinem Verkaufstresen deponiert hat, in Empfang zu nehmen.

«Lass nur, Elisabeth», raunt Stefan. Mit dem Kopf deutet er in Reginas Richtung. «Es geht hier wohl kaum um uns.»

Mama und ich folgen mit den Augen seinem Blick, und es wird klar, was er meint. Reginas spitzenbesetzter BH zeichnet sich deutlich unter der Bluse ab und wird Cristòus Geberlaune mit Sicherheit beflügelt haben. Weiß der Typ denn nicht, dass sie in festen Händen ist?

Als Cristòu uns zwei Flaschen Wasser, Gläser und einen riesigen Teller mit gemischten Antipasti bringt, bin ich mir sicher: Er weiß es nicht. Oder aber es ist ihm egal. Denn während er uns nacheinander über Herkunft und Zubereitung seiner Spezialitäten informiert, hat er schon wieder besitzergreifend den Arm um Reginas Taille geschlungen und streichelt ihr versonnen über die Hüfte. Ich tausche einen schnellen Blick mit Stefan, der entrüstet mit den Augen rollt.

Ziemlich heuchlerisch, wie ich finde, schließlich hat er selbst erst gestern versucht, seine Exfrau zum Sex zu verführen, während sein Beziehungsstatus noch nicht abschließend geklärt ist. Und heute spielt er den Tugendbold?

Im Schatten des dunkelgrünen Sonnenschirms, den Cristòu schützend über sein Areal gespannt hat, sitzen wir die nächste Dreiviertelstunde und kosten nach und nach von allen Leckereien. Jede einzelne von ihnen schmeckt unbeschreiblich gut, sodass meine Mutter spontan vorschlägt: «Was haltet ihr davon, wenn wir hier ein wenig für das Abendessen mitnehmen?» Mit spitzen Fingern schiebt sie sich einen gefüllten Champignon in den Mund und wischt sich anschließend die öligen Hände an einer Serviette ab. «Ich fand es herrlich, den Abend gemeinsam im Garten zu verbringen und zu plaudern.» Sie schaut Regina an. «Oder habt ihr andere Pläne?»

Regina zwirbelt unruhig an ihren Haaren. «Also, um das Essen und alle Einkäufe kümmert sich eigentlich immer Detlef. Ich weiß gar nicht, was er heute kocht.»

«Dann lassen wir uns überraschen», sagt meine Mutter schnell. «Ich wollte mich nicht einmischen.» Sie zögert. «Allerdings ... Ich würde in den nächsten Tagen zu gern mal ein Stündchen eure Küche okkupieren, wäre das in Ordnung? Ich habe es lange nicht mehr gemacht, aber es juckt mir geradezu in den Fingern, Melonenkonfitüre einzukochen. Das soll ja hier eine Spezialität sein. Vielleicht kann Detlef mir sogar helfen?»

Regina scheint keine Einwände zu haben. «Nur zu, Elisabeth», sagt sie, und ich habe den Eindruck, es klingt ein ganz klein wenig pikiert. «Marmelade ... wow! Dazu hätte ich keine Lust.»

Ich muss an die Mehrfrucht-Konfitüre auf dem Frühstückstisch denken. «Ist Detlef eigentlich auch hier auf dem Markt?» Ich recke den Hals, als könne ich ihn im selben Moment hinter uns vorbeischlendern sehen.

Doch Regina schüttelt den Kopf. «Nein, wenn er wochentags mit der Arbeit in der Pension fertig ist, fährt er meist in den Nachbarort, nach Piton. Dort gibt es eine Post und einen gut sortierten Baumarkt, aus dem wir so gut wie immer etwas benötigen. Der Einfachheit halber besorgt er dann die Lebensmittel dort. Im Supermarkt nebenan.»

«Ach so.» Ich nicke. Das erklärt die gleichförmige Wurst

und den faden Käse. «Aber in der nächsten Woche könnten wir doch die Einkäufe erledigen», schlage ich vor, «dann kann er die Zeit für Wichtigeres nutzen.»

«Wir werden das heute Abend mit ihm besprechen, okay?», wiegelt Regina ab. Das Thema scheint sie zu langweilen. Sie beginnt, die Teller zusammenzustellen.

Meine Mutter hilft ihr und überlegt dabei laut: «Also werde ich heute nur die Melonen einkaufen. Na ja, und vielleicht ein paar dieser bestickten Tischdecken mit passenden Servietten. Die sind so wunderschön und werden mich hoffentlich noch lange an diese Reise erinnern.» Sie verdreht schwärmerisch die Augen.

«Erledigt ihr eure kleinen Besorgungen, und ich gehe kurz in den Ort zu Madame Février, meiner Schneiderin. Ich habe ihr ein paar Kleinigkeiten zum Ausbessern vorbeigebracht, die muss ich abholen. Wir treffen uns dann am Auto, in Ordnung?» Regina ist bereits auf dem Sprung.

«Ich komme mit dir.» Die Worte sind aus mir herausgesprudelt, ehe ich mir Gedanken darüber machen konnte. «Also … falls es okay ist, natürlich nur.» Ich schaue niemand Bestimmten an, denn meine Frage gilt im Grunde allen.

«Aber selbstverständlich!», lacht Regina. Ihre Augen leuchten. «Wir haben so viel Zeit aufzuholen, Luisa.» Sie schnappt sich meine Hand, und ehe ich weiß, wie mir geschieht, zieht sie mich sanft hinter sich her. «Komm, lass uns los. Ich freu mich!» Im Überschwang drückt sie mir ein flüchtiges Küsschen auf die Wange. Dann dreht sie sich noch einmal um. «Salut, Cristòu, danke für das Essen!» Mit der freien Hand wirft sie auch ihm einen Kuss zu. «Wir kommen bestimmt in den nächsten Tagen noch mal vorbei.»

Sie zieht mich weiter, ohne dass ich Zeit hätte, die anderen kurz zu sprechen. Hoffentlich geht das gut, denke ich. Keiner von den beiden spricht Französisch. Außerdem hat Stefan vermutlich wenig Lust, sich noch mal den Tischdecken zu widmen. Und meine Mutter? Was wird sie jetzt von mir denken?

Mit aller Kraft schiebe ich die Gedanken von mir. Wir sind hergekommen, damit ich Regina kennenlerne. Ich muss aufhören, mir ständig um alle Sorgen zu machen!

«Regina! Salut, ça va?» Wir haben gerade mal fünf Stände passiert, da bremst uns ein stämmiger Kerl. Er trägt eine Kittelschürze, auf die der Name seines Ladens eingestickt ist, und einen zerfledderten Strohhut, den er jetzt zur Begrüßung galant lupft.

«Ma chère!» Er schließt Regina in die Arme, als sei sie seine totgeglaubte Geliebte.

Ich schätze ihn auf Mitte fünfzig, vom vielen Schleppen hat er sehnige, baumstarke Arme, und seine Hände sind beinahe so groß wie Schaufeln.

«Salut, Bruno!» Regina küsst ihn auf die Wangen. Für meinen Geschmack ein paar Mal zu oft.

Es dauert eine gefühlte Ewigkeit, bis er von ihr ablässt, danach schaut er entschuldigend zu mir und grinst. «Willst du mir deine Schwester nicht vorstellen, Regina? Deux belles femmes, zwei so schöne Frauen, ich kann heute nicht mehr arbeiten, nur noch träumen.»

Also, langsam beginnt mir das Getue um Regina auf die Nerven zu gehen. Klar, sie ist eine hübsche Frau und sie hat dieses Je-ne-sais-quoi, weshalb man sich nach ihr umdreht. Aber muss sie schon wieder rumknutschen? Wir sind doch hier nicht bei Kiss Bang Love!

«Dies ist Luisa.» Regina legt den Arm um meine Schultern. «Ganz lieber Besuch aus Deutschland.» Ihre Wangen röten sich, und sie blickt mich kurz verunsichert an. «Familienbesuch», fügt sie leise hinzu.

Bruno reicht mir die Hand. Zum Glück fragt er nicht weiter nach, in welchem verwandtschaftlichen Verhältnis ich genau zu Regina stehe. Es ist eindeutig, dass sie sich um eine Antwort herumdrückt, und ich selbst wüsste auch nicht, was ich sagen soll. Denn obwohl ihre Aussage in meinen Ohren furchtbar hohl klingt, kann ich gleichzeitig aber auch verstehen, was in Regina vorgeht. Es wäre seltsam, würde sie mich als ihre Tochter vorstellen.

Ihr Verehrer scheint den verkrampften Moment nicht zu bemerken. Fröhlich vor sich hinpfeifend bückt er sich, um aus den Tiefen seines Marktstands erst drei längliche Gläser und anschließend eine Flasche Pastis hervorzuzaubern. Ehe wir etwas sagen können, hat er die Gläser zur Hälfte mit der matten Flüssigkeit gefüllt und Wasser aus einer Plastikflasche dazu gekippt. Stolz hält er uns den Schnaps unter die Nase. «Lasst uns auf diesen wunderbaren Tag anstoßen», fordert er. «Santé!» Er hebt seinen Pastis hoch, schaut uns aus unterlaufenen Augen an und trinkt ihn in einem Schwung aus.

Auch wir leeren unsere Gläser, allerdings etwas langsamer. Kaum haben wir den letzten Schluck genommen, hat Bruno die Flasche wieder im Anschlag.

Blitzschnell lege ich meine flache Hand schützend über das Glas. «Pardon, aber ich müsste vorher mal kurz wohin.» Suchend schaue ich mich um, aber mir ist natürlich klar, dass Toiletten auf einem Markt Mangelware sind. Doch der Kaffee vom Morgen und das Wasser von eben drücken mich, und dieses kleine Gläschen droht, meine Blase zum Platzen zu bringen.

«Herrje.» Regina schaut mich unglücklich an. «Ich hoffe, es ist nicht allzu dringend, am besten wäre es nämlich, du würdest bis zum Ende des Markts gehen und dort rechts ins Café Lubéron.»

«Okay … ist das weit?» Ich stelle mich suchend auf die Fußspitzen, um zu schauen, ob ich das Café von hier aus sehen kann. Doch es ist zu voll, und ein paar Wagenstände mit Dachgepäckträgern versperren mir die Sicht.

«Mais non», brummt Bruno und sieht Regina kopfschüttelnd an, «das Lubéron ist viel zu weit weg! Du gehst besser in die andere Richtung, Mademoiselle. Ins Café sur mer.» Er deutet an mir vorbei. «Vorn hinter dem Wagen mit den Seifen. Zwanzig Meter etwa, du kannst es gar nicht verfehlen.»

Unsicher blicke ich zu Regina. Kennt sie das Café sur mer nicht, oder warum wollte sie mich über den halben Markt in die entgegengesetzte Richtung schicken?

Sie zuckt nur mit den Schultern, als sei es letztendlich egal, wohin ich laufe. «Auch eine Möglichkeit.»

Ohne weiter darüber nachzudenken, reiche ich Bruno mein leeres Glas, bedanke mich für den Pastis und verabschiede mich sicherheitshalber schon mal von ihm. Wer weiß, ob Regina in meiner Abwesenheit nicht bereits beim nächsten Kerl strandet?

Schnurstracks steuere ich den Stand mit den selbst hergestellten Seifen an und nehme mir fest vor, hier auf dem Rückweg oder im Laufe der Woche noch einmal vorbeizugehen, um die hübsch bedruckten, viereckigen Blöcke genauer unter die Lupe zu nehmen. Schon im Vorbeigehen duften sie verführerisch nach Salbei und Lavendel und schreien geradezu danach, zu Hause im Badezimmer einen dekorativen Platz zu finden. Doch jetzt habe ich keine Zeit zu verlieren!

Verrückt, denke ich. Bis gerade eben musste ich noch kein bisschen, und auf einmal kann ich kaum noch klar denken. Ich quetsche mich zwischen den Seifen und einem Stand mit bunten Macarons hindurch und stoße beinahe einen lauten Jubelschrei aus, als ich plötzlich auf dem Gehweg stehe, unmittelbar vor dem Café sur mer.

Der Schriftzug kommt mir irgendwie bekannt vor, aber ich kann mich nicht mehr auf irgendetwas anderes konzentrieren als auf meine Blase. Verkrampft eile ich auf den Eingang zu und reiße die Tür, eine hohe Glastür mit schweren Chromgriffen, mit Schwung auf. Gleich darauf stürme ich in den Gastraum. Er ist modern, aber dennoch zweckmäßig eingerichtet mit bunten Fußbodenfliesen im Marrakesch-Stil. Die Kacheln sind ein wenig ausgetreten und von der Sonne unregelmäßig verblichen, was den Raum noch gemütlicher aussehen lässt.

Hektisch suchen meine Augen die Umgebung ab. Irgendwo muss es doch einen Hinweis geben, wo es zu den Toiletten geht. Ah, da! Auf der anderen Seite des Gastraums hängt ein kleines Schild.

Halleluja! Ein Pfeil deutet nach rechts, wo eine dunkle Treppe ins Untergeschoss führt. Blitzschnell, ehe mich jemand aufhalten kann, schlüpfe ich hinunter.

Als ich ein paar Minuten später erleichtert und mit sauberen Händen und erfrischtem Gesicht die Stufen wieder hinaufspaziere, habe ich Zeit, mir das Café etwas genauer anzuschauen. Rund zwanzig Tische stehen im Raum verteilt. Sie sind klein und rechteckig und wurden sorgfältig eingedeckt. Weiße Tischtücher, silbernes Besteck und Stoffservietten liegen parat, außerdem dekorative Vasen mit frischen Blumen darin. Zurzeit sind lediglich zwei der Tische besetzt. An dem einen sitzt ein junges Pärchen, das sich verliebt an den Händen hält und schmachtende Blicke austauscht, an dem anderen unterhalten sich zwei Männer mittleren Alters in gedämpfter Lautstärke. Sie tragen Business-Anzüge und scheinen etwas zu feiern. Jeder von den beiden hat einen halb ausgetrunkenen Ricard vor sich. Dann wird mein Interesse auf zwei blank polierte Glasvitrinen gelenkt. Obwohl ich nicht den geringsten Hunger verspüre, trete ich neugierig näher. Üppig belegte Sandwiches, geschichtete Süßspeisen mit allerlei Nüssen und Körnern sowie hausgemachte Frucht-Tartes stehen appetitlich angerichtet nebeneinander. Zwischen den Vitrinen dient eine Holzplatte als Tresen. Sie ist alt, scheint aber fachmännisch aufgearbeitet und geölt zu sein. Ein gelungener Kontrast zu den modernen Glasauslagen.

Ich beschließe spontan, einen Café américain und ein kleines Mineralwasser zu bestellen. Hier zu verschnaufen erscheint mir gerade ziemlich verlockend. Nur ist hinter dem Tresen leider niemand zu sehen. Während ich warte, dass von irgendwo jemand herbeikommt, studiere ich neugierig das Speiseangebot, das mit lässiger Handschrift auf eine Tafel notiert ist. Sie hängt neben der Theke über einem Bord mit Spirituosen, und ich muss mich arg konzentrieren, um die Buchstaben zu entziffern.

Als plötzlich von unter dem Tresen ein dunkler Schopf auftaucht, fahre ich vor Schreck zusammen. Und noch ehe der ganze Mensch vor mir steht, weiß ich auf einmal wieder, woher ich den Schriftzug des Cafés kenne.

18

le Café sur mer

Auch heute trägt Nicolas das T-Shirt mit dem Schriftzug des Cafés. Nur in Lila.

Als er mich erkennt, weiten sich vor Überraschung seine Augen. «Salut, Luisa!», sagt er mit einem Tonfall vorsichtiger Freude. «Ça va?» Er streicht sich die Haare, die ihm beim Bücken ins Gesicht gefallen sind, hinter die Ohren. Schuldbewusst lächelt er mich an und fährt auf Deutsch fort: «Ich meine natürlich: Allô, wie geht's?»

Warum nur habe ich mich nach dem Toilettenbesuch nicht einfach hinausgeschlichen? Ich könnte mich ohrfeigen.

«Äh … Hallo, Nicolas», sage ich so reserviert wie möglich. Nebenbei überlege ich fieberhaft, welche Mittel und Wege mir bleiben, doch noch schnell den Laden zu verlassen.

«Wie war der Spaziergang gestern?», fragt er, ehe ich mich zu etwas entschließen kann. Er stützt sich mit beiden Händen auf den Holztresen und lehnt sich ein wenig vor. Gerade so weit, dass der herbe Zitrusduft es in meine Nase schafft. «Den Rückweg scheinst du zum Glück gefunden zu haben.»

In seinem Blick liegt nichts Ironisches oder Belustigtes, nur ehrliches Interesse. Trotzdem bin ich noch immer schlecht auf unser letztes Treffen zu sprechen. Ich meine: Es war schon ziemlich mies von ihm, mich derart auflaufen zu lassen.

«Darf ich dich auf ein Getränk einladen?», bietet er an. «Wie wäre es zum Beispiel mit einem Glas Crémant? Oder Rosé?» Er zwinkert. «Als Friedensangebot. Und als Entschuldigung.»

Hin und her gerissen stehe ich vor dem Tresen und hadere mit mir selbst. Liebend gern würde ich sein Angebot annehmen – und ihm das Glas Crémant ins Gesicht kippen. Andererseits hatte ich mir ja vorgenommen, nicht mehr ohne nachzudenken vorzupreschen. Und wenn ich das tue, also mir vorbehaltlos überlege, wie es zu der Katastrophe überhaupt kommen konnte, muss ich mir leider eingestehen, dass *er* im Grunde ja nichts dafür kann, dass ich Stefan im Auto so eine hanebüchene Übersetzung geliefert habe. Ich sollte der Sache also nicht noch mehr Bedeutung beimessen, indem ich länger schmolle.

«Entschuldigung akzeptiert!», sage ich hoheitsvoll und wedele mit einer flüchtigen Handbewegung das Thema vom Tisch. Ehe ich mich bremsen kann, füge ich hinzu: «Und ich nehme den Rosé.»

Nicolas reagiert sofort. Er verschwindet wieder unter dem Tresen, um die Weinflasche hervorzuholen. Dann zaubert er aus einem Kühlschrank gegenüber eine Flasche Mineralwasser und stellt Gläser hinzu. Als sein Shirt dabei einen kurzen Moment hochrutscht, kann ich nicht anders, als auf seinen gebräunten Bauch zu starren. *Puhhh … diese Franzosen!*

«Setz dich doch.» Nicolas hat meinen Blick bemerkt. In seinen Augen blitzt etwas auf. «Vielleicht dort vorn?» Mit einer Kopfbewegung deutet er auf den nächstgelegenen freien Tisch, dicht an der Bar.

Ich spüre, dass ich kurz davor bin, rot anzulaufen, und wende mich abrupt ab. «Meinetwegen», sage ich knapp, schreite mit erzwungener Lässigkeit zum Tisch und setze mich.

Er kommt hinterher und stellt das Tablett vor mir ab. Die Luft im Raum ist angenehm kühl, trotzdem fühlt es sich an, als habe jemand unter meinem Stuhl die Sitzheizung eingeschaltet, als Nicolas mir gegenüber Platz nimmt. Beim Anblick seines hochgerutschten Shirts muss mir wohl entgangen sein, dass er insgesamt *vier* Gläser aus dem Regal geholt hat. Er schenkt uns ein und fragt lächelnd: «Et alors? Wie war die erste Nacht in der Pension?»

Ich muss mir ein Lächeln verbeißen. Nicolas spricht kaum mit Akzent, nur der Buchstabe E scheint seiner Zunge Schwierigkeiten zu bereiten. Sie formt daraus ein missglücktes Ö. Na ja, und natürlich verschluckt sie das H.

Nichtsdestotrotz kann ich Nicolas' Tonfall deutlich entnehmen, wie unbegreiflich er es noch immer findet, dass wir tatsächlich dort abgestiegen sind.

«Ich habe geschlafen wie ein Stein», beantworte ich die Frage. «Ist ausgesprochen ruhig hier in der Gegend. Keine hupenden Autos oder Sirenen, wie man sie nachts in der Großstadt hört.»

«Stimmt.» Er hebt auffordernd sein Weinglas und wartet, dass ich meins ergreife. «Frieden?»

Ich nicke und begehe den Riesenfehler, ihm dabei in die Augen zu schauen. Denn als sich unsere Blicke begegnen und ich die Ernsthaftigkeit sehe, die in seinem liegt, beginnt es in meinem Bauch zu kribbeln, als hätte ich Brausepulver gegessen. Unsicher lasse ich mein Glas gegen seins klingen und nehme einen Schluck. Der Wein ist perfekt gekühlt und schmeckt einfach göttlich. Nach Erdbeeren und Himbeeren und nach weiß Gott was für leckeren Früchten. Er fühlt sich federleicht auf meinem Gaumen an, sodass ich kurzerhand noch einen nehme.

«Also …», räuspere ich mich nach drei kräftigen Schlucken gegen den Kloß in meinem Hals an, «kann es sein, dass ihr euch nicht mögt, du und Regina?»

Okay, das ist jetzt vielleicht etwas plump, aber ich möchte zu gern wissen, was zwischen den beiden im Argen liegt.

Nicolas' Augen verengen sich einen klitzekleinen Moment, dann schaut er nachdenklich in die Ferne und streicht sich versonnen über das Kinn. Obwohl sein Dreitagebart einer Rasur gewichen ist, erzeugt die Bewegung ein kratzendes Geräusch. «Wie kommst du darauf?»

«Na ja …» Ich suche nach den richtigen Worten, weil ich nicht erwähnen möchte, dass Detlef so etwas angedeutet hat. «Nun … Beispielsweise habt ihr euch gestern nicht begrüßt. Außerdem …»

Auf einmal schießt mir ein Gedanke durch den Kopf. Könnte es sein, dass Regina mir mit Absicht das Café am Ende der Straße empfohlen hat, obwohl dieses hier doch so viel näher liegt? Weil sie Nicolas so sehr ablehnt, dass sie nicht mal möchte, dass ich ihm hier begegne? Diese Überlegung kann ich allerdings noch weniger vor Nicolas äußern. Also sage ich: «Ach, es war nur so ein Gefühl.»

Er schaut mich ernst an. «Soso. Ein Gefühl.»

Er glaubt mir nicht, so viel ist klar. Umso erstaunter bin ich, als er jetzt zu einer Erklärung ansetzt. Also, zu dem *Hauch* einer Erklärung.

«Die Sache mit Regina und mir … Das ist eine längere Geschichte. Allerdings habe ich momentan wenig Lust, sie zu erzählen.»

Waren sie etwa ein Liebespaar?

Unruhig rutsche ich auf meinem Stuhl herum. Jetzt bin ich

erst recht neugierig. Was verschweigen mir die beiden? Leider sieht Nicolas nicht so aus, als wolle er seine Meinung ändern und den Sachverhalt aufklären. Stattdessen ringt er sich ein Lächeln ab und sagt: «Ein andermal vielleicht.» Dann wechselt er das Thema: «Dein Mann lässt dich ziemlich oft allein in der Gegend herumspazieren. Hat er keine Angst, dass dich ein heißblütiger Franzose wegschnappen könnte?»

Mein Mann? Ich schaue ihn irritiert an und sehe, dass sein Blick auf meinem Ringfinger ruht. Dort blinkt noch immer der Ring, den Stefan und ich uns vor acht Jahren bei unserer Hochzeit angesteckt haben. Er hat seinen nur ein paar Jahre getragen, weil seine Haut an den Fingern zu Neurodermitis neigt und sich unter dem Gold in regelmäßigen Abständen ein Ekzem bildete. Meinen habe ich nach der Trennung abgelegt und wegen meiner Mutter für die Fahrt noch einmal hervorgekramt.

«Stefan und ich leben schon lange getrennt. Aber für die Fahrt …» Ich breche ab. Es fühlt sich nicht richtig an, ihn in die Schmierenkomödie einzuweihen, die wir meiner Mutter vorspielen. «Also, das ist ein Thema, über das *ich* momentan nicht sprechen mag», winde ich mich.

Nicolas schaut mir so tief und ernst in die Augen, dass mir ganz schwummerig wird. Um der Situation die Schwere zu nehmen, komme ich auf seine Anspielung von gerade eben zurück. «Ein heißblütiger Franzose also, ja?», frage ich amüsiert. «Ich dachte, feurig wären nur die Italiener.»

Nicolas hebt belustigt eine Augenbraue. Mit einer Mischung aus Vergnügen und Vorwurf in der Stimme fragt er: «Und was kennzeichnet in deinen Augen uns Franzosen? Komm mir jetzt aber nicht mit der Baskenmütze und dem Baguette unter dem Arm. Oder hast du davon schon welche gesehen?»

«Allerdings! Mit Baguette und Rotwein, genau wie im Film. Außerdem …» Ich tue so, als müsste ich noch mal sehr gründlich über eine andere Antwort nachdenken und sage schließlich: «Franzosen essen gern Innereien, trinken ab mittags Alkohol, am liebsten Rosé, und wenn sie eine Fremdsprache lernen, versuchen sie unter allen Umständen, sich ihren Akzent zu bewahren. Weil sie ihn für sexy halten.» Ich schaue ihn herausfordernd an.

«Ist nicht wahr.» Nicolas tut, als sei er schockiert. «Demnach bin ich in deinen Augen also gar kein echter Franzose? Schließlich spreche ich ohne Akzent. Oder *örst* du etwa einen?»

Ich beiße mir auf die Lippen und schüttele den Kopf. «Nicht wirklich. Erklär es mir.»

«Ich bin mit einer Deutschen verheiratet.» Mit den Händen vollführt er eine Geste, die wohl besagen soll: So einfach ist die Sache.

Also keine Liebesbeziehung mit Regina! Wieso erleichtert mich das nicht?

«Ah. Klar. Verstehe.» Ich muss mich bemühen, ihn nicht anzustarren. Auf mich macht er ja nicht gerade den Eindruck eines Mannes, der sich fürs Leben bindet. Außerdem trägt er keinen Ring.

«Wir haben zwei Jahre in Deutschland gelebt», fährt er fort. «In der Nähe von Heidelberg. Allerdings konnte ich vorher schon ganz gut Deutsch. Meine Mutter war Deutsche. Sie ist früh gestorben, hat meiner Schwester und mir aber vieles beigebracht. Wir sprechen, so oft es geht, Deutsch, damit wir es nicht verlernen.» Er lächelt versonnen. «Na ja, und Katerina, meine Frau, war immer eine strenge Lehrerin.»

«Verstehe.» Mit einem Mal steigt mir der Wein so dermaßen zu Kopf, dass ich mir die dünne Speisekarte vom Tisch greifen muss, um mir Luft zuzufächeln. «Tut mir leid», sage ich und weiß gar nicht genau, was ich damit eigentlich meine. Die Tatsache, dass seine Mutter tot ist oder … «Und jetzt seid ihr zurück in Nid, du und deine Frau, und betreibt dieses Café?»

Nicolas schüttelt den Kopf. Er erhebt sich, weil ein Gast bezahlen will. «Das Café gehört meinem Kumpel Luka. Ich helfe nur dann und wann aus, wenn er etwas Besseres vorhat.» Nicolas signalisiert dem Gast, dass er die Rechnung für ihn fertig macht. Während er zum Tresen geht, ruft er über die Schulter: «Bleibst du noch ein wenig?»

Unsicher schiele ich in meiner Tasche auf die Uhr des Handys und sehe mit Entsetzen, dass Stefan schon drei Mal versucht hat, mich anzurufen. Sicher will er zurück in die Pension und kann Regina nicht finden.

«Nein.» Ich schüttele entschieden den Kopf und leere mit großen Schlucken mein Weinglas. «Ich muss gehen. Meine Familie sucht mich schon.» Ich warte ab, dass Nicolas den Gast abkassiert, trinke auch noch mein Wasser aus und stelle mich an den Tresen.

«Vielen Dank für den Wein. Und auch für die Taschenlampe. Ich könnte sie dir später über den Zaun reichen.»

Er hält den Kopf schief und sieht mich an. «Nein, so dringend ist es nicht. Eine heimliche Übergabe am Zaun ist nicht erforderlich.» Er zwinkert. «Aber du darfst gern an der Haustür klingeln.»

Und deine Frau?, will ich sagen, bremse mich aber noch rechtzeitig. Was ist schon dabei, sich eine Taschenlampe auszuleihen? Dann plötzlich fällt mir die Begegnung mit dem Hund wieder ein. «Aber Porthos …?»

«Was soll mit ihm sein?»

«Fällt er mich nicht an, wenn ich euer Grundstück betrete?»

«Garantiert nicht. Aber das erzählst du bitte nicht weiter.» Nicolas grinst.

«Okay. Also, ich bringe dir die Lampe entweder heute Abend oder morgen früh vorbei. In Ordnung?»

Er nickt. Ein letztes Mal schaut er mir tief in die Augen. «Ich freu mich drauf.»

Trotz des vielen Wassers ist meine Kehle auf einmal so ausgedörrt wie der Erdboden in Reginas Garten. Und mein Gesicht glüht so heiß wie die Sonne, die dafür verantwortlich ist. Ich hebe die Hand zum Gruß, um, so schnell es geht, zu verschwinden, da greift Nicolas über dem Tresen nach meinem Arm. Hart und fest ist sein Griff, und mir stockt der Atem, als er sich vorbeugt. Einen Moment, der mir wie eine Ewigkeit vorkommt, geschieht gar nichts, außer dass ich versuche, möglichst flach zu atmen. Sein Aftershave bekommt meinem Herzen nicht. Es beginnt plötzlich zu flattern, als wolle es mit mir davonfliegen. Nicolas hält mich unbeirrt weiter fest. Sein heißer Atem kitzelt mein Ohr, als er mit betont französischem Akzent flüstert: «Übrigöns: Isch-ö ... mag keinö Innö-reiön.»

Zurück auf dem Markt steuere ich als Erstes den Stand von Bruno an. Ein Haufen Touristen umringt seine Auslage, und er schafft es nur kurz, ein paar Worte mit mir zu wechseln. «Regina ist weitergezogen, ich kann dir nicht sagen, wo sie hinwollte.» Er lacht. «Bei ihr weiß man das nie so genau.»

Wie ich es befürchtet hatte. Ein wenig verloren stehe ich zwischen den vielen Ständen und beschließe, zunächst Stefan zurückzurufen.

«Es ist schon zwei Uhr, wo zum Geier steckst du?», sprudelt es ungeduldig aus ihm heraus.

«Ich suche euch.»

«Wir wollen zurück in die Pension, sitzen aber noch in einem Café, es heißt ...», er scheint sich noch einmal zu vergewissern, «Lubéron. Du findest es –»

«Am Ende des Markts, ich weiß. Ist Regina bei euch?»

«Nein. Wir haben sie aber vorhin durch Zufall getroffen, sie erzählte, dass du eine Toilette suchst, und wollte selbst noch zum Schneider. Das hatte sie immer noch nicht geschafft.

Freundlicherweise hat sie mir aber den Autoschlüssel überlassen», erklärt er, und es klingt beinahe ein wenig stolz. «Kommst du jetzt?»

«Schon unterwegs.» Ich lege auf und fühle augenblicklich, wie die Enttäuschung an mir nagt. Zu gerne wäre ich noch ein wenig mit Regina über den Markt geschlendert und hätte Zeit zu zweit mit ihr verbracht. Aber so ist das nun mal, tröste ich mich selbst. Sie hat keinen Urlaub und kann über ihre Zeit nicht frei verfügen. Und morgen ist schließlich auch noch ein Tag. Heute Abend werde ich ihr auf jeden Fall vorschlagen, die Tische gemeinsam zu lackieren!

Als es mir endlich gelungen ist, gegen den Menschenstrom zum Café am anderen Ende des Marktes zu gelangen, hat Stefan sich gerade vom Inhaber das WLAN-Passwort geben lassen und ruft seelenruhig seine E-Mails ab. Meine Mutter nutzt die Zeit, noch mal auf die Toilette zu gehen, und so dauert es noch über eine Stunde, ehe wir wieder in der Pension angekommen sind. *Toll*, denke ich, und dafür habe ich auf ein zweites Glas dieses leckeren Rosé verzichtet!

Kaum sind wir auf unserem Zimmer, verbarrikadiert sich Stefan hinter dem Pressholztisch, um zu arbeiten. Während ich unschlüssig im Raum herumstehe, weil ich nicht weiß, was ich bis zum Abendessen machen soll, verrammelt er die Fensterläden und knipst die Nachttischlampe an.

«Sorry, aber ich muss mich konzentrieren.» Schon hat er seinen Laptop aufgeklappt und ein paar Unterlagen aus dem Koffer hervorgekramt.

«Tja …», überlege ich. «Dann gehe ich mal in den Garten.» Mama wollte sich etwas hinlegen und ausruhen, verständlich in ihrem Alter. Aber ich habe nicht vor, den restlichen Tag hier oben im Dunkeln zu verbringen.

Stefan hämmert auf seine Tastatur ein. «Ist gut, mein Liebling. Mach es dir gemütlich, wir sehen uns später.»

Ich schnappe mir aus dem Bad eines der Duschtücher und meine Sonnencreme, stopfe das Handy in meine Gesäßtasche und mache mich auf den Weg.

Im Garten ist keine Menschenseele. Schräg hinter dem Tisch, an dem wir gestern Abend saßen, erspähe ich eine Liege. Ihr rot karierter Bezug hat es mir sofort angetan. Ich setze mich, schwinge die Beine in die Waagerechte und spüre schon bald, wie mein Körper anfängt, sich zu entspannen. Die Luft hier draußen riecht feiner und viel blumiger als auf dem Markt. Statt der provenzalischen Gewürzmischung erschnuppere ich hauptsächlich den Duft des Lavendels und den der Kiefer, in deren ausgefranstem Schatten meine Liege steht. Ich sauge die Luft tief in meine Lungen. Noch immer habe ich einen leichten Schwips vom Alkohol, mein Körper wiegt schwer und ist vollkommen entspannt. Im Gebüsch neben mir zwitschern zwei Vögel, die sich dort vor der Hitze versteckt haben, außer ihren Stimmen ist kaum ein Laut zu hören. Ich lasse mich einen Moment von ihrem Trällern einlullen, und meine Gedanken gleiten sanft dahin.

Und landen bei Nicolas. Ich spüre seine Hand auf meinem Arm, den festen Griff, mit dem er mich hält, und mir läuft ein Kribbeln über den Rücken, als sein heißer Atem mein Ohrläppchen kitzelt …

Du liebe Güte! Erschreckt fahre ich in die Höhe. Mein Herz pocht wie verrückt, und als ich mich umschaue, weiß ich für einen Augenblick gar nicht, wo ich bin. Doch es dauert nicht lange, dann kehrt die Erinnerung zurück. Sofort schäme ich mich für meinen Traum. Kaum trinke ich ein Glas Wein und einen klitzekleinen Pastis zum Mittag, schon phantasiere ich von fremden Männern! Wie peinlich. Mein ganzer Körper kribbelt noch immer. Vor allem mein Po. Erst als ganz allmählich mein Verstand in mein traumweiches Hirn zurückkehrt, registriere ich, dass ich auf meinem Handy liege. Es steckt in der hinteren Hosentasche meines Jumpsuits und vibriert munter vor sich hin. Hektisch rolle ich mich auf die Seite, vollführe ein paar tollkühne Verrenkungen und ziehe es schließlich hervor.

Das Erste, das mir ins Auge sticht, ist die Uhrzeit auf meinem Display: halb fünf! Eineinhalb Stunden habe ich geschlafen – wow! Dann, als ich den Namen des Anrufers sehe, trifft mich der nächste Schlag: Es ist Yves Rusco! Hilfe! Will er den Deal? Oder absagen? Nein, dafür würde er kaum anrufen. Er ist ein vielbeschäftigter Künstler, der keine Zeit für Plänkeleien hat. Mit zitternden Fingern wische ich über das Display. «Hallo», krächze ich mit vor Aufregung fiepender Stimme.

«Ist Ludwig Ihr Mädchenname, oder warum kann ich Sie auf der Website von LUX14 nicht finden?», tönt es statt einer Begrüßung in mein Ohr. Ich bin vollkommen perplex und schaffe es nicht, ihm zu antworten, denn schon prasselt die nächste Frage auf mich ein: «Haben sich die Probleme mit Ihrem Mann wieder eingerenkt?»

«Äh …» Wie bitte? «Nein», sage ich, mehr aus Reflex, als weil ich finde, dass ihn das etwas anginge.

«Aha.»

Täusche ich mich, oder höre ich da einen besorgten Unterton heraus?

«Und Ihre Mutter?»

«Was soll mit ihr sein?»

«Weiß sie inzwischen von der Trennung?»

Also, das geht nun wirklich zu weit! «Nein, aber dafür gibt es Gründe. Die Sache ist … viel komplizierter, als man meint.»

«Verstehe», brummt Rusco. «Ich hoffe, es klärt sich bald. Sie sind nämlich viel zu dünn. Ihre Arme sind kaum dicker als die knöchrigen Flamingobeine auf Ihrem Shirt.»

Ich verstehe nur Bahnhof. Was ist das für ein eigenartiges Gespräch? Und wovon zum Henker redet er? «Was für Flamingos?», will ich fragen, doch kaum dass mir der erste Buchstabe über die Lippen geschlüpft ist, bleibt mir der Rest des Satzes im Halse stecken. Flamingos? Auf einem Shirt? Wie Schuppen fällt es mir von den Augen.

Okay, jetzt möchte ich sterben.

«Hat mich tatsächlich inspiriert», fährt Rusco fort. «Wussten Sie, dass diese Vögel ohne Muskelanstrengung auf einem Bein stehen können? Sie arretieren das Kniegelenk und fallen nicht mal im Schlaf um.»

«Sehr … interessant.» Ich schaffe es kaum, ihm zuzuhören, denn mein Verstand versucht mit aller Macht zu begreifen, wie mir ein derartiger Fauxpas unterlaufen konnte. Habe ich allen Ernstes das Foto, das für Janosch bestimmt war, an ihn geschickt? An Yves Rusco, den Mann, von dem meine Zukunft abhängt? Mir wird immer klarer, warum mein Chef mich beurlaubt hat.

«Luisa? Ich darf doch Luisa zu Ihnen sagen?»

«Ja. Sicher.» Ich bin ja dankbar, dass er überhaupt noch mit mir redet.

«Bitte, halten Sie mich auf dem Laufenden, wie es mit Ihrer Familie weitergeht», fordert Rusco. «Ich kann nicht arbeiten, wenn ein Teil meines Hirns in Sorge ist.»

«Na … klar», sage ich, als sei es vollkommen normal, dass fremde Männer einem am Telefon Vorträge über Flamingos halten und sich in Familienangelegenheiten einmischen. «Ich … äh … melde mich.»

19

Provenzalische Improvisation

Ich brauche eine Ewigkeit, um mich von dem Schreck, den Rusco mir mit seinem Anruf eingejagt hat, zu erholen. Der Typ ist wirklich vollkommen durchgeknallt. Viel schlimmer, als ich es mir bei seinen künstlerischen Ergüssen vorgestellt hätte. Und *er* beschwert sich über Tom Menzel? Seinen Künstlerkollegen, der mit Solarlichterkrone und Zehamputation auf das Waldsterben aufmerksam machen wollte? Ich würde sagen: Rusco und er spielen in derselben Liga. Na ja, vielleicht ist es um Yves Ruscos Verstand noch ein wenig besser bestellt. Er klang ernsthaft interessiert an meiner Privatsphäre, und wenn ich mal ganz ehrlich zu mir selbst bin, weiß ich ja gar nicht mehr genau, wie eindringlich ich ihm bei unserem ersten Gespräch davon erzählt habe. Im Grunde sollte ich mir wohl mehr Sorgen um *meinen* Geisteszustand machen.

Weil ich ahne, dass mich die Grübelei binnen kürzester Zeit noch verrückter machen wird, erhebe ich mich von der Liege, schnappe mir meine Tasche und trödele zum Haus.

In der Küche treffe ich zu meiner Überraschung auf meine Mutter. Sie hat eine Ladung Gemüse vor sich auf der Arbeitsfläche liegen und ist dabei, alles mit Argusaugen zu inspizieren.

«Wolltest du nicht ein Nickerchen einlegen?»

Als Mama mich hört, schaut sie hoch. «Oh, gut, dass du da bist, Liebes. Hättest du Lust, mir beim Kochen zu helfen?»

«Äh …» Sie weiß doch: Ich bin in der Küche eigentlich eher eine Belastung. «Bist du ganz allein?», erkundige ich mich. «Wo ist denn Detlef?»

Mama stößt einen tiefen Seufzer aus. «Er hat sich bei der Gartenarbeit in die Hand geschnitten. Sah übel aus.»

«Waas?» Meine Augen werden tellergroß. Wieso habe ich von der Aufregung nichts mitgekriegt? «Aber … ach du liebe Güte! Und jetzt? Ist jemand bei ihm, der hilft?»

Mama nickt, zuckt aber gleichzeitig mit den Schultern. «Regina ist noch nicht aus dem Dorf zurück. Deshalb hat Detlef den Nachbarn gebeten, ihn zum Arzt zu fahren.»

Den Nachbarn? Etwa Nicolas?

«Die beiden sind gerade los.» Mama schüttelt sich. «Ich bin noch immer fix und fertig. Das Geschirrhandtuch, das Detlef sich um die Hand gewickelt hat, war voller Blut.»

Mir wird schwindelig. «Du lieber Schreck. Ich habe im Garten gelegen und alles verschlafen! Und nun? Können wir irgendetwas für ihn tun?»

Meine Mutter deutet vor sich auf die Arbeitsfläche. «Kochen», sagt sie pragmatisch. «Detlef ist leider nicht zum Einkaufen gekommen …»

«… und wir haben nichts vom Markt mitgebracht», vervollständige ich ihren Gedankengang.

Mama seufzt erneut. «Ganz genau. Ärgerlich, nicht wahr?» Sie schaut mich an, und ich erkenne ein Funkeln in ihren blaugrauen Augen. Überhaupt sieht Mama erstaunlich fit aus. Und flott. Bei unserem Marktbesuch am Vormittag muss sie eine ordentliche Portion Sonne abbekommen haben, denn ihre Gesichtshaut schimmert goldbraun, und die hellen Augen wirken noch wacher als sonst. «Es hilft ja nichts», sagt sie energisch und strafft die Schultern, «ich habe mal alles herausgesucht, was noch an Lebensmitteln da war und sich noch verwerten lässt.» Mit geneigtem Kopf überfliegt sie das Grünzeug. «Was hältst du davon, wenn wir Gemüse und gedämpfte Kartoffeln machen? Davon gibt es nämlich reichlich. Und die magst du doch so gern. Was davon noch brauchbar ist, müsste ohnehin heute geschnippelt werden, sonst kann man es morgen wegwerfen.» Mama ist in ihrem Element. Sie ist jetzt hier der Boss. «Und weißt du was? Am Ende streuen wir ordentlich Kräuter drauf und nennen es *Kartoffeln à la Provence.*» Sie kichert. «Na ja, mal sehen, ob die Eigenkreation schmeckt. Auf jeden Fall werden davon alle satt.»

«Klingt gut!»

Meine Mutter gibt mir einen aufmunternden Klaps auf den Po. «Na los, Spätzelein, gemeinsam schaffen wir das.» Sie eilt zum Kühlschrank und zerrt eine Flasche Weißwein hervor.

Ich bin seltsam gerührt. Gedämpfte Kartoffeln habe ich vermutlich seit fünfzehn Jahren nicht mehr gegessen. Und *Spätzelein* ... so hat Mama mich etwa ebenso lange nicht mehr genannt.

«Hier.» Die Köchin wirbelt herum, den Wein in der Hand. «Googel doch mal bitte, ob die teuer war, sonst kommt sie ins Essen.»

Sie schnappt sich von einem Haken Detlefs Küchenschürze, stülpt sie sich über den Kopf und verknotet die Enden hinter dem Rücken. Voller Elan kippt sie die Kartoffeln in die Spüle und beginnt mit dem Schälen. «Frau Schattschneider hat übrigens erzählt, dass Detlef und Regina sich gestern im Vorgarten gestritten haben. Es muss dabei laut zugegangen sein, denn sie hat die beiden noch im ersten Stock gehört.»

Ich schaue Mama entgeistert an. Obwohl es mich nichts angeht, frage ich: «Und worum ging es bei dem Streit?»

«Wohl um den heutigen Abend. Regina ist irgendwo eingeladen, und Detlef war deshalb ziemlich wütend.»

«Heute?» Schon bereue ich es, gefragt zu haben. Regina wird also wieder nicht mit uns essen. Warum nur? Ich seufze schwer.

Meine Mutter dreht sich zu mir um und schaut mich nachdenklich an. Sie öffnet den Mund, um etwas zu sagen, doch als sie spricht, ist es, als habe sie sich im letzten Moment umentschieden. «Und?», fragt sie munter. «Was verrät uns das Internet über den Wein? Nicht, dass die Flasche ein Geschenk von den Rothschilds ist.»

Noch immer irritiert von dem, was Helga Schattschneider gehört haben will, krame ich mein Handy hervor. Während Mama sich wieder dem Kartoffelschälen widmet, recherchiere ich. «Er hat ordentliche Kritiken, ist aber nicht extrem teuer», informiere ich meine Mutter, nachdem ich den Wein gefunden habe.

«Dann köpfen wir ihn!» Mama deutet mit entschiedenem Kopfnicken auf einen Korkenzieher, den sie im Voraus bereitgelegt hat. «Schenk uns gleich mal ein Gläschen ein, Liebes», sie zwinkert, «du weißt doch, woher der Kochwein seinen Namen hat. Er soll den Koch bei Laune halten.» Einen Tick zu ernst fügt sie noch hinzu: «Man kann dem Leben nur mit Liebe und Humor begegnen.»

War das auf mich gemünzt? *Liebe und Humor?* Ist das ihr Ernst?

Mechanisch entkorke ich den Wein, besorge uns zwei Gläser aus dem Schrank und fülle sie zur Hälfte. Meine Mutter wischt sich die Hände an der Schürze ab. Sie greift sich ihres, nimmt erst einen Probierschluck und, als sie den Wein für gut befindet, prostet sie mir zu.

Und dann, als hätten wir nie etwas anderes gemacht, arbeiten wir Seite an Seite in der Küche. Ich bin mit Feuereifer bei der Sache und da Kochen, Gemüseschnippeln und Kartoffelschälen nicht zu meinen bevorzugten Tätigkeiten gehören, muss ich mich ziemlich konzentrieren. So sehr, dass der Gedanke an Regina und den bevorstehenden Abend keinen Platz mehr in meinem Kopf findet.

Mama hat Mitleid mit mir und schält auch noch den Rest der Kartoffeln, außerdem Zwiebeln und Karotten, und ich schnippele alles in gleich große Teile. Wir waschen und vierteln Tomaten und treiben sogar noch eine Aubergine auf. Als das fertige Gemüse vor uns in einer bunten Keramikschüssel liegt, durchforste ich die Küche nach einer Pfanne, die groß genug ist, damit am Ende alles darin Platz findet. Ganz hinten in dem alten Küchenbuffet werde ich fündig. Eine gewaltige gusseiserne Pfanne, die ich nur mit beiden Armen hochgehoben bekomme, ist unsere Rettung.

Während Mama darin die Zwiebeln in Olivenöl glasig dünstet, springe ich in den Garten und schneide ein paar Thymian-, Oregano- und Lavendelzweige ab. Zusammen mit den Kartoffeln wandern sie als Erstes in die Pfanne. Das Gemüse ist dann im zweiten Arbeitsgang dran.

Als alles bei kleiner Hitze sanft brutzelt, lässt meine Mutter sich erschöpft am Küchentisch nieder. Ebenfalls abgekämpft setze ich mich zu ihr. Keiner von uns spricht ein Wort, wir sitzen einfach nur da, trinken unseren Wein und genießen die Ruhe. Erinnerungen an früher werden wach und ziehen mir wie ein zarter, vertrauter Duft durch den Sinn. Mein Vater hatte immer darauf bestanden, dass wir drei zusammen zu Abend essen. Im Wohnzimmer, an einem ordentlich gedeckten Tisch, mit großem oder kleinem Besteck und Stoffservietten, die von silberfarbenen Serviettenringen gehalten wurden. Ich liebte diese Momente, da ich sonst wenig Gelegenheit hatte, Zeit mit Papa zu verbringen. Aber wenn er auf Geschäftsreise war, haben Mama und ich es uns zu zweit in der Küche gemütlich gemacht. Wir haben den Topf oder die Pfanne direkt auf den Tisch gestellt und sogar manchmal das Radio eingeschaltet, wenn ich partout nicht auf die Musikcharts verzichten wollte. Auch meine Mutter liebte früher Musik, und ich muss mir beschämt eingestehen, dass ich keine Ahnung habe, ob sich daran inzwischen etwas geändert hat. Auf einmal beschleicht mich ein richtig schlechtes Gewissen. Weil ich im Grunde überhaupt nichts mehr von ihr weiß. Viel zu sehr war ich in den vergangenen Jahren mit mir und meiner Arbeit beschäftigt. Unsere Telefonate waren meist kurz und beschränkten sich auf das Nötigste. Und in der letzten Zeit drehte sich dann alles nur noch um Regina.

Plötzlich spüre ich eine Berührung an meinem Arm. Mama streicht sanft mit ihren Fingerspitzen über meine Haut. «Geht es dir gut, Liebes? Du wirkst so nachdenklich.»

Eine leise Brise weht durch die offene Küchentür. Die Luft, die von draußen kommt, ist beinahe ebenso warm wie hier in der Küche. Ich schaue in den Garten. Jemand hat den Sonnenschirm über dem Gartentisch aufgespannt und alle Stühle zurechtgerückt.

«Wir müssen den Tisch noch decken», sage ich nachdenklich, während ich in meinem Herzen nach einer Antwort suche. Geht es mir gut? Mmh ... Auf jeden Fall fühle ich mich entspannter als zu Hause. Etwas hier in Nid, die frische Luft oder das viele Sonnenlicht, hat sich binnen kürzester Zeit wie Balsam auf mein Nervenkostüm gelegt. In der letzten Nacht habe ich sogar durchgeschlafen, das gab es schon lange nicht mehr. Aber Regina ... Sie ist mir noch immer ein Rätsel.

«Ja», sage ich, weil ich weiß, was Mama von mir hören will. Sie möchte eine Bestätigung, dass diese Reise ein Erfolg ist. «Alles ist gut. Es geht mir super.»

Meine Mutter sieht mich aufmerksam an. «Na dann», sagt sie bedächtig. Eine Weile lässt sie ihren Blick auf mir ruhen, dann gibt sie sich einen Ruck. «Wollen wir mal schauen, wo die anderen stecken? Ehe wir den Wein zu zweit ausgetrunken haben?»

«Das war unglaublich lecker, Elisabeth.» Detlef reibt sich stöhnend mit der gesunden Hand den Bauch. «So hervorragend ist *mir* noch kein Resteessen gelungen.»

Nachdem ich Stefan Bescheid gesagt hatte, dass das Essen bald fertig sein würde, war ich erst Helga Schattschneider und dann Regina und Detlef im Hausflur begegnet. Er mit einem dicken weißen Verband an seiner rechten Hand, sie mit dem

Anflug eines schlechten Gewissens auf dem Gesicht. Beiden fiel ein Stein vom Herzen, dass Mama und ich uns um das Essen gekümmert hatten. Für mich sah es in dem Moment kein bisschen danach aus, als hinge der Haussegen schief. Vielleicht hatte Helga Schattschneider das Gespräch falsch verstanden?

«Dem kann ich nur zustimmen», erklärt Helga nun. «Schreiben Sie mir doch bitte genau auf, was Sie hineingegeben haben, ja? Zu Hause in Stuttgart treffe ich mich reihum mit den Damen meiner Gymnastikgruppe zum Essen. Und mir gehen langsam die Ideen aus.» Mit gespielter Bestürzung fügt sie hinzu: «Ich fürchte allerdings, Sie haben ein Geheimkraut mitgebracht.»

Mama fühlt sich geschmeichelt. Ihre Wangen sind noch rosiger als zuvor beim Kochen, und ihre Augen leuchten warm, wie ein sonnenbeschienener Samtvorhang. Schon lange habe ich sie nicht mehr so unbeschwert und entspannt erlebt. Sie schürzt verschmitzt die Lippen und schaut mich augenzwinkernd an. «Luisa hat mir geholfen. *Sie* ist meine Geheimwaffe.»

Die anderen lachen amüsiert. «Dann müssen Sie mir Ihre Tochter ab und zu ausleihen», setzt Helga Schattschneider obendrauf und blitzt mich verschwörerisch an. «Wir haben leider keine eigenen Kinder.»

Ich lächele höflich. Sie kann ja nicht wissen, dass ihre Formulierung an diesem Tisch etwas unglücklich gewählt ist. Mit einer blitzschnellen Augenbewegung linse ich zu Regina. Sie gibt sich Mühe, in das Gelächter einzustimmen, aber ihre Augen bleiben ernst. Helga Schattschneider hat einen Nerv getroffen.

«Wie wäre es mit einem Schnäpschen?» Detlef schaut aufmunternd in die Runde. Vorhin, im Treppenhaus, war sein Teint noch in etwa so weiß wie der Verband um seine Hand, doch das Essen scheint ihm gutgetan zu haben. Seine Haut ist gut durchblutet, und der verschmitzte Ausdruck, den ich so an ihm mag, ist in sein Gesicht zurückgekehrt. Vielleicht wirken auch langsam die Schmerztabletten.

«Also, für uns nicht», lehnt Klaus kategorisch für das Ehepaar ab. Er massiert sich müde die Schläfen. Ein paar Mal habe ich ihn dabei erwischt, wie ihm kurz die Augen zufielen. «Ich denke, wir gehen jetzt ins Bett, was meinst du, Helga?»

Hinter vorgehaltener Hand gähnt seine Frau. «Auf jeden Fall. Ich muss dringend mal die Füße hochlegen, sie sind von der Hitze ganz geschwollen.» Wie zum Beweis hebt sie ein Bein, und mein Blick fällt auf ein paar dunkelgrüne Crocs, in denen ihre dicken Flunken wie zwei eingesperrte Kröten wirken.

Pflichtschuldig erhebt sich ihr Mann und hilft ihr hoch. Beide zwinkern uns verschwörerisch zu. «Vielleicht ja bis morgen Abend.» Dann wenden sie sich zum Gehen und schlurfen müde über den Rasen. «Gute Nacht!», rufen sie noch und verschwinden im Haus.

Wir winken ihnen nach, und ich muss gestehen, dass mich ebenfalls eine bleierne Müdigkeit übermannt, die ich jedoch mit aller Macht zu unterdrücken versuche. Ich bin neugierig, mehr über Regina und Detlef zu erfahren und möchte mir vor allem von ihr endlich ein deutliches Bild machen.

Als die Schattschneiders fort sind, holt Detlef eine weitere Flasche Wein aus dem Keller, nachdem auch wir den Schnaps allesamt dankend abgelehnt haben. Regina bietet ihre Hilfe an, doch er lehnt ab.

«Ich hab ja noch eine Hand», lacht er.

Während Stefan und ich den Tisch abräumen und Regina im Garten ein paar Fackeln anzündet, schenkt er uns ein.

«Erzählt doch mal, wie es euch nach Nid verschlagen hat», sagt meine Mutter, als wir alle wieder entspannt versammelt sind. «Wo habt ihr euch kennengelernt? Hier?»

Plötzlich bin ich hellwach. Diese Geschichte interessiert mich brennend.

Regina und Detlef schauen sich in die Augen und scheinen im Stillen zu knobeln, wer erzählen soll.

«Das war im Grunde recht unspektakulär», beginnt Detlef schließlich. Die Erinnerung zaubert ihm dennoch ein versonnenes Lächeln auf die Lippen. «Aber so beginnen vermutlich die meisten Liebesgeschichten.»

Aus dem Augenwinkel sehe ich, wie Stefan seinen Kopf in meine Richtung dreht. Ich nicke ihm zu, und wir müssen beide grinsen.

Als wir uns vor etwa neun Jahren im Flur von LUX14 begegnet sind, wären wir höchstwahrscheinlich aneinander vorbeigelaufen, wäre Stefan nicht mit seinem klitschnassen Trenchcoat an der pompösen Weihnachtsdekoration hängen geblieben und hätte die teure Warhol-Vase vom Tisch gefegt. Zum Glück waren sowohl er als auch die Vase versichert. *Unser* Kennenlernen war also sehr wohl spektakulär.

«Regina hat in einem französischen Bistro in Mainz gearbeitet», fährt Detlef fort. «Ich hatte mich mit meiner Handwerksfirma gerade selbständig gemacht und den Auftrag für die Restauration eines der alten Fachwerkhäuser ergattert. Um nicht auch noch die Mittagspause mit den Kollegen verbringen zu müssen, habe ich ein günstiges Lokal gesucht und bin auf das Monet gestoßen.» Er lacht hell auf. «Es war nicht besonders stilvoll eingerichtet, und von Monet hing nur ein einziger, reichlich vergilbter Druck an der Wand. Aber als Regina mir mein Essen brachte, war es um mich geschehen.»

«Das klingt romantisch», seufzt Mama. «Und wie ging es weiter?»

«Erst einmal wurden wir Freunde. Fast zwei Jahre lang haben wir uns regelmäßig getroffen.» Er macht eine Pause, und die beiden tauschen vielsagende Blicke aus. «Regina war schon damals ziemlich temperamentvoll und hatte ständig neue Einfälle im Kopf. Was uns von Anfang an verband, war die Liebe zu Frankreich. Und so eigenartig das auch klingen mag: unsere Verschiedenheit. Irgendwann hat es dann gefunkt.»

Unwillkürlich muss ich wieder zu Stefan schauen. *Wie bei uns*, denke ich. Aber er sieht nicht zu mir, sondern fragt Detlef: «Und wie seid ihr an das Haus hier gekommen?» Vermutlich überschlägt er im Geiste, ob sich eine solche Anschaffung als Seminarort von der Steuer absetzen ließe.

«Als wir das erste Mal gemeinsam verreist sind, wollten wir unbedingt in die Provence fahren», übernimmt Regina jetzt das Wort. «Detlef hat mir dann zum Geburtstag einen Malkurs in Piton geschenkt.» Sie deutet vage in Richtung des dunklen Kieferngrüppchens. «Während ich auf den Wiesen gesessen und gemalt habe, hat er die Umgebung genauer unter die Lupe genommen. Dabei ist er auf Nid gestoßen.» Kurze Zeit überlegt sie. «Es muss 2007 gewesen sein. Zwei Jahre später haben wir nämlich noch einmal hier in der Gegend Urlaub gemacht und dabei dieses Haus entdeckt. Es war ziemlich heruntergekommen und deshalb günstig zu pachten. Liebe auf den ersten Blick.» Sie schaut zu ihrem Mann. «Ich weiß gar nicht mehr, wer von uns dann auf die Idee kam, die Zelte in Deutschland abzubrechen. Auf jeden Fall haben wir es einfach getan.»

«Das warst natürlich du!» Die beiden grinsen sich an.

Ich komme nicht umhin, kurz nachzurechnen. 2007 war ich vierundzwanzig Jahre alt. Das bedeutet, dass sie sechs Jahre, nachdem ich meinen ganzen Mut zusammengenommen und ihr einen Brief geschrieben hatte, entspannt in der Provence auf einer Wiese herumsaß und Bilder gemalt hat. Ich verkrampfe innerlich. Die Erinnerung daran, wie sehnsüchtig und hoffnungsvoll ich damals noch auf ihre Antwort gewartet habe, schmerzt auf einmal wieder. Fragmente aus Reginas Brief tauchen vor meinem geistigen Auge auf.

… Leider verlief mein Leben bis heute nicht so reibungslos, wie ich

es mir gewünscht hätte. Für ein Kind gab es darin zu keiner Zeit Platz. Mutter zu sein hätte mich schlichtweg überfordert …

Mal ganz ehrlich: Wie schlecht kann es einem gehen mit einem liebevollen Partner an der Seite, der noch dazu solch nette Geschenke macht? Und warum konnte Regina nicht mal einen Brief beantworten, wenn sie doch andererseits Zeit hatte, Aquarelle zu malen?

Mir klopft das Herz bis zum Hals, und ich bin kurz davor, meine Gedanken herauszuposaunen und damit höchstwahrscheinlich die Stimmung zu ruinieren. Aber meine Mutter kommt mir zuvor.

«Also gehört euch das Haus gar nicht?», höre ich sie fragen. Ihr Blick schweift von Detlef zu Regina und bleibt schließlich auf mir haften. Wie in stummer Meditation senkt sie die Augenlider. Ich fühle mich ertappt. Der Moment, der kleine Funke, der mich fast die Kontrolle hätte verlieren lassen, erlischt. Und obwohl mich gerade tausend andere Dinge mehr interessieren als diese blöde Pension, schaffe ich es, mich wieder auf das Gespräch zu besinnen. Es ist eine gute Gelegenheit, wenigstens ein paar Informationsfetzen aus Reginas Vergangenheit zusammenzutragen. Ein komplettes Bild wird sich vermutlich erst im Laufe der Woche ergeben.

Regina schüttelt den Kopf. «Nein», sagt sie, klingt aber kein bisschen bedauernd, «das Haus gehört uns nicht, aber das ist gut so. Man bleibt unabhängig.»

Detlef ergänzt: «Die Pacht läuft noch zwanzig Jahre. Nur deshalb haben wir überhaupt so viel Mühe und Arbeit hier hineingesteckt.» Noch während er spricht, bemerke ich eine Veränderung in seinem Gesicht. Als sei ihm plötzlich ein schlimmer Gedanke gekommen, hat sich seine Mimik verhärtet. Im Schein des flackernden Lichts der Fackeln erkenne ich, wie sehr er sich in dieser Sekunde zwingen muss, seine Frau nicht anzusehen.

Merkwürdig.

Unwillkürlich schaue ich zu Regina. Auch sie wirkt auf einmal verändert, fast nervös. Ihre Blicke huschen unruhig hin und her, darauf lauernd, was Detlef als Nächstes sagen wird. Was wohl so plötzlich die Stimmung getrübt haben mag? Ich spüre, wie die Neugier mich packt. Gespannt wende ich den Kopf, um zu sehen, ob meiner Mutter und Stefan die Veränderung ebenfalls aufgefallen ist. Mama hat den Kopf schräg gelegt und wartet darauf, wie die Geschichte weitergeht. Von Argwohn keine Spur. Auch Stefan scheint im Geiste mit etwas anderem beschäftigt zu sein. Null detektivisches Feingefühl, die beiden.

Vermutlich ohne es zu ahnen, entschärft Stefan die Situation, indem er fragt: «Rechnet sich denn der ganze Aufwand überhaupt? Besonders viele zahlende Gäste habt ihr zurzeit ja nicht.»

Detlef atmet einmal tief durch. «Das liegt daran, dass die Menschen die Sommermonate lieber direkt am Meer verbringen. Wir haben hier eher im Frühjahr und Herbst Saison. Zum Glück habe ich noch einen finanziellen Puffer.»

Einen Moment herrscht Schweigen. Jeder hängt versonnen seinen Gedanken nach, nur in mir rumort die Neugier. Etwas an Detlefs Geschichte ist faul oder entspricht zumindest nicht ganz der Wahrheit, und ich wüsste zu gern, was es ist.

«Mannomann. Ihr habt euch was getraut», resümiert meine Mutter.

«Allerdings», stimmt Stefan ein. «Viele reden ja nur davon, dass sie aussteigen wollen. Ihr habt es wahr gemacht. Hut ab.» Er grinst ein wenig schräg. «Für Luisa und mich wäre das nichts. Wir brauchen unser geregeltes Leben und unsere Jobs, nicht wahr, Lu?»

Mechanisch nicke ich. «Ja, das ist wahr. Auch wenn ich zugeben muss, dass es sich erstaunlich gut anfühlt, hier seine Tage zu verbringen.»

Stefan nickt. «Mir geht es genauso. In Zukunft werden wir darauf achten, uns regelmäßig eine Auszeit zu nehmen.» Er breitet die Arme aus. «Jetzt haben wir ja eine Anlaufstelle!»

20

Wegrennen ist keine Option

Auf dem Zimmer nimmt Stefan mich in den Arm. «Was ist mit dir, du warst zum Schluss so still?»

Ich starre hinter seinem Rücken an die Wand, an der das Aquarell hängt. Eine Blumenwiese, gar nicht mal so schlecht. Ob sie während Reginas Malaufenthalt in Piton entstanden ist? «Nein, alles gut», antworte ich und denke nebenbei gehässig, dass Regina, um eine Blümchenvorlage zu finden, genauso gut in den Taunus hätte fahren können. Das wäre Detlef günstiger gekommen. «Sicher?» Stefan löst die Umarmung und sieht mir tief in die Augen. Es ist ein strenger Blick, fast ein wenig tadelnd, und ich entscheide spontan, heute Abend nicht schon wieder mit ihm über Regina zu sprechen. Auch nicht über meinen Verdacht, dass Detlef und sie ein Geheimnis hüten. Ich kann mir ungefähr ausmalen, was er dazu sagen würde.

Eine leise Ahnung scheint Stefan dennoch zu beschleichen, denn er sagt bedächtig: «Du solltest über das Wiedersehen mit Regina nicht unsere Ehe vergessen, Lu. Wir beide haben uns zu einem Neustart entschlossen. Da ist es wichtig, dass wir uns auch mal mit uns beschäftigen.»

«Also ehrlich gesagt … Ich hatte noch gar keine Zeit, mir darüber Gedanken zu machen», sage ich vorsichtig, um ihn nicht zu verletzen. Ich kann und will mich nicht in ein neues

Abenteuer mit ihm stürzen, ehe ich nicht gründlich über alles nachgedacht habe. «Mir gehen zu viele andere Dinge im Kopf herum.»

Stefans Gesichtszüge verhärten sich. Im Licht der kleinen Nachttischlampe funkeln seine Augen. «Dann versteh du bitte, dass ich nicht begreife, warum du überhaupt so lange überlegen musst.» Er atmet tief ein und wieder aus. «Was ist daran so kompliziert? Gib dir einen Ruck, und wir machen dort weiter, wo wir vor einem halben Jahr aufgehört haben. Wir lieben uns doch noch immer. Ich spüre das.»

Ich kann seinem Blick nicht standhalten und schaue an Stefan vorbei zur Tür. Wie kann er sich seiner Gefühle so sicher sein? Noch vor einem halben Jahr stand Conni an meiner Stelle, und er war vermutlich genauso fest davon überzeugt, das Richtige zu tun. Dieses Gespräch strengt mich an. Und es macht mich wütend. «Weißt du, ich möchte auf dem Thema eigentlich nicht herumreiten. Aber wenn du es jetzt so darstellst, als hätten wir niemals Probleme gehabt, stimmt das nicht, und das weißt du.»

Er nickt, als habe er auf diesen Einwand nur gewartet. «Falls du auf Conni anspielst, kann ich dir sagen, dass ich mich mit ihr in etwas hineingeflüchtet habe. Ich wollte mir beweisen, dass ich noch in der Lage bin, eine Frau glücklich zu machen.» Er wartet, bis ich ihn ansehe. Seine Miene wird starr. «Auch sexuell.»

Mir klappt die Kinnlade herunter. Sex ist in unserer Ehe schon lange kein Thema mehr gewesen. Dass er jetzt so offen mit mir darüber reden will, macht mich sprachlos. Es ist nämlich leider so, dass in mir das komplette Gegenteil abläuft. Im selben Maß, in dem er sich mir öffnet, verschließt sich etwas in meinem Inneren. «Ich kann dazu jetzt nichts sagen», erwidere ich gequält. Mir fallen die Augen zu, und ich muss mich zwingen, nicht dauernd zu gähnen. «Ich bin zu geschafft.»

Stefan reibt sich die Schläfen und scheint selbst auch gegen Müdigkeit zu kämpfen. «Okay, okay», sagt er schließlich resigniert, «lassen wir das Thema ruhen, bis du das hier», er macht eine raumgreifende Geste, «geklärt hast.»

Mein Arbeitstag bei LUX14 beginnt meist sehr früh, oft schon, ehe ich das Haus verlasse. Ich stehe gegen sechs Uhr auf, checke alle Termine, die den Tag über anstehen und notiere mir Einfälle, die mir in der Nacht gekommen sind, falls ich, was häufig vorkommt, wach liege. Später beim Kaffee durchforste ich dann die Online-Ausgabe der Tageszeitung, um im Kulturbereich auf dem Laufenden zu bleiben.

Heute, als ich gegen halb neun von der Sonne geweckt werde, weil nach unserem Streit wieder niemand daran gedacht hat, die Fensterläden zu schließen, wundere ich mich einmal mehr über meinen gesunden Schlaf. Mein Blick streift Stefans Bett. Ihm scheint es wie mir zu gehen: Das fremde Klima, die viele frische Luft oder der abendliche Alkohol lassen ihn tief und fest schlummern. Was so ein Tapetenwechsel ausmacht! Ich fühle mich nicht nur perfekt ausgeruht, sondern regelrecht unternehmungslustig und beschließe kurzerhand, eine Runde joggen zu gehen. Früher habe ich viel und regelmäßig Sport getrieben, doch in den letzten Jahren fehlte mir schlichtweg die Zeit. Leider.

Voller Tatendrang schwinge ich die Beine aus dem Bett und tapse leise ins Bad. Kurzes Zähneputzen, danach binde ich die Haare zu einem hohen Zopf am Oberkopf. Da ich weder Laufschuhe noch eine Sporthose im Gepäck habe, muss ich improvisieren. Ich ziehe meine normalen Sneakers und die khakifarbenen Shorts an, dazu ein weißes Trägerhemd und fertig ist das Sportoutfit. Als ich loswill, fällt mein Blick auf Nicolas'

Taschenlampe. Wie eine Statue steht sie mitten auf dem behelfsmäßigen Schreibtisch. Kurzentschlossen stopfe ich sie mir hinten in den Hosenbund, um sie auf dem Rückweg bei ihm vorbeizubringen. Nach meinem Lauf wird es etwa halb zehn sein, eine Uhrzeit, zu der man wochentags wohl bei anderen klingeln darf.

Leise schließe ich die Tür und schleiche durchs Treppenhaus. Niemand ist zu sehen oder zu hören, trotzdem werfe ich einen kurzen Blick in den Frühstücksraum, um sicherzugehen, dass Mama nicht allein dort sitzt und sich langweilt. Aber auch sie scheint noch zu schlafen.

Durch die Seitentür entwische ich nach draußen und atme als Erstes ein paar Mal tief ein und aus. Die Luft begeistert mich jeden Tag aufs Neue. Heute ist sie vergleichsweise frisch, auch wenn man bereits ahnt, dass der Tag heiß werden wird. Die Vögel haben ihr morgendliches Konzert längst abgeschlossen, eine junge Krähe balanciert über mir auf der durchhängenden Stromleitung, und versucht umständlich, sich zu putzen. Nebenbei schaut sie neugierig zu mir herunter, als seien Joggerinnen hier eine Seltenheit. Ich mache mich ein wenig warm, dann trabe ich los. Kaum ein Auto ist unterwegs, trotzdem biege ich nach einer Weile von dem breiten Sandweg nach rechts ab, um mal ein paar andere Gärten betrachten zu können. Inzwischen habe ich die Umgebung einigermaßen verinnerlicht und bin mir sicher, dass der Pfad parallel zur Hauptstraße entlangführt. Viele Grundstücke machen einen verwilderten Eindruck, als hätten ihre Besitzer es aufgegeben, gegen die Trockenheit anzukämpfen. Nichtsdestotrotz finden sich zwischendrin vereinzelte Perlen. Gärten, die mit Bedacht und Sorgfalt angelegt wurden, so wie der von Nicolas.

Ob es wirklich eine gute Idee ist, unangemeldet bei ihm vorbeizugehen? Als ich nach einer für meine Kondition viel zu groß geratenen Runde irgendwann vollkommen verschwitzt vor seinem Gartentor stehe, ist die Sache klar. Ich werde ihm die Lampe einfach heimlich vor die Haustür stellen.

Entschlossen greife ich nach dem Knauf des schulterhohen Tores. Zwei Flügel, komplett aus Holz und zum Glück nicht verschlossen. *Briand* steht auf einem schmalen Messingschild unterhalb der Klingel. Ich schlüpfe durch den Spalt und schleiche zum Haus.

Auf die Schnelle betrachtet sieht es aus wie die meisten Bauten hier in der Gegend. Ein Bauernhaus mit zwei Stockwerken aus sandfarbenem Stein. Erst nach genauerem Hinsehen fällt mir auf, wie gut es in Schuss ist. Ohne den Charakter des Baus nachhaltig zu verändern, wurden in der oberen Etage lamellenartige Holzelemente angesetzt, außerdem Fenster mit dunklen, graphitfarbenen Metallrahmen. In Deutschland bekäme man dafür glatt einen Architektenpreis verliehen, überlege ich, während ich auf Zehenspitzen in Richtung der schweren, weiß verputzten Eingangstür wippe. Mir klopft das Herz bis zum Hals. Bitte, lass niemanden zufällig die Tür aufreißen!

Vorsichtig, als wäre sie eine Handgranate, die jeden Moment explodieren könnte, ziehe ich die Lampe aus meinem Hosenbund. Ich bücke mich gerade, um sie seitlich der Tür auf den Boden zu stellen, als plötzlich lautes Getrampel und Geschnaufe zu hören ist. Entsetzt fahre ich in die Höhe. Porthos! Himmel, den hatte ich ja ganz vergessen! Wie der Blitz fegt er um die Ecke, bremst vor mir ab und schlägt an. Aus Leibeskräften bellt er, so sehr, dass seine Ohren wild in alle Himmelsrichtungen schlackern.

Mir rutscht vor Schreck das Herz in die Hose, und meine Stimme will mir nicht gehorchen, als ich versuche, den Hund zu beruhigen. «Pssst», krächze ich, «du musst mich nicht anbellen. Wir kennen uns doch!» Ich starre ihn an, als müsse er sich doch mal langsam an unsere kurze Konversation am Gartenzaun erinnern. «Ich wollte nichts stehlen», erkläre ich verzweifelt, denn wegrennen ist wohl kaum eine Option. «Im Gegenteil», rede ich weiter auf den Hund ein, «ich hatte vor, etwas zurückzubringen.»

Seit meine Stimme einen normalen Klang angenommen hat, gebärdet Porthos sich nicht mehr ganz so exzessiv. Seine Ohren spitzen sich immer wieder kurz interessiert, und schließlich hört er auf zu bellen, setzt sich jedoch wachsam vor mir hin. Wegrennen ist also weiterhin keine Option.

Während ich wie angewurzelt vor der Haustür stehe und überlege, wem von den beiden, Nicolas oder seiner Frau, ich jetzt notgedrungen lieber begegnen würde, höre ich plötzlich Schritte. Mein Herz beginnt zu rasen. Sekunden später biegt Nicolas um die Ecke.

Mist. Seine Frau wäre mir definitiv lieber gewesen!

Auf einmal erscheint mir mein Vorhaben, die blöde Lampe heimlich zurückzubringen, vollkommen hirnrissig. Was habe ich mir nur dabei gedacht?

Ich fühle mein ohnehin schon verschwitztes Gesicht noch röter anlaufen.

«Salut, Luisa, ça va?» Nicolas' Augen blitzen, als er ins Deutsch wechselt: «Ich hoffe, Porthos hat dich nicht zu sehr erschreckt?»

Als er seinen Namen hört, holt der Hund sich bei Nicolas eine Streicheleinheit ab.

Ja, toll, denke ich. *Das hast du wirklich ganz toll gemacht.*

Mit einem leichten Klaps wird Porthos animiert, sich in den Garten zu trollen. Ich beobachte, wie Nicolas seinem Vierbeiner nachschaut. Es ist unübersehbar, dass Herr und Hund tiefe Zuneigung verbindet. Mir wird ganz warm ums Herz. Was unter Umständen aber auch daran liegen könnte, dass Nicolas mich jetzt fragend ansieht. Ich erwidere den Blick und stelle mit Genugtuung fest, dass auch er ein wenig verschwitzt aussieht. Seine Haare, die er zum Zopf gebunden hat, haben sich größtenteils daraus gelöst, was sein markantes Gesicht mit den dunklen Augen und dem sprießenden Bartstoppeln wild und … ziemlich *männlich* wirken lässt.

Er trägt die übliche Kluft, Jeans und ein altes T-Shirt, doch heute ist er von oben bis unten mit Sägespänen übersät. Und während ich noch auf die Späne auf seiner Brust starre und dabei ein gedankliches Rad zum Thema Sport schlage, wird mir auf einmal wieder bewusst, dass mein Shirt am Leib und die Haare strähnig am Kopf kleben.

«Äh … Salut! Ich bin ziemlich früh raus, um zu laufen, ehe die Hitze kommt», sage ich so lässig, als käme ich gerade vom Friseurbesuch. «Jetzt bin ich auf dem Rückweg und hatte vor, dir deine Taschenlampe vor die Tür zu stellen. Ich dachte, du schläfst vielleicht noch und wollte dich nicht wecken.»

«Keine Sorge», Nicolas winkt ab, «ich bin Frühaufsteher. Sonst schaffe ich mein Arbeitspensum nicht.»

«Im Café, meinst du?»

«Nein, nicht im Café», antwortet er. «Dort helfe ich ja nur gelegentlich aus. Ich bin eigentlich Tischler.»

«Das klingt … total spannend.»

Was rede ich denn da? Geht's noch?

«*Spannend?*», fragt Nicolas prompt und schenkt mir ein belustigtes Zwinkern. «Nun … Wenn du Zeit und Lust hast, zeige ich dir, woran ich gerade tüftele.» Er deutet zum Haus.

Oh nein. Keine gute Idee. In vielerlei Hinsicht.

«Okay, aber nur kurz. Dann … kann ich ja auch gleich mal deiner Frau hallo sagen. Sie ist bestimmt auch schon wach. Tischlern kann man ja vermutlich nicht leise.»

Wieso halte ich nicht einfach meine Klappe!? Die Hitze ist schuld. Ich bin eindeutig dehydriert.

Nicolas schaut mich weiter belustigt an.

Ich weiß genau, was er denkt. Er glaubt, ich will mit ihm ins Bett und klopfe mal kurz ab, ob die Ehefrau zu Hause ist. Aber so jemand bin ich nicht, und es kann nicht schaden, dies gleich einmal klarzustellen.

«Wir könnten gemeinsam Kaffee trinken. Also … deine Frau und ich.»

Okay, ich geh besser mal wieder nach Hause. Mein Hirn und mein Sprachzentrum haben irgendwie die Verbindung verloren.

«Das ist gerade etwas schlecht», erklärt Nicolas grinsend und macht ein paar Schritte auf das Haus zu. «Sie ist nicht zu Hause. Aber du kannst gern einen Kaffee bekommen. Oder möchtest du erst einmal ein Wasser?»

«Ähm …» Ich sag es ja: Ich bin dehydriert. Es ist ihm nicht entgangen.

«Nun komm schon.» Nicolas winkt mich hinter sich her. «Es sei denn, du hast Angst, dass ich dir auf die Pelle rücke?»

Ich winke ab. «Wohl kaum. Schließlich wohnt meine Familie direkt nebenan. Sollte ich schreien, käme Regina hier rübergerannt und würde mich befreien.»

Nicolas wirft mir einen eigenartigen Blick zu. «Wenn du dich da mal nicht täuschst.»

Ehe ich etwas dazu sagen kann, hat er einen Schlüssel aus der Hosentasche gezogen und sperrt die Haustür auf.

Alles in mir sagt, nein, *schreit*, dass es nicht ratsam ist, Nicolas ins Haus zu folgen. Es fühlt sich jetzt schon, da ich die Türschwelle gerade mal mit der Fußspitze berührt habe, viel zu privat an. Ich habe hier nichts zu suchen.

Und wenn ich mal ganz ehrlich bin, interessiere ich mich auch überhaupt nicht fürs Tischlern.

Was nicht ganz stimmt. Interesse an Kunst und somit auch am Handwerk bringe ich ja durch meinen Beruf mit. Und kreatives Arbeiten mit Holz …

«Luisa? Kommst du?» Nicolas steht bereits im Hausflur. Langsam sieht er aus, als zweifele er an meinem Geisteszustand. Kurz zögere ich noch und schiele an ihm vorbei in das offene Wohnzimmer. Es sieht einladend aus, viel Holz, eine gemütliche Couchecke in Schlammfarben und bodentiefe Vorhänge. Spontan gebe ich mir einen Ruck und folge ihm.

Durch den dachhohen, lichtdurchfluteten Eingangsbereich gelangt man ins Wohnzimmer, das drei Stufen tiefer gelegen und zur Küche offen ist. Der Boden, der sich über die beiden Räume erstreckt und sie optisch miteinander vereint, besteht aus grauen Steinfliesen. Die Küche ist modern, mit puristischen Holzfronten und ein paar Edelstahlgeräten, aber einer derben, vermutlich alten Arbeitsplatte. Auch der Wohnraum ist schlicht gehalten. Außer der Sofaecke entdecke ich einen alten Ledersessel, ein grobes Bücherregal aus Holz und einen überdimensionalen Bastkorb, offenbar Porthos' Bett. Baumwollschals, die exakt so lang sind, dass sie auf die Fliesen stoßen, rahmen die riesige Fensterfront zum Garten ein.

«Schön hast du es hier», sage ich und versuche, nicht so überrascht zu klingen. Ich weiß ja nicht, was ich erwartet habe, aber das hier auf jeden Fall nicht. Auf eine lässige Art passt in diesem Haus alles perfekt zusammen. «Also ... du ... äh, ihr ... habt wirklich Geschmack!», bemerke ich fast ehrfürchtig. «Und offenbar einen grünen Daumen.» Ich deute durch die geöffnete Tür auf den sorgsam angelegten Garten.

«Um das Grün kümmert sich Sophie, meine Schwester.» Nicolas deponiert eine Flasche Wasser und zwei Gläser auf dem Küchentresen. «Sie ist Landschaftsgärtnerin und kennt sich aus.» Ein schiefes Lächeln huscht über sein Gesicht. «Meine Frau hat mit Pflanzen nichts am Hut. Aber sie kocht gern und interessiert sich ein bisschen für Kräuter.»

«Aha.»

Ich weiß nicht recht, was ich darauf sagen soll. Sie hat Geschmack *und* kann kochen. *Wirklich toll.* Ich überspiele meine Verlegenheit, indem ich mich weiter umsehe.

«Wow», erkläre ich beim Anblick eines drehbaren Kaminofens in der Nähe der Terrassentür. «Jetzt werde ich richtig neidisch. Im Winter vor einem prasselnden Feuer zu sitzen ... Das ist für mich der Inbegriff von Gemütlichkeit!»

«Muss was Deutsches sein.» Er lacht. «Den Ofen hat sich meine Frau gewünscht.» Versonnen betrachtet Nicolas das moderne Gerät. «Im Gegensatz zur Küste, wo das Klima das gesamte Jahr über mild ist, kann es hier in Nid ziemlich ungemütlich werden. Wenn der Mistral ums Haus pfeift, bringt er beißende Kälte mit sich.»

Momentan fehlt mir für dieses Szenario die Vorstellungskraft. Zwar schwitze ich nicht mehr aus jeder Pore, aber mir ist noch immer so warm, dass ich glaube, jedem Tiefausläufer trotzen zu können.

«Also ... Wo habt ihr euch denn kennengelernt, du und deine Frau?», frage ich und stöhne innerlich. Was geht es mich an? Vermutlich haben sie auf dem Markt nach derselben Tomate gegriffen, oder aber sie leitet eines der hervorragenden Lokale, von denen uns Nicolas auf der Herfahrt vorgeschwärmt hat. Mit acht Hauben und einem Himmel voll Michelin-Sternchen.

«Auf einer Möbelmesse», erklärt er und reicht mir ein Glas Wasser. «Also nicht direkt auf der Messe, sondern bei einer privaten Abendveranstaltung.»

«Oh, okay.» Ich nehme das Glas entgegen. Unsere Fingerspitzen berühren sich dabei, und meine Hand und auch der Arm beginnen sanft zu prickeln. Gierig nehme ich einen Schluck Wasser.

Auf einer Möbelmesse. Total romantisch!

Ich zwinge mich, nicht zu fragen, was sie dort gemacht hat. Auf jeden Fall hat sie garantiert gut ausgesehen. Bestimmt ist sie eine von diesen Frauen mit dem gewissen Etwas: einer charaktervollen Stimme beispielsweise, katzenhaften Bewegungen oder einer sexy Zahnlücke. Auf jeden Fall schwitzt sie nicht. Niemals. Auch nicht nach dem Joggen.

«Was hast du denn nun gearbeitet, dass du so aussiehst?», frage ich, als das Schweigen zwischen uns unerträglich wird.

Er grinst und klopft sich verlegen den Staub vom Shirt. «Wenn du ausgetrunken hast, zeige ich es dir.»

21

Auf gute Nachbarschaft!

Gemeinsam betreten wir die Terrasse. Auf einem groben Holztisch steht eine angebrochene Flasche Wasser, daneben liegen eine Tageszeitung und ein Smartphone. Nicolas nimmt mir mein leeres Glas ab und stellt es auf den Tisch.

«Dort vorn ist es», sagt er und deutet auf einen geräumigen Holzschuppen am anderen Ende des Gartens. «Dort drinnen verbringe ich meine Tage.»

Ich lasse meinen Blick vom Tisch über das Gelände schweifen und bin beeindruckt. Dieser Garten ist nicht nur wesentlich größer als der von Regina, sondern außerdem um ein Vielfaches gepflegter. Nichtsdestotrotz ist auch hier der Rasen zum größten Teil der Hitze zum Opfer gefallen. Dafür sind die Büsche gestutzt, und die Blumen sprießen farbenprächtig und üppig.

Die Tür des Holzschuppens steht offen. Der Raum ist etwa zehn Meter lang, durch zwei schräge Dachfenster fällt Sonnenlicht hinein und lässt das helle Holz der Wände wie flüssigen Honig leuchten. Im hinteren Teil steht ein Podest, das komplett mit Möbeln vollgestellt ist. Antike Stücke, teils mit schwerem Stoff abgedeckt. Direkt vor uns steht eine moderne Kommode mit wellenförmig verschalten Türen und Schubladen.

Im Gegensatz zur Gartengestaltung kenne ich mich mit Möbeln ganz gut aus. Bei LUX14 gibt es eine eigene Etage mit Einrichtungsgegenständen, und der Abteilungsleiter, der zugleich als Einkäufer fungiert, führt mich jedes Mal stolz herum, wenn eine seiner Bestellungen eingetroffen ist.

Das Stück, an dem Nicolas zurzeit arbeitet, ist in eine Art Schraubstock eingespannt und für mich als Möbelstück noch kaum erkennbar. Im Grunde handelt es sich nur um eine rechteckige, halbgeschliffene Platte, der man genau ansieht, wo weiterer Handlungsbedarf besteht.

«Was wird das?», erkundige ich mich neugierig. «Ein Tisch?»

Nicolas nickt. Liebevoll fährt er mit der Hand über das Holz und wischt dabei eine Staubspur fort. Als er eine Unebenheit ertastet, runzelt er kurz die Stirn. Versonnen erklärt er: «Ja, ein Tisch. Aber dies ist nicht die Originalplatte.» Er deutet mit dem Kopf auf die Reihe der abgedeckten Möbelstücke. «Dort unter dem Tuch lagert ein alter Esstisch. Sein Besitzer, ein junger Hotelier aus Cannes, hat ihn irgendwo auf einem der zahlreichen Antikmärkte entdeckt, die es hier in der Provence gibt. Ich schätze mal, er hat ihn teuer erstanden. Zu teuer.» Nicolas hebt in gespielter Verzweiflung die Arme. «Die meisten Händler sind Schlitzohren. Entweder man verhandelt hart mit ihnen oder fährt selbst aufs Land, um dort einen Dachbodenfund aufzutun. Damit kommt man billiger davon.» Er streicht erneut über die Holzplatte. «Momentan bietet der Tisch Platz für sechs Leute. Der neue Eigentümer möchte ihn aber für sein Hotelrestaurant nutzen und will, dass mindestens zehn bis sechzehn Personen daran essen können. Der alte Tisch soll deshalb mit neuen schlichten Platten ausziehbar gemacht werden.»

«Wow! Ist das nicht schade um das antike Teil?»

«Nein, der Mittelteil der Fläche war ohnehin nicht mehr zu gebrauchen. Sie sah aus, als hätte jemand darauf ein Tischfeuerwerk abgefackelt. Aus dem Grund stand das Objekt wohl jahrelang irgendwo rum. Und darum jetzt der Stilmix.»

Ich nicke nachdenklich und versuche mir auszumalen, wie der Tisch wohl hinterher aussehen mag.

«Es gibt Möbel, bei denen lasse ich die Finger von solchen Veränderungen. Sie erzählen eine Geschichte, in die ich nicht eingreifen mag. Aber dieses Exemplar wird dadurch vor dem Verrotten gerettet und bald irgendwo im Mittelpunkt stehen. Die Vorstellung gefällt mir.» Sein Gesicht erhellt sich, als er weiterspricht. «Ich mag das Spiel mit Gegensätzen. Du weißt sicher, wovon ich spreche. Verspielte Verzierungen und klare Linien. Grob und fein. Bei diesem Tisch finde ich es besonders spannend, weil die Beine so extrem sind.» Er drückt sich von der Platte ab, geht ein paar Schritte zu den abgedeckten Möbeln und lupft an einer Stelle das Tuch. Sofort sehe ich, was er meint. Die Originalbeine sind gedreht und mit Ornamenten verziert.

Nicolas lässt das Tuch wieder sinken und schaut mich schuldbewusst an. «Sorry, ich verliere mich in Details.»

Ich winke ab. Ich kann verstehen, dass man ins Schwärmen gerät, wenn man seine Arbeit liebt.

«Der Tisch wird also bald in einem Restaurant zu bewundern sein?», erkundige ich mich.

Nicolas mustert mich kurz nachdenklich. Dann nickt er. «Ganz genau. Ich war vor kurzem dort. Das gesamte Hotel sieht toll aus. Absolut modern, nur ein paar Antiquitäten verleihen dem Innenbereich den gewissen Twist.» Er schnippt mit den Fingern. «Einfach genial.» Während er sich mit der Hand durch die Haare fährt, bekommt sein Gesicht einen grüblerischen Ausdruck. «Das Haus öffnet im Oktober. Es ist nicht besonders groß und wird in Zukunft komplett an geschlossene Gesellschaften vermietet werden. So können zum Beispiel die Gäste einer Hochzeit ein ganzes Wochenende unter sich verbringen.»

Ich hebe anerkennend die Augenbrauen. «Gutes Konzept.»

«Das Restaurant wird täglich geöffnet haben. Man kann es besuchen, auch wenn man kein Hotelgast ist. Der Koch soll genial sein.»

Fragend sieht Nicolas mich an. Ein peinlicher Moment der Stille entsteht, denn es liegt etwas in Nicolas' Blick, das mir die Kehle zuschnürt.

«Vielleicht hast du ja mal Lust, mit mir einen Ausflug dorthin zu unternehmen?»

Eine Welle Glückseligkeit schwappt durch meinen Bauch, dann bekomme ich ein nervöses Zucken im linken Auge. «Das geht leider nicht», antworte ich und spüre, wie sich tief in meinem Herzen eine Mischung aus Erleichterung und Bedauern breit macht. «Im Oktober bin ich längst wieder in Frankfurt. Ich bleibe ja nur eine Woche in Nid.»

Nicolas betrachtet interessiert mein flatterndes Augenlid. «Woher rührt eigentlich dein Interesse für Möbel?», wechselt er unvermittelt das Thema. Ich nutze die Gelegenheit, um meine Augen von ihm loszureißen. Mein Blick gleitet zum Dachfenster, wo sich eine fluffige Wolke am Himmel entlangschiebt. «Der Store, in dem ich angestellt bin, verkauft neben Kleidung, Kosmetik und Food auch Einrichtungsgegenstände. Winzige Dekorationsartikel bis hin zu Sofas und Tischen. Komplette Zimmereinrichtungen kann man sich anhand von Katalogen zusammenstellen. Der Abteilungsleiter versucht immer, einen gebildeten Menschen aus mir zu machen, und hält Vorträge über Stil und Epochen.»

Während ich diese Erklärung abspule, merke ich, dass es sich seltsam fremd anfühlt, über LUX14 zu sprechen. Als würde mein Alltag dort weit in der Vergangenheit liegen.

«Hört sich nach einem vielseitigen Job an», meint Nicolas.

«Das ist er auch. Es ist ein toller Job. Man hat mit Menschen zu tun, kann selbständig arbeiten und ein gewisses Maß an Verantwortung tragen. Also –» Ich breche ab. «Du hörst es sicher heraus: Ich liebe meinen Beruf. Genauso wie du deinen liebst.»

Nicolas nickt, wirkt dabei aber ein wenig abwesend. Vielleicht habe ich zu viel geredet? «Was wirst du nach dem Tisch machen?», frage ich deshalb. «Bestimmt stapeln sich schon die Folgeaufträge.»

Als würde es irgendeinen Sinn machen, sehe ich mich suchend um. Genau genommen war die Frage nett gemeint und einfach nur so dahingeplappert. Dass sie in Nicolas' Ohren blöd geklungen haben muss, wird mir bewusst, als ich ihm in die Augen sehe. Ein spöttischer Ausdruck liegt auf seinem Gesicht, und sein Lächeln ist ein paar Grad kälter geworden.

«Geht so», sagt er emotionslos.

Ich raufe mir im Geiste die Haare. *Wie blöd von mir!* Natürlich wird er nicht von Aufträgen zugeschüttet! Sonst müsste er kaum zusätzlich in einem Café arbeiten. Sofort beginnt es, in meinem Hirn zu rattern.

«Hast du eine Website, über die man dich finden kann?», erkundige ich mich. «Du solltest auf jeden Fall alle deine Möbel, vor allem die selbstgebauten, fotografieren und dort präsentieren.»

«Hm-m», macht Nicolas.

«Also hast du eine Seite?»

«Nein.»

Fassungslos starre ich ihn an. Er hat keine Website?

«Aber … Es wäre gut, wenn du deine Vielfältigkeit im Internet demonstrierst. Fotos deiner Werke sind absolut notwendig. Am besten präsentierst du sie zusätzlich auf Instagram. Dort kannst du aktuell sein. Du postest täglich die Fortschritte deiner Arbeit, den Vorher-nachher-Effekt und vielleicht ein wenig Privates. Die Menschen lieben das. Auf diese Art bekommst du nicht nur sofort zu allem ganz schnell Feedback, dein Geschäft wird sich quasi von selbst ankurbeln.» Ich strahle ihn an.

«Nein danke.» Nicolas schüttelt sich wie ein nasser Hund. «Ich poste doch nicht mein Privatleben im Netz. Niemals.»

«Okay, dann eben nichts Privates. Nur Möbel. Fürs Erste reicht das.»

«Keine Zeit.»

Ich höre ja wohl nicht richtig. «Das ist alles nur eine Frage der Gewohnheit, glaub mir. Irgendwann geht es dir wie von selbst von der Hand, und du machst das erste Bild noch vor dem Zähneputzen.» Ich lache. Dann frage ich vorsichtig, obwohl ich die Antwort bereits ahne: «Und Facebook? Wie sieht es damit aus?»

Nicolas rollt mit den Augen. «Niemals. Nicht Facebook. Dorthin bringen mich keine zehn Pferde.» Er schnaubt verächtlich. «Ich setze liebe auf die gute alte Mund-zu-Mund-Propaganda.»

Na ja. Man sieht ja, wohin ihn das geführt hat … Ich schätze, alles im Haus, das er nicht selber gebaut hat, wurde von seiner Frau bezahlt. Ziemlich hochmütig, der Kerl.

Andererseits – was mische ich mich überhaupt ein? Es geht mich ja im Grunde nichts an.

«Tja dann», sage ich und schaue noch einmal versonnen auf die halb fertige Tischplatte. Schon wieder kommt mir eine Idee. Warum verhandelt Nicolas nicht mit Regina? Ich meine, okay, die beiden sind sich gerade nicht ganz grün. Aber eventuell würde es ihre Versöhnung ja vorantreiben, wenn sie sozusagen Geschäftspartner werden? Sie könnte für ihre Pension durchaus ein paar geschmackvolle Einrichtungsstücke gebrauchen. Und im Gegenzug geht sie für ihn auf Kundenfang.

Ich würde mich auch als Vermittler anbieten.

«Hat deine Nachbarin sich mal deine Werke angesehen? Oder ihr Mann Detlef? Ich könnte mir vorstellen, dass die beiden Interesse an einer Zusammenarbeit mit dir haben. Es würde kostenlose Werbung für dich bedeuten und –»

Als ich fragend in Nicolas' Gesicht schaue, bekomme ich

einen riesigen Schreck. Sein Mund ist zu einem schmalen Strich geworden, und er hat die Augen zu Schlitzen zusammengekniffen. Böse blitzt er mich an.

«Kannst du bitte aufhören, dich in mein Leben einzumischen?», zischt er in einem Tonfall, der mir das Blut in den Adern gefrieren lässt. «Wenn ich Hilfe brauche, sage ich Bescheid. Und bis dahin wäre es mir recht, wenn du dich nicht in meine Privatangelegenheiten einmischst!»

Rumms! Das hat gesessen. Ich schnappe nach Luft und bin sprachlos. Dann steigt Wut in mir hoch. Was bildet er sich ein, mich so anzufahren? Ich wollte doch nur helfen. Aber klar: Es ist ihm peinlich, weil ich mich im Bereich Social Media auskenne und er vermutlich mit seinem Holz Rauchzeichen gibt, wenn er sich der Welt mitteilen möchte. Typisch Mann. Was sie nicht kennen, ist automatisch schlecht.

«Kapiert», sage ich knapp und versuche dabei so zu klingen, als habe ich seine Kleingeistigkeit sehr wohl durchschaut, stünde aber über den Dingen.

Nicolas verzieht keine Miene. Wie zwei Kampfhähne starren wir uns an, und ich weiß im Grunde genommen gar nicht, wie es zu dieser schlimmen Situation kommen konnte.

22

Ein Ausflug ins Lavendel-Museum

Zurück in der Pension schäume ich noch immer vor Wut. Dieser Mann schafft es jedes Mal aufs Neue, mich auf die Palme zu bringen! Wieso kann er nicht dankbar sein für ein paar Tipps? Noch dazu geschenkt! Würde er einen professionellen

Berater ins Boot holen, müsste er teuer dafür bezahlen. Und an Geld scheint es ihm ja offenbar zu fehlen. Was für ein eingebildeter Schnösel!

Tief in Gedanken versunken platze ich ins Frühstückszimmer. Mama und Stefan sind gerade im Begriff, ihre leeren Teller aufeinanderzustapeln, und ich wappne mich für ein Donnerwetter. Denn beim Anblick von Stefan fällt es mir siedend heiß ein: Heute ist Montag. Werkstatt-Tag!

«Weißt du schon, wann wir das Auto abholen können?», fragt er tatsächlich als Erstes.

«Äh … Ich …» Ich muss improvisieren. «Ich habe noch keinen erreicht», erkläre ich kurzerhand. Eine Notlüge. Sicher nur eine ganz kleine, denn bestimmt arbeitet in der Werkstatt niemand vor elf Uhr.

Stefan schmollt.

Meine Mutter versucht, gute Stimmung zu verbreiten. «Warst du an der Luft, Liebes?»

«Hier liegt so ziemlich alles an der frischen Luft», gebe ich patzig zurück, weil ich noch immer genervt von Nicolas bin und jetzt auch von Stefan. Ein wenig gnädiger füge ich hinzu: «Ja. Ich war joggen.»

Mama tätschelt meine Hand. «Weiß ich doch. Detlef hat es uns erzählt. Er hat dich durch den Garten schleichen sehen.» Über den Geschirrstapel wirft sie Stefan einen kurzen Blick zu und sagt dann: «Stell dir vor, Spätzelein, dein Mann hat sich bereit erklärt, mit uns das Lavendel-Museum in Coustellet zu besichtigen.»

Eifrig faltet sie einen vollbeschriebenen DIN-A4-Zettel auseinander. Ich erkenne vage eine Auflistung, Punkt 1 bis 5. Neben der Tabelle hat Mama etwas in ihrer altertümlichen Schreibschrift notiert, die ich noch nie besonders gut lesen konnte.

«Allein die zweistündige Fahrt dorthin muss wunderschön sein.» Sie lächelt mich milde an. «Es kann nicht schaden, wenn wir unsere Allgemeinbildung auffrischen. Und erzähl mir jetzt bloß nicht, dass du die für deinen Job nicht gebrauchen kannst. Bildung ist immer von Vorteil. Immer!»

Ich schaue entgeistert von meiner Mutter zu Stefan. «Ihr wollt ein Museum besuchen? Bei dem tollen Wetter? Wo die Felder doch quasi vor der Haustür liegen?»

«Ja, warum denn nicht bei dem Wetter?» Meine Mutter legt geradezu überschäumende Energie an den Tag.

Ich weiß überhaupt nicht, was ich dazu sagen soll. Mir fallen auf Anhieb tausend Gründe ein, die dagegen sprechen. Allen voran, dass ich mir für heute vorgenommen hatte, mit Regina die Tische zu lackieren.

«Je schöner das Wetter, umso netter wird die Fahrt», setzt sie ihr Loblied fort. «Detlef hat uns nämlich für heute noch einmal das Auto versprochen. Regina braucht es nicht und er wohl auch nicht. Er ist in der Früh mit dem Bus in die Nähe von Fréjus gefahren, um dort zum …»

«Seit wann interessierst du dich überhaupt für Museen?», falle ich meiner Mutter ins Wort und schaue Stefan forschend an. «Ich dachte, du müsstest arbeiten.» Er weicht meinem Blick aus. Sein Gesichtsausdruck ist weder begeistert noch widerwillig. Vollkommen neutral starrt er ins Leere, während er sagt: «Museen fand ich schon immer spannend. Kommt darauf an, was ausgestellt wird.»

«Aha.» Ich bin irritiert. «Und für Lavendel interessierst du dich plötzlich.»

Er nickt.

Ich komme da nicht mehr mit. An unserem Garten hat er bislang kein nennenswertes Interesse gezeigt. Aber nun weiß ich wenigstens, warum: Dort wächst kein Lavendel. Conni scheint innerhalb von sechs Monaten einen komplett anderen Menschen aus ihm gemacht zu haben.

«Wenn du keine Lust hast, Liebes, macht das nichts», sagt

meine Mutter unvermittelt und bringt mich dadurch vollends aus der Fassung.

«Dann bleibst du hier und unternimmst etwas Schönes mit Regina. Wenn es für dich in Ordnung ist, dass dein Mann und ich alleine fahren?»

Ob das für mich okay ist? Ich könnte jubeln.

Nicht in das langweilige Museum zu müssen und stattdessen endlich einen Tag allein mit Regina verbringen zu können – perfekt!

«Ja», sage ich und versuche, nicht allzu enthusiastisch zu klingen. «Doch, ja, das ist absolut … okay.»

«Vergiss aber bitte nicht, bei diesem Jacques in der Werkstatt anzurufen», erinnert mich Stefan, während er sich langsam erhebt. «Man muss den Leuten Druck machen. Wenn das Auto fertig ist, würde ich es gern so bald wie möglich abholen. Sicher ist sicher.»

«Ja, natürlich.» Im Stillen bete ich, dass ich Stefan bei seiner Rückkehr nicht mit schlechten Nachrichten entgegentreten muss. Denn in Bezug auf sein Auto scheint er mir noch ganz der Alte zu sein.

Während die beiden hoch auf die Zimmer gehen, um sich für den Ausflug passendes Schuhwerk, Sonnencreme und das Navi zu holen, schnappe ich mir eine Scheibe Brot und belege sie mit dem üblichen langweiligen Aufschnitt.

Vielleicht, überlege ich, könnten Regina und ich ja nach dem Lackieren noch mal einen Spaziergang zum Markt unternehmen, um Lebensmittel zu kaufen? Cristòus Oliven schmeckten grandios, und auch das Gemüse und der Käse sahen unwiderstehlich aus. Während ich im Geiste bereits eine Einkaufsliste schreibe und mir nebenbei eine Tasse Kaffee einschenke, taucht Regina auf. Sie tritt an meinen Tisch, streicht mir über den Arm und drückt mir ein Küsschen auf die Wange. «Hallo, Liebes, hast du gut geschlafen? Du warst schon laufen, habe ich gehört.»

Liebes. Ich fühle, wie sich ein paar Haare in meinem Nacken aufstellen. Warum benutzt sie dauernd dieses Kosewort? Wir stehen uns doch noch gar nicht nahe genug für so etwas. Hat sie sich das bei Mama abgehört?

«Hast du Pläne für den Tag?», fragt sie so beiläufig, als gäbe es nicht haufenweise Ungeklärtes zwischen uns, das wir besprechen sollten. «Ich hatte heute eigentlich vor, nach Aix zu düsen, aber da Detlef Elisabeth offenbar das Auto versprochen hat, damit sie nach Coustellet fahren kann, wird daraus nun nichts.»

War das jetzt ein Vorwurf?

«Ich fahre nicht mit», erkläre ich schnell.

Sie grinst. «Verständlich.»

Überrascht suche ich in ihrem Gesicht nach einem Hinweis, wie das gemeint sein könnte. Fände sie es abwegig, wenn ich gemeinsam mit meiner Familie ein Museum besuche? Und noch etwas stößt mir sauer auf. *Ich hatte heute eigentlich vor, nach Aix zu fahren* … Der Satz klang in meinen Ohren nicht so, als habe sie vorgehabt, mich dorthin mitzunehmen. Langsam frage ich mich, wann sie mal Zeit mit mir verbringen will. Wie glaubt sie jemals mehr über mich erfahren zu können, wenn sie ständig unterwegs ist?

Ich bin verunsichert. Alles in mir schreit nach einer Trotzreaktion. Am liebsten möchte ich mich in mein Schneckenhaus zurückziehen, meine Koffer packen und alles hinschmeißen. Aber wo würde mich das hinführen? Letzten Endes wäre danach alles wie vorher. Meine Fragen an Regina blieben ungeklärt, und mein Groll gegen sie würde sich nur noch verstärken.

Ich gebe mir einen Ruck. Da ich nun schon einmal hier bin, will ich von ihr auch die ganze Geschichte hören. *Meine* Geschichte. Das ist sie mir schuldig.

Nervös räuspere ich mich. «Wie … äh, wäre es denn, wenn wir beide heute gemeinsam etwas unternehmen?» Als ich Reginas ratlosem Blick begegne, verlässt mich fast der Mut. Ich muss mich regelrecht zwingen, weiterzusprechen. «Zum Beispiel könnten wir uns die Tische vornehmen. Ich … also du … wolltest sie doch lackieren. Und ich dachte … Ich würde dir gern dabei helfen. Natürlich nur, wenn du Zeit und Lust hast.»

Sonst gehe ich eben in ein Lavendel-Museum.

Regina starrt mich noch immer an.

«Die Farbe steht ja schon bereit», plappere ich weiter, «und deshalb wäre es im Grunde …»

Plötzlich erhellt sich ihr Gesicht, und sie klatscht begeistert in die Hände. «Aber ja! Eine tolle Idee! Da ich hier ja dummerweise heute festsitze, können wir die Zeit sinnvoll nutzen und meinetwegen lackieren. Zu zweit sind wir bestimmt ratzfatz fertig.»

Mir fällt ein Stein vom Herzen. Einerseits. Auf der anderen Seite … Hat sie wirklich *meinetwegen* gesagt? Das klingt nicht sonderlich begeistert. Eher, als … ach, ich weiß auch nicht. Bin ich inzwischen überempfindlich? Vielleicht. Aber *ratzfatz fertig zu werden* ist doch nun wirklich nicht das Ziel. Hier geht es doch gar nicht um die Tische an sich, oder?

Egal. Wenn sie vorhat, so bald wie möglich fertig zu werden, werde ich meine Fragen eben umso schneller stellen. Ich setze ein bemühtes Lächeln auf. «Super. Hast du vielleicht ein paar alte Zeitungen?»

Als ich mit dem Frühstück fertig bin, räumen wir gemeinsam das Geschirr in die Küche, sammeln die Zuckerstreuer ein und schleppen die Tische nacheinander nach draußen. Im vorderen Garten ist es um diese Zeit noch schattig und die Luft herrlich frisch. Perfekt für unser Vorhaben. Während Regina Farbe und Pinsel holt, suche ich im Altpapier nach Zeitungen, die wir auf dem Boden auslegen wollen. Auch Erde will geschützt werden.

«Zum Glück ist ein Anstrich ohne zu schleifen möglich», liest Regina von der Rückseite der Farbdosen vor.

Neugierig schaue ich ihr beim Öffnen der ersten Dosen zu. Mit einem Holzstäbchen rührt sie die pistaziengrüne Masse kräftig um. Die Farbe ist perfekt.

«Wir haben offensichtlich beide ein Faible für Grün», erkläre ich lachend.

Regina nickt. «Absolut!» Grinsend reicht sie mir ein ausrangiertes Oberhemd von Detlef, damit ich es zum Schutz über mein Trägertop ziehen kann.

Mir fällt ein, dass ich nach dem Laufen noch gar nicht geduscht habe. Egal! Es wird sich nach der Arbeit umso mehr lohnen.

«Ich bin ja so froh, dass du mir zur Hand gehst.» Regina hat ihren Pinsel bereits in den Farbeimer getunkt und zieht gerade den ersten grünen Strich. «Allein hätte ich die Sache vermutlich ewig vor mir hergeschoben.»

«Hoffentlich bereust du es hinterher nicht», sage ich augenzwinkernd.

«Ganz bestimmt nicht.» Sie kichert. «Es kann nur besser werden.»

Da hat sie allerdings recht. Die Tische sehen furchtbar heruntergekommen aus. Selbst wenn wir sie schwarz anmalen würden, wäre das eine Verbesserung.

Erst einmal plaudern wir unverfänglich über den Garten. Danach schwenken wir zum Wetter und von da zur Provence im Allgemeinen. Nach knapp zwei Stunden haben wir die ersten vier Tische geschafft, und uns geht langsam der Gesprächsstoff aus. Eine Weile pinseln wir schweigend vor uns hin, während ich fieberhaft überlege, wie ich den Einstieg zu dem Thema finde, das mir auf dem Herzen liegt. Die ganze Zeit über werfe ich ihr verstohlene Blicke zu. Hat sie überhaupt kein bisschen das Bedürfnis, endlich zu reden? Sie muss doch auch Fragen an mich haben! Es gibt so vieles, das sie nicht von mir weiß. Doch als Regina auch nach einer Viertelstunde keine Anstrengung in die Richtung unternimmt, ist klar, dass ich den ersten Schritt machen muss.

Ich schlucke ein paar Mal trocken.

«Sag mal …», beginne ich vorsichtig und mit etwas belegter Stimme, «… hast du eigentlich wirklich keinen Kontakt mehr zu meinem Vater?»

Mir ist bewusst, dass ich mit dieser Frage mit der Tür ins Haus falle, aber ich glaube, dass mein leiblicher Vater der Schlüssel zu allem sein könnte.

Nach einer Weile, die ich auf eine Antwort gewartet und derweil starr auf meinen Pinsel gestarrt habe, schiele ich zu Regina hinüber. Als habe sie meine Frage nicht gehört, streicht sie einfach schweigend weiter. Also ergänze ich: «Ich … Ich schätze … also … ich war wohl kein Wunschkind, oder?» Mein Herz pocht wie verrückt. So nah wie jetzt war ich der Wahrheit noch nie.

Regina hat den Kopf schief gelegt und pinselt hingebungsvoll auf ein und derselben Stelle herum. Ich möchte zu ihr hinstürmen, ihr das Werkzeug aus der Hand reißen und sie zwingen, mich anzusehen. Doch ich halte mich zurück. Gut so, denn auch ohne mein Eingreifen hält Regina mit einem Mal in der Bewegung inne und sieht mich mitleidig an. «Tja, also …» Sie seufzt und verzieht das Gesicht, als sei es ihr lästig, über das Thema zu sprechen. «Dein Vater ist leider kein feiner Mensch. Aber das hast du dir vermutlich bereits zusammengereimt.»

Ich bin so aufgeregt, dass ich nur stumm nicken kann. Mein Kopf sinkt nach unten, und ich starre wie gebannt auf den vertrockneten Sandboden.

Neben mir stößt Regina einen trockenen, ironischen Lacher

aus. «Erst war es die große Liebe, wir haben Pläne geschmiedet und waren unzertrennlich. Er hatte gerade sein Abitur in der Tasche und wollte gemeinsam mit mir die Welt erobern. Aber als ich ihm eröffnet habe, dass ich schwanger bin, war er von einem Moment auf den anderen wie ausgewechselt.» Sie dreht den Pinsel in ihrer Hand. «Plötzlich war es vorbei mit den Versprechungen und den Träumen. Ein paar Wochen hat er mich noch hingehalten, dann war er auf einmal wie vom Erdboden verschwunden. Hat mich einfach sitzengelassen.»

Ich sage nichts, schaffe es aber immerhin, Regina kurz anzusehen.

Auf ihrem Gesicht liegt tiefe Verbitterung. «Am besten vergisst du die Vergangenheit», sagt sie, und aus ihrem Tonfall schließe ich, dass sie das Thema damit gerne abschließen möchte. «Wichtig ist doch im Grunde nur, dass wir beide endlich zueinandergefunden haben.» Als sie jetzt weiterstreicht, kann ich sehen, dass ihre Hand zittert.

«Ja, aber …» Ihre Erklärung hat meine Neugier leider noch lange nicht befriedigt. Im Gegenteil. Tausend neue Fragen poppen in meinem Hirn auf. Wie Badeschaum, der sich mit jedem Wassertropfen vermehrt und plötzlich zu einem riesengroßen Berg wird. «Was genau meinst du damit, dass er verschwunden ist?»

Ich sehe, wie Regina kurz ihre Augen zusammenkneift, weil sie sich jetzt sehr konzentriert einer Delle im Tisch widmet. Mit dem Daumennagel kratzt sie ein Stück trockene alte Farbe ab, etwas zu grob. Ihr Gesichtsausdruck ist starr. «Abgehauen ist er», sagt sie knapp, als sei er mehr Worte nicht wert. «Hat mir über einen gemeinsamen Freund ausrichten lassen, dass er kein Kind möchte und sich deshalb eine Auszeit nimmt.»

Mir steht der Mund offen. «Und du hattest keine Ahnung, wohin er verschwunden ist?»

Sie zögert. «Doch. Ich hab gehört, dass er ohnehin geplant

hatte, nach dem Abitur für ein Jahr nach Amerika zu gehen. Er ist drüben geblieben und hat dort studiert.»

«Und ihr habt euch nie wieder gesehen?»

Sie schüttelt bedächtig den Kopf.

«Puhh», mache ich. So ein schäbiges Verhalten. Dieser Mistkerl! Langsam bekomme ich eine Vorstellung davon, wie Regina sich damals gefühlt haben muss. «Du hättest ihn dort aufspüren und unterhaltspflichtig machen sollen.»

Sie lässt die Hand mit dem Pinsel sinken und schaut mich an. In ihren Augen blitzt und funkelt es, und mir wird klar, dass ich einen Fehler begangen habe. Sie muss denken, ich werfe es ihr vor, nicht alles unternommen zu haben, um mich, ihr Kind, behalten zu können. Aber das stimmt nicht.

«Ich war damals extrem jung und naiv», sagt sie frostig, ehe ich das Missverständnis aufklären kann. «Und ich hatte niemanden, der auf meiner Seite stand. Meine Eltern lebten in einem kleinen Dorf bei Kaiserslautern. Ich bin früh von zu Hause ausgezogen, weil ich ihre Spießigkeit nicht ertragen konnte. Ein uneheliches Kind hätte ihre heile Welt erst recht erschüttert.» Sie streicht sich eine Strähne aus dem Gesicht und klemmt sie hinters Ohr. «Meine Mutter wusste bis zu ihrem Tod nicht, dass sie eine Enkelin hat. Und mein Vater interessiert sich heute noch nicht dafür.»

Ich muss schlucken. Sieht so aus, als sei das Thema Großeltern damit für mich vom Tisch. Meine liebe Omi – die Mutter meiner Mutter – ist inzwischen verstorben, und ihren Mann wie auch Papas Eltern habe ich nicht mehr kennenlernen können. In meiner Kehle bildet sich ein Kummerkloß.

«Und meine Freundinnen waren ja selbst noch halbe Kinder», fährt Regina mit ihrer Erzählung fort. «Letzten Endes hat sich niemand wirklich für mich interessiert.»

Ich bin zutiefst betroffen. Obwohl ich im Grunde meines Herzens ja damit gerechnet habe, auf eine schicksalhafte Geschichte zu stoßen, überwältigen mich nun meine Gefühle. Regina tut mir schrecklich leid, es muss für sie die Hölle gewesen sein, das alles allein zu durchleiden.

Auf einmal wird mir bewusst, wie behütet mein Leben dagegen war. Seit meiner Adoption war ich von Menschen umgeben, die mich von ganzem Herzen liebten und auf die ich mich fest verlassen konnte. Mama und Papa. So spießig mir ihre Ansichten eine Zeitlang auch vorgekommen sind, weiß ich doch, dass sie mich niemals im Stich gelassen hätten. *Nie*. Ein tiefes Gefühl der Dankbarkeit durchströmt mich.

«Ich war so verzweifelt, dass ich das Kind in meinem Bauch einfach nicht haben wollte.» In Reginas Augen schimmern Tränen. Voller Scham senkt sie den Blick. «Nur war es dafür bereits zu spät.»

Einen Moment brauche ich, um ihre Worte zu verstehen. Dann wird mir plötzlich eiskalt. Die Vorstellung, dass ich es nur einem Paragraphen zu verdanken habe, überhaupt geboren worden zu sein, beschert mir am gesamten Körper Gänsehaut.

«Es tut mir so leid», stößt Regina hervor, und ich sehe Tränen über ihre Wangen kullern. Sie so niedergeschlagen zu erleben, geht mir unter die Haut. Das habe ich nicht gewollt. Ich möchte sie in den Arm nehmen und trösten und ihr sagen, dass ich sie für ihre Gedanken auf keinen Fall verurteile, aber ich bin wie gelähmt. «Du musst dich nicht entschuldigen», ist alles, was ich herausbringe, «wirklich nicht.»

Regina nickt stumm. Mit dem Handrücken wischt sie sich über das Gesicht. Zwei Rinnsale, klumpig schwarze Linien aus Mascara, bleiben hartnäckig. Sie schert sich nicht darum, sondern schaut starr geradeaus durch den Garten, während sie stockend weiterspricht: «Eine Adoption schien mir die einzige Lösung zu sein. Niemals wäre ich in der Lage gewesen, ein Kind allein großzuziehen. Wie hätte ich dich auch ernähren sollen? Ich besaß keine Ersparnisse und konnte mich selbst kaum über

Wasser halten. Wo hätte ich dich während meiner Arbeit lassen sollen?» Sie beißt sich auf die tränennassen Lippen. «Natürlich habe ich haufenweise gute Ratschläge bekommen, wie man es als alleinerziehende Mutter schaffen kann. Aber ich hatte schreckliche Zweifel. Ich war nicht so stark. Ein Leben voller Entbehrungen und Kompromisse – das wollte ich weder dir noch mir zumuten.» Noch immer sieht sie in die Ferne. Die Erinnerungen haben sich wie eine kummervolle Maske auf ihr hübsches Gesicht gelegt.

«Glaub mir, ich kann verstehen, warum du es getan hast», sage ich sanft und hoffe, dass sie heraushören kann, wie sehr ich hinter meinen Worten stehe. Mein ganzes Leben lang habe ich sie niemals für diese Entscheidung verurteilt.

«Aber … hattest du denn nie Interesse daran, mich kennenzulernen? Später, als du älter warst, meine ich.» Und dann stelle ich endlich die Frage, die mir schon so lange auf dem Herzen liegt: «Warum hast du damals nicht auf meinen Brief reagiert? Wir hätten uns doch schon viel eher kennenlernen können.»

Mein Herz rast, und mein Magen krampft sich zusammen. Ich weiß nicht, welche Antwort ich hören möchte. Auf jeden Fall eine, die ich nachvollziehen kann und die über mangelndes Interesse ihrerseits hinausgeht. Eine, die so immens und bedeutsam ist, dass sie den Schmerz, der sich all die Jahre wie ein ätzendes Gift in mich hineingefressen hat, auslöscht und mich endlich zur Ruhe kommen lässt.

«Weil ich … dumm war», sagt Regina leise. Sie schaut mich schräg von unten an. Schuldbewusst, als ahnte sie, dass diese Worte weder groß noch bedeutsam sind. «Ich war sehr, sehr dumm.»

Ich starre sie an. In meinem Kopf, meinem Herzen und überhaupt in meinem Körper herrscht heilloses Durcheinander. Mir ist schlecht, ich bin traurig und erleichtert zugleich, aber auch wütend. Reginas Worte sagen im Grunde rein gar nichts aus, und ich würde sie am liebsten anschreien und fragen, ob ihr nichts Besseres einfällt. Aber gleichzeitig klingt ihre Erklärung so entwaffnend ehrlich, dass ich fühle, wie mir der Wind aus den Segeln genommen wird. Manchmal ist das Leben nun mal nicht groß und bedeutsam, sondern einfach nur unfair oder trostlos.

Und dennoch: Da ist etwas – ihr schiefer Blick oder der betont nüchterne Tonfall, mit dem sie spricht –, das mich nicht recht überzeugt.

Für mich hört sich ihre Antwort an, als würde noch etwas anderes dahinterstecken.

23

Ich bin ein Esel!

Regina blinzelt mich durch einen Schleier von Tränen an. «Ich habe immer geglaubt, dass du mir Vorhaltungen machen würdest.»

«Das ist doch …» Ich könnte ihr den Wortlaut meines Briefes aus dem Stand aufsagen. «Ich hatte doch geschrieben, dass ich genau das nicht tun würde.»

«Aber deine Erwartungen …», stammelt sie. «Ich hatte damals Angst, dass du dir darüber selbst nicht im Klaren bist. Ich konnte dir nichts geben und hätte dich nur enttäuscht.»

«Ich war achtzehn und neugierig. Ich wollte wissen, was geschehen war. Dich einfach nur kennenlernen – mehr nicht. Du konntest mich gar nicht enttäuschen.» Ich schlucke es herunter, zu erwähnen, dass ich ein Elternhaus hatte, in dem ich mich wohl fühlte und glücklich war. Dass ich keine neue Mutter suchte.

Verzweifelt balle ich meine Hände zu Fäusten. Ich kann ja verstehen, dass man sein Kind zur Adoption weggibt, weil man jung ist und mutterseelenallein vor einem Berg Problemen steht. Aber was muss in einem vorgehen, dass man achtzehn Jahre später kein Interesse hat, seine Tochter kennenzulernen? *Was?*

«Du hättest mir deine Gründe doch in einem Brief erklären können», werfe ich ihr vor. «So wie jetzt.»

Ich bin aufgebracht und zugleich am Boden zerstört. Jedes Argument, und sei es auch noch so an den Haaren herbeigezogen, wäre mir willkommener gewesen als ihr Schweigen. Warum begreift sie das nicht? So lange habe ich auf eine Reaktion gehofft. Und jetzt? Gibt sie mir das Gefühl, keine Antwort wert zu sein.

Regina geht in die Hocke und setzt sich dann umständlich hin. Sie lässt den Kopf hängen. Ihre gesamte Körpersprache sagt mir, dass sie das Gespräch nach Möglichkeit sofort beenden würde.

«Es passte mir damals einfach nicht», beginnt sie plötzlich und bricht doch wieder ab, als wolle sie das, was ihr auf der Zunge liegt, besser nicht zu Ende führen. Zögernd fährt sie fort: «Ich war noch nicht so weit. Mir ging so vieles durch den Kopf, das ich unmöglich in Worte hätte fassen können. Ich wusste nur eins: Ich wollte dich nicht enttäuschen.»

Ihre rehbraunen Augen suchen meine und schauen mich beinahe flehentlich an. Ich sehe weg, weil ich nachdenken muss. Ist ihr wirklich nicht bewusst, dass sie durch ihr Verhalten das komplette Gegenteil bewirkt hat? Werde ich mich mit dieser mehr als dürftigen Erklärung für den Rest meines Lebens zufriedengeben können? Reicht sie als Basis für unsere gemeinsame Zukunft?

Dann fällt mir noch etwas ein.

«War denn vor ein paar Wochen, als du mir deinen Brief geschickt hast, diese Angst plötzlich nicht mehr da?», frage ich, weil mir das alles nicht logisch erscheint. «Was war anders? Ich meine … Warum gerade jetzt?»

Sie scheint doch schon vor Jahren zur Ruhe gekommen zu sein, hat geheiratet, führt ein beschauliches Leben in Frankreich, macht Yoga und besucht Malkurse. Warum hat sie sich nicht längst bei mir gemeldet? Warum ausgerechnet jetzt? Forschend wandern meine Augen zurück zu ihr.

Regina erwidert meinen Blick, doch sie wirkt heillos überfordert und planlos, und ich ahne bereits, dass ihre Antwort mich ein weiteres Mal nicht zufriedenstellen wird.

«Na ja», sagt sie gedehnt, «einen konkreten Auslöser gab es eigentlich nicht. Ich habe einfach lange gebraucht, um mit mir selbst ins Reine zu kommen. Aber dann habe ich gespürt, dass die Zeit reif ist.» Ihr Gesichtsausdruck wird erneut flehentlich. «Glaub mir, Luisa, ich habe in der Vergangenheit viel und oft an dich gedacht. Bei jedem Geburtstag war ich im Geiste bei dir und habe mir gewünscht, dich drücken und dir gratulieren zu können.»

Ich starre sie an und kann nicht verhindern, dass mir Tränen in die Augen schießen. Sosehr ich mich dagegen sträube, weil ich das Thema noch nicht abhaken mag, so machtlos bin ich gleichzeitig. Mit ihren Worten hat sie bei mir einen Nerv getroffen. Auf einmal gewinnen lange unterdrückte Gefühle die Oberhand.

«Das habe ich mir auch ganz oft gewünscht», flüstere ich ergriffen. Siebzehn Geburtstage hätten Regina und ich gemeinsam feiern können, hätte sie damals auf meinen Brief geantwortet. So viele! Doch was würde es bringen, sie mit dieser Zahl zu konfrontieren? Es lässt sich ja nicht mehr ändern.

«Ich habe mindestens genauso oft an dich gedacht», gestehe ich und hole tief Luft. «Immer wieder habe ich im Geiste mit dir gesprochen. Egal, was in meinem Leben gerade geschehen war – ich habe es dir erzählt. Zu gern hätte ich gewusst, wie du in der Situation reagiert hättest.» Meine Worte ersterben, und ich muss mich räuspern, um überhaupt noch einen Ton herauszubekommen. «Zu jedem Bild, das ich als Kind gemalt habe, hätte ich gern deine Meinung gehört. Ich habe mir vorgestellt, wie deine Stimme klingt, wenn du mir vorliest, und wollte später wissen, wie wohl deine Einstellung zum Thema Jungs ist.» Ich lache kurz auf. Mama war in dieser Hinsicht leider immer ein wenig verklemmt. Ich vermute, sie beabsichtigte, mir ein ähnliches Schicksal wie das von Regina zu ersparen, und hat mich deshalb extrem behütet. «Und ich war neugierig, ob du auch so widerspenstige Haare hast wie ich.»

Nun lacht auch Regina leise – und weint zugleich. «Du kannst von Glück sagen, dass ich in Bezug auf Jungs nicht deine Beraterin war. Wer weiß, wohin dich das geführt hätte!?» Langsam drückt sie sich vom Boden ab und erhebt sich. Als sie vor mir steht, schauen wir uns durch die Tränen hindurch an und müssen dann plötzlich beide lächeln. Es ist wie ein Ventil, durch das die angespannte Situation entweichen kann. Wie abgesprochen fallen wir uns in die Arme, und für den Moment fühlt es sich gut und richtig an. Ich kann fast spüren, wie mir ein Stein vom Herzen fällt. Ein kleiner Stein zwar nur, aber der erste Schritt ist getan. Und auch wenn Reginas Vergangenheit für mich weiterhin viele Fragen aufwirft, haben wir doch den Anfang gemacht, uns einander anzunähern.

Lange Zeit stehen wir da und halten uns fest, dann löst Regina irgendwann die Umarmung, hält mich aber auf Armeslänge von sich fest und mustert mich eingehend. Kurz sucht sie nach Worten, dann sagt sie: «Ich finde, Elisabeth hat ihre Aufgabe als Mutter sehr gut gemeistert. Du bist eine kluge, selbstbewusste und liebenswerte Frau geworden. Ich hätte das niemals so gut hinbekommen.»

Ihr letzter Satz war als Scherz gedacht, doch ich glaube, eine

Prise Neid in ihrer Stimme zu hören. Und ganz viel ehrliche Bewunderung.

Sie lässt mich los und schaut kurz auf die Uhr.

«Du liebe Güte, schon halb drei.» Plötzlich bricht Panik aus. Sie legt den Pinsel auf die Zeitung am Boden. «Jetzt muss ich mich aber beeilen. Ich bin um drei in Nid verabredet und muss ja mit dem Fahrrad fahren. Außerdem sollte ich mich vorher noch in einen Menschen verwandeln.» Sie schneidet eine Grimasse, während ihre Hand vielsagend an ihrem Körper hinabdeutet.

«Aber … wir sind doch noch gar nicht fertig!» Damit meine ich nicht nur unser Gespräch, sondern auch die Tische. Soll ich etwa den Rest allein übernehmen?

Regina schaut überrascht. «Nicht? Aber die Tische sind doch gestrichen. Sie sind alle grün, und auf der Packung steht, mit dieser Farbe», sie zeigt auf den Eimer zu ihren Füßen, «muss man nur einmal streichen.»

«Stimmt. Aber ich finde, es fehlt noch etwas. Eine Schnörkelkante beispielsweise», schlage ich vor. «Wir haben doch noch den dunkleren Farbton.»

Regina lächelt. «Das ist ein guter Einfall. Mach nur, Liebes, du schaffst das!»

Dann ist sie fort, und ich stehe auf einmal allein im Vorgarten. Inzwischen steht die Sonne so hoch am Himmel, dass ihre Strahlen über das Dach direkt auf die Tische fallen. Ich muss an Mama und Stefan denken, die in diesem Moment vermutlich in einem verstaubten Museum stehen und Wissenswertes über Lavendel lernen. Wie gut, dass die beiden weit weg sind und ich nicht den gesamten Vormittag Angst zu haben brauchte, sie würden Regina und mich bei unserer Unterhaltung stören.

Ich beschließe, eine kurze Pause einzulegen, bevor ich mit der Pinselei weitermache. Aus meiner Tasche im Esszimmer hole ich schnell mein Handy, stibitze mir auf dem Weg aus der

Küche einen Apfel und kehre dann zurück zum Malerchaos. Kauend lasse ich mich auf einem der größeren Steine nieder, schaue aber vorher gründlich, dass sich nicht wieder ein kleiner Salamander dort niedergelassen hat, den ich mit meinem Gewicht erdrücke.

Sobald ich sitze, öffne ich als Erstes meinen Instagram-Account luisa_lululux. Seit meinem letzten Besuch sind zehn unbekannte Follower hinzugekommen, deren Profil ich mir gewohnheitsmäßig ansehe. Auf einem der Profilfotos ist ein Hund abgebildet, der meine Aufmerksamkeit erregt. Als ich den zugehörigen Account genauer unter die Lupe nehme, stelle ich fest, dass von diesem User bislang nur ein Foto veröffentlicht wurde. Auch darauf ist der Hund zu sehen, aber aus einer anderen Perspektive, sodass man seine riesigen, abstehenden Ohren – Porthos!, schießt es mir durch den Kopf. Er sitzt vor einem Rosmarinbusch und schaut mit seinen dunkelbraunen Augen erwartungsvoll in die Kamera.

An seinem Halsband baumelt ein Zettel, auf den jemand in Druckbuchstaben ICH BIN EIN ESEL @luisa_lululux geschrieben hat.

Ich muss laut lachen und bemerke erst jetzt, dass eine Nachricht in meinem Postfach gelandet ist. Neugierig klicke ich auf das kleine Schubladensymbol und lese: *So weit, so gut. Für den Rest benötige ich wohl doch ein wenig Nachhilfe. Tu m'aides? Nicolas.*

Dann folgt eine Handynummer.

Schmunzelnd schließe ich das Feld und schaue mir noch einmal das Bild von Porthos an. So wie er dasitzt, treu und zugleich gespannt, sieht er aus, als würde der Fotograf mit einer Wurst vor seiner Nase herumwedeln. Ich stelle mir Nicolas vor, wie er mit der Bestechung in der einen und dem Handy in der anderen Hand versucht, den Hund zu genau diesem Gesichtsausdruck zu bewegen. Und obwohl ich mich noch immer über sein arrogantes Verhalten ärgere, finde ich das Bild und überhaupt die

Idee ziemlich witzig. Dass er sich die Mühe gemacht hat, extra einen Account anzulegen, um sich zu entschuldigen, beeindruckt mich. So vehement, wie er diese Portale heute Morgen noch abgelehnt hat!

Irgendetwas muss ich ihm jetzt natürlich antworten, nur was? Will er wirklich, dass ich ihm mit den sozialen Netzwerken helfe? Ich grüble noch einen Moment darüber nach, komme aber zu keiner befriedigenden Lösung. Also beschließe ich, erst einmal mit dem Streichen fortzufahren, sonst verliere ich über kurz oder lang die Lust. Und die Tische sollen ja noch Zeit zum Trocknen haben.

Die nächsten beiden Stunden vergehen wie im Flug. Als ich irgendwann erschöpft den Pinsel sinken lasse, sind alle acht Exemplare mit blütenartigen, dunkelgrünen Ranken verziert. Ich habe die Farbe im Anschluss noch leicht verwischt, sodass man meinen könnte, es sei ein antiker Anstrich. Abgekämpft, aber glücklich betrachte ich mein Werk.

Ganz passabel dafür, dass ich schon so lange nicht mehr gemalt habe. Ich schieße schnell ein Foto, säubere die Pinsel und bin gerade im Begriff, die Zeitungen zusammenzuknüllen, da höre ich plötzlich ein schabendes Geräusch. Spontan würde ich sagen, es kommt vom Dach. Oder doch aus dem hinteren Garten?

Auf einmal wird mir bewusst, dass ich vollkommen allein bin. Keine Menschenseele ist im Haus oder auch nur in der Nähe. Ein eisiger Schauer läuft mir über den Rücken, was total albern ist. Einbrecher am helllichten Tag? Noch dazu in dieser Gegend, in der ja angeblich nie etwas geschieht? Unwahrscheinlich.

Ich beschließe, tapfer zu sein und der Sache auf den Grund zu gehen. Als Erstes schirme ich meine Augen vor der Sonne ab und blinzele, um das Dach genauer in Augenschein zu nehmen. Von hier unten kann ich aber dummerweise nur die vordere Hälfte sehen und auch die nur reichlich überblendet. Also umrunde ich todesmutig das Haus und schreie vor Erleichterung beinahe auf, als ich erkenne, woher das Geräusch rührt.

Vor der Wohnzimmertür, am unteren Ende einer Trittleiter, die gegen das Dach gelehnt ist, steht Detlef. Er trägt die verletzte Hand in einer Schlinge, mit der anderen hält er die Leiter fest.

«Huch», rufe ich erschreckt, «ich habe dich gar nicht kommen hören. Wie bist du denn in den Garten gekommen? Und seit wann bist du zurück?»

«Hallo, Luisa!», begrüßt er mich und sieht im Grunde genauso erstaunt aus wie ich. «Etwa seit einer Stunde. Bist du denn nicht mit Elisabeth und Stefan im Museum?»

Ich schüttele den Kopf. «Die beiden sind zu zweit unterwegs, weil Regina und ich die Tische aus dem Frühstücksraum streichen wollten.»

Detlef reißt erstaunt die Augen auf. «Oh. Ich dachte, sie sei mit dem Bus nach Aix gefahren.» Mit nervösen Blicken sucht er die Umgebung hinter meinem Rücken ab. «Und wo ist sie jetzt?»

«Zu einer Verabredung nach Nid.»

«Aha», sagt Detlef und wirkt beinahe erleichtert. «Und du hattest keine Lust, sie zu begleiten?»

«Na ja ... Ich ...» Ich wurde ehrlich gesagt gar nicht gefragt. «Wir waren mit den Tischen noch nicht fertig.»

Plötzlich ertönt eine Stimme vom Dach. «Alors, qu'est-ce que tu attends?», ruft jemand. «Reich mir endlich den Besen, oder willst du, dass deine Frau uns erwischt?»

Detlef sieht mich an, und auf seinem Gesicht macht sich ein verlegenes Lächeln breit. «Sekunde, ich bin gleich so weit», ruft er nach oben. Und zu mir gewandt sagt er: «Das Dach muss dringend fertig werden. Leider schaffe ich es mit dem Flunken hier ...» Er hebt seine verbundene Hand in die Höhe. «... nicht ohne Hilfe.»

Wie zur Bestätigung taucht auf einmal über uns ein Kopf auf. Er gehört Nicolas.

«Salut, Luisa, ça va?» Nicolas schaut mich kurz an und grinst mindestens genauso verlegen wie Detlef. Der räuspert sich. «Ich war drüben bei Nicolas, um nach geeignetem Werkzeug für die Eingangstür zu fragen. Na ja, und dann hat er sich angeboten, solange Regina fort ist, nach dem Dach zu gucken. Wir haben die Abkürzung durch den Garten genommen und sind durch ein Loch in der Hecke geschlichen, darum hast du uns nicht gesehen. Wenn Nicolas fort ist, werde ich mich um das verklemmte Schloss kümmern, aber zuerst einmal sind die Schindeln dran.»

Von oben meldet sich jetzt Nicolas wieder zu Wort: «Es liegen alle, ein paar müssten aber bald ausgetauscht werden», ruft er nach unten. «Ich brauche jetzt nur noch den Stahlbesen gegen das Moos.» Er streckt auffordernd seine Hand aus.

Detlef blickt sich suchend um und hebt eine drahtige Handbürste vom Boden auf. Ehe ich ihn davon abhalten kann, klemmt er sich den Stiel unter den Arm und kraxelt einarmig die Leitersprossen hinauf. Er reckt sich und überreicht Nicolas das Bürstenende. Anschließend balanciert er im Zeitlupentempo wieder hinunter. Ich halte die Luft an.

«Warum hast du mich das nicht machen lassen?», schimpfe ich, als er heil unten angekommen ist. «Mit nur einer Hand ist das viel zu gefährlich!»

Er winkt ab. «Nur die Ruhe, ist ja gutgegangen. Aber sag mal …» Er sieht mich fragend an. «Woher kennt ihr euch, du und Nicolas?»

Ich muss grinsen, weil ich an unsere Anreise denke. «Er ist derjenige, der uns hierher mitgenommen hat, weil doch unser Auto kaputtgegangen ist.» Ich habe die Worte kaum ausgesprochen, da fällt mir siedend heiß ein, dass ich ja in der Werkstatt anrufen sollte.

Mist! Das muss ich unbedingt erledigen, ehe Stefan zurück ist.

«Davon hat mir Regina gar nichts erzählt», brummt Detlef genervt. Dann zieht er mich zu sich heran. «Apropos …» Er schaut kurz verschwörerisch in alle Himmelsrichtungen. «Es ist mir zwar sehr unangenehm, aber dürfte ich dich um etwas bitten?» Seine Stimme ist nur mehr ein Flüstern.

Neugierig nicke ich. «Klar, was gibt es?»

Detlef sucht ganz offensichtlich die passenden Worte. «Nun … Wie du weißt, versuche ich, die Pension, so gut es geht, allein in Schuss zu halten», sagt er schließlich zögernd. «Aber vieles übersteigt meine Fähigkeiten. Für manche Arbeiten fehlen mir auch schlicht die Geräte. Und jetzt noch die Sache mit der Hand …» Er rollt mit den Augen. «Nicolas hilft mir deshalb von Zeit zu Zeit. Im Gegenzug lasse ich Porthos manchmal in den Garten, wenn Nicolas oder Sophie es zeitlich nicht schaffen. So wäscht eine Hand die andere.»

Ich ahne, dass er das hier in der Pension nicht an die große Glocke hängt. Warum, ist mir allerdings nach wie vor ein Rätsel.

«Ich möchte dich daher bitten, dass du Regina nichts davon erzählst.» Er sieht mich eindringlich an. «Auch nicht, dass du Nicolas heute hier gesehen hast. Sie interessiert sich im Grunde ja auch gar nicht dafür, wer nun das Dach repariert, Hauptsache, es wird gemacht.»

«Aber warum kannst du es ihr nicht einfach sagen? So einen albernen Nachbarschaftsstreit kann man doch beilegen.»

Detlef windet sich. «Ich fürchte, das wird nicht gehen.»

«Aha», sage ich und lasse es wie eine Frage klingen. Was um alles in der Welt ist zwischen den beiden vorgefallen?

Nicolas taucht auf der oberen Sprosse der Leiter auf. Er schaut kurz hinunter, wirft den Besen und eine Schaufel ein paar Meter von uns entfernt auf den Boden und beginnt, die Stufen hinunterzusteigen.

Neben mir verfällt Detlef in hektisches Flüstern. «Es ist … nun ja … eine unglückliche Geschichte», nuschelt er und sieht dabei regelmäßig zu Nicolas. «Am besten kümmerst du dich gar nicht weiter darum.»

Ich starre ihn an. Aus dem Augenwinkel nehme ich wahr, dass Nicolas inzwischen am Boden angekommen ist und sich an der Leiter zu schaffen macht.

«Ooookay …», sage ich zu Detlef und frage mich, wie er nur darauf kommt, dass ich die Sache auf sich beruhen lassen könnte, nachdem alle so viel Wirbel darum machen.

Er scheint meine Gedanken zu erahnen, denn während Nicolas mit Schwung die Leiter einfährt und dabei ziemlichen Krach veranstaltet, raunt er mir zu: «Es hat etwas zu tun mit –»

Mehr verstehe ich nicht, denn in diesem Moment ruft eine aufgedrehte Frauenstimme: «Ach, hier steckt ihr!»

24

Gehaltvoller Lavendel

Es ist die Stimme meiner Mutter, wenngleich sie ein wenig überdreht klingt. «Huhu! Liebes, wie war dein Tag?», trällert sie. «Hattessst du eine schööööne Zssseit mit Regina? Also im Museum wares herrlich. Schtell dir vor …»

Lallt sie etwa?

«Schatsch!» Nun biegt auch Stefan um die Ecke, breitet die Arme aus und reißt mich an sich. Er riecht nach Aftershave und … Alkohol! Sein Gesicht ist bis zum blonden Haaransatz gerötet, und wenn ich es nicht besser wüsste, würde ich annehmen, dass er den Tag ungeschützt in der Sonne und nicht im Museum verbracht hat.

Ich lasse es zunächst geschehen, dass er seinen Arm um meine Taille schlingt und mich an sich drückt, als sei ich eine aufblasbare Riesenente und er kurz vorm Ertrinken. Dann schäle ich mich geschickt aus seinem Klammergriff.

«Und?», frage ich höchst interessiert. «Wie war es im Museum?»

Die beiden glotzen sich an, und dann, als hätte ich sie gefragt, wie es im Pornokino war, fangen sie an zu kichern. Verschämt wandern meine Augen zu Nicolas. Er hat sich an die Hauswand gelehnt und die Arme vor der Brust verschränkt. Aus wachen Augen beobachtet er das Geschehen, und ich kann sehen, dass er sich amüsiert. Unsere Blicke treffen sich. Sofort schießt mir das Blut durch die Adern, als wäre ich diejenige, die den Alkohol getrunken hat.

«Sehr aufschlussssreich», höre ich meine Mutter sagen.

«Meeeega», befindet auch Stefan und schiebt noch hinterher: «Ich hoffe, du und Regina, ihr habt ordnlich eingekauft. Wir sterbn fassst vor Hunger, nich wahr, Lissy?»

Meine Mutter nickt.

Lissy? Na, da haben aber zwei Brüderschaft getrunken.

Ich löse meinen Blick von Nicolas und versuche, mich auf die Unterhaltung zu konzentrieren. «Also … zum Einkaufen sind wir nicht gekommen, aber dafür sind die Tische fertig. Also, fast.»

«Umgekehrt wär bessser», kommentiert Stefan und muss schon wieder kichern.

Ehe ich etwas dazu sagen kann, mischt Detlef sich ein. «Ich habe eingekauft», vermeldet er, «in Fréjus auf dem Markt. Wie wäre es später mit einem Salade Niçoise und etwas gegrilltem Fisch?»

«Das klingt phantasssisch.» Meine Mutter schaut zum Himmel, als wolle sie dieser glücklichen Fügung danken. «Son Tag anner Luft macht unglaublich hungrig. Dasss war schon in meiner Kindheit sso.»

«An der Luft?», hake ich nach und schaue sie forschend an. «Ich dachte, ihr seid im Museum gewesen?»

Mama blinzelt, als habe sie etwas im Auge. Mit einer unkoordinierten Handbewegung, die ihre Armreifen rot-golden in der Sonne aufblitzen lässt, verkündet sie: «Aber ja nich die ganze Zeit, Spätzelein. Hinterher warn wir noch … anna Luft.»

Na, das erklärt zumindest Stefans Sonnenbrand. Peinlich berührt kann ich es nicht verhindern, noch einmal zu Nicolas zu schauen. Er hat sich von der Hauswand gelöst, ein paar Werkzeuge zusammengesucht und scheint im Begriff zu sein, sich zu verabschieden. Er sieht zu mir, zwinkert und imitiert mit Daumen und Zeigefinger einen Telefonhörer. Ich nicke.

Dann wendet er sich ab und ruft in die Runde: «Schönen Abend und guten Appetit!»

«Schpricht er Deutsch?», fragt Mama verblüfft.

Herrje. «Ein bisschen», wiegele ich ab und vermeide es, Stefan in die Augen zu sehen. Ein Glück, dass er einen sitzen hat, sonst wäre jetzt sicher der Teufel los. So denkt er vermutlich nur: Franzosen! Ausnahmsweise kann ich es ihm nicht mal verübeln.

Die Frage, die ich mir die ganze Zeit gestellt habe, nämlich ob ich Mama und Stefan in das Komplott einweihen und ihnen das Versprechen abringen soll, Regina nichts von Nicolas' Besuch zu erzählen, erübrigt sich insofern, als dass meine Mutter ankündigt: «Ich würde jetzt gern aufs Zimmer gehen un mich 'n wenig frisch machn.»

«Ich auch», stimmt Stefan ein und sieht mich auffordernd an.

Obwohl ich langsam auch mal dringend duschen müsste, schaue ich zu Detlef. «Soll ich dir in der Küche helfen?»

Er schüttelt den Kopf. «Lieb von dir, aber ich komme schon klar.»

Sobald die Tür hinter Stefan und mir ins Schloss gefallen ist, will ich ihn fragen, ob er in seinem Zustand womöglich Auto gefahren ist, doch er kommt mir zuvor.

«Hassst du in der Werkstatt angerufen?», will er wissen. Seine Stimme klingt wieder einigermaßen klar. Beim Thema Auto scheint er schlagartig nüchtern zu werden. Beinahe jedenfalls. «Wasss meint der Mechaniker, wie lange die Repaaatur dauert?»

Mir steigt die Röte ins Gesicht. «Äh … Das habe ich noch nicht geschafft. Aber wenn du einen Moment wartest, hole ich es sofort nach.»

Stefan starrt mich entgeistert an. Auf seiner Stirn bildet sich der Anflug einer Zornesfalte, als er sagt: «Das ist jetzt nicht dein Ernst.»

«Es tut mir leid. Aber der Vormittag mit Regina ging im Nullkommanichts vorüber und war so interessant. Wir haben über meinen Vater gesprochen. Stell dir vor …»

«Luischa», seufzt Stefan mit einem demonstrativen Fingerzeig auf die Uhr. «Würdest du bitte jetzt sofort diesn Anruf machn? Ehe dieser Jacques Feieaaabend macht, falls er heute überhaupt arbeitet.»

«Okay», sage ich kleinlaut. «Wird erledigt.»

Stefan schaut mich prüfend an. Dann wird sein Gesichtsausdruck plötzlich weich, und er geht einen Schritt auf mich zu und nimmt mich in die Arme. Sein Atem riecht so dermaßen nach Fusel, dass ich mich langsam frage, ob er einen Puff besucht hat. Aber wo war dann Mama?

«Tut mir leid, mein Schatz», beteuert er reuevoll. «Ich wollte nichso aufbrausen. Aber weissu …» Er schiebt mich ein Stück von sich, um mir in die Augen sehen zu können. «Ich bin deinetwegen den halben Tag über ein Weingut spaaaziert und wurde mit schlimmem Feuerwasser abgefüllt. Und das, obwohl ich im Grunde hätte arbeiten müsssen.» Er seufzt. «Ausssadem hat deine Mutter ununterbrochen geredet. Mir bluten die Ohren. Da ist es wohl nicht suviel verlangt, dasss du als Gegenleistung auch mal ein wenig etwas für mich erledigst.» Gnädig fügt er hinzu: «Für uns.»

Ich stehe irgendwie auf der Leitung. «Wovon redest du? Was für ein Weingut? Ich dachte, ihr wart im Museum?»

Stefan sieht mich mitleidig an. «Du hassnich ernsthaft geglaubt, dass wir hundert Kilometer fahn, um am helllichten Tag Lavendel in einem schtickigen Museum zu betrachten, wo das Gestrüpp direkt hier vor der Hausssür wächst, oder?»

«Na ja … also …» Ich versuche, mir seine Worte vom Vormittag ins Gedächtnis zu rufen. «Ich dachte, du fändest die Kulturgeschichte des Lavendels –»

Stefan guckt, als hätte ich nicht alle Tassen im Schrank. Dabei hätte ich es ihm zugetraut.

Er schüttelt den Kopf. «Während du tschoggen warst, hat deine Mutter mich genötigt, irgendn langweilign Ausflug zu erfindn, damit du auch ja keine Lust hast, mit uns tsu kommen. Sie wollte vermeiden, dasss du ihr gegenüber ein schlechtes Gewissen hast, wennu Zeit mit Regina verbringst.»

Ich starre ihn mit offenem Mund an. Mama hat *was*? Wow. Ich bin so gerührt, dass ich mich setzen muss. «Heißt das …»

«Wir habn uns den Tag um die Ohrn geschlagn, damit du dich in Ruhe und unter vier Augn mit ihr unterhalen konntessst. Natürlich sind wir nicht bis in dieses Lavendelkaff gefahn, sondern waren nur ein paar Kilometer weiter, auf besagtm Weingut.» Bei der Erinnerung daran schüttelt er sich. «Ich glaub ja nich, dass die es mit ihrem Tropfen jemals tsu Ruhm bringn werden, aber …»

Mir wird ganz warm ums Herz. Wie süß ist das denn? Sofort bekomme ich ein furchtbar schlechtes Gewissen. «Pass auf», sage ich zu Stefan, springe wieder auf und schiebe ihn in Richtung Badezimmer. «Du gehst dich jetzt frisch machen, und ich telefoniere mit der Werkstatt. Wäre doch gelacht, wenn ich Jacques nicht ein wenig Dampf machen kann.»

Stefan lächelt mich beseelt an. «Gute Idee», sagt er und verschwindet im Bad.

Sobald er die Tür hinter sich geschlossen hat, krame ich die Telefonnummer der Werkstatt hervor. Es dauert nicht lange, und ich habe den Mechaniker an der Strippe.

Als Stefan dreißig Minuten später in ein Handtuch und eine Aftershave-Wolke gehüllt auf der Badezimmerschwelle erscheint, habe ich bereits zwei Mal mit Jacques gesprochen.

«Die gute Nachricht ist», informiere ich ihn bemüht fröhlich, «dass man sich unser Auto inzwischen angesehen hat.»

Stefan verzieht keine Miene. «Und die schlechte?»

«Es fehlt ein Ersatzteil.»

Er stöhnt und ist schlagartig stocknüchtern. «Und das bedeutet?»

«Gar nicht so schlimm», wiegele ich ab. «Es kommt morgen früh aus Aix und wird im Laufe des Tages eingebaut. Danach sollte der Wagen abholbereit sein. Sicherheitshalber wird Jacques sich aber vorher bei uns melden.»

«*Sicherheitshalber* … Verstehe.» Ermattet lässt er sich auf der Matratze nieder. Ich setze mich neben ihn. Der Duft seines Aftershaves lullt mich ein und weckt alte Erinnerungen. Momentaufnahmen von uns. Andenken an eine gute gemeinsame Zeit.

Ich lehne meinen Kopf an seine Schulter. «Das war sehr nett von dir heute.»

«Was genau meinst du?» Er schmunzelt.

«Dass du auf Mamas Vorschlag eingegangen bist und den Tag mit ihr verbracht hast. War gar nicht so blöd von ihr. Wer weiß, ob ich mich sonst so entspannt mit Regina unterhalten hätte.»

Stefan legt seinen Arm um meine Schulter und zieht mich zu sich heran. «Wie ist es denn mit ihr gelaufen? Bist du deine Fragen losgeworden?»

«Ja, irgendwie schon. Ich weiß nur noch nicht recht, wie ich mit den Antworten umgehen soll.» Ich berichte ihm, worüber wir gesprochen haben und auch, was ich von Regina über meinen Vater erfahren habe. «Trotzdem habe ich den Eindruck, dass sie mir noch nicht die ganze Wahrheit erzählt hat», sage ich seufzend. «Keine Ahnung, warum.»

«Du interpretierst vielleicht einfach zu viel in das Thema hinein», mutmaßt Stefan. «Du kennst sie doch noch gar nicht. Wie sollst du ihre Reaktion einschätzen können?»

«Ist nur so ein Gefühl.»

Statt weiter nachzufragen, legt Stefan seine freie Hand an meine Wange und dreht meinen Kopf zu sich. Er schaut mir in die Augen. «Ich hab auch noch einmal nachgedacht», verkündet er feierlich. Er macht eine abwehrende Handbewegung, als ich etwas entgegnen will, und erklärt: «Warte doch erst mal, was ich dir sagen möchte.» Er lächelt vielsagend. «Was hältst du davon, wenn du in Zukunft nur noch Teilzeit arbeitest? Du müsstet dich nicht mehr so unter Druck setzen, sondern kannst es etwas ruhiger angehen lassen.»

Sprachlos starre ich ihn an. «Also …» Wie kommt er jetzt auf das Thema? Gerade noch erzähle ich ihm von Regina, ihrer Entscheidung, von meinem leiblichen Vater … Da erscheinen Frankfurt und die Firma im Moment meilenweit weg zu sein. Außerdem – meint er den Vorschlag wirklich ernst? «Und die freie Zeit nutze ich dann wie?», frage ich und gebe mir auch gleich selbst die Antwort: «Um mich um den Haushalt zu kümmern und dir das Abendessen zu kochen?» Allein der Gedanke daran, in Zukunft anderen zuzuarbeiten oder womöglich deren Ideen umzusetzen, kommt mir vollkommen abwegig vor. Und die Sache mit dem Kochen ist um ein Vielfaches abstruser.

«Ja, zum Beispiel», sagt er und meint es offenbar todernst. «Ich würde mich bemühen, pünktlich aus der Firma rauszukommen, und wir hätten noch etwas vom Abend.» Er mustert mein entgeistertes Gesicht und lenkt ein: «Wir können ja auch ab und zu gemeinsam kochen.»

Als ich ihn noch immer unbewegt anschaue, fügt er hinzu: «Na ja, oder essen gehen. Bis wir uns … warmgekocht haben.» Er grinst.

Ich weiß noch immer nicht, was ich sagen soll. Stefan scheint viel über uns nachgedacht zu haben, das muss ich ihm hoch anrechnen. Andererseits …

Das ist dabei rausgekommen?

«Luisa», sagt Stefan mit Nachdruck und streichelt meine Wange. «Denk wenigstens darüber nach.»

Ich weiß nicht, ob es an dem Tag liegt, der so überladen mit Emotionen war, auf jeden Fall rührt mich die Ernsthaftigkeit, mit der er auf einmal um unsere Ehe kämpft. Trotzdem müsste er doch wissen, wie sehr ich mich über die Arbeit definiere. Eine Teilzeitstelle kommt definitiv nicht in Frage.

«Ach Stefan», seufze ich, «gerade passiert so viel …»

Er wartet das Ende meines Satzes nicht ab, sondern beugt sich vor und verschließt meinen Mund mit seinen Lippen. Ich lasse es geschehen. Wir küssen uns. Innig und voller Zuneigung. Und während er mich an sich zieht und merklich erregter wird, kommen mir plötzlich die Tränen. Es ist mir peinlich, aber ich kann nichts dagegen tun. Als würde dieser Kuss alle Schleusen öffnen, strömen mir salzige Rinnsale die Wangen hinunter, meine Nase beginnt zu laufen, und ich bekomme fast keine Luft mehr.

Stefan löst sich stöhnend von mir. «Was hast du denn?», flüstert er und streicht mit seinen Lippen meine Wange entlang. «Nicht weinen.» Er küsst mein Ohrläppchen. «Das ist nur der Stress.»

Ich nicke und will meinen Kopf erneut auf seine Schulter oder an seine starke Brust sinken lassen, um mich meinem Kummer hinzugeben. Doch Stefan hat etwas anderes im Sinn. Seine linke Hand wandert unter mein Top, tastet sich über den Bauch nach oben und streichelt meine Brust. Er stöhnt. «Ich habe dich so vermisst, du ahnst nicht, wie sehr.» Mit dem Daumen fährt er über meine Brustwarze, und mir läuft ein unangenehmer Schauer über den Rücken. Seine Avancen quälen mich, denn ich sehne mich gerade nach etwas ganz anderem. Und dennoch – die Berührungen sind so vertraut und tröstlich, dass ich die Wärme und Zärtlichkeit mit jeder Pore aufsauge. Stefan presst seinen Körper gegen meinen, sodass wir aufs Bett sinken. Seine Finger sind plötzlich überall, er streichelt und küsst mich mit einer Leidenschaft, die ich von ihm nicht kenne.

Und irgendwann gebe ich meinen Widerstand auf.

25

Die Lüge

Mach dir nichts draus, Lu», murmelt Stefan matt. «Ist nicht schlimm.» Seine Stimme klingt abgespannt, doch Müdigkeit ist nicht der Grund, warum es mit dem Sex nicht geklappt hat. Es ging einfach nicht. Ich konnte mich beim besten Willen nicht fallenlassen.

«Es tut mir leid», sage ich zerknirscht, doch da ist er bereits eingeschlafen.

Eine Weile wünsche ich mir, ebenfalls vom Schlaf übermannt zu werden, doch auch dafür fehlt mir zurzeit die innere Ruhe.

Irgendwann krabbele ich vorsichtig aus dem Bett und nehme endlich die überfällige Dusche. Danach fühle ich ein paar Lebensgeister zurückkehren. Ich rubbele mich trocken, creme meinen Körper ein und staune nicht schlecht, als ich mir mein Spiegelbild ansehe. Ich bin tatsächlich schon braun geworden! Meine käsigen Füße schimmern in einem leichten Goldton, und auch unter den Trägern meines BHs erkenne ich den Unterschied. Seit langem sehe ich mal wieder etwas gesünder und fitter aus. Ein kleiner Trost, der mich ein wenig mit dem anstrengenden Tag versöhnt.

Um Stefan nicht zu wecken, verzichte ich darauf, meine Haare zu föhnen. Ich drücke sie, so gut es geht, im Handtuch trocken, kämme sie durch und lasse sie zum Lufttrocknen offen über die Schultern fallen. Für den Abend im Garten ziehe ich schnell eine Jeans über, dazu eine weich fallende, dunkelbraune Bluse und Sneakers. Ich stopfe mein Handy in die hintere Hosentasche, schnappe mir meine Strickjacke und mache mich auf den Weg in die Küche.

Bereits auf der Treppe steigt mir verführerischer Essensduft in die Nase. Ich schnuppere Aromen von frischem Pfeffer und Thymian, aber auch gegrillten Fisch und Knoblauch. Sofort meldet sich mein Magen, und ich bin ziemlich verwundert über sein vorlautes Knurren. Ich habe heute doch gefrühstückt und einen Apfel gegessen. Bald werden meine Flamingo-Arme zu wuchtigen Keulen, und Yves Rusco dürfte sich freuen. Bei dem Gedanken an ihn muss ich unwillkürlich schmunzeln. Ob er sich bei all seinen Kunden derart ins Privatleben einmischt?

Kopfschüttelnd folge ich dem Geruch und treffe in der Küche auf Detlef, der am Tisch sitzt und in einem Kochbuch blättert, vor sich ein leeres Glas und eine angebrochene Flasche Rosé. Als er mich bemerkt, schaut er von seiner Lektüre hoch.

«Hallo, Luisa, wolltest du dich nicht ausruhen?»

«Ach, mir fehlte die Ruhe.» Ich deute ihm gegenüber auf den freien Platz. «Darf ich mich zu dir setzen?»

«Klar. Hol dir ein Glas, wenn du magst.»

Während ich mich aus dem Buffetschrank bediene, frage ich ihn nach Regina. «Sie ist noch nicht zurück», sagt er beiläufig und blättert versonnen durch die Seiten.

Ich schenke uns beiden Wein ein und setze mich an den Tisch. Das blasse Licht der tiefstehenden Sonne fließt durch die offene Tür und taucht die Holzdielen in schokoladiges Braun. Die Küche ist ein so malerischer, friedlicher Ort, wie er idyllischer nicht sein könnte. Tief seufzend strecke ich meine Beine aus und fühle, dass der Kummer, den ich zuvor auf unserem Zimmer empfunden habe, von mir abzufallen beginnt.

Lange sitzen Detlef und ich schweigend da, er durchstöbert weiter sein Buch, und ich schaue hinaus in den Garten. Eine Katze, die ich zuvor noch nie gesehen habe, streift ums Haus. Sie scheint sich zu langweilen und springt hinter allem her, was sich vor ihrer Nase bewegt. Nach einer Weile lässt sie sich auf einem sonnenbeschienenen Stück Erde nieder und rollt sich dort zu einer winzig kleinen Kugel zusammen. Ohne meinen Blick abzuwenden, sage ich: «Regina hat mir von meinem Vater berichtet.»

Aus dem Augenwinkel nehme ich eine Bewegung wahr. Detlef sieht überrascht auf. «Tatsächlich?», sagt er. «Was hat sie denn erzählt?»

«Leider nicht viel. Nur dass er sie damals übel im Stich gelassen hat.» Meine Augen wandern zurück zum Küchentisch, ich nehme einen Schluck Wein und fahre fort: «Wenn Regina mit seinem Namen rausrückt, werde ich ihn googeln. Vielleicht kann ich sogar Kontakt zu ihm aufnehmen.» Ich schaue Detlef triumphierend an.

Er legt das Kochbuch zur Seite und streicht sich nachdenklich über das schüttere Haar. Lange Zeit schweigt er, dann legt sich seine Stirn in Falten. «Ich glaube nicht, dass das ratsam wäre.»

Ich spüre einen Stich der Enttäuschung. «Und wieso nicht? Der Typ hat sich einfach aus dem Staub gemacht! Dafür würde ich ihn gern zur Rede stellen», erkläre ich aufgewühlt. «Mal sehen, was er sagt, wenn seine erwachsene Tochter plötzlich vor ihm steht!» Mein Blick wird durchdringend. «Also: Kennst du seinen Namen?»

Tief in meinem Inneren ahne ich bereits, dass Detlef seiner Regina nicht in den Rücken fallen wird. Aber dass er mir nun ausweicht und betreten zu Boden schaut, kann ja wohl nur eins bedeuten: Er kennt den Namen.

«Bitte», flehe ich ihn an. «Verrate ihn mir.»

Detlefs sonst so offenes, freundliches Gesicht hat auf einmal einen verkniffenen Ausdruck angenommen. Er presst die Lippen aufeinander und scheint einen inneren Kampf mit sich auszufechten. Nach einem Moment, der mir endlos vorkommt, schaut er mich an. «Ich würde an deiner Stelle nicht so viel über ihn nachgrübeln.»

Jetzt bin ich erst recht alarmiert. «Und warum nicht?, frage ich bockig. Dann, plötzlich, kommt mir ein furchtbarer Gedanke. «Ist er etwa tot?»

Detlefs Augen weiten sich vor Schreck. «Um Gottes willen, nein! Oder besser gesagt: Ich weiß es nicht.»

Na toll. Das hilft mir jetzt auch nicht weiter. Ich schaue ihm fest ins Gesicht und versuche, all meine Überredungskunst in meine Stimme zu legen. «Hörst du bitte mit der Geheimniskrämerei auf und sagst mir, was du weißt?»

Er hält meinem Blick stand, sagt aber nur: «Eigentlich hätte ich nicht gedacht, dass Regina überhaupt mit dir über ihn spricht.»

Was soll das denn nun wieder bedeuten? «Hat sie von sich

aus auch nicht», informiere ich ihn. «*Ich* habe davon angefangen.»

Er nickt, als sei ihm das bereits klar gewesen. Leise sagt er: «Du wirst den Namen deines Vaters niemals erfahren, Luisa.»

Ich bin verblüfft. «Und warum nicht?»

Er zögert noch einen Augenblick, als wolle er abwägen, ob es Regina gegenüber fair ist, mir mehr zu verraten. Dann scheint er sich bewusst zu machen, dass ich ohnehin nicht lockerlassen werde und antwortet: «Es ist nicht so dramatisch, wie du möglicherweise annimmst.» Seine Lippen kräuseln sich. «Regina … Sie weiß überhaupt nicht, wer dein Vater ist. Die Sache mit dem Kerl, der sich aus dem Staub gemacht hat und sie im Stich gelassen hat, entspricht nicht der Wahrheit.»

Mir steht vor Überraschung der Mund offen. Ich hatte ja mit vielem gerechnet, aber diese Erklärung? Das kann ich nicht glauben. «Aber warum sollte Regina mir so etwas dann erzählen?»

Detlef seufzt, nimmt einen Schluck Wein und sagt dann langsam: «Weil die Wahrheit ihr peinlich ist.»

«Peinlich?», stoße ich atemlos hervor. «Wieso? Was ist ihr peinlich?»

Er stellt sein Glas auf dem Tisch ab und schaut mich nachdenklich an. Dann endlich beginnt er zu erzählen: «Wie die meisten jungen Menschen hat auch Regina gegen ihr Elternhaus rebelliert. Sie hat mit sechzehn die Schule abgebrochen und ist zu Hause ausgezogen, da sie mit ihren Eltern im Dauerclinch lag. Die beiden schämten sich für ihr missratenes Kind und waren wohl regelrecht dankbar, dass Regina freiwillig das Haus verließ.» Er wartet, bis ich ihn anschaue. «Ich habe Bilder von ihr gesehen, als sie noch ein Teenager war. Sie sah extrem gut aus, und ich schätze mal, die Jungs haben ihr die Aufmerksamkeit geschenkt, die sie zu Hause vermisste.»

Mir schwant, was er mir sagen möchte. «Sie wurde schwanger.»

Detlef nickt. «Sie hat es zu spät gemerkt und hatte keinen Schimmer, wer der Vater war.»

«Aber … sie hätte doch die Männer, die in Frage kamen, um einen Test bitten können!» Die Worte haben kaum meinen Mund verlassen, da weiß ich selbst, wie abwegig mein Vorschlag ist.

«Es braucht verdammt viel Kraft, um in einem kleinen Dorf für so viel Wirbel zu sorgen», erklärt Detlef. «Noch dazu, wenn man erst achtzehn Jahre alt ist und keine Unterstützung bekommt.» Er macht eine Pause und fegt ein paar imaginäre Krümel vom Tisch. «Weißt du, ich habe einen Einblick in ihr Familienleben bekommen, als Reginas Mutter vor drei Jahren starb.» Er dreht und wendet das Glas in seiner Hand. «Wir waren gemeinsam auf der Beerdigung. Ein aufschlussreicher Tag.»

Meine Hände fühlen sich plötzlich steif und eiskalt an. Um sie zu wärmen, klemme ich sie zwischen meine Schenkel und reibe sie hin und her. Wie mag es für Regina gewesen sein, an den Ort ihrer Kindheit zurückzukehren? Dort, wo niemand ihr zur Seite stand, als sie Hilfe bitter nötig hatte? Bestimmt nicht leicht.

«Mir war nach dem Familienbesuch jedenfalls sofort klar, warum Regina so früh von zu Hause ausgezogen ist. Sie muss regelrecht geflohen sein. Denn selbst nach dem Tod seiner Frau war Reginas Vater engstirnig und cholerisch. Er weigerte sich sogar, seiner Tochter nach dem Gottesdienst die Hand zu schütteln. Hätte nicht eine Tante Regina einen Brief geschrieben, wüsste sie vermutlich nicht einmal, dass ihre Mutter nicht mehr lebt.»

Durch das Fenster sehe ich die Katze wieder. Sie hat etwas in der Schnauze, eine Motte oder einen toten Falter und spielt damit eine Weile im Sonnenschein. Ich denke über Detlefs Worte nach und versuche mich zu erinnern, wie ich mich gefühlt habe, als ich achtzehn war. Damals hielt ich mich für erwachsen und reif. Komplette Selbstüberschätzung. Ein Teil von mir versteht darum, was in Regina vorgegangen sein muss. Und auch, dass sie ihr damaliges Verhalten heute als peinlich empfindet. Trotzdem schockiert es mich, belogen worden zu sein.

«Und nun glaubt sie, die Opferrolle lässt sie in einem besseren Licht dastehen», resümiere ich nüchtern. Die Kälte meiner Hände hat inzwischen auf meinen gesamten Körper übergegriffen. Von der Lehne angele ich mir meine Strickjacke und wickele sie fest um meine Taille.

«Sei nicht so streng mit ihr, Luisa», sagt Detlef. «Es gab in ihrem Leben niemanden, der ihr Grenzen aufgezeigt hat. Sie ist zu weit gegangen. Darunter leidet sie selbst am meisten.» Nach einer Weile fügt er hinzu: «Regina wird toben, wenn sie erfährt, dass ich dir das alles erzählt habe. Aber es musste sein.» Auf seinem ernsten Gesicht deutet sich ein Lächeln an. «Ich bin inzwischen ganz gut darin, sie zu ihrem Glück zu zwingen.»

Versonnen nicke ich. Und bin ihm letztlich dankbar, dass er mir reinen Wein eingeschenkt hat.

Detlefs Lächeln wird warm. «Du bist schließlich nicht hierhergereist, um angelogen zu werden.»

Er streckt mir seine gesunde Hand auffordernd über den Tisch entgegen und wartet, dass ich meine hineinlege. Es fühlt sich tröstlich an, als würde ich mit meiner eiskalten Hand in einen vorgewärmten Handschuh schlüpfen. Hinter meinen Augen fühle ich schon Tränen lauern, doch ich schaffe es, sie fortzublinzeln. «Ich wünschte, *du* wärst mein Vater», sage ich, ohne groß darüber nachzudenken. Erschrocken sehe ich ihn an.

Detlefs Gesichtszüge glätten sich, und er verstärkt den Druck seiner Hand. «Das fände ich auch schön, Luisa. Vielleicht …» Er schaut zur Seite und tut so, als interessierten ihn die Töpfe, die von der Decke baumeln. Aber ich glaube, insgeheim ringt er um Fassung. «Vielleicht werden wir stattdessen sehr, sehr gute Freunde. Was meinst du?»

Als er mich anschaut, kann ich den Glanz in seinen Augen sehen.

Ich lächele ihn tapfer an. «Gerne.»

Mehr bringe ich nicht heraus. Auf einmal ist es mir ganz schwer ums Herz. Statt dass sich die Dinge klären, habe ich den Eindruck, dass alles von Tag zu Tag nur komplizierter wird. Und jedes Mal, wenn ich glaube, Regina einen Schritt näher gekommen zu sein, geschieht etwas, das diese Wahrnehmung in das komplette Gegenteil verkehrt.

Detlef lässt meine Hand vorsichtig los. «Was hältst du davon, wenn wir mal gemeinsam nach dem Fisch sehen?», fragt er aufmunternd. Er streckt den Rücken durch.

«Sei mir nicht böse, aber ich glaube, ich wäre jetzt gern ein wenig allein.» Und ans Essen kann ich schon mal gar nicht denken. Mein eben noch vorlauter Magen ist zu einem drückenden Klumpen geschrumpft.

«Ich bin dir nicht böse», sagt er, und in seinen Augen lese ich, dass er es ehrlich meint. «Ich bin nur in Sorge. Bitte mach dir das Herz nicht so schwer. Grab nicht so viel in der Vergangenheit, sondern versuche, optimistisch in die Zukunft zu schauen. Nur sie kannst du beeinflussen.» Er lächelt. «Jedenfalls ein bisschen.»

Ich nicke. «Ja. Damit magst du recht haben. Trotzdem … ich brauche etwas Zeit.» Und Sauerstoff. Auf einmal habe ich das Gefühl, hier drinnen keine Luft mehr zu bekommen.

Energisch springe ich auf. So hastig, dass der Stuhl zu Boden fällt. Die Katze springt fort und huscht ins Gebüsch, während ich mich bücke, um das Möbelstück aufzuheben. «Würdest du mich bei den anderen entschuldigen?», bitte ich Detlef. Unter keinen Umständen möchte ich momentan Regina über den Weg laufen.

Ich warte auch gar nicht ab, was er antwortet, sondern gehe einfach los. Als ich oben eine Tür schlagen höre, beschleunige ich meinen Schritt.

Ohne dass ich es steuern kann, tragen meine Füße mich voran. Durch den Eingangsbereich, den Vorgarten, entlang der Rosmarinhecke, fort von der Pension. Auf der sandigen Hauptstraße biege ich ohne nachzudenken nach rechts ab und erschrecke furchtbar, als ich plötzlich von der Seite angehupt werde. Irgendein Kombi hat sich von hinten angeschlichen und bremst unvermittelt neben mir. Mit klopfendem Herzen beobachte ich, wie das Beifahrerfenster heruntergefahren wird.

«Hey!»

Misstrauisch linse ich in das Wageninnere. Als sich der Fahrer zu mir herüberbeugt, erkenne ich, wer es ist: Nicolas.

«Du schon wieder!», ruft er durchs Fenster.

«Ja, ich», sage ich und merke, wie kaputt ich bin. «Neues Auto?»

Lahm, Luisa, sehr lahm. Gehört vielleicht seiner Frau.

«Der HY ist auf meinen Vater zugelassen, aber er fährt ihn nicht mehr, deshalb benutze ich ihn ab und zu, wenn ich bei Leuten besonders … authentisch rüberkommen will.» Er grinst. «Dies ist mein Wagen für den Alltag.»

«Aha», sage ich und bin zu erschöpft, um mehr zu sprechen. Außerdem sollte ich weitergehen, schließlich hatte ich vor, allein meinen Gedanken nachzuhängen. Aber irgendwie … es geht einfach nicht.

«Wie gewohnt ohne Taschenlampe unterwegs?», fragt Nicolas.

«Sieht so aus», gebe ich schulterzuckend zurück. «Ich gehe nicht weit.»

Nicolas' Miene erhellt sich. «Bist du etwa auf dem Weg zu mir, um mir Nachhilfe in Sachen Neue Medien zu geben?» Weil er sich nach wie vor zum Seitenfenster beugt, fällt ihm immer wieder das Haar in die Stirn.

Ich stemme die Arme in die Hüften. «Nein», sage ich bestimmt, weil ich es ein wenig vermessen von ihm finde, alles auf sich zu beziehen. «Ich wollte einfach nur ein wenig spazieren gehen. Den Kopf frei bekommen.»

«Verstehe.» Nicolas zieht den Kopf zurück. «Wäre es dir trotzdem recht, wenn Porthos und ich dich ein Stück begleiten?», ruft er. Mit dem ausgestreckten Arm deutet er in Richtung seines Hauses. «Der arme Kerl war heute den ganzen Tag allein. Zwar kann er in den Garten, aber einen Spaziergang ersetzt das nicht.»

Ich bin unschlüssig. Im Grunde möchte ich ja keine Gesellschaft. Wirklich nicht. Aber … Ich spüre in mich hinein und merke, wie mein Herz bei der Vorstellung, gemeinsam ein Stück zu laufen, einen Tick schneller schlägt. «Tja, also … Warum nicht.»

«Wir stören auch ganz sicher nicht?»

Ich schüttele den Kopf und lächele.

«*Bon*. Ich bringe nur kurz meine Einkäufe ins Haus und hole den Hund.»

Ohne meine Antwort abzuwarten, lässt er die Scheibe hochfahren und gibt Gas. Kurz darauf sehe ich, wie sich von Zauberhand das Tor zu seiner Auffahrt öffnet und der Wagen hineingleitet.

26

Was tust du wirklich in Nid, Luisa?

Zur Sicherheit habe ich auch gleich die Taschenlampe eingesteckt.» Nicolas ist zurück, ehe ich mir darüber im Klaren bin, ob der gemeinsame Gang mit dem Hund wirklich eine gute Idee ist. Porthos scheint da überzeugter zu sein, er begrüßt mich mit erfreutem Schwanzwedeln. Seine abstehenden Ohren wippen beglückt. Ich streichele ihm zärtlich über den weichen Kopf und fühle durch meine Fingerspitzen die Wärme seines Körpers. Als würde sie durch mich hindurchströmen, erzeugt sie in meinem Inneren ein wohliges Glücksgefühl.

Auch Porthos genießt den Moment. Er setzt sich brav hin und reckt genießerisch den Hals, damit ich ihn auch noch unter der Schnauze kraule.

Lachend beuge ich mich ein Stück zu ihm herunter, und er beschnuppert neugierig meine Nase.

«Ich muss dich warnen», bemerkt Nicolas schmunzelnd. «Porthos küsst außerordentlich gut. Mit ihm kann es so leicht keiner aufnehmen.» Er schaut mich an und zwinkert. «Ich fürchte, nach einem Kuss wirst du ihm hemmungslos verfallen.» Auffordernd wedelt er mit der Leine, und der Hund springt sofort begeistert hoch.

«Keine Sorge», führe ich Nicolas' Scherz weiter, «ein treuer Blick aus sanften braunen Augen reicht noch lange nicht aus, damit ich mich küssen lasse.»

«Gut zu wissen», sagt er süffisant, und erst jetzt werde ich mir der Zweideutigkeit meiner Worte bewusst. Ich gerate ins Stottern. «Also … äh, ich habe natürlich den Hund gemeint», erkläre ich schnell und mache damit alles nur noch schlimmer.

Nicolas beißt sich belustigt auf die Lippen. «Schon klar», äußert er mit einem gespielten Seufzer. Auffordernd schaut er mich an. «Da du dich also nicht mit Küssen aufhalten willst – wollen wir los?»

Eine Weile schlendern wir schweigend nebeneinander die Straße entlang, die ja genau genommen nur ein Sandweg ist. Porthos sprintet munter voran. Ab und zu bleibt er stehen, um einem interessanten Geruch nachzuschnüffeln, aber er lässt sich nie von uns überholen. Immer mindestens zehn Meter voraus, findet er den Weg, den er mit seinem Herrchen offenbar öfter geht.

«Es tut mir leid, wenn ich heute Morgen ein wenig unwirsch war», nimmt Nicolas irgendwann das Gespräch wieder auf.

Wir biegen exakt an derselben Stelle rechts ab, an der ich neulich auch entlanggegangen bin.

«Ich weiß, du hast es nett gemeint, und ich …» Er setzt noch einmal an. «Ich habe mich wie ein Idiot benommen.»

«Wie ein Esel», korrigiere ich ihn und muss grinsen, als ich an das Foto auf Instagram denke, auf dem Porthos so erwartungsvoll in die Kamera schaut. «Ein Esel mit extrem abstehenden Ohren.»

Wir lachen beide.

«Schwamm drüber», sage ich versöhnlich. «Du warst auf deine Arbeit konzentriert, und ich bin unangemeldet aufgekreuzt. So etwas macht man nicht.»

Nicolas schüttelt energisch den Kopf. «Das war nicht das Problem. Wir Franzosen sind sehr wohl spontan und gesellig», erklärt er inbrünstig, fügt dann aber kleinlaut hinzu: «Allerdings sind wir auch stolz und manchmal ein wenig stur. Leider.»

«Macht ja nichts. Wichtig ist, dass du beschlossen hast, dich mit der Technik anzufreunden.» Ich lächele ihn anerkennend an. «Das ist doch schon was. Und glaub mir: So schlimm ist es gar nicht.»

Nicolas bückt sich, um einen Stock aufzuheben, den Porthos aus einem Gebüsch gezerrt und danach achtlos liegen gelassen hat. Sofort ist der Hund an seiner Seite und wartet, dass sein Herrchen das Holz wirft. Ein paar Mal apportiert er den Stock, dann verliert der Hund die Lust.

«Ich weiß natürlich, dass in der heutigen Zeit kein Weg an den modernen Medien vorbeiführt», gesteht Nicolas seufzend, «aber ich habe keine Lust, den Tag am Computer oder Handy zu vertrödeln. Ehrlich gesagt habe mich gerade mal dazu durchringen können, ein Smartphone anzuschaffen.» Er verzieht den Mund. «Man kriegt ja kaum noch etwas anderes zu kaufen.»

Mama hätte ihre Freude an Nicolas, schießt es mir durch den Kopf. Jemand, der nicht ständig am Telefon hängt.

«Den Zeitaufwand kannst du doch selbst bestimmen», erinnere ich ihn und klinge dabei so aufmunternd, als müsste ich ihm vor einem Zahnarztbesuch Mut zusprechen. «Aber wenn du Glück hast, hilft es dir und deinem Geschäft.»

Wieder seufzt er. «Ich weiß gar nicht, ob ich das will.»

Schweigen breitet sich aus.

Obwohl ich noch immer fest davon überzeugt bin, dass das Internet Segen und nicht Fluch bedeutet, verspüre ich seltsamerweise nicht mehr denselben Enthusiasmus wie am Morgen. Vielleicht bin ich langsam, aber sicher am Ende meiner Kräfte angelangt?

Aus dem Augenwinkel nehme ich wahr, wie Nicolas mich neugierig von der Seite mustert. «Also dafür, dass du mit deiner Familie hierhergereist bist, um gemeinsam Urlaub zu machen, bist du ganz schön oft allein unterwegs.» Er hebt abwehrend die Hände. «Sorry, ich weiß, es geht mich nichts an. Aber an der Stelle deines Mannes würde ich dich auf diesem Spaziergang begleiten. Auch wenn wir getrennt lebten.»

Es klingt, als würde er mir die Geschichte nicht recht abkaufen. Angesichts meines funkelnden Eherings verständlich.

Ich schaue starr auf den Boden vor meinen Füßen und überlege, was ich darauf sagen soll. Die Wahrheit? Dass ich rausgegangen bin, um für mich zu sein? Dass ich kaum damit fertigwerde, die immer komplizierter werdenden Verwicklungen in meiner Familie zu verarbeiten?

Das alles dürfte sich in Nicolas' Ohren ziemlich abwegig anhören. Außerdem schrecke ich noch immer davor zurück, mich ihm dermaßen zu öffnen. Ausweichend erkläre ich deshalb: «Stefan hatte einen anstrengenden Tag und wollte sich etwas ausruhen.» Das ist nicht mal gelogen.

Auf einmal verengt sich der Pfad und wird so schmal, dass wir ein wenig zusammenrücken müssen, um weiter nebeneinander hergehen zu können. Mir scheint, als sei dies doch nicht derselbe Weg, wie ich ihn vorgestern Abend gegangen bin. Mein Arm streift den von Nicolas, und sofort beginnt meine Haut wie verrückt zu prickeln. Verlegen streiche ich über die Gänsehaut und plaudere nun doch ein wenig aus dem Nähkästchen: «Stefan und ich wollten diese Reise dazu nutzen, meiner Mutter endlich von unserer Trennung zu erzählen», beginne ich. Soweit ich mich erinnere, war dies die Stelle, an der ich bei meinem Besuch im Café sur mer aufgehört habe. «Wir waren lange ein Paar, und meine Mutter weiß noch nicht, dass wir uns scheiden lassen möchten. Es wird sie ziemlich treffen.»

Nicolas schaut mich überrascht an. «Wann habt ihr euch denn getrennt, du und Stefan?»

«Vor einem halben Jahr.»

Er pfeift durch die Zähne. Mir ist nicht klar, ob er das für einen langen oder kurzen Zeitraum hält oder ob ihm meine Mutter einfach nur leidtut. Auf jeden Fall fühle ich plötzlich mein schlechtes Gewissen wie tausend Nadelstiche in meiner Brust piksen.

«Mama wohnt nicht in Frankfurt, deshalb sehen wir uns nicht so häufig. Und jedes Mal, wenn wir uns in den letzten Monaten getroffen haben, passte es gerade nicht.» Ich realisiere, wie sehr meine Worte nach einer Ausrede klingen, und auf einmal wird mir bewusst, wie vollkommen absurd es ist, dass ich die Wahrheit noch immer vor ihr verheimliche. Ich schüttele über mich selbst den Kopf. «Ehrlich gesagt habe ich mich davor gedrückt, weil ich Angst hatte, sie zu enttäuschen.»

Mit dem Fuß kicke ich einen Stein vom Weg. Er kullert einen flachen Abhang hinunter und bleibt schließlich in einer

Mulde liegen, die sich in den trockenen Erdboden gegraben hat.

«Meine Mutter hat enorm hohe Erwartungen an andere. Sie zweifelt auch so schon genug an mir. Den Fehler für unsere gescheiterte Ehe würde sie unweigerlich bei mir suchen.»

Und diesen Stress kann ich momentan nicht auch noch ertragen.

Nicolas schweigt nachdenklich, darum fahre ich mit meiner Erklärung fort. «Ich dachte, im Urlaub würde es mir leichter fallen, mit ihr über das Thema zu sprechen, aber das Gegenteil ist der Fall. Es wird von Tag zu Tag schwieriger.»

«So ist das mit Lügen», sagt Nicolas einfühlsam. «Bist du deshalb allein unterwegs, um den Kopf frei zu bekommen?» Seine Augen wirken dunkler als sonst, als er mich prüfend mustert.

Er weiß es, schießt es mir durch den Kopf. Er weiß, dass meine Erklärung nicht die ganze Wahrheit ist. Dass ich nicht kopflos zum Spazierengehen aufbreche wegen dieser Sache, sondern mich etwas vollkommen anderes bewegt.

Der Weg wird plötzlich wieder breiter. Die Büsche treten zurück, um der untergehenden Sonne ihren Auftritt zu gewähren.

Wir stehen auf einer Lichtung, von der aus man oberhalb des Tals weiterwandern oder den Weg hinab wählen könnte. Ohne dass es abgesprochen war, verharren wir fast ehrfürchtig und genießen schweigend die Aussicht.

Ich schaue hinab ins Tal, lasse meinen Blick über die bestellten Felder schweifen, auf denen sich winzige Häuserpulks – zu klein, um als Dorf zu gelten – aneinanderschmiegen, nur getrennt von Reben- und Lavendelfeldern. Obwohl ich ein paar Meter weiter bereits vor zwei Tagen den Ausblick genossen habe, präsentiert sich die Natur heute komplett anders. Der Himmel zerfließt nicht homogen im Blauviolett des Lavendels, sondern glimmt in gedecktem Gold. Als würden sich die Sonnenstrahlen ihren Weg durch eine überdimensionale Glasscherbe ertasten, hat sich ein sanfter Weichzeichner über die abendliche Landschaft gelegt.

«Wie wunderschön», flüstere ich. Ich bin versucht, in meine Tasche zu greifen und mein Handy zum Fotografieren hervorzuholen, doch ich gebe dem Impuls nicht nach. Dieser Augenblick, diese Stimmung erscheinen mir so kostbar, dass ich keine Sekunde verpassen möchte.

Eigenartigerweise fühle ich mich im Vergleich zu vorgestern heute nicht winzig und unbedeutend. Und obwohl ich zuvor, zu Hause in der Pension, noch glaubte, an meinen Sorgen ersticken zu müssen, atme ich nun freier und empfinde die Natur als Quelle der Kraft.

«Ja, das ist es», stimmt Nicolas mir zu, «man gewöhnt sich nie an die Schönheit dieses Ausblicks. Etwas ist immer anders: Die Tages- oder Jahreszeit, das Licht oder …» Er wendet sich mir zu. «Ein Gefühl, das man in sich trägt.»

Ich schaffe es nicht, meinen Blick vom Horizont zu lösen, weil ich nicht weiß, was geschieht, wenn ich Nicolas ins Gesicht sehe. Ich spüre seine Gegenwart, als würden unsere Arme sich noch immer berühren. Die Wärme seines Körpers flackert zu mir hinüber, intensiv und verbindlich. Ich atme den Duft seiner Haut, es ist nur eine schwache Brise, die mir in die Nase weht. Sie riecht nach Freiheit, Salz und Abendsonne. Eine Mischung, die mir in diesem Moment so unwiderstehlich vorkommt, dass ich meine Wange an seine legen möchte, um alles von dem überwältigenden Geruch in mich aufzusaugen und mit ihm zu verschmelzen.

«Das … glaube ich gern», sage ich mit rauer Stimme. Noch immer wage ich es nicht, ihn anzusehen. Was ist mit mir los? Als wäre mein Leben nicht schon verrückt genug, fängt nun auch noch mein Körper an, mir Streiche zu spielen. Gerade habe ich doch noch mit Stefan im Bett gelegen, mit dem ich vorsichtig beginne, wieder an einer gemeinsamen Zukunft zu arbeiten.

Und nun verleitet mich der Anblick der untergehenden Sonne beinahe dazu, mich in die Arme eines anderen zu stürzen? Warum bringt dieser Mann mich so durcheinander?

Plötzlich kommt Porthos aus dem Gebüsch geprescht. Er hält auf uns zu, bricht aber, kurz bevor er Nicolas erreicht hat, in die entgegengesetzte Richtung aus. Gleich darauf wiederholt sich das Schauspiel.

«Da hat jemand verdammt gute Laune.» Nicolas lacht.

Während Porthos sein verrücktes Spiel fortsetzt, klatscht Nicolas ein paar Mal in die Hände, um ihn weiter zu animieren. Dann fragt er: «Wollen wir uns setzen?» Er deutet auf einen großen, flachen Stein, der wie eine schmale Bank erhaben unter einer Zypresse liegt. Ich nicke. Wir gehen ein paar Schritte, und Nicolas setzt sich. Zögernd folge ich und lasse mich neben ihm nieder. Es ist noch immer warm, wenn auch längst nicht mehr so heiß wie noch vor ein paar Stunden. Die Sonne steht tief, in der Ferne reflektieren ihre blitzblanken Strahlen von einer Kirchturmspitze. Wie verirrte Funksignale.

«Detlef hat mich gebeten, Regina nicht zu erzählen, dass du ihm manchmal beim Handwerken hilfst», beginne ich nach einer Weile, weil mich unser Schweigen nervös werden lässt. Danach weiß ich jedoch nicht mehr weiter.

Ob er von sich aus erzählt, was es mit der Fehde auf sich hat?

Lange Zeit geschieht gar nichts. Nicolas schaut nur angestrengt nach vorn, als wäre dies ein Theaterstück und dort stünde die Souffleuse, die ihm sagt, wie die Szene mit uns weitergeht. Irgendwann legt er die Hände vor sich auf die Knie und betrachtet interessiert seine Nägel.

«Du musst es mir nicht erklären, wenn du nicht magst», sage ich, weil ich fühle, wie er mit sich ringt. «Es ist nicht so wichtig.»

Also na ja … Wissen würde ich es ehrlich gesagt schon gerne.

Er atmet einmal tief durch, dann schaut er mich an. Auf seinem Gesicht liegt ein dunkler Schatten. «Es geht um meinen

Vater», erklärt er zögernd und richtet seine Aufmerksamkeit wieder nach vorn. «Alles begann vor acht Jahren, als Regina und Detlef hierhergezogen sind. Mein Vater wohnte damals noch in dem Haus, in dem ich heute lebe.»

Überrascht schaue ich ihn an. So lange währt der Streit schon? Acht Jahre? Seltsam. Über wucherndes Unkraut oder worüber sich Nachbarn sonst uneins sind, würde man sich wohl kaum so lange entzweien.

Nicolas schließt kurz die Augen, während seine Lippen sich bewegen, als wolle er etwas sagen. Doch jedes Mal, wenn er eingeatmet hat, verschließen sie sich aufs Neue. Ich kann seine Anspannung beinahe körperlich spüren und möchte etwas sagen, das ihm hilft. Doch ich habe nicht die leiseste Ahnung, was es sein könnte. Nervös rupfe ich einen Grashalm aus der Erde, wickele ihn mir um den Zeigefinger und beobachte, wie das Blut sich staut. Dann lasse ich wieder locker, warte ein paar Sekunden und beginne kurz darauf von neuem.

«Regina und mein Vater konnten sich anfangs gut leiden», erzählt er schließlich. «Sehr gut sogar.»

Ich schiele zu ihm rüber und sehe eben noch, wie ein spöttisches Lächeln über sein Gesicht huscht. «In der Pension gab es viel zu renovieren, sie hat ihn ein paar Mal um Hilfe gebeten, und dabei sind sie … sich nähergekommen.»

Er lässt seine Worte so bedeutungsschwer in der Luft hängen, dass ich unweigerlich die Stirn runzle und nachfragen *muss*. «Nähergekommen? Wie meinst du das?»

Er schweigt.

«Willst du sagen, dass sie …»

«Ja, sie waren ein Liebespaar.»

Meine Augen werden kugelrund. «Aber wie … was … Was war denn mit Detlef?»

Nicolas atmet geräuschvoll aus. «Er musste den Verkauf und die Übergabe seiner Firma abwickeln und hat es nur ein oder zwei Mal in der ganzen Zeit geschafft, hierherzufahren. Mein Vater hat ihn nie zu Gesicht bekommen. Nichts deutete darauf hin, dass Regina verheiratet ist.» Nicolas schaut mich an. Seine Augen sind klar und dunkel, und sein Blick ist so intensiv, dass ich fürchte, er könnte ein Loch in meine Iris brennen.

«Nach dem Tod meiner Mutter vor fünfzehn Jahren hat mein Vater sich, was Beziehungen anbelangt, schwergetan. Regina war nach langer Zeit die erste Frau, von der er mir überhaupt erzählt hat. Er war sehr verliebt und hat sich sogar eine gemeinsame Zukunft ausgemalt.»

Ich bin sprachlos. Kann das stimmen? Traue ich Regina zu, Detlef zu betrügen? Und was geschah dann? Wollte sie ihn verlassen, oder hat sich die Affäre im Sande verlaufen?

Ich kann mir auf keine einzige dieser Fragen einen Reim machen und fiebere danach, den Rest der Geschichte zu hören. Auch wenn ich zugeben muss, dass mir das alles vollkommen unwirklich und zutiefst abstoßend erscheint. Andererseits … so gut kenne ich Regina schließlich noch nicht. Sie nicht und erst recht nicht Nicolas' Vater, der diese schreckliche Behauptung aufgestellt hat. Wem von den beiden soll ich Glauben schenken?

Wenn ich es mir recht überlege, wäre es wohl besser gewesen, ich hätte nicht gefragt. Denn im Grunde geht mich die ganze Sache ja nichts an. Das alles ist lange her, und sowohl Regina als auch Nicolas' Vater sind erwachsene Menschen. Was mich allerdings zu der nächsten Frage führt und zwar: Warum mischt Nicolas sich ein? Steckt womöglich noch mehr hinter der Geschichte?

Nachdenklich schaue ich in die Ferne. Die Sonne balanciert gemächlich auf dem Horizont. Wie ein bockiges Kind, das nicht ins Bett gehen möchte, zögert sie ihren abendlichen Abschied hinaus.

Plötzlich spüre ich, dass Nicolas mich ansieht. Als ich mich ihm zuwende, empfange ich einen eindringlichen Blick.

«Wie stehst du eigentlich zu Regina?», fragt er provokativ. Er kneift die Augen zusammen, als wolle er dadurch eine Antwort aus mir herauspressen. «Was tust du wirklich in Nid, Luisa? Du bist doch nicht extra hierhergereist, um deiner Mutter die Trennung von Stefan zu beichten.» Zwischen den dichten Wimpern schimmern seine Augen wie dunkle Monde. «Warum Nid-sur-Mer? Und warum ausgerechnet die Pension Regina?»

Ich war auf die Frage nicht vorbereitet. Sie wirft mich vollkommen aus der Bahn. Mein Herz klopft bis zum Hals, und ich fühle, wie meine Hände feucht werden. Das habe ich nun davon! Meine Neugier wird bestraft, und ich muss mich Nicolas erklären, obwohl ich mir sicher bin, dass ihm die Wahrheit nicht gefallen wird. Seine Abneigung gegen Regina scheint so tief verwurzelt – ich muss das Ende seiner Erzählung gar nicht kennen, um zu wissen, dass er mich unweigerlich mit ihr über einen Kamm scheren würde. Zögernd lasse ich den Grashalm fallen. Um Zeit zu gewinnen tue ich so, als würde ich eine lästige Fliege verscheuchen, doch es nützt nichts. Nicolas schaut mich noch immer mit derselben erwartungsvollen Miene an, und ich fühle meine Felle davonschwimmen. Ich *kann* ihm nicht die Wahrheit sagen. Es geht einfach nicht.

Ohne Nicolas anzusehen, sage ich so leise, dass man mich gerade eben noch hören kann: «Meine Mutter ist … sie ist eine Freundin von Regina.» Da Nicolas und Regina im Zwist liegen, wird er meine Aussage kaum überprüfen können. Trotzdem möchte ich Nachfragen vermeiden und erkläre weiter: «Dieser Urlaub zu dritt ist schon lange geplant. Wir wollten in den Süden, und somit ergab es sich einfach, hier in Nid, bei Regina, vorbeizuschauen.»

Nicolas hält den Kopf schräg und nickt nachdenklich. Wenn ich er wäre, würde ich mir definitiv nicht glauben. Kein Wort. Ob er es dennoch tut, kann ich nicht beurteilen. Er schaut mich versonnen an mit einem Ausdruck auf dem Gesicht, der Rückschlüsse in alle Richtungen zulässt. Einen Moment fürchte ich, er wird mir auf den Kopf zusagen, eine Lügnerin zu sein, und meine Kehle schnürt sich zusammen.

Doch dann, als sei die Angelegenheit für ihn abgehakt, erkundigt er sich plötzlich: «Was ist eigentlich mit eurem Auto? Hat die Werkstatt schon Zeit gehabt, es sich anzusehen?»

Ich atme einmal tief durch. «Wir … äh … warten auf ein Ersatzteil, das Jacques einbauen will», erkläre ich und fühle mich dabei dermaßen erleichtert, dass ich schnell weiterplappere: «Ich hoffe, die Reparatur wird morgen über die Bühne gehen. Stefan wird mich sonst umbringen. Er liebt sein Auto.»

In Nicolas' Mundwinkel zuckt es. Er kann sich ein Grinsen nicht verkneifen. «In *dem* Punkt kann ich ihn verstehen.»

Ehe ich etwas Spöttisches dazu sagen kann, fragt Nicolas: «Hast du vielleicht Lust, mit mir einen Ausflug zu unternehmen?» Seine Augen funkeln abenteuerlustig.

Ich starre ihn an. «Jetzt?», frage ich entgeistert. Die anderen würden sich garantiert Sorgen machen, sollte ich die halbe Nacht wegbleiben. Andererseits …

«Nein. Natürlich nicht jetzt.»

Ich dämliche Ziege.

«Ich muss morgen in der Gegend einen Schrank ausliefern. Danach hätte ich Zeit.» Sein Blick bohrt sich in meinen. «Wir könnten gemeinsam ans Meer fahren und irgendwo zu Mittag essen. Was hältst du davon?» Er lässt mir keine Zeit zum Antworten, sondern fügt hinzu: «Nizza ist nicht weit. Es wäre kein Problem, einen Abstecher in die Werkstatt zu unternehmen. Macht sich immer gut bei Franzosen.» Er grinst.

Vollkommen perplex bringe ich zunächst kein Wort hervor. Mit Nicolas ans Meer fahren? Das ist … mit Sicherheit keine gute Idee.

«Um wie viel Uhr willst du denn aufbrechen?»

Man kann ja mal fragen.

«In Frankreich hat man es nicht so mit der Uhrzeit», erklärt er mir und streckt sich. «Irgendwann im Laufe des Tages. Wenn du um elf Uhr Zeit hast, fahren wir um elf. Wenn es erst am Nachmittag geht – auch okay.»

27

Freundinnen?

Auf dem kurzen Heimweg rattert es unaufhörlich in meinem Hirn. Ich habe Nicolas meine Handynummer gegeben, damit wir uns morgen spontan verabreden können. Jetzt frage ich mich allerdings, ob das schlau war. Ich bin schließlich hergekommen, um meine Zeit mit Regina zu verbringen. Selbst wenn sie für morgen andere Pläne haben sollte – wie erkläre ich es meiner Familie, dass ich mit Nicolas ans Meer fahre? Einem Mann, den ich gerade mal drei Tage kenne?

Der noch dazu Franzose ist und einen Zopf trägt!

Es wird Stefan umbringen.

Ich bilde mir ein, noch immer ein Prickeln an der Stelle zu spüren, an der mein Arm den von Nicolas gestreift hat. Das ist doch nicht normal, oder? Ich frage mich ernsthaft, warum dieser Mann mich dermaßen aus dem Konzept bringt.

Und was eigentlich seine Frau dazu sagt, dass wir einen Ausflug machen?

Oh Mann, in was habe ich mich da nur verstrickt?

«Okay», sage ich laut zu mir selbst. «Das geht nicht. Gleich morgen nach dem Aufstehen werde ich Nicolas absagen, damit er den Tag ohne mich planen kann.»

Ich will die Pension durch die Seitentür betreten und absichtlich nicht den Weg nehmen, der am Haus vorbei durch den Garten führt. Ich bin nicht scharf darauf, irgendwen zu treffen. Und Appetit verspüre ich noch immer keinen. Am liebsten wäre mir, wenn ich den Rest des Abends für mich allein sein könnte.

«Guten Abend, Luisa.»

Erschreckt fahre ich zusammen. Vor mir an der Hauswand sehe ich eine dunkle Gestalt lehnen, und erst nach mehrmaligem Blinzeln erkenne ich, dass es Regina ist.

Oh nein. Von allen Menschen im gesamten Universum ist sie diejenige, die ich momentan am wenigsten gern sehen möchte. Mir wird heiß bei dem Gedanken an unser Gespräch am Nachmittag und daran, was Detlef mir erzählt hat.

«Hallo», sage ich knapp und bemühe mich, meinen Tonfall so neutral wie möglich zu halten. Ob es mir gelingt, weiß ich nicht. Und noch weniger habe ich eine Strategie, wie ich mich ihr gegenüber verhalten soll. Direkte Konfrontation? Oder erst einmal abwarten, ob sie mir etwas zu sagen hat?

Regina ist im Begriff, sich eine Zigarette anzuzünden. Mir war gar nicht bewusst, dass sie raucht. Dreimal müht ihr Daumen sich ab, mit dem kleinen Rädchen des Feuerzeugs Funken zu erzeugen, beim vierten Versuch gelingt es ihr. Die Flamme lodert auf, es knistert kurz, und Sekunden später zeichnet sich eine Qualmwolke gegen den Abendhimmel ab. Noch immer ist es nicht vollkommen dunkel, und ich kann erkennen, wie fahrig ihre Bewegungen sind.

«Detlef hat mir von eurem Gespräch heute Nachmittag erzählt.» Sie kommt ohne Umschweife zur Sache. Ihre Stimme klingt rau, als habe sie den Tag über viel geredet oder geraucht.

«Wollen wir uns setzen?» Sie deutet auf die Treppenstufen vor dem Seiteneingang, geht ein paar Schritte und lässt sich nieder. Ich folge ihr und warte ab, was weiter geschieht.

Reginas Miene ist starr geradeaus gerichtet, während sie leise zu sprechen beginnt: «Mit der Frage nach deinem Vater hast du mich heute Morgen etwas überrumpelt …» Sie nimmt einen tiefen Zug von der Zigarette und bläst den Rauch nach oben. «Ich habe überhaupt nicht darüber nachgedacht, dass du dich für ihn interessieren könntest.»

Da ich inzwischen von Detlef weiß, dass Regina sich womöglich für diesen Teil ihrer Lebensgeschichte schämt, bin ich gehemmt, mich zu dem Thema zu äußern. Erst nach einigem Zögern sage ich: «Im Grunde haben sich meine Gedanken in der Vergangenheit auch mehr um dich gedreht. Aber ich bin natürlich auch auf meinen Vater neugierig. Er ist ein ebenso wichtiger Teil meiner Wurzeln.»

Regina zieht versonnen an ihrer Zigarette. Ohne mich anzusehen, erklärt sie: «Weißt du, ich war so hungrig auf das Leben. Zu Hause gab es ständig Ärger. Ich habe die Schule abgebrochen, um zu jobben. Babysitten, putzen, Verkäuferin – ich habe so ziemlich alles gemacht, das Geld einbrachte. Mit achtzehn habe ich in einer Disco gejobbt.» Sie zuckt mit den Schultern. «Du kannst dir vermutlich vorstellen, dass es nicht schwer war, dort Männer kennenzulernen.»

Ich nicke, auch wenn ich mir nicht sicher bin, ob Regina es sehen kann. Ich erinnere mich tatsächlich noch ganz gut an die Zeit, als ich in diesem Alter war. Jungs waren spannend und ein Riesenthema, wann immer ich mit meinen Freundinnen unterwegs war. Trotzdem war ich ein Spätzünder, auch in sexueller Hinsicht. Während meine Freundinnen sich längst über ihre wilden Erfahrungen austauschten, hatte ich noch nicht einmal einen Freund. Erst mit neunzehn verliebte ich mich und war mit dem Jungen auch gleich zwei Jahre zusammen. Eher selten, für damalige Verhältnisse.

«Ich war ganz sicher nicht mit jedem Typen im Bett, der nach Feierabend auf mich gewartet hat», erklärt Regina weiter. Sie macht eine Pause, zieht noch einmal kurz an ihrer Zigarette, wie um neuen Mut zu tanken. «Aber ein paar waren es schon.»

Sie schielt zu mir herüber. «Ich weiß darum wirklich nicht, wer dein Vater ist. Und es tut mir leid, dass ich dich angelogen habe.»

Ehe ich etwas darauf sagen kann, fügt sie hinzu: «Mein halbes Leben lang habe ich mich für die Fehler in meiner Vergangenheit geschämt und diese Zeit darum, so gut es ging, verdrängt. Dass ich irgendwann den Mut aufgebracht habe, dir zu schreiben, grenzt an ein Wunder. Aber seit wir uns kennengelernt haben und ich weiß, dass es dir gutgeht, ist mir klar, dass es gar kein Fehler war, ein Kind in die Welt zu setzen. Ich muss mich nicht mehr schämen, und das habe ich dir zu verdanken.» Sie blinzelt mich an und drückt meinen Arm. «Dir und Detlef. Niemals wäre ich so weit gekommen, ohne seine Beharrlichkeit.»

Ich beiße mir auf die Lippen. Ich würde sehr gern sagen, dass ich mich ebenfalls freue, sie endlich zu kennen, und dass ich ihre Beweggründe nachvollziehen kann, aber die Worte wollen nicht aus meinem Mund kommen. Seit ihrer Lüge hat sich eine dünne Eisschicht um mein Herz gelegt.

«Hey!» Reginas Hand wandert zu meinem Knie und schüttelt es leicht. «Lass uns die gemeinsame Zeit von nun an genießen, Liebes.» Sie legt mir ihren Arm kumpelhaft um die Schulter. Der samtige Duft ihrer Haare weht mir in die Nase, als sie ihre Wange an meine drückt. «Ich wünsche mir so sehr, dass wir Freundinnen werden.»

Ich schließe einen Moment die Augen und spüre in mich hinein. «Das wünsche ich mir auch», sage ich schließlich mit rauer Stimme. *Freundinnen.* Auf einmal vielleicht die beste Option.

Das Abendessen habe ich erfolgreich verpasst. Und nach wie vor verspüre ich keine Lust, die anderen im Garten zu treffen. Während Regina sich nach unserem Gespräch auf ihr Zimmer verzieht, schleiche ich durch die Küche, schnappe mir einen angeschnittenen Brotknust und tappe anschließend durchs Treppenhaus. Oben angekommen stelle ich zu meiner Erleichterung fest, dass Stefan noch nicht da ist. Erschöpft lasse ich mich aufs Bett fallen, kaue und starre nachdenklich an die Decke. Warum fühlt sich immer noch nicht alles gut an? Was ist das Problem, das ich mit Regina habe? Irgendetwas spukt in meinem Kopf herum, ein diffuser Gedanke, der sich nicht benennen lässt. Immer wieder sage ich mir, dass es ihre Lüge ist, die mich beschäftigt, doch so richtig will sich mein Inneres mit dieser Erklärung nicht zufriedengeben.

Ich merke, wie mich eine bleierne Müdigkeit überkommt.

«Schläfst du schon?»

Erschreckt fahre ich hoch. Kann es sein, dass ich tatsächlich eingeschlafen war? Jedenfalls habe ich Stefan nicht reinkommen hören. Keine Ahnung, wie spät es ist und wie lange ich schon so daliege und grübele.

«Mach mal ein bisschen Platz.» Er will sich zu mir ins Bett quetschen. Sein Atem riecht noch immer nach Alkohol, und ich schätze, er hat die Promille vom Weingutbesuch noch ein wenig aufgefüllt. Ungeschickt nestelt er an meiner Bluse herum. «Komm, mein Schatz, wir machen dort weiter, wo wir vorhin aufgehört haben.» Seine Hand schließt sich um meine Brust. Doch selbst wenn er nüchtern wäre, stünde mir der Sinn nicht danach. Sanft schiebe ich sie fort.

«Ich bin müde», erkläre ich, «vielleicht morgen.» Aber da es sich mit Betrunkenen schlecht diskutiert, braucht es eine ganze Weile, ehe er endlich aufgibt. Leicht beleidigt verzieht er sich ins Badezimmer und legt sich anschließend in sein eigenes Bett.

Als ich das nächste Mal wach werde, ist es schon neun Uhr. Etwas fühlt sich komisch an. Ich reibe mir den Schlaf aus den Augen und sehe, dass ich noch immer dieselbe Jeans und meine braune Bluse vom Vorabend trage. Einzig die Jacke muss ich ausgezogen haben, sie liegt zu meinen Füßen, neben den Sneakers.

Von Stefans Bett ertönt leises Schnarchen. Er wirft sich von einer Seite auf die andere und zieht sich schlaftrunken die Decke über den Kopf, um sich vor den Sonnenstrahlen zu schützen, die durch eine Lücke im Holz der Fensterläden fallen. Hoffentlich ist die undichte Stelle von den Mücken unbemerkt geblieben, denke ich. Sonst muss ich mir nachher womöglich wieder einiges anhören.

Die Luft im Raum riecht abgestanden und ein bisschen nach Alkoholrausch, den Stefan, wie es scheint, noch nicht ausgeschlafen hat.

Langsam stehe ich auf, schleiche ins Badezimmer und schließe sorgfältig die Tür. Eine heiße Dusche ist jetzt genau das Richtige.

Während ich mich von Kopf bis Fuß einschäume, kommt mir das Gespräch mit Regina wieder in den Sinn. Und plötzlich, als hätte das klare Wasser den Schleier, der meine Gedanken vernebelt hat, fortgewaschen, fällt mir auf, was mich an ihren Worten so irritiert hat. Hastig spüle ich die Seife fort, trockne mich ab und tapse zurück zum Kleiderschrank. Dieses Mal bin ich nicht ganz so leise, denn ich kann es kaum abwarten, mit Detlef oder Regina über meinen Eindruck zu sprechen. Ich ziehe an, was mir als Erstes in die Hände fällt – Jeansrock und ein locker fallendes Top –, schlüpfe in ein paar flache Sandaletten und eile nach unten.

Der Frühstücksraum ist menschenleer. Deshalb fallen mir die gestrichenen Esstische sofort ins Auge, die wieder an ihre angestammten Plätze gerückt wurden. Jemand hat blütenweiße

Leinendeckchen über Eck aufgelegt, außerdem die Blumenvasen mit frischen Gartenblumen bestückt und sie zusammen mit den Zuckerstreuern in der Mitte platziert. Der Tisch, an dem ich zuletzt mit Mama und Stefan gesessen habe, ist schon gedeckt.

Plötzlich ertönt ein knirschendes Geräusch, gefolgt von lautem Krachen. Dann höre ich Musik aus einem Lautsprecher dröhnen. Sie kommt von draußen. Irritiert schaue ich aus dem Fenster, und mir fallen vor Überraschung fast die Augen aus dem Kopf: Mama steht mit geschlossenen Augen mitten auf dem verdörrten Rasen, hat die Arme weit von sich gestreckt und biegt ihren Rumpf rhythmisch zu allen Seiten. Links und rechts neben ihr stehen Herr und Frau Schattschneider, die sich denselben Verrenkungen hingeben. Alle drei, auch Mama, sind barfuß und tragen Radlerhosen, dazu hautenge Shirts. Der Clou des Outfits sind jedoch weiße Stoffstreifen, die sich alle drei wie Schweißbänder um die Köpfe gewickelt haben.

Ich trete ans Fenster und starre das Grüppchen entgeistert an.

Als habe sie meinen Blick gespürt, reißt meine Mutter die Augen auf. «Liebes!», ruft sie und biegt ihren Oberkörper nach vorn. «Komm, mach mit! Das ist Pep-Yoga!»

Ich blinzele und presse meine Nase an die Scheibe. Habe ich richtig gehört, Pep-Yoga? Was soll das sein? Und überhaupt – hält Mama sich für Cher?

Jetzt ruft auch Frau Schattschneider: «Kommen Sie, Luisa! Wir haben gerade erst begonnen. Das ist *Peoples Elementary Power Yoga* – Sie können noch einsteigen!»

Als sei er in der Lage, mir eine Erklärung für das Spektakel zu liefern, lasse ich meinen Blick zu Klaus Schattschneider wandern. Er reckt den Daumen in die Höhe, als wolle er sagen: Ein bisschen Sport hat noch keinem geschadet.

Irritiert öffne ich die Terrassentür. «Weiß jemand, wo Regina steckt?» Ich muss gegen die Musik regelrecht anbrüllen.

Meine Mutter tänzelt mir ein Stück entgegen. «Regina?», fragt sie, als habe sie den Namen nie zuvor gehört.

Ich starre fragend auf das provisorische Schweißband an ihrer Stirn. «Ja genau, Regina.»

Die Frau, deren Garten du gerade für deine Pep-Gymnastik platt trampelst.

«Sie ist losgefahren, um frischen Fisch für das Abendessen zu besorgen.» Mama schaut zu Herrn Schattschneider, der offenbar der Vorturner ist. Soeben hat er mit Kniebeugen begonnen. «Ich werde mich heute Abend an eine Fischsuppe wagen», hechelt Mama und bekommt so langsam einen roten Kopf. «Man nennt sie hier Bourride. Regina hat das Rezept gegoogelt, damit ich die Suppe nachkochen kann. Falls sie keine Pomeranzenschale auftreibt – was ich mir aber nicht vorstellen kann, schließlich sind wir hier quasi im Geburtsland der Bouillabaisse –, machen wir die Suppe nur mit Safran.» Sie japst nach Luft.

«O-kay», sage ich, immer noch leicht verstört.

Pomeranzenschale … ist sie sicher?

Ich verkneife mir weitere Kommentare zum Essen und ermahne meine Mutter auch nicht, es mit dem Sport nicht zu übertreiben. Ich will mich keinesfalls anhören wie sie.

«Detlef ist nebenan und kocht Kaffee», schafft Mama mir noch zuzurufen, ehe sie von Herrn Schattschneider aufgefordert wird, ein Handtuch auf dem Boden auszubreiten und sich darauf niederzulassen. Mit klimpernden Armreifen wedelt sie in Richtung Küche.

«Alles klar!» Obwohl ich liebend gern ein Foto von den dreien geschossen hätte, brennt es mir auf den Nägeln, mit Detlef zu sprechen.

Als ich den gemütlichen Raum betrete, ist er gerade im Begriff, umständlich ein Weckglas mit Marmelade zu öffnen. Seine bandagierte Hand will ihm dabei keine rechte Hilfe sein.

«Hallo, Luisa, gut geschlafen?», grüßt er mich und grinst schelmisch. «Na, willst du dich nicht der Gymnastikgruppe anschließen?»

«Himmel, nein!» Ich schüttele energisch den Kopf und halte das Glas fest, damit er mit der gesunden Hand den Deckel aufschrauben kann. «Weißt du, wie das zustande gekommen ist?», frage ich und deute mit dem Kopf in Richtung Garten. «Meine Mutter hasst Sport. Ich habe ihr im letzten Jahr eine DVD mit Gymnastikübungen zu Weihnachten geschenkt, die sie noch nicht einmal ausgewickelt hat. Und nun treibt sie Pep-Yoga!?»

Detlef legt den Kopf schräg. «In der Gruppe ist vieles leichter», überlegt er. «Vielleicht hätte sie gern Sport gemacht, aber ihr fehlte die Gesellschaft?»

Seine Antwort nimmt mir den Wind aus den Segeln. Von der Seite habe ich das Thema noch gar nicht betrachtet. Klar, Mama lebt allein. Aber ich hätte mich wohl schlecht mit ihr gemeinsam zum Turnen in den Garten stellen können, dafür war nun wirklich keine Zeit.

«Kaffee?» Detlef hält fragend eine Tasse in die Höhe. Als ich nicke, stellt er sie zurück auf den Tisch, greift sich mit der gesunden Hand die Kanne und gießt mir ein. Dabei gerät er ins Schwärmen: «Die Tische sind phantastisch geworden! Sie sehen tausend Mal besser aus als vorher. Ich konnte es heute Morgen kaum glauben, als ich sie bei Licht gesehen habe. Das Anstreichen war wirklich eine super Idee.» Er überreicht mir die dampfende Tasse und strahlt mich an.

«Danke», sage ich aufrichtig erfreut und nippe vorsichtig am Kaffee. «Die weißen Deckchen passen übrigens toll dazu.»

«Finde ich auch. Die hat Elisabeth beigesteuert. Sie stammen vom Markt in Nid.» Er beugt sich vor. «Ganz ehrlich, Luisa, ich überlege gerade, Elisabeth als Köchin einzustellen. Wenn sie heute wieder so lecker kocht wie vorgestern Abend, werde ich ihr ein Angebot unterbreiten. Also, natürlich nur, wenn du sie zu Hause entbehren kannst.» Er grinst. «Von ihrem Erfahrungsschatz kann ich mir jedenfalls eine Scheibe abschneiden.»

Ich tue so, als würde ich mir die Sache durch den Kopf gehen lassen. «Warum nicht?», gebe ich frech zurück. «Aber dafür müsstest du jeden Morgen mit ihr Gymnastik machen, sobald deine Hand wieder verheilt ist. Die Schattschneiders bleiben ja nicht ewig.»

Detlef lacht aus vollem Hals. «Du liebe Güte, ich weiß ja nicht …» Seine grauen Augen leuchten wie winzige, sonnenbeschienene Quarzkörnchen. «Der Preis ist mir ein wenig zu hoch.» Einen Moment grinst er stumm in sich hinein, dann sagt er: «Du musst hungrig sein, schließlich warst du gestern gar nicht beim Abendessen.» Sein Blick wird weich. «Geht es dir gut?»

Augenblicklich meldet sich mein Gewissen. Er schuftet von morgens bis abends, kocht trotz seiner Verletzung für alle Abendessen, und ich bin nicht aufgetaucht. Wie unhöflich. «Es tut mir leid, dass ich nicht mehr zu euch gestoßen bin», sage ich reumütig. «Ich habe Nicolas getroffen, und wir waren spazieren. Ich … Ach, weißt du, mir gehen zurzeit so viele Dinge durch den Kopf, da war es eine willkommene Abwechslung, ein wenig mit ihm und Porthos durch die Gegend zu streifen.»

Detlef nickt, als habe er sich etwas Ähnliches schon gedacht. «Gibt es etwas Bestimmtes, das dir auf der Seele liegt?»

Ich lehne mich gegen die Wand und verschränke die Arme vor der Brust. Von draußen dröhnt ABBA herein. *The winner takes it all.* Ich lausche dem Text und betrachte konzentriert meine Fußspitzen. Gerade eben noch konnte ich es kaum erwarten, mit ihm zu sprechen, jetzt weiß ich nicht recht, wie ich am besten beginnen soll.

«Gestern Abend hatten Regina und ich ein kurzes Gespräch … Etwas von dem, was sie gesagt hat, will mir nicht aus dem Kopf gehen.»

Detlef schweigt, schaut mich aber weiterhin aufmerksam an.

Ich starre noch immer auf meine Füße. Die Dielen, auf denen ich stehe, sind wirklich extrem breit. Ob Nicolas' Vater sie abgeschliffen hat?

«Spuck's aus», ermuntert Detlef mich. «Dann bist du es los, und vielleicht kann ich dir mit meiner Antwort helfen, den Knoten in deinen Gedanken zu lösen.»

Ich gebe mir einen Ruck. Meine Augen wandern langsam nach oben, bis ich ihm ins Gesicht sehe. In seinem Blick liegt so viel Wärme und Güte, dass es mir überraschend leichtfällt, meine Worte vorzubringen.

«Im Laufe unseres Gesprächs meinte Regina, dass sie dir sehr dankbar sei, für die Beharrlichkeit, mit der du auf sie eingewirkt hast. Und heute Morgen kam mir plötzlich in den Sinn, dass du etwas Ähnliches geäußert hast. Du seist inzwischen gut darin, sie zu ihrem Glück zu zwingen ...»

Detlef legt den Kopf schräg, sagt aber nach wie vor nichts.

Also fahre ich fort: «Weißt du, die ganze Zeit über habe ich mich gefragt, was der Auslöser gewesen sein mag, dass sie sich vor drei Monaten plötzlich bei mir gemeldet hat. Warum ausgerechnet zu diesem Zeitpunkt? Nach all den Jahren.» Ich schaue ihn fragend an. Meine Hände krallen sich in meine Oberarme, als müsse ich mich an mir selber festhalten. «Weißt du, was ich glaube? Du hast sie dazu überredet. Es war deine Idee, dass Regina und ich uns kennenlernen, sie wollte es eigentlich gar nicht. Stimmt's?»

Es kann nur so gewesen sein. Jetzt, da ich es ausgesprochen habe, fühle ich mich erleichtert. Gleichzeitig ist mir auf einmal das Herz schwer.

Detlefs Blick beginnt zu flattern. Er schürzt die Lippen, wendet sein Gesicht ab und schaut lange Zeit schweigend aus dem Fenster.

I apologize, if it makes you feel bad, seeing me so tense, no self-confidence …

Ich wende mein Augenmerk ebenfalls nach draußen und sehe Mama, die ihre Oberschenkel zu ABBA dehnt.

«Bitte sag mir die Wahrheit», setze ich nach. «War es dein Vorschlag, mich hierher einzuladen?»

Ich wünschte, er würde endlich antworten, doch es dauert eine gefühlte Ewigkeit, bis er sich zu mir dreht und sich räuspert. «Warum ist dir diese Antwort so wichtig, Luisa? Würde es etwas an deiner Beziehung zu Regina ändern?»

Ich überlege. «Ich weiß es nicht genau», gestehe ich. «Ja, doch. Es würde mich enttäuschen.»

«Das sollte es nicht», antwortet Detlef. «Manchmal muss man Menschen auf den richtigen Weg helfen. Weil sie ihn allein nicht finden. Dafür darf man sie nicht verurteilen.»

«Also warst du es.»

Er geht ein paar Schritte, schenkt sich Kaffee nach und trinkt einen Schluck. Dann stellt er die Tasse ab, setzt sich halb auf den Tisch und antwortet: «Sagen wir, ich habe sie dazu animiert.» Er verschränkt die Arme vor der Brust und beginnt zu erzählen: «Als Anfang des Jahres zum ersten Mal Ziegel vom Dach geweht wurden, bin ich auf den Dachboden gestiegen, um sicherzugehen, dass es nicht hineingeregnet hat. Zum Glück war alles trocken. Trotzdem habe ich ein paar Kisten zusammengeräumt, um sie später mit Planen zu schützen. Vorher wollte ich aber den Inhalt sortieren, damit nichts von Bedeutung verlorengeht. In einem der Kartons flatterten mir alte Akten von Regina entgegen. Sie schienen mir wichtig zu sein, also habe ich die Kiste mit hinuntergenommen und die Papiere ordentlich abgeheftet. Dabei fiel mir dein Brief in die Hände.»

Mein Herz beginnt zu klopfen. Plötzlich ist es, als sei Detlef einem Geheimnis auf die Schliche gekommen.

«Ich hatte nicht vor, ihn zu lesen, sondern wollte nur prüfen, ob ich das Blatt unter Privates oder Geschäftliches abheften soll. Dabei stachen mir ein paar Worte ins Auge – und dann war es zu spät.» Er atmet schwer ein. «Als ich die ersten Zeilen gelesen hatte, wurde ich neugierig und konnte gar nicht anders, als den Rest auch noch anzusehen.»

Ich starre ihn an und habe auf einmal eine schreckliche Eingebung. «Wusstest du etwa vorher nicht, dass Regina ein Kind hat?»

Detlef betrachtet lange den Buffetschrank auf der gegenüberliegenden Seite. Dann schüttelt er bedächtig den Kopf. «Nein, ich hatte keine Ahnung.»

Fassungslos ringe ich nach Luft. «Wie bitte? Bis vor ein paar Monaten wusstest du nicht, dass Regina ein Kind hat, obwohl ihr schon so lange ein Paar seid?» Ich rechne kurz nach. «Es müssen über zehn Jahre sein.»

Mir rauscht das Blut in den Ohren. Ich bin entsetzt.

«Es mag dir merkwürdig vorkommen.» Er wendet den Kopf und lässt seinen warmen und klugen Blick auf mir ruhen. «Das verstehe ich. Aber ich kann dir vielleicht erklären, wie es dazu kommen konnte.» Er wartet, dass ich nicke, und fährt mit sanfter Stimme fort: «Regina hat in ihrer Vergangenheit extrem viel Pech gehabt, nicht nur, was ihre verkorkste Beziehung zu den Eltern angeht. Lange bevor ich sie kennenlernte, gab es einen Mann, der sie heiraten wollte. Doch als sie ihm gestand, dass sie ein Kind hatte, das bei Adoptiveltern lebte, ließ er die Hochzeit platzen. Mit einem fremden Kind mochte er nichts zu tun haben.» Er schaut mir in die Augen. «Ich glaube, dass Regina seit diesem Tag nie wieder über dich gesprochen hat.»

Er stellt die Tasse hinter sich auf dem Tisch ab. «All das hat sie mir erzählt, als ich sie auf deinen Brief angesprochen habe. Zuerst hatte ich überlegt, den Fund unerwähnt zu lassen und stillschweigend abzuheften. Doch ich konnte nicht. Mir war sofort klar, wie wichtig es für Regina ist, die Vergangenheit aufzuarbeiten, auch wenn ich sie letzten Endes dazu zwingen musste. Sie hatte schreckliche Angst davor, dass du sie ablehnen würdest.» Sein Lächeln ist fast stolz, als er erklärt: «Den Brief an dich hat sie allein geschrieben, ich habe nur darüber gewacht, dass sie ihn auch wirklich abschickt.»

So gern ich es auch möchte, ich schaffe es nicht, ihn ebenso warm anzulächeln. Ich weiß überhaupt nicht, was ich zu seiner Geschichte sagen soll. Obwohl ich Detlefs Tun gut und richtig finde, bin ich schockiert über seine Worte. Und schrecklich enttäuscht. Es war also tatsächlich nicht Reginas Wille, mich kennenzulernen, sondern seiner.

Das ändert alles.

Detlef scheint meine Bedenken zu spüren, er gibt sich Mühe, Regina ins rechte Licht zu rücken. «Regina ist nicht so selbstbewusst wie du, Luisa. Auch wenn sie auf den ersten Blick vielleicht anders wirkt. Aber damit ein Kind sich im Leben zurechtfindet, braucht es Sicherheit. Bedingungslose Elternliebe, die zwar klare Regeln aufstellt, aber unter dem Strich ohne Vorbehalte ist. Ein Kind darf keine Angst haben, Fehler zu machen, denn daraus lernt es. Regina konnte diese Erfahrungen nicht sammeln. Darum sucht sie unentwegt nach Menschen, von denen sie geliebt wird. *Männer.*» In einer verlegenen Geste streicht er sich über das glattrasierte Kinn. «Du hast es vielleicht schon bemerkt, aber sie legt es noch immer darauf an, von allen beachtet zu werden. Anfangs hatten wir deshalb oft Streit, vor allem, wenn sie mal wieder zu weit gegangen ist. Doch allmählich kommt sie zur Ruhe. Sie flirtet noch immer gern, aber ich bin mir zu hundert Prozent sicher, dass sie unsere Beziehung wertschätzt. Sie liebt mich und weiß, wie sehr ich sie liebe.»

Ich bin noch immer wie gelähmt. Ganz bestimmt kann ich nicht beurteilen, wie es ist, in jungen Jahren ohne Fürsorge aufzuwachsen. Und ich weiß auch nicht, wie lange ein solches Trauma anhält. Andererseits beginnt mir Reginas Opferrolle langsam auf die Nerven zu gehen. Sie ist erwachsen und sollte nach meinem Dafürhalten endlich mal ihr Leben in die Hand nehmen, anstatt blauäugig durch die Welt zu spazieren und andere zu benutzen. Und dadurch zu verletzen. Sie hatte Angst, von mir abgelehnt zu werden? *Sie*? Und was glaubt sie, habe ich empfunden, nachdem sie mich jahrelang nicht sehen wollte?

Als würde eine eiskalte Hand mein Herz umfassen und langsam zudrücken, kriecht mir die Kälte in die Glieder.

28

la Mirabelle

Was ist denn das für ein Krach da draußen?» Stefan steht auf einmal im Türrahmen. In Pyjamashorts und T-Shirt wirkt er noch reichlich verschlafen. «Ist das Elisabeth?», fragt er ungläubig. «Was um alles in der Welt treibt sie da?» Während er sich gähnend reckt, kneift er die Augen zusammen und starrt in den Garten.

Wonach sieht es denn aus?, denke ich genervt, bringe aber keinen Ton heraus. Detlefs Worte hallen in meinem Kopf nach. Stocksteif stehe ich da und warte, dass der Schockzustand vorübergeht.

«Himmel!» Stefan schaut mich vorwurfsvoll an. Als wäre es meine Schuld, dass Mama in Radlerhosen auf dem Rasen sitzt und vermutlich gerade ein Om spricht. «Hat sie denn niemand darüber informiert, wie gefährlich das ist?»

«Es ist nur Yoga», sage ich trocken, «kein Harakiri.»

«Das sehe ich.» Stefan legt die Stirn in Falten. Eine tiefe Furche hat sich oberhalb seiner Nase gebildet. «Yoga ist ein Sport, der Bänder und Gelenke ausleiert. Die arme Conni hat sich dabei den Meniskus gerissen.»

Die arme Conni?

«Möchtest du einen Kaffee?», grätscht Detlef in das Gespräch. Er ist bereits im Begriff, neuen Kaffee aufzubrühen, und will offenbar vermeiden, dass Stefan und ich uns an die Gurgel gehen.

«Ja, gern.» Er nickt Detlef dankbar zu. «Ich muss heute nämlich noch ein Seminar vorbereiten und das Konzept später nach Frankfurt mailen.» Dann wirft er mir einen strengen Blick zu. «Ich würde dich deshalb bitten, dass du dich um den Wagen kümmerst, Luisa.»

Zu Befehl, Chef!

«Das habe ich dir doch gestern schon versprochen», brumme ich.

«Ich weiß», antwortet er gereizt. «Und vorgestern auch. Bislang ist aber noch nichts passiert.» Mit spitzen Fingern nimmt er den Kaffeebecher entgegen, den Detlef ihm reicht.

Und täglich grüßt das Murmeltier, denke ich und will zum gefühlt hundertsten Mal klarstellen, dass die Werkstatt sich meldet, sobald der Wagen fertig ist, als draußen im Garten plötzlich die Musik ausgeht. Unsere Gesichter drehen sich gleichzeitig zum Fenster, und wir werden Zeugen, wie die Turngruppe ihre Handtücher zusammenfaltet und sich voneinander mit großen Gesten verabschiedet. Gleich darauf steckt meine Mutter ihren Kopf zur Tür herein.

«Du liebe Zeit, habe ich einen Hunger!», begrüßt sie uns und linst kurz um die Ecke in den Frühstücksraum. «Habt ihr etwa schon gegessen?»

«Nein», antwortet Stefan. «Ich muss arbeiten und bleibe erst mal nur bei Kaffee.»

«Und ich habe keinen Appetit.»

Meine Mutter lässt ihren Blick argwöhnisch zwischen Stefan und mir hin- und herwandern.

«Habt ihr euch etwa gestritten?», fragt sie alarmiert. Als keiner von uns antwortet, schaut sie erwartungsvoll zu Detlef.

«Keine Sorge, Elisabeth», sagt der prompt, «hier ist alles in bester Ordnung. Möchtest du Kirsch- oder Aprikosenmarmelade zum Frühstück?»

Mama kneift die Augen zusammen. Während sie mir prüfend ins Gesicht sieht, um die Glaubwürdigkeit von Detlefs Aussage zu überprüfen, sagt sie gedehnt: «Gern beide.»

Sofort beginnt Detlef, einhändig im Küchenschrank herumzukramen.

«Ich gehe hoch, arbeiten», verkündet Stefan.

«Ich komme mit und hole meine Sachen.» Auf keinen Fall werde ich meiner Mutter allein Rede und Antwort stehen und womöglich noch das Geplapper der Schattschneiders aushalten. Ehe sie einen Ton sagen kann, sind Stefan und ich aus der Küche verschwunden.

Oben auf dem Zimmer macht er seinem Herzen Luft. «Langsam solltest du dich mal entspannen», wirft er mir vor. «So kann es nicht weitergehen. Du bist dermaßen gereizt und nervös.» Er fuchtelt mit den Armen herum und sucht nach Worten. «Wie soll ich mich auf meine Arbeit konzentrieren, wenn ich das Gefühl habe, du kommst hier nicht ohne mich zurecht?»

Ach, und ich dachte, das sei der Grund gewesen, warum er überhaupt mitgefahren ist. *Um mir beizustehen.* Fassungslos schnappe ich nach Luft. Ich habe all das hier gar nicht gewollt und muss mir nun Vorwürfe anhören?

«Du brauchst dich nicht um mich zu kümmern», sage ich so neutral wie möglich, kann aber nicht verhindern, dass meine Stimme gekränkt und ein wenig bockig klingt. «Ich komme sehr gut allein klar, auch wenn du und meine Mutter das nicht für möglich halten.»

Stefan entgehen die Zwischentöne nicht. Er rudert zurück. «Hey …», sagt er, und sein Tonfall wird weich. «Tut mir leid.» Er will mich in die Arme schließen, doch ich bleibe stocksteif stehen. «Ich habe einen Batzen Dinge zu erledigen und muss heute extrem viel schreiben», erklärt er seinen Ausraster. «Aus dem Grund bin ich wohl etwas … gereizt. Im Übrigen habe ich angenommen, mit dir und Regina würde es einfacher.» Er sucht den Augenkontakt mit mir. «Sei jetzt nicht sauer, aber ich glaube, du stehst dir selbst im Weg.»

«Das …» Ich muss mich zwingen, nicht die Beherrschung zu verlieren. «Das mag ja sein, aber dann ist es eben so. Ich habe nun mal sehr viele Fragen und bekomme, wenn überhaupt, nur sehr spärliche Antworten. Es fällt mir schwer, mich damit zufriedenzugeben. Außerdem: Wem würde das etwas bringen?»

«Dir. Du würdest endlich zur Ruhe finden.»

«Ganz bestimmt nicht.»

Ich lese in Stefans Blick, dass er mich nicht verletzen will, aber auch, dass er langsam die Geduld mit mir verliert.

Was mich nur umso wütender werden lässt. Es war ein riesengroßer Fehler, hierherzufahren. Und ein noch größerer, ihn und Mama mitzunehmen. Schon möglich, dass beide es gut meinten, aber sie können mich doch nicht dermaßen unter Druck setzen. Ich bin mir sicher, mit seinen blöden Managern hat Stefan mehr Geduld.

«Ich lass dich besser mal in Ruhe arbeiten», sage ich mit bebender Stimme. «Ehe das hier noch hässlich wird.» Wütend greife ich mir meine Jacke, stopfe alles, was mir auf die Schnelle wichtig erscheint, in meine Handtasche und erkläre zum Abschied trotzig: «Ich kümmere mich jetzt um das Auto. Damit wir hier so bald wie möglich wieder fortkommen!»

Mit Schwung knalle ich die Tür zu und flitze die Treppe hinunter, damit ich draußen bin, ehe meine Mutter zufällig um die Ecke biegt.

Als ich vor dem Haus auf der Straße stehe, weiß ich zunächst nicht, wie ich meine vollmundig getroffene Ankündigung in die Tat umsetzen soll. Aber ich werde meine Worte wahr machen und mich um den bekloppten Wagen kümmern. Und wenn ich zu Fuß nach Nizza gehen muss!

Es ist auf angenehme Weise warm. Einige ausgefranste Schleierwolken hängen in der Luft, aber sie stören die Sonne nicht dabei, ihr klares Licht auf die Erde zu schicken. Ich sehe die Straße hinunter. Die Farben der Natur leuchten, als sei in der Nacht jemand mit dem Farbeimer unterwegs gewesen und habe alles mit einer dünnen Schicht Klarlack übergepinselt.

Seufzend ziehe ich mein Handy hervor und rufe in der Werkstatt an. Leider geht niemand ran.

Wahllos klicke ich mich durch meine Apps und öffne schließlich Instagram, um mich ein wenig von den Bildern der anderen ablenken zu lassen. Sofort sehe ich, dass Nicolas ein Foto gepostet hat, auf dem Porthos' Pfoten am Strand vom Meerwasser umspült werden. *Qu'est-ce que tu dis de ça @luisa_lululux?* steht darunter geschrieben.

Ich kann nicht anders, als zu kichern. Was ich davon halte? Genau genommen war es ja seit unserer Fahrt am Meer entlang mein stiller Wunsch, die Füße ins Wasser zu tauchen und herumzuplanschen. Und jetzt fällt mir auf einmal auch wieder ein, dass er von einem Ausflug gesprochen und mir angeboten hat, bei der Werkstatt vorbeizufahren. Ich nehme mir nicht die Zeit, das Für und Wider dieser Idee zu überdenken und tippe, ehe mich der Mut verlassen kann:

Oui! C'est une bonne idée! @nicobriand

Jetzt weiß er, dass ich dabei bin. Ein wenig albern, so dicht bei Nicolas' Haus zu stehen und darauf zu warten, dass er sich über Instagram bei mir meldet. Schlauer wäre es, einfach bei ihm zu klingeln. Aber ich kann mich nicht dazu durchringen. Während ich weiter auf der Straße herumstehe, mich durch die Seiten meiner *Freunde* klicke und nebenbei alle möglichen Überlegungen anstelle, kommt zum Glück schon seine Antwort:

Super, viens me voir si tu es libre!

Ich kann es nicht verhindern: Mein Herz macht mal wieder, was es will, und vollführt einen aufgeregten Satz. Ich soll vorbeikommen, sobald es mir passt! Muss ich jetzt noch Zeit totschlagen, im Schutz der Hecke? Nur damit es nicht so aussieht, als würde ich nicht prompt bei ihm antanzen? Aber was, wenn Mama oder Stefan zufällig einen Schritt vors Haus setzen und mich entdecken?

Ich wäge die Optionen kurz gegeneinander ab und marschiere dann schnurstracks zum Nachbarhaus und klingele.

Kaum hat sich die Eingangstür einen Spalt geöffnet, drängt Porthos durch die Lücke. Er gebärdet sich, als seien wir alte Freunde, wedelt propellerartig mit dem Schwanz und winselt in den höchsten Tönen.

«Salut!», begrüßt Nicolas mich. Schmunzelnd beobachtet er, wie ich den Hund hinter den abstehenden Ohren kraule. «Immer drängelt er sich beim Küssen vor.»

Mir fällt auf, wie gut Nicolas aussieht. Statt der Arbeitskluft trägt er heute ein gebügeltes weißes Hemd zur Jeans. Wie perfekt das mit seiner gebräunten Haut harmoniert, lässt sich kaum ignorieren.

Ich hätte das geblümte Sommerkleid anziehen sollen, schießt es mir durch den Kopf. *Nicht den ollen Jeansrock.*

Irgendwann scheucht Nicolas den Hund fort und reicht mir die Hand. Er zieht mich leicht zu sich heran, und ich fühle seine Haare weich mein Gesicht streifen, während er mich auf beide Wangen küsst.

«Schön, dass du dich entschlossen hast, mit mir zu fahren», sagt er lächelnd und schnappt sich eine schwarze Aktentasche aus Leder, die im Flur auf dem Boden steht. «Meinetwegen können wir sofort los. Oder möchtest du vorher noch etwas trinken?» Er deutet in Richtung Küche.

«Nein danke.»

«Bon.» Er pfeift den Hund zu sich. «Du bleibst hier, Kumpel», sagt er mit Bedauern. Augenblicklich zieht Porthos den Kopf ein, lässt die Ohren hängen und schielt sein Herrchen mitleidheischend an. Es ist ein Bild für die Götter, und ich muss mich zusammenreißen, um nicht laut zu lachen.

«Sei nicht geknickt, alter Kerl.» Nicolas tätschelt liebevoll den haarigen Kopf. «Sophie kommt nachher und erlöst dich.» Er gibt dem Hund noch einen freundschaftlichen Klaps, und Porthos trottet enttäuscht in den Hausflur, wo er sich seufzend hinlegt, uns aber keine Sekunde aus den Augen lässt.

«Können wir ihn denn nicht mitnehmen?», bettele ich, weil es mir fast das Herz bricht, wie betrübt der arme Kerl aussieht.

«Nein.» Nicolas schüttelt den Kopf. «Er hat es zu Hause besser. Am Strand wird es zu heiß für ihn und die Fahrt durch die pralle Sonne und die vielen Kurven – er würde nur leiden. Außerdem kann ich dir versichern, dass er in spätestens fünf Minuten eingeschlafen ist.»

«Verstehe.»

Ich folge Nicolas nach draußen, warte, dass er die Tür abschließt, und will schon zum Wagen gehen, als er mich zurückruft. «Andere Richtung.» Er deutet auf den Kombi, der an der Straße parkt.

«Nehmen wir heute nicht den HY?», frage ich mit leisem Bedauern, als wir vor das Grundstück treten. Der nostalgische kleine Lieferwagen ist mir ans Herz gewachsen, und im Gegensatz zu Stefan machen mir auch die maroden Stoßdämpfer nichts aus.

«Wie gesagt, den nehme ich nur, wenn ich bei einem Kunden Eindruck schinden will.» Er grinst. «Heute wollen wir komfortabler und vor allem schneller unterwegs sein. On y va?»

Als wir am Gartentor entlanggehen, schiebt er sich die Sonnenbrille auf die Nase und lässt schon mal die Wagentüren aufschnappen. Wir steigen ein, und als hätte ich es geahnt, dass Nicolas den Wagen wendet, um den kürzesten Weg zur Hauptstraße zu nehmen, lasse ich mich tief in das schwarze Lederpolster sinken. Auf keinen Fall möchte ich, dass mich jemand aus der Pension Regina sieht.

Zwanzig Minuten später haben wir Nid hinter uns gelassen und fahren bergab, entlang der malerischen Weinberge. Die Sonne hat ihren höchsten Stand noch nicht erreicht, aber ihre Strahlen zeichnen die Umgebung gestochen scharf, als würden wir durch frisch geputzte Brillengläser schauen.

Irgendwann kann ich in weiter Ferne das Meer erahnen. Ich überlege, ob dies wohl derselbe Weg sein mag, den wir vor ein paar Tagen hergekommen sind, doch dann biegen wir ab, und plötzlich kommt mir die Umgebung kein bisschen mehr bekannt vor. Dafür legt die Landschaft in Sachen Schönheit noch nach. Entlang der Straße stehen Pinien und Zypressen Spalier, Überbleibsel von Mohnfeldern teilen sich die Aufmerksamkeit mit filigranen zartrosa Gewächsen und gelben Wiesenblumen. Ich komme mir vor wie im Film. Jeden Moment erwarte ich, dass eine ältere Frau mit ihrem blumengeschmückten Fahrrad um die Ecke biegt und uns fröhlich zuwinkt.

Zu viel Kitsch, Luisa!

Wir folgen einem Straßenschild, das nach Cannes weist.

«Hast du gut gefrühstückt, oder ist noch ein klein wenig Platz in deinem Magen?», erkundigt Nicolas sich, als wir an einer Kreuzung halten.

Ist unser Weg von meiner Antwort abhängig?

«Genau genommen habe ich gar nicht gefrühstückt», gestehe ich kleinlaut. «Hat sich heute nicht ergeben.»

Nicolas hebt überrascht eine Augenbraue, sagt aber nur: «Très bien, das trifft sich gut.» Er setzt den Blinker und biegt nach rechts ab. «Als Erstes werde ich einen Kostenvoranschlag bei einem Kunden abliefern und kurz mit ihm durchgehen. Und danach entführe ich dich auf die Terrasse des *La Mirabelle*», erklärt er und lächelt vielsagend.

«Hört sich gut an.» Ich habe zwar keine Ahnung, ob mir das *La Mirabelle* etwas sagen soll, aber seit ich bei Nicolas im Wagen sitze und die Landschaft wie an einer Schnur an mir vorbeizieht, fühle ich mich leicht und befreit. Nach der Unterhaltung mit Detlef am Morgen und dem anschließenden Streit mit Stefan kann ich nun die Kontrolle abgeben, muss nicht ständig einem Gespräch hinterherlaufen oder darauf konzentriert sein, meine Fragen loszuwerden. Ich darf einfach nur genießen. Und ich habe inzwischen sogar einen Bärenhunger. Selbst wenn sich das vorgeschlagene Restaurant als Pommesbude entpuppen würde, wäre mir das egal.

In einer mittelgroßen Ortschaft, deren Name mir nichts sagt, halten wir vor einem Antiquitätengeschäft. Nicolas schnappt sich die Aktentasche und verschwindet durch eine bimmelnde Glastür. Ich ziehe es vor, im Wagen zu warten und genieße die Sonne und den Ausblick in die altertümliche Gasse. Irgendwann fällt mein Blick auf den hinteren Teil des Wagens. Halb verdeckt von einer dicken Wolldecke liegt dort der Schrank. Eigentlich ist es mehr eine Kommode, hüfthoch, mit drei praktischen Schubladen. Wo die wohl hin soll?, überlege ich, denke dann aber nicht weiter darüber nach. Nicolas wird schon alles im Griff haben.

Es dauert keine Viertelstunde, dann kommt er zurück.

«Das gibt ein fettes Mittagessen», sagt er und steckt grinsend sein Portemonnaie in die Gesäßtasche seiner Jeans. «Ich hab den Auftrag und gerade schon einen Vorschuss bekommen.» Bestens gelaunt wirft er die Aktentasche hinter sich auf die Rückbank und startet den Motor.

Ich bin peinlich berührt. Wie konnte ich nur annehmen, Nicolas würde mit seinen Holzarbeiten kein Geld verdienen?

Vielleicht braucht er meine Hilfe tatsächlich nicht, und ich habe mich total überheblich benommen? Beschämt schaue ich aus dem Seitenfenster.

Wir fahren eine Weile schweigend über eine Landstraße, die mal besser und über kurze Strecken so gut wie gar nicht ausgebaut ist. Irgendwann, mitten auf dem Weg – rechts und links sind nichts als Hecken zu sehen – blinkt Nicolas. Ich recke meinen Hals, kann aber weit und breit kein Restaurant entdecken. Auch keinen Wegweiser. Erst als der Wagen links einbiegt und unter einer Rosenhecke abtaucht, wird meine Neugier befriedigt. Wir befinden uns auf einem quadratischen Sandplatz, auf dem zahlreiche Autos, größtenteils mit französischen Kennzeichen, ohne erkennbares Konzept kreuz und quer parken. Mit deutscher Gründlichkeit frage ich mich sofort, wie die Besitzer ihre Wagen später wieder aus diesem Chaos von hier fortbewegen wollen.

«Es sieht im ersten Moment ein wenig unstrukturiert aus», gibt Nicolas zu und deutet mein fragendes Gesicht richtig. «Aber das täuscht. Ich kann mich jedenfalls nicht erinnern, dass jemals jemand bei Valentin übernachten musste, weil sein Auto zugeparkt wurde.»

«Gut zu wissen.»

Nicolas wirft mir einen spöttischen Blick zu, während er den Motor ausstellt. Er lehnt sich gegen das Polster und dreht sich ganz zu mir. «Dies ist das *La Mirabelle.*»

«Wo?» Außer den vielen Wagen kann ich noch immer kein Restaurant erspähen.

«Dort vorn über die kleine Brücke.» Er deutet durch die Frontscheibe. «Man kann von hier nur die Spitze des Dachs erahnen. Valentin, der Besitzer, ist ein alter Freund meines Vaters und stammt aus Paris. Nachdem seine Frau vor ein paar Jahren mit einem anderen Kerl durchgebrannt ist, kam er hier in den Süden und hat einen Neustart gewagt.»

Während Nicolas den Anschnallgurt löst, macht sich ein verschmitztes Lächeln auf seinem Gesicht breit. «Ich kannte seine Frau zwar nicht, aber wenn du mich fragst, hätte sie der Welt keinen größeren Gefallen tun können, als Valentin gehen zu lassen. Er kocht göttlich, das Restaurant boomt, und ein paar Anwärterinnen für die Rolle der neuen Ehefrau gibt es auch bereits.» Er zuckt mit den Schultern. «Tu vois: La vie est belle!»

Als ein weiterer Wagen auf den Parkplatz einbiegt, raunt er mir beim Aussteigen zu: «Komm schnell, sonst schnappt uns jemand den besten Platz vor der Nase weg.»

Ich spute mich und folge Nicolas über die hölzerne Brücke. Sie führt über einen schmalen Fluss – eigentlich mehr ein Rinnsal – direkt auf den Eingang des Restaurants zu. Es ist ein altes Bauernhaus, ein *mas*, wie Nicolas mir erklärt, das mit weit geöffneter Eingangstür und einem Bouquet aus bunten Rosen zum Eintreten einlädt.

Noch auf der Schwelle zum Gastraum werde ich von einer Woge überschwappender Gemütlichkeit förmlich in das alte Haus hineingesogen. Staunend trete ich ein und blicke mich um. Drinnen wurden die dicken Wände größtenteils naturbelassen, auch der gesamte Boden ist, ähnlich wie in einem Pferdestall, dicht mit knubbeligen Steinen gepflastert. Im Stillen mache ich drei Kreuze, dass ich die flachen Sandalen gewählt habe und nicht auf Pumps über das Pflaster staksen muss. Schätzungsweise zwanzig Tische, allesamt mit gestärkten weißen Decken, Gläsern und Besteck eingedeckt, stehen dicht gedrängt und dabei ähnlich chaotisch wie die parkenden Wagen draußen im Raum verteilt. Nur zwei davon sind besetzt. Die überwiegende Zahl der Gäste sitzt auf der Terrasse, die ich durch blitzblank geputzte Glasscheiben und eine riesige Schiebetür sehen kann. Links von uns befindet sich ein langgezogener Tresen mit einer Vielzahl bunter Flaschen. Das meiste davon ist Alkohol.

«Nicolas!» Ein bärtiger untersetzter Typ, dem ich bei einem Casting sofort die Rolle des Kochs zugeteilt hätte, tritt hinter der Theke hervor. Über einem kurzärmligen schwarzen Hemd trägt er eine cremefarbene Weste, deren Knöpfe über dem Bauch dermaßen spannen, dass ich fürchte, sie könnten mir jeden Moment in das Gesicht springen. Er wartet, bis Nicolas seine Sonnenbrille abgesetzt hat, und fällt ihm anschließend um den Hals.

«Valentin!» Nicht zwei, sondern gefühlte zehn Küsschen werden ausgetauscht, dann fällt der Kerl über mich her.

«Arrête!», ruft Nicolas irgendwann lachend. «Hör sofort auf, Valentin! Sonst begleitet Luisa mich nie wieder.»

Ich werde losgelassen, dafür aber mit unverhohlener Neugierde angestarrt. Ein Grinsen huscht über Valentins Gesicht, als er sich Nicolas zuwendet, und mir ist klar, dass Valentin annimmt, ich sei Nicolas' aktuelle Flamme. Trotz allem ist mir der Kerl auf Anhieb sympathisch, und ich nehme ihm seine blühende Phantasie nicht übel. Während die beiden Männer ein kurzes Gespräch führen, mache ich mit meinem Handy ein paar Fotos vom Gastraum. Als ich fertig bin, greift Nicolas nach meiner Hand.

29

Der Unfall

Sanft, aber bestimmt zieht er mich hinter sich her durch das Labyrinth der Tische in Richtung Terrasse. Lebhaftes Stimmengewirr und der Duft nach Zitronen, gegrilltem Fisch und Kräutern erfüllt die Luft.

Ich registriere es nur am Rande. Vielmehr bin ich damit beschäftigt, mir über mein backfischmäßiges Verhalten den Kopf zu zerbrechen. Meine Hand brennt frörmlich in der von Nicolas. Erst als wir den Tisch erreichen und auf gegenüberliegenden Stühlen Platz nehmen, gibt er sie frei.

«Alors», sagt er, stützt sich auf seine Ellenbogen und neigt sich leicht vor. «Un apéritif?»

Unwillkürlich weiche ich etwas zurück. Sein Gesicht ist meinem so nah, seine Haut, der herbe Duft – ich sollte unter keinen Umständen Alkohol trinken.

«Nein danke», lehne ich einen Tick zu energisch ab. Aber mein Herz stolpert in nüchternem Zustand ja schon wie eine aus dem Takt geratene Musikkapelle.

Nicolas nickt verständnisvoll. «Sehe ich genauso. Beginnen wir mit einem Rosé.» Er winkt einen Kellner herbei, und ehe ich auch nur einen Pieps von mir geben kann, hat er eine ellenlange Bestellung aufgegeben. Das Lächeln, das er mir im Anschluss zuwirft, ist so entwaffnend, dass ich meine Pläne über den Haufen werfe und mich der Situation ergebe. Ein Glas Rosé – was ist schon dabei?

«Und?», fragt Nicolas, während er mir eine der Speisekarten reicht, «gefällt es dir hier?» Er klingt fast ein wenig unsicher. «Ich hoffe, Valentins Begrüßung war dir nicht zu stürmisch?»

«Ach was!» Ich lasse die Karte vor mir auf den Tisch sinken und schaue mich noch einmal um. Wir sitzen im Halbschatten eines Laubbaums, der aber nicht die namensgebende Mirabelle zu sein scheint. Früchte kann ich jedenfalls keine entdecken. Dafür gibt es direkt vor unserer Nase ein Wiedersehen mit dem Flüsschen, das wir vorhin überquert haben. Es mündet hier in ein glasklares, etwas breiteres Gewässer und plätschert an der Terrasse entlang in Richtung Tal. Hinter dem Flussbett öffnet sich das Gelände, und man hat einen malerischen Ausblick bis weit in die Ferne.

Wie könnte es mir hier nicht gefallen?

«Es … ist … super. Wirklich. Auch Valentin. Seine Herzlichkeit wirkt … echt.»

Herrje. Geht das Gestotter jetzt schon wieder los?

«Ja, das ist sie.» Belustigt schaut Nicolas mich an.

Ich fühle, wie ich rot werde, doch zum Glück tritt in diesem Moment der Kellner an unseren Tisch und rettet mich. Von einem vollbeladenen Tablett lädt er eine Flasche gekühlten Rosé, Wasser und einen Weinkühler vor uns ab. Dann verschwindet er, um Sekunden später mit einem zweiten Tablett wieder aufzukreuzen. Ich zähle fünf kleine Schüsselchen mit unterschiedlichen Gemüsen und Pasten, die er dieses Mal vor uns abstellt. Außerdem noch einen Korb mit duftendem Weißbrot und winzigen Croissants.

Während er mit Nicolas über das Wetter plaudert, füllt er unsere Wassergläser und lässt ihn den Rosé probieren. Als er fertig eingeschenkt und sich entfernt hat, hebt Nicolas sein Glas.

«Santé», sagt er. «Ich hoffe, es ist dir recht, dass ich schon mal ein paar Vorspeisen geordert habe. Mir knurrt ziemlich der Magen.»

Ich bin dermaßen froh, endlich etwas in der Hand zu haben, dass ich ihn glücklich anstrahle. «Na klar!» Wir prosten uns zu. Der erste Schluck Rosé macht sofort Lust auf mehr. Bevor ich das Glas in einem Zug leere, greife ich mir lieber eine Scheibe Brot und beiße herzhaft hinein.

«Auf einen schönen Tag», sagt er und hebt sein Glas erneut. Seine Augen funkeln wie zwei tiefschwarze Edelsteine.

Ich versuche, entspannt zu lächeln, während ich den Bissen in meinem Mund schnell hinunterschlucke. «Ja, auf einen schönen Tag», bringe ich schließlich hervor und nippe ein weiteres Mal am Wein.

Nicolas greift sich jetzt ebenfalls eine Scheibe Brot und füllt eine kleine Handvoll Oliven auf seinen Teller. Beiläufig fragt er: «Und, was macht deine Familie heute ohne dich?»

«Pep-Yoga.»

Fragend sieht er mich an.

Ich zucke mit den Schultern und erkläre: «Abgesehen von einer überraschenden Sporteinheit plant meine Mutter, für alle Fischsuppe zu kochen. Stefan will – wenig überraschend – arbeiten.»

Nicolas hebt eine Augenbraue. «Arbeiten?»

Ich nicke. «Ja, er ist selbständig, deshalb muss er auch während des Urlaubs etwas tun.»

«Verstehe.» Nicolas reißt ein Stückchen Brot ab und tunkt es in die Tapenade.

Ich beobachte die ruhigen Bewegungen seiner Hände und muss unwillkürlich daran denken, wie es sich angefühlt hat, als meine Hand in seiner lag.

«Was macht Stefan denn beruflich? Ist er auch Eventmanager?»

Überrascht, dass er sich meinen Beruf gemerkt hat, schüttele ich den Kopf. «Nein. Er arbeitet als Unternehmensberater.»

Nicolas pfeift durch die Zähne. «Das erklärt natürlich, warum er so beschäftigt ist.» Er schaut von seinem Teller hoch und mustert mich eingehend. «Und du? Erholst du dich gut? Im Vergleich zu eurem Anreisetag siehst du besser gut aus.»

«Also –» Wie ist das denn nun wieder gemeint?

Nicolas scheint meinen irritierten Blick richtig gedeutet zu haben, denn er sagt: «Entschuldigung. Bei eurer Ankunft sahst du angespannt und ganz schön blass aus. Als wärst du auf dem Weg zum Schafott und nicht in die Ferien.»

«Das lag vielleicht an dem Flamingo-Kaftan», wiegele ich ab.

Er schüttelt grinsend den Kopf. «Ganz sicher nicht. Etwas stimmte nicht mit deinen Augen. Sie wirkten traurig. Als stündest du unter großer Anspannung.» Er dreht versonnen sein

Weinglas. «Das Flamingo-Outfit hat nur gezeigt, dass du Sinn für Humor hast.»

Ich fühle mich ertappt und zugleich ein wenig geschmeichelt. Übersprungsartig greife ich nach meinem Glas und kippe einen riesigen Schluck Wein hinunter. Eine Antwort bleibt mir zum Glück erspart, denn der Kellner taucht auf, um unsere Bestellung aufzunehmen. Da wir beide noch keine Sekunde in die Karte geschaut haben, wählen wir kurzerhand den Catch of the day: gegrillte Dorade mit Kartoffel-Spinat-Gemüse und einem kleinen gemischten Salat dazu. Der Ober schenkt uns Wein nach, und nachdem ich entgegen aller guten Vorsätze auch dieses Glas zur Hälfte geleert habe, läuft es besser mit der Konversation. Wir plaudern angeregt über Gott und die Welt, landen schließlich bei meiner rüstigen Mutter und danach bei Nicolas' Mutter, die vor fünfzehn Jahren gestorben ist. Dann entsteht ein Moment der Stille.

Ohne dass einer von uns ein Wort darüber verloren hätte, ist plötzlich klar, dass dies der Augenblick ist, in dem Nicolas die Geschichte über seinen Vater zu Ende erzählen müsste. Er wendet den Kopf und fixiert einen Punkt in der Ferne. Sein eben noch fröhliches Gesicht wirkt auf einmal angespannt. «Es ist eine traurige Geschichte, Luisa», sagt er, ohne mich dabei anzusehen. «Ich möchte damit nicht die schöne Stimmung ruinieren.»

«Das ist mir egal», erwidere ich sanft. Der niedergeschlagene Tonfall in seiner Stimme bedrückt mich zwar jetzt schon, aber ich will endlich wissen, was es mit der Sache zwischen Regina und seinem Vater auf sich hat. Ich sehe ihn auffordernd an.

«Anfangs … also, als Regina und Detlef das Nachbargrundstück mit der Pension gepachtet hatten, lebte Detlef noch in Deutschland. Er musste seine Firma verkaufen, was etwa ein halbes Jahr dauerte. Zu dieser Zeit blieb Regina allein in Nid.» Nicolas' schöner Mund ist zu einem schmalen Strich geworden, während er starr weiter auf die Felder schaut. «Da mein Vater wie ich gelernter Tischler ist, hat Regina ihn oft um Hilfe gebeten. Die Pension war damals ziemlich heruntergekommen.»

Ich nicke. Dasselbe hat Detlef neulich Abend auch erzählt. «Und dabei haben dein Vater und Regina sich ineinander verliebt», fahre ich fort, denn so weit hat Nicolas es mir ja bereits anvertraut. «Wie ging es weiter?»

Durch Nicolas' Körper geht ein Ruck. Er wendet den Kopf und schaut mich an. Seine Augen sind groß und dunkel, und sein intensiver Blick geht mir unter die Haut. «Ich lebte zu der Zeit mit meiner Frau in Deutschland. Jedes Mal, wenn ich mit meinem Vater telefoniert habe, hat er mir von Regina vorgeschwärmt und mir von gemeinsamen Plänen erzählt. Ständig lag er mir in den Ohren, dass ich nach Hause kommen soll, um ihn zu besuchen. Er wollte uns miteinander bekannt machen. Doch es ging nicht.» Er verzieht schmerzhaft das Gesicht. «In meiner Ehe gab es ein Problem, und ich konnte nicht weg. Sonst wäre ich ganz sicher nach Nid gefahren. Und wer weiß, vielleicht hätte ich dann den schlimmen Unfall verhindern können.»

Lange wage ich es nicht, etwas zu sagen, doch dann siegt die Neugier. «Was für ein Unfall?», hauche ich.

Und was für ein Problem in der Ehe?

Nicolas verzieht den Mund, während der Ausdruck in seinen Augen immer kälter wird. Im Stillen bete ich, er möge mich niemals auf diese Weise ansehen. «Mein Vater wusste nicht, dass Regina sich für Detlefs Rückkehr bereit machte. Der wiederum ahnte nichts von meinem Vater. Eine Woche vor Detlefs Eintreffen hat sie darum die Beziehung zu meinem Vater beendet.» Nicolas Stimme ist rau, als er erklärt: «Von einer Sekunde auf die andere hat Regina meinem Vater den Boden unter den Füßen weggezogen. Bei einem heftigen Streit in der Pension hat sie dann auch noch behauptet, es sei niemals die Rede von einer gemeinsamen Zukunft mit meinem Vater gewesen.»

Ich bin geschockt. Falls Nicolas' Geschichte wahr ist, hat Regina ziemlichen Schlamassel angerichtet. Unweigerlich tauchen vor meinem geistigen Auge Bilder von ihr auf. Sie und Cristòu auf dem Markt, sein Arm eng um ihre Taille geschlungen. Und ich höre Detlefs Stimme, als er sagt: *Regina sucht unentwegt nach Menschen, von denen sie geliebt werden will. Männer. Anfangs hatten wir deshalb oft Streit, vor allem, weil sie dabei auch mal zu weit gegangen ist …*

Ob er damit diese Affäre meinte? Wie furchtbar muss es für ihn gewesen sein, als er davon erfuhr?

«Es kam zu einem bösen Wortgefecht, an dessen Ende mein Vater wutentbrannt die Pension verließ», fährt Nicolas fort. «Er ist in sein Auto gestiegen und muss ziemlich ziellos durch die Gegend gefahren sein. Doch obwohl er keinen Alkohol getrunken hatte, ist er weiter unten», er deutet mit diffuser Geste in Richtung Meer, «von der Straße abgekommen. Der Wagen hat sich überschlagen und ist gegen einen Baum geprallt. Die Feuerwehr musste ihn bergen. Bei dem Unfall hat mein Vater seinen linken Fuß und auch die Hand verloren.»

Ich schlage mir entsetzt die Hand vor den Mund. Was für eine furchtbare Geschichte! Mit aufgerissenen Augen starre ich Nicolas an, unfähig, irgendetwas zu sagen.

Nicolas sieht so wütend und verbittert aus, dass sich mir der Magen zuschnürt. Ich lasse meine Hand sinken, habe aber noch immer nicht die leiseste Ahnung, was ich sagen könnte. Nicht mal, ob es überhaupt geeignete Worte gibt, die man zu diesem Unglück finden kann.

«Es … tut mir schrecklich leid», stammele ich hilflos. «Was für ein Schicksalsschlag.»

Nicolas hat sich wieder im Griff. Mit der Hand vollführt er eine Geste, die wohl die schlechten Gedanken vertreiben soll. Er versucht sich in einem Lächeln, es gelingt einigermaßen. «Das ist jetzt acht Jahre her. Mein Vater musste seinen Beruf zwar an den Nagel hängen und wollte nicht länger in Nid wohnen, aber es geht ihm inzwischen gut. Da er sich einredete, meiner Schwester und mir zur Last zu fallen, und sich davor fürchtete, tagein tagaus Regina und Detlef über den Weg zu laufen, ist er fortgezogen. Nach Mougins.»

Mir ist das Herz schwer geworden. «Zu allem, was ihm widerfahren ist, auch noch seine Heimatstadt verlassen zu müssen, hat ihn sicher zusätzlich getroffen.»

Nicolas schüttelt den Kopf. «Zuerst habe ich das auch geglaubt, aber nach und nach stellte sich heraus, dass es ihm in Mougins gut gefällt. Dort ist ein bisschen mehr los als in Nid, und seine Wohnung gehört einer wohltätigen Einrichtung, sodass er sich, wenn er möchte, mit anderen zum Essen treffen kann. Ich glaube, inzwischen genießt er seine Zeit als Frührentner und lässt sich die Sonne auf den Pelz scheinen.»

Ich bin noch immer vollkommen mitgenommen von Nicolas' Schilderung. Zum Glück erwartet er nicht, dass ich etwas sage, sondern redet weiter.

«Anfangs habe ich mir die Schuld gegeben, oder sagen wir, ich habe *einen Teil* der Verantwortung bei mir gesehen. Der andere Teil liegt klar bei Regina.»

Mir wird ganz kalt. Als habe sich eine unsichtbare Nebelwand hinter mir aufgebaut, die nun im Begriff ist, mich einzuhüllen, bekomme ich am ganzen Körper Gänsehaut. Stumm fixiere ich mein Weinglas. Natürlich verstehe ich, warum Nicolas einen Groll gegen Regina hegt. Steckte ich in seiner Haut, würde ich vermutlich ebenso nach jemandem Ausschau halten, dem ich die Verantwortung für diesen schrecklichen Vorfall in die Schuhe schieben könnte. Aber sie ist nicht schuld. Eine Verkettung von unglücklichen Ereignissen hat zu dem Unfall geführt, nicht eine einzelne Person. Nicht Regina, nicht Nicolas und auch nicht sein Vater. Es war Schicksal. Doch wie es sich anhört, hat die Zeit die Wunden nicht geheilt. «Und wie stehst du zu Detlef?», erkundige ich mich vorsichtig. «Ihr habt ja öfter miteinander zu tun.»

«Stimmt. Detlef stand eines Tages bei mir vor der Tür und wollte eine Aussprache. Auch wenn Regina es geschafft hat, die Affäre vor ihm geheim zu halten, ist ihm doch das Drama um den Unfall meines Vaters nicht entgangen. Irgendwann flog dann auch die Affäre auf.» Nicolas stochert mit der Gabel auf dem Teller herum. «Als Detlef zu mir kam, stand für ihn fest, dass er Regina verzeiht. Und er verzieh auch meinem Vater, weil er natürlich wusste, dass zu einer Affäre immer zwei gehören. Außerdem zeigte er Mitgefühl und bot Sophie und mir seine Hilfe an.» Nicolas seufzt. «Detlef ist ein feiner Mensch mit einem guten Charakter. Ich kann zwar nicht verstehen, warum er Regina liebt, aber ich akzeptiere es.»

Einen Moment hängen wir beide stumm unseren Gedanken nach und zucken ein wenig zusammen, als der Kellner kommt, um das Essen zu servieren. Er schafft Platz für den Fisch, schenkt noch einmal Wein nach und lässt uns allein.

«Es tut mir leid, ich wollte uns nicht den Tag verderben», sagt Nicolas kleinlaut. «Ich hätte überhaupt nicht davon anfangen sollen.» Zerknirscht lächelt er mich an. «Aber jetzt weißt du, warum ich mit Regina nichts zu tun haben möchte.»

Ich nicke mit einem gequälten Lächeln. Der gesamte Vorfall und nicht zuletzt seine Worte erdrücken mich. Wie soll ich ihm denn unter diesen Umständen jemals meinen Teil der Geschichte und den wahren Grund meines Aufenthalts in Nid erzählen? Das ist … unmöglich.

Aber vielleicht, überlege ich, ist es auch gar nicht notwendig. So wie sich die Sache hier entwickelt, fahre ich ohnehin bald zurück nach Deutschland, und danach gehen mich die Dinge im Grunde nichts mehr an. Es ist mehr als fraglich, ob ich Regina je wieder besuchen werde. Und es ist keinesfalls sicher, dass ich dabei zwangsläufig auch Nicolas treffen werde.

Er räuspert sich. Ihm liegt etwas auf der Seele, das erkenne ich sofort. Arglos schaue ich ihn an und versuche, ihn durch meinen Blick zum Sprechen zu ermutigen. Leider ein Fehler. Denn als Nicolas jetzt seine Worte vorbringt, rutscht mir vor Schreck das Herz in die Hose.

30

Henri

Ich möchte dir gern meinen Vater vorstellen.»

Er sagt es geradeheraus. In seinem Gesicht liegt etwas, das ich nur schwer beschreiben kann. Hoffnung?

«Wäre es für dich in Ordnung, wenn wir auf unserem Weg zum Meer kurz in Mougins stoppen und ihn besuchen? Er wartet auf seine reparierte Kommode und würde sich riesig freuen, dich kennenzulernen.»

Er hat schon mit ihm gesprochen?

Ich erstarre. Das ist … es wäre … ganz und gar nicht in Ordnung! Es geht auf gar keinen Fall! Ich spüre eine Hitzewelle aus meinem Innersten aufsteigen, dass ich am liebsten die Wasserkaraffe über mir ausschütten würde.

Ich kann Nicolas' Vater nicht unter die Augen treten. Nicht, ohne dass er die Wahrheit über mich kennt. Himmel! In was habe ich mich da nur hineinmanövriert?

Ich bin mir ganz sicher: Wüsste Nicolas über die Tatsache Bescheid, nämlich dass ich Reginas Tochter bin, würde er mich niemals auch nur in die Nähe seines Vaters lassen. Der Hass von beiden wäre mir sicher. Und deshalb muss ich seine Bitte ausschlagen, nur wie?

«Ich muss gestehen …», fährt er zögernd fort. «Ich habe ihm von dir erzählt.» Jetzt kann ich den hoffnungsvollen Schein in seinen Augen deutlich erkennen. «Tja, und nun ist er neugierig, deine Bekanntschaft zu machen.»

Na super, denke ich. Warum um alles in der Welt hat er das getan?

Ich bringe kein Wort heraus, sodass ein scheinbar endloser Moment der Stille entsteht. Mit gesenktem Kopf starre ich auf meinen Teller. Ausgeschlossen, dass ich heute noch einen Bissen herunterbekomme. Denn urplötzlich taucht ein völlig neuer Aspekt in meinen Überlegungen auf: Nicolas möchte mich seinem Vater vorstellen? Mich, eine Frau, die er gerade mal ein paar Tage kennt? Ist das typisch französisch? Was ist mit seiner Frau?

Ich bin vollkommen verwirrt.

Was will Nicolas?

«Alles okay mit dir?», höre ich ihn besorgt fragen. «Du musst keine Angst haben, mein Vater ist wirklich nett. Und er liebt brünette Frauen.»

Wie Regina, schießt es mir durch den Kopf, während mein Blick zur Weinflasche wandert und sich dort festsaugt. Ein winziger rosa Tropfen hat sich beim Einschenken aus der Flasche gestohlen, ist über den Hals und das Etikett hinabgeschlängelt und hat sich auf dem blütenweißen Baumwolltuch verewigt.

Aus dem Augenwinkel nehme ich eine Bewegung wahr. Nicolas streckt seine Hand nach mir aus und legt seinen Zeigefinger sanft unter mein Kinn. Mit leichtem Druck schiebt er meinen Kopf nach oben. Der bekannte Duft seiner Haut streichelt meine Nase, ich atme ihn tief ein und kann plötzlich nicht anders, als Nicolas anzusehen. Die Wärme, die in seinen dunklen Augen liegt, überwältigt mich beinahe.

«Hey», sagt er leise. «Was ist mit dir?»

Ich reiße mich zusammen. «Alles okay», bringe ich mühsam hervor. «Ich war in Gedanken noch bei dem Unfall und –»

… deine Hand an meinem Kinn macht mich nervös.

Plötzlich grinst Nicolas. «Mach dir keine Sorgen», sagt er besänftigend, «du wirst auf keine halb verheilten Wunden oder einen Armstumpf gucken müssen. Mein Vater ist in guter Verfassung. In sehr guter, aber davon wirst du dich dann ja selbst überzeugen können. Also: Begleitest du mich?» Er sieht mich erwartungsfroh an. Ein Nein scheint er nicht in Betracht zu ziehen.

Ich *kann* ihn nicht enttäuschen. Ich bringe es einfach nicht fertig. «Ja», höre ich eine Stimme tief aus meinem Inneren kommen. Sie ist nur ein Flüstern. «Ich würde mich freuen.»

Eine halbe Stunde später habe ich nicht nur den Großteil meines Essens irgendwie heruntergebracht, sondern zudem ein Pokerface aufgesetzt. Auf keinen Fall darf ich Nicolas Anlass für weitere Fragen bieten. Es ist so schon alles schlimm genug. Noch mehr Lügen, und ich kann mir selbst nicht mehr ins Gesicht sehen.

Ich habe den Moment verpasst, die Wahrheit zu sagen, und werde den Besuch bei seinem Vater nun irgendwie überstehen müssen. Es ist meine gerechte Strafe. Allerdings fürchte ich, mein Kartenhaus wird in sich zusammenstürzen, sollte Nicolas sich noch einmal nach meinem Gemütszustand erkundigen.

Wie durch einen Schleier nehme ich wahr, dass er bezahlt. Wir verabschieden uns von Valentin, dessen Aufmerksamkeit zum Glück gerade einer Geburtstagsgesellschaft gilt, sodass er uns nur überschwänglich winkt.

Kaum sind Nicolas und ich in den Wagen gestiegen, klingelt

sein Handy. Am anderen Ende ist ein Kunde, dem eine Reihe Fragen auf der Seele zu liegen scheint, sodass Nicolas den Motor startet und losfährt, während er dem Kunden mit stoischer Gelassenheit über Headset Rede und Antwort steht.

Ich höre nicht hin, sondern lasse mich in meinen Sitz sinken und schweife mit meinen Gedanken noch einmal zu dem tragischen Unfall seines Vaters. Es gibt da etwas, das mir plötzlich eingefallen ist. Es hat nichts mit Nicolas' Vater zu tun, vielmehr mit Detlef und Regina und dem, was die beiden neulich Abend über ihren Start in Nid erzählt haben. Während sie davon sprachen, wie sie sich Hals über Kopf in die heruntergekommene Pension verliebt und sie schließlich gepachtet haben, trat plötzlich dieser seltsame Ausdruck in ihre Gesichter. Sie vermieden es, sich gegenseitig anzusehen. Ob sie in dem Augenblick an den Unfall gedacht haben, der ihr Leben in Nid für immer begleiten wird? Verständlich, dass sie nicht wollten, dass es zur Sprache kommt.

Nicolas beendet sein Telefonat. Unsere Blicke begegnen sich. Und für einen winzigen Augenblick verspüre ich den Impuls, ihm doch noch die Wahrheit zu sagen. Aber er lächelt so entspannt, und als ich trotz der Sonnenbrille die Vorfreude auf seinem Gesicht erkenne, lasse ich den Moment verstreichen.

Gut gelaunt fängt er an, den Fremdenführer zu geben. Er erklärt mir Wissenswertes über die Landschaft, die Lubéron-Gebirgskette, die sich in den westlich gelegenen Petit Lubéron und dem sich im Osten anschließenden Grand Lubéron aufteilt. Er erzählt von den Nationalparks, spicht über die Bauern und welch harte Arbeit die Traubenernte mit sich bringt. Und er legt mir nachdrücklich ans Herz, die Provence im Frühjahr zu besuchen, wenn die Natur zu blühen beginnt.

«Du würdest dich vom Fleck weg verlieben», prophezeit er.

Anschließend gibt er ein paar Anekdoten über die typischen Eigenschaften der Franzosen zum Besten, angefangen bei ihren

Essgewohnheiten, die das komplette Gegenteil zu unseren sind. Hier frühstückt man nicht wie ein Kaiser, sondern *petit* und hangelt sich dann mit Pastis über den Nachmittag, bis man nach einem mehrstündigen Abendessen in komatösen Schlaf fällt. Ausnahmen bestätigen nur, welchen Stellenwert Essen und Trinken in Frankreich haben. Zum Glück geht Nicolas darüber nicht weiter ins Detail, wir sind beide noch viel zu satt. Stattdessen plaudert er ein paar Geschichten über seine Freunde aus, und ich fange an, mich zu entspannen. Seine Stimme ist angenehm tief, und ich mag seinen Humor. Er kann nämlich nicht nur über seine Landsleute, sondern auch über sich selbst lachen. Ich könnte ihm stundenlang zuhören und dabei durch die Gegend fahren und möchte im Grunde genommen niemals ankommen.

Doch um kurz vor zwei Uhr erreichen wir Mougins. Nicolas' Vater lebt in einer halb privaten, halb wohltätigen Einrichtung, die auf mich aber eher den Eindruck einer sympathischen Senioren-WG macht. Zehn Männer und Frauen leben in dem Haus, jeder hat eine eigene Wohnung, und im Erdgeschoss gibt es ein paar Gemeinschaftsräume. Wer möchte, kann dort essen.

«Normalerweise findet man meinen Vater im Garten, wo er mit den anderen Boule spielt», erklärt Nicolas mir, als wir das Gebäude betreten. Er hat die Kommode auf einen Möbelhunt geladen, den er nun geschickt vor sich herrollt. «Für uns macht er heute eine Ausnahme.»

Wir bugsieren das Möbel in einen schmalen Aufzug, um in die dritte Etage zu fahren.

«Ist das ein Raucherfahrstuhl?», frage ich und kräusele die Nase. Ein krautiger Geruch liegt in der Luft.

«Das Rauchen lässt sich hier niemand verbieten. Nicht einmal im Fahrstuhl.» Nicolas zuckt grinsend mit den Schultern. «Starrköpfige Franzosen.»

Die Wohnung ist gleich die erste neben dem Lift. Während

wir warten, dass auf unser Klingeln hin geöffnet wird, flattert mein Herz wie eine Flagge im Herbststurm. Ich fühle mich hundsmiserabel. Hoffentlich hat der alte Mann es sich anders überlegt und einen Ausflug ans andere Ende der Welt unternommen.

Aber meine Gebete werden nicht erhört. Die Tür wird aufgerissen, und ein hochgewachsener Mann mit wildem, dunkelgrauem Haar und meliertem Vollbart steht in der Tür. Trotz seines Alters und der sichtbaren Behinderung – er zieht ein Bein etwas nach, und die linke Manschette seines karierten Hemdes schlackert lose – kann man ihn noch kein bisschen zum alten Eisen zählen. Im Gegenteil.

«Bonjour! Je suis Henri.»

Sofort stößt er einen weiteren Schwall Begrüßungen aus, bietet mir noch auf der Türschwelle das Du an und versprüht seinen französischen Charme, dass es mich fast erschlägt. Seine Augen sind tiefbraun und blitzen schelmisch, genau wie es bei Nicolas manchmal der Fall ist. Auch die hohen Wangenknochen haben Vater und Sohn gemeinsam.

Nicolas rollt die Kommode durch den Flur bis ins Wohnzimmer, wo er sie links neben dem Esstisch deponiert. Eine Flasche Wasser und drei Gläser stehen schon bereit. Während er Millimeterarbeit leistet, durchforstet Henri eine alte Glasvitrine und befördert zudem eine etikettlose Flasche zutage, ohne Zweifel Schnaps. Dann kramt er drei kurze Gläser hervor und trägt alles nacheinander zu dem wunderschön aufgearbeiteten antiken Esstisch. Ächzend lässt er sich nieder.

«Komm her und setz dich», bittet er mich. Wir sprechen französisch, obwohl Henri während seiner Ehe ganz passables Deutsch gelernt hat. Doch inzwischen, behauptet er, sei alles wieder vergessen.

Ich folge seiner Aufforderung und schaue mich nebenbei ein wenig um. Die Wohnung ist zweckmäßig, aber gemütlich eingerichtet. Das Wohnzimmer verfügt über eine Küchenzeile, die aber so blitzblank gewienert ist, dass Henri entweder eine Haushälterin hat oder, was ich eher annehme, zum Essen ins Erdgeschoss geht. Neben dem Zimmer, in dem wir uns befinden, scheint es einen schmalen Schlafraum zu geben, jedenfalls erspähe ich durch eine angelehnte Tür das sorgfältig gemachte Bett.

Henri bemerkt meine Neugier und lächelt. «Ça suffit», sagt er, «mehr brauche ich nicht. Bei uns spielt sich das Leben im Freien ab. Wir sind den ganzen Tag draußen und spielen Boule. Das kann man zum Glück auch einarmig.» Er wedelt mit dem lockeren Ärmel.

«Papa!», weist Nicolas ihn vorwurfsvoll zurecht, als er meinen erschreckten Gesichtsausdruck bemerkt. «Rede nicht so.» Er gesellt sich zu uns.

Henri macht eine wegwerfende Geste. «Das kann die junge Dame ab», sagt er und zwinkert mir munter zu. «Die versteht Spaß, das sehe ich sofort.»

Ich muss lächeln.

«Richtig kalt wird es hier im Süden nur selten», fährt er fort. «Und jetzt im Sommer …» Er deutet zum Fenster «… siehst du ja selbst. Es ist formidable.»

Ich nicke. Schon den ganzen Tag brennt die Sonne vom Himmel, besser kann das Wetter kaum sein. Durch die Scheibe schaut man auf einen schmalen Balkon, den jemand – vielleicht Nicolas' Schwester Sophie? – liebevoll mit Rosen und ein paar Kräutertöpfen bepflanzt hat.

Nicolas lehnt den angebotenen Schnaps dankend ab. «Wir hatten zum Mittag Wein und wollen gleich noch mit dem Auto an die Küste fahren», erklärt er seinem Vater, als er sich zu uns setzt.

Henri zupft sich am Bart. «Dann trinkt Luisa eben ein Gläschen mehr», sagt er und will mir einschenken.

«Oh nein», wehre ich ab, «auf keinen Fall. Wenn ich jetzt noch etwas Hochprozentiges draufkippe, tanze ich auf dem Tisch!»

«Nur zu», sagen Nicolas und Henri wie aus einem Mund und lehnen sich in ihren Stühlen zurück.

Nicolas verschränkt die Arme vor der Brust und schaut seinen Vater listig an. «So ein Tänzchen käme uns doch recht, oder?»

«Allerdings! Hübsche Frauen habe ich leider nicht oft zu Gast. Und getanzt hat mit mir auch lange niemand mehr.»

Vielleicht war Regina die Letzte, schießt es mir durch den Kopf, und ich kriege nur den Hauch eines Lächelns zustande. «Ich … ähm … bin eher keine begnadete Tänzerin. Und der Tisch ist viel zu schade, als dass man ihn so strapaziert.»

Nicolas grinst. «Das täuscht. Der hält einiges aus.»

Die Männer albern noch ein wenig herum und bemerken zum Glück nicht, dass ich mich vollkommen verkrampft habe. Henri ist so nett und offen – und gleichzeitig so arglos, dass mir das Herz ganz schwer wird. Am liebsten würde ich die Wahrheit laut hinausschreien und dann einfach rausrennen, damit ich die Reaktion der beiden nicht erleben muss. Aber dazu fehlt mir der Mut.

Schweigend kaue ich auf meiner Unterlippe und lache beinahe hysterisch vor Erleichterung, als Nicolas sich nach einer halben Stunde zum Aufbruch erhebt. Er schlägt seinem Vater kumpelhaft auf die Schulter. «Bon. Wir fahren weiter», sagt er. So fröhlich er sich auch gibt, kann ich dennoch leises Bedauern und den Anflug eines schlechten Gewissens in seiner Stimme schwingen hören. «Morgen kommt Sophie und besucht dich. Sicher hat sie was Leckeres gekocht. D'accord?»

Der alte Mann sieht mich mit großen Augen an. «Meine Tochter kocht hervorragend. Trotzdem sollte sie ihre Zeit lieber mit einem netten Kerl verbringen und nicht mit ihrem alten

Vater. Meine Kinder denken ständig, ich käme nicht allein klar. Was für ein Unsinn!» Und zu seinem Sohn sagt er: «So, und nun verschwindet. Auch wenn ich an eurer Stelle warten würde, bis es dämmert. Wegen der Romantik.» Er blinzelt vielsagend mit den Augen.

«Papa, tu es impossible!», sagt Nicolas vorwurfsvoll. «Wann wirst du endlich vernünftig?»

«Jamais, mon fils. Niemals!»

«Und?», fragt Nicolas mich, als wir im Auto sitzen. «Wie ein trauriger Invalide wirkt er nicht gerade, oder?» Mit etwas schief geratenem Grinsen schielt er zu mir rüber.

Ich sehe ihm an der Nasenspitze an, dass er mit seiner lockeren Wortwahl darüber hinwegzutäuschen versucht, dass ihm der Anblick seines Vaters dennoch weh tut. Anders als Henri scheint er den Unfall noch lange nicht verarbeitet zu haben.

«Es ist mit verbundenen Augen erkennbar, dass ihr verwandt seid», gehe ich auf seinen Witz ein. Ich bin so erleichtert, der Situation entkommen zu sein, dass ich froh über den seichten Gesprächsverlauf bin. «Mal abgesehen von der äußerlichen Ähnlichkeit versprüht er seinen Charme in demselben Maß wie du.»

Nicolas hebt mit gespieltem Erstaunen die Hände. «Du findest mich charmant? Schön zu hören.»

«So habe ich das nicht gemeint!» Ich versetze ihm einen leichten Boxhieb, muss aber dabei über Nicolas' Grimasse lachen. «Nicht so, wie du jetzt vielleicht denkst.»

Sein Blick wird ernst. Einen Tick zu intensiv schaut er mich an und sagt schließlich: «Du hast keine Ahnung, was ich denke.»

Dann wendet er sich abrupt nach vorn, setzt sich die Sonnenbrille auf die Nase und startet den Motor.

Irritiert schaue ich ihn einen Moment lang an. Seine Worte hängen noch in der Luft, und ich glaube, das war beabsichtigt. Will er, dass ich darüber nachdenke? Einen tieferen Sinn suche? Oder werde ich nur einfach langsam verrückt?

Ich sehe aus dem Seitenfenster und streiche mir gedankenverloren über die Stelle am Kinn, an der Nicolas mich vorhin berührt hat.

Wenig später erreichen wir die Ausläufer von Nizza und halten keine zehn Minuten später vor Jacques' Werkstatt.

Ich bin erleichtert zu sehen, dass heute tatsächlich gearbeitet wird. Leider ist der Volvo aber noch nicht fertig.

«Ich hatte Ihnen doch gesagt, wir melden uns!» Jacques, ein rundlicher Typ mit wenig Haaren, den ich auf Mitte vierzig schätze, klingt beinahe beleidigt. Lang und breit erklärt er mir, welches Problem letztendlich zu unserem unfreiwilligen Stopp geführt hat. Mir fehlt es an Fachvokabular, sodass Nicolas immer wieder übersetzen muss. Die Erklärungen finden gar kein Ende.

«Bon», unterbreche ich Jacques deshalb, als es mir zu bunt wird, «wann meinen Sie, können wir das Auto denn abholen?»

Auf Jacques' Stirn bildet sich eine grabentiefe Falte. Er schaut zum Himmel, als erwarte er von dort Antwort. Oder als wolle er der Welt zeigen, was er davon hält, mitten im Satz unterbrochen zu werden.

Ich setze mein charmantestes Lächeln auf und bin auf das Schlimmste gefasst.

«Schätzungsweise … morgen», sagt er vage.

Will er mir mit dieser Zeitangabe eins auswischen, oder meint er es ernst damit?

«Schätzungsweise?», hake ich daher vorsichtig nach. Mein

Blick wird flehentlich. Denn mit dieser Aussage darf ich Stefan heute Abend kaum unter die Augen treten. Ich öffne den Mund, um Jacques genau das zu erklären, doch er kommt mir zuvor: «Spätestens übermorgen.»

Ich nicke erleichtert. Was soll ich auch anderes machen?

Wir verabschieden uns höflich und verabreden, morgen noch mal zu telefonieren.

Nach dem kurzen Zwischenstopp folgen wir der Hauptstraße und düsen dann etwa zehn Kilometer auf der Route Nationale. Irgendwann fährt Nicolas ab, und es geht schon bald weiter auf einem schmalen, unbefestigten Schotterweg, der ins Nirgendwo zu führen scheint. Bis nach einer scharfen Rechtskurve wie aus dem Nichts plötzlich eine mondäne Villa auftaucht. Hell gestrichen, mit blassgrauen Fensterläden und einer knirschenden Kiesauffahrt. Akkurat abgezirkelte Skulpturen stehen auf dem Rasen. Zwischen den Kunstwerken sind schwere stuckverzierte Steingefäße mit üppigen Blumen bepflanzt.

«Willkommen an der Côte d'Azur», kommentiert Nicolas meinen offen stehenden Mund.

Wir steigen aus dem Auto. Ich stopfe die Jacke, die ich heute morgen vorsichthalber eingesteckt habe, in die Tasche und marschiere ihm hinterher.

«*Petit Bijou*», lese ich über der Haustür. «Kleines Juwel?» Ich schaue Nicolas an. «So klein sieht mir das Haus gar nicht aus. Eher ziemlich feudal. Dürfen wir hier überhaupt parken?»

«Ja. Es ist ein kleines Hotel. Die Besitzer sind Kunden von mir.»

Ganz offensichtlich braucht er wirklich keine Hilfe in Sachen Social Networking. Hier läuft tatsächlich alles über persönliche Kontakte.

«Praktischerweise darf ich hier mein Auto lassen, wann immer ich möchte», fährt Nicolas fort. «An der Riviera ist das wie ein Sechser im Lotto. Ansonsten muss man nämlich höllisch lange nach einem Platz suchen und wird am Ende trotzdem abgeschleppt.»

«Die Parkplatznot haben wir schon auf der Herfahrt kennengelernt», sage ich und ertappe mich bei der Überlegung, ob Nicolas wohl häufig mit Frauen hier parkt, um einen lauschigen Ausflug ans Meer zu unternehmen. Oder, um im *Kleinen Juwel* zu übernachten?

«Scheint, als seist du oft hier», sage ich, als er jemandem winkt, der mit einem Kescher bewaffnet durch den Garten marschiert, um vermutlich irgendwo auf der anderen Seite einen Pool zu reinigen. Ich könnte mich ohrfeigen, dass ich vorhin so viel in Nicolas' Blick hineininterpretiert habe. Klar, warum er mich so angesehen hat. Bestimmt bekommt er die Zimmer zum Sonderpreis. Seine arme Ehefrau.

«Eher nicht», sagt er und mustert mich prüfend. «Ist nicht ganz mein Stil. Außerdem arbeite ich zu viel, als dass ich hier ständig herumspazieren könnte.»

Ich schaue schnell weg und schäme mich, überhaupt gefragt zu haben. Was geht es mich an, mit wem er seine Tage verbringt?

Wir passieren hintereinander ein hüfthohes, weißes Holzgatter. *Privatweg*, steht auf einem Schild. «Ein Bluff», erklärt mir Nicolas. «Es soll die Touristen abschrecken, damit die nicht pulkweise stehen bleiben und in den Garten glotzen. Und es hat den angenehmen Nebeneffekt, dass es an diesem Teil des Strands nicht so überlaufen ist wie sonst überall.»

Dafür aber brüllend heiß. Obwohl es bereits nach 15 Uhr ist, kann man den Sand barfuß kaum betreten. Ich hopse auf Sandalen bis zu der Stelle, an der das Wasser den Sand umspült. Erst dort ziehe ich sie aus und plansche übermütig in den sanften Wellen herum. Endlich ist mein Wunsch in Erfüllung gegangen! Das Meer, der endlose, glitzernde Paillettenteppich, liegt direkt vor mir, juchhu! Ich genieße die Frische, grabe meine Füße im Meeressand ein und benetze meine Arme, auch wenn die Wassertemperatur eher an eine Badewanne als an das Mittelmeer erinnert.

Wir schlendern ein Stück in der sengenden Hitze, ich im Wasser, Nicolas auf dem Sand. Irgendwann ragt vor unserer Nase ein Steg ins Wasser, darauf stehen moderne Loungemöbel zum Liegen und Sitzen. Leise Musik weht aus Lautsprechern, dezent von hellen Sonnensegeln verdeckt.

«Na, wie wäre das?», fragt Nicolas und deutet auf eine weiße Polsterliege, die Platz für zwei bietet. «Wir könnten uns dort ein wenig langmachen.»

Ich schaue genauer hin und sehe, dass die meisten Plätze vergeben sind. «Kennst du dort etwa auch jemanden?»

«Lies mal, was auf dem Schild steht. Der Steg gehört zum *Petit Bijou*. Die Liegen sind nur für Gäste reserviert.» Er grinst. «Und für Freunde des Hauses.»

Ich bin hin und her gerissen. Der Ort sieht mehr als einladend aus, und ich kann mir absolut vorstellen, mich dort auszustrecken und entspannt aufs Meer zu starren. Andererseits erscheint mir das alles so perfekt, so konstruiert, als sei ich eine von vielen, die Nicolas mit hierher nimmt. Ich zögere.

«Wenn du jetzt denkst, dass ich versuche, mit meinen Kontakten Eindruck bei dir zu schinden, hast du sehr recht», scheint Nicolas meine Gedanken gelesen zu haben. «Aber wir können selbstverständlich noch länger durch die sengende Hitze laufen und uns dort vorn, wo sich die Menschen tummeln», er deutet ein Stück die Küste entlang, «zu den Ölsardinen legen. Du hast die Wahl.»

«Ich kapituliere», sage ich sofort angesichts des heißen Sandes und der Tatsache, dass wir ja nicht einmal Handtücher als Unterlage dabeihaben. «Aber nur, weil es bequem ist. Beeindrucken lasse ich mich so schnell garantiert nicht.»

Nicolas schielt mich von der Seite an. «Das war mir von Anfang an klar.»

Ein wenig beeindruckt bin ich dann allerdings doch. Und zwar, als jeder von uns am Empfang des Steges zwei schneeweiße Badetücher überreicht bekommt und man uns den Platz zu einer freien Doppelliege weist, die im Halbschatten einer künstlichen Bananenpalme steht. Nicolas breitet die Handtücher aus. «Ist es recht hier?»

Ich nicke.

«Prima. Dann organisiere ich uns jetzt etwas zu trinken.» Schon ist er verschwunden.

Ich setze mich auf die Liege, schwinge die Beine hoch und lasse mich in das Polster sinken. Es ist weich und die Temperatur im Schatten der Blätter nahezu perfekt. Aus Gewohnheit krame ich in meiner Handtasche nach dem Handy, um ein Foto zu schießen. Doch ehe ich die Kamerafunktion öffnen kann, sehe ich mit Schrecken, dass eine Nachricht von Yves Rusco eingegangen ist.

31

Nackte Tatsachen

Auf dem Display erscheint folgender Text:

Wir müssten bald mal das Geschäftliche besprechen. Allerdings frage ich mich, wo zur Hölle Sie stecken? In Ihrer Firma erreiche ich Sie nämlich nicht. Wussten Sie, dass Ihr Chef den Deal auch ohne Sie durchziehen würde? Ich bin jetzt erst mal zwei Tage nicht erreichbar. Gibt es etwas Neues von Ihrer Mutter? Y. R.

Ich lasse meine Hand mit dem Telefon sinken. Der Mann hat wirklich Nerven! Was der so alles von sich gibt! Klar würde mein Chef den Deal auch ohne mich durchziehen, vermutlich sogar sehr gern. Besser also, ich halte Rusco bei Laune. Er ist mein Rückfahrticket in die Firma, und ich würde ihm notfalls auch meine BH-Größe durch den Äther schicken, wenn das meine Verhandlungsposition stärkt.

Schnell schreibe ich: *Mama macht seit neustem PEP-Yoga. Bestimmt auch sehr inspirativ. Ich melde mich in zwei Tagen! LL*

Danach stopfe ich das Handy zurück in die Tasche.

«Schlechte Nachrichten?», erkundigt sich Nicolas interessiert. Er balanciert ein Tablett mit Gläsern und zwei Flaschen Mineralwasser, das er, ohne mich aus den Augen zu lassen, auf einem schmalen Tischchen zu unserem Fußende abstellt.

«Im Gegenteil. Ein Künstler, den ich vor längerer Zeit angefragt habe, hat endlich grünes Licht gegeben. Also, so gut wie.»

«Gratuliere.» Nicolas nickt anerkennend. Dann baut er sich neben seiner Seite der Liege auf und beginnt, das weiße Hemd aufzuknöpfen. Ich starre ihn entsetzt an.

«Ist was?», fragt er, während er sich mit fließenden Bewegungen aus dem Stoff windet. Anschließend hängt er das Teil über die Armlehne, breitet sein Handtuch auf dem Polster aus und macht es sich neben mir gemütlich. Er schielt zu mir rüber. «Ist dir nicht warm?»

«Nö.» Ich schüttele energisch den Kopf.

Warm ist gar kein Ausdruck.

Aber mein Shirt oder den Rock auszuziehen, kommt auf keinen Fall in Frage. Nicht bloß, weil ich keinen Bikini drunter trage, sondern auch, weil, na ja, ich fände es reichlich unpassend. Schließlich ist Nicolas nicht mein Mann. Nicht mal mein Exmann. Der hätte nämlich unter Garantie etwas dagegen, teilte ich halbnackt meine Liege mit *dem Franzosen.*

Wobei ich daran, dass er sich haufenweise Arbeit mitgebracht hat und mich heute nicht begleiten kann, nun wirklich keine Schuld trage.

Schuld hin oder her – Nicolas' Gegenwart macht mich nervös.

Sein flacher Bauch und die Brust sind muskulös und gebräunt. Kurze dunkle Haare wachsen entlang des Brustmuskels, umsäumen seinen Bauchnabel und bilden eine schmale Linie, die in seinem Hosenbund verschwindet. Da ich seit acht Jahren nur Stefans eher blassen und vor allem haarlosen Bauch gesehen habe, bin ich fasziniert. Mehr als das, ich verspüre eine starke körperliche Anziehung, die mich verunsichert.

Verkrampft rutsche ich ein Stück von ihm ab.

Himmel! Ich benehme mich wie ein Teenager.

Eine Ewigkeit liegen wir schweigend nebeneinander und starren aufs Meer beziehungsweise auf den Strand. Was auch immer Nicolas durch den Kopf geht, ich versuche, meine Gedanken weg von seinem Körper hin zu Yves Rusco zu lenken. Im Geiste beginne ich einen Plan zu schmieden, wie ich meinem Chef entgegentrete und ihm unmissverständlich meine Forderungen klarmache. Doch mein Hirn will nicht recht funktionieren. Es wird überschwemmt von Hormonen, die in meinem Inneren Salsa zu tanzen scheinen. Sosehr ich mich auch bemühe, ich schaffe es einfach nicht, mich zu konzentrieren.

Ein leichter Wind ist aufgekommen. Er spielt in den Wimpeln der Strandbar und lässt eine Reihe buntlackierter Boote, die vor uns an einen Pfahl gekettet im Wasser liegen, sanft gegeneinander schaukeln.

«Hast du schon mal darüber nachgedacht, aus Frankfurt fortzugehen, um irgendwo anders zu arbeiten?», fragt Nicolas mich nach einer Weile. Ich kann seine langen Wimpern hinter der Sonnenbrille erkennen. «Bist du nicht neugierig, mal etwas vollkommen Neues auszuprobieren?»

Seine Frage überrascht mich. Ich schätze, dass ihn Ruscos SMS auf das Thema gebracht hat.

«Ehrlich gesagt nicht», gebe ich spontan zurück. «Ich liebe meinen Job. Ich kann mir nicht vorstellen, ihn jemals aufzugeben.» Im selben Moment, da ich die Worte ausspreche, kommt mir meine Stimme plötzlich fremd vor. Als wäre dies ein Hörspiel, das jemand anderes für mich eingesprochen hat.

«Was genau tust du eigentlich in deiner Firma?» Er legt sich schräg, um mich besser ansehen zu können, und streift mit lässiger Geste seine Haare hinter das Ohr.

So gut es geht, beschreibe ich Nicolas mein Aufgabengebiet und schließe mit den Worten: «Besonders mag ich es, dass kein Tag wie der andere ist und ich selbständig Entscheidungen treffen kann.»

«Dann bist du absolut frei, welchen Künstler du zu Events buchst?»

«Na ja, ich muss meine Wahl mit meinem Chef abstimmen und manchmal auch ein wenig dafür kämpfen.»

«Also doch nicht ganz unabhängig.»

«Wer ist das schon in seiner Arbeit? Nicht einmal Stefan kann tun und lassen, was er möchte. Letzten Endes muss auch er sich vor seinem Kompagnon rechtfertigen und auf Kundenwünsche Rücksicht nehmen. Aber das große Ganze stimmt. Auch bei mir.»

«Das große Ganze», sagt Nicolas versonnen und dreht leicht seinen Kopf, sodass er nun an mir vorbei in die Ferne schaut. «Und privat? Du und Stefan – warum hat es nicht funktioniert?»

Ich bin froh, dass er mich nicht ansieht, denn es fühlt sich eigenartig an, mit ihm in dieser Situation über Stefan zu sprechen. «Es gab viele Gründe.»

«Nenn mir einen.»

Ich brauche einen Moment. So einfach ist es schließlich nicht. Nach einer Weile sage ich: «Ich glaube, letztlich haben wir uns verloren.»

Nicolas schweigt, als müsse er darüber nachdenken. Eine Möwe hüpft über den Steg. Mit wachen Augen schielt sie danach, ob nicht irgendwo etwas Essbares zu ergattern ist. Tatsächlich findet sie unter einer Liege ein Fitzelchen Brot. Mit dem Knust im Schnabel fliegt sie zurück aufs Meer.

«Hat einer von euch schon einen neuen Partner?» Nicolas' Tonfall klingt locker, allenfalls neugierig. Mehr nicht.

«Stefan hat eine Freundin, Conni. Aber wie gesagt: Sie war nicht der Trennungsgrund. Ich glaube außerdem, die Beziehung ist schon wieder vorbei.»

Nicolas schaut erneut zu mir. Überrascht hebt er eine Augenbraue. Sein Mund verzieht sich spöttisch, als er sagt: «Und nun möchte er zu dir zurück.»

Ich atme scharf ein. In meiner Erinnerung sehe ich mich mit Stefan eng umschlungen vor Nicolas' Lieferwagen stehen. Es lässt sich nicht leugnen, dass er diese Absicht hegt.

«Ja», sage ich wahrheitsgemäß. «Während dieser Reise hat er mir ziemlich klar zu verstehen gegeben, dass er die Trennung bereut.»

«Und du?» Nicolas lässt mich keine Sekunde aus den Augen. Sein Atem geht langsam, und der Brustkorb hebt und senkt sich schwerfällig, als müsse er gegen ein enormes Gewicht arbeiten.

Ich? Ich bin vollkommen durcheinander. Und ein kleines bisschen verliebt in dich.

«Ich ... Ach, es ist kompliziert. Ich meine, so viele gemeinsame Jahre – wir waren ein gutes Team.» Ich spiegele mich in Nicolas' Sonnenbrille. Hinter mir glitzert das Wasser. Meine Worte hallen in meinem Kopf wider, und ich merke, dass ich exakt wie Stefan klinge, nur weniger überzeugend. Instinktiv ergreife ich die Gegenwehr. «Wie war es denn bei dir? Fiel es dir damals leicht, Frankreich zu verlassen? Und im Übrigen», ich schaue ihn herausfordernd an, «*du* bist auch ziemlich häufig ohne deine Frau unterwegs.»

Er nimmt seinen Blick von mir und schaut zu den Booten. Nach einer Weile sagt er nachdenklich: «Meine Frau und ich haben uns vor vier Jahren getrennt. Anfangs machte es mir nichts aus, in der Fremde zu leben. Ich war verliebt, und Deutschland hat mir gut gefallen. Vor allem die Gegend um Heidelberg, wo wir wohnten, mochte ich sehr. Meine Gefühle für Kat haben das Heimweh überwogen.»

Kat. Ich verspüre einen leisen Stich bei dem Kosenamen. Gleichzeitig bin ich überrascht, dass die Trennung bereits so lange zurück liegt.

«Und warum hat es letzten Endes nicht geklappt mit euch?», erkundige ich mich, obwohl ich mir gerade eben geschworen habe, diese Frage unter keinen Umständen zu stellen. Das Thema beschäftigt mich mehr, als gut für mich ist.

«Kats Firma expandierte. Für die Niederlassung in Chicago suchten sie eine Führungskraft. Für sie war klar, dass wir dorthin ziehen. Ohne mich zu fragen, hatte sie bereits alles in die Wege geleitet. Ich habe mehr oder weniger durch Zufall davon erfahren.» Er hält kurz inne und sagt dann: «Im Nachhinein betrachtet, hätte ich es vielleicht sogar gemacht. Aber die Art, wie sie über unser Leben und über mich bestimmte, gefiel mir nicht. Sie war unaufrichtig und hat mich hintergangen. Denn wie sich später herausstellte, stand es von vornherein fest, dass sie nach Amerika versetzt würde.» Er senkt den Blick. Mit dem Zeigefinger fährt er die Konturen der Polsternaht entlang. «In ihren Augen war ich wohl immer der Franzose aus der Provinz. Das Anhängsel der Karrierefrau. Dabei liefen meine Geschäfte ziemlich gut, ehe wir Frankreich verließen.»

Das glaube ich gern, er scheint ja hier alle und jeden zum Kunden zu haben. Ich gerate ins Grübeln. Ob er mich ebenfalls für eine Karrierefrau hält? So wie ich von meinem Job schwärme, dürfte ihm das so vorgekommen sein.

«Und es gab keinen Kompromiss?»

Er schüttelt den Kopf. «Für mich war der Umzug in ein fremdes Land schon ein Zugeständnis. Mehr kam nicht in Frage.» Er schaut hoch, lächelt und deutet in die Ferne. «Sieh dich doch mal um. Es ist wunderschön hier. Amerika ist so weit weg.»

«Allerdings. Mal kurz zwischendurch nach Hause zu fliegen, ist nicht drin. Ich kann dich sehr gut verstehen.» Meine Worte sind nicht nur so dahergesagt. Auch wenn ich es am Anfang nicht für möglich gehalten habe, bin ich doch inzwischen reichlich verknallt in diese Gegend, und bei der Vorstellung, dass ich in ein paar Tagen nach Frankfurt zurückfahren muss, wird mir richtig weh ums Herz.

In stummem Einvernehmen hängen wir unseren Gedanken nach. Ich versuche mir auszumalen, wie ich mich an seiner Stelle verhalten hätte. *Und wie jemand aussehen mag, der den Spitznamen Kat trägt.* Verrückterweise dämmere ich dabei langsam weg.

Ich kann nicht sagen, ob ich geträumt habe, nur dass ich ziemlich weit weg gewesen sein muss, denn beim Aufwachen fehlt mir jeglicher Orientierungssinn. Ich öffne die Augen, blinzele gegen die Sonne, und für den Bruchteil einer Sekunde glaube ich, dies sei noch immer Teil eines wunderbaren Traums. Mein Körper fühlt sich federleicht und entspannt an, als würde ich schweben. Nur mein Puls geht dafür ein wenig zu schnell. Irritiert drehe ich den Kopf zur Seite und sehe Nicolas. Er hat sein Hemd wieder angezogen und die Ärmel hochgekrempelt. Seine Hände liegen auf dem Polster der Liege, dicht vor meinem Gesicht. Als ich verschlafen zu ihm hochschaue, lächelt er.

Ich kann mich nicht erinnern, wann mich zum letzten Mal jemand mit einem solch warmen, ernsthaften Blick angesehen hat und ob das überhaupt schon einmal der Fall war. Ich möchte darin eintauchen, Nicolas' Hand an mein Gesicht führen, die Augen schließen und das Pulsieren seiner Haut spüren.

«Ich muss eingenickt sein», sage ich verlegen und setze mich auf. Mein Blick wandert zur Uhr, und ich bekomme einen Riesenschreck. «Du liebe Güte, schon 18 Uhr!»

«Zeit fürs Abendbrot», findet Nicolas und grinst, als ich ihn mit aufgerissenen Augen anstarre. «Sieht aus, als habe dir ein wenig Entspannung gefehlt.»

«Es tut mir leid. Du fährst extra mit mir an den Strand, und was mache ich? Schlafen.»

Er neigt den Kopf. «Kein Problem. Es war schön, neben dir zu liegen und dir beim Träumen zuzusehen.» Sein Grinsen wird breiter. «Keine Angst, du hast weder im Schlaf gesprochen noch geschnarcht.»

Ich gebe ein gequältes Stöhnen von mir. «Ich hoffe, du hättest mich sonst geweckt.»

«Weiß nicht.»

Ich tue so, als würde ich etwas suchen, das ich nach ihm werfen kann. Er duckt sich lachend und sagt: «Natürlich hätte ich das getan. Sonst wären wir wegen der Lautstärke womöglich aus dem piekfeinen Laden geworfen worden.»

Die Luft hat sich ein wenig abgekühlt, es ist nicht mehr so stechend heiß. In der Ferne haben sich die Tagesausflügler bereits auf den Heimweg gemacht, nur ein paar Kinder wollen partout nicht mit Burgenbauen aufhören. Unermüdlich schleppen sie in ihren kleinen bunten Eimern Wasser herbei. Ich muss an Martin und seinen Laden denken. Ob die Badegäste ihre Strandutensilien bei ihm gekauft haben? Möglich wäre es. Ich schaue zum Himmel und sehe, dass über allem ein Drachenflieger in der goldenen Abendsonne gleitet. Ich hätte mich an Nicolas' Stelle auch schwergetan, nach Amerika zu ziehen.

«Wie wäre es mit einem kleinen Spaziergang?», schlägt er vor. «Ich wüsste ein nettes Strandlokal, in dem man hervorragende *Socca de Nice* bekommt. Du weißt, diese dünnen Fladen aus Kichererbsenmehl. Dazu einen Rosé – pas mal, hein?»

Puhhh … Die Vorstellung, in einer Strandbar, beim Licht

der untergehenden Sonne einen Snack und ein Glas Wein einzunehmen, hat etwas wahnsinnig Verlockendes. Mein erstes Essen am Strand!

Doch dann schiebt sich der Gedanke an meine Familie vor dieses Bild. «Bevor wir gehen, sollte ich mich mal kurz zu Hause melden», erkläre ich zögernd. «Sicher fragen sich alle, wo ich bin. Außerdem muss ich mal auf die Toilette.» Ich durchwühle meine Tasche nach dem Portemonnaie und will es Nicolas in die Hand drücken.

Er verzieht gequält das Gesicht, als habe ihn etwas gestochen. «Mais non! Das geht nicht.» Er schiebt mir die Börse zurück. «Du bist mein Gast.»

Eine Weile versucht jeder von uns, seinen Willen durchzusetzen, dann gebe ich nach.

Wir Franzosen sind sehr wohl spontan und gesellig. Allerdings sind wir auch stolz und manchmal eben ein wenig stur …

Wie treffend er sich und seine Landsleute beschrieben hat! Grinsend spaziere ich quer über den Strand zum Restaurantgebäude, wo sich die Toiletten befinden. Nebenbei krame ich mein Handy hervor. Beim Blick auf das Display vergeht mir schlagartig das Lächeln. Stefan hat schon fünf Mal versucht, mich anzurufen, und ich habe nichts gehört, verdammt! In meiner engen Handtasche muss der Schalter auf lautlos gekippt sein.

Bestimmt will er wissen, was mit dem Auto ist.

Seufzend drücke ich auf Rückruf. Es klingelt zwei Mal, dann geht er ran und hält sich gar nicht erst mit einer Begrüßung auf. «Luisa! Wo steckst du?», fragt er ungeduldig.

«Am Meer. Warum hast du angerufen? Ist etwas mit Mama?»

«Mit Elisabeth?», fragt er, als hätte ich neuerdings zwei Mütter.

Was ja genau genommen sogar der Fall ist, nur käme es mir niemals über die Lippen.

«Ja, mit Elisabeth», drängele ich. «Nun sag schon!»

Stefan schnaubt. «Was soll mit ihr sein? Es geht ihr bestens. Sie hat sich in der Küche verschanzt und ist, soweit ich weiß, den ganzen Tag nur herausgekommen, um im Garten Kräuter zu schneiden. Und um eine Zigarette zu rauchen.»

«Eine … *was*? Aber Mama raucht doch gar nicht!»

«Nun, seit heute offenbar schon.»

«Ist etwas passiert?», frage ich alarmiert.

«Herrje, Luisa, nein! Aber Elisabeth und Detlef sind ein Herz und eine Seele. Und zu dieser neuen Freundschaft gehört es wohl auch, dass die beiden gemeinsam rauchen. Wie Teenager.» Ich kann förmlich sehen, wie Stefan abfällig mit dem Kopf schüttelt. In seiner Welt sind rauchende Rentner nicht vorgesehen. «Wenn du mich fragst, fehlt nicht mehr viel, und sie kiffen auch noch.»

Ich muss ein Prusten unterdrücken und stoße stattdessen geräuschvoll Luft aus. Entwarnung. Alles ist gut. Mama kocht und raucht. Was ist schon dabei?

«Hauptsache gesund», sage ich wie eine frischgebackene Mutter, die bei der Geburt feststellt, die Babyausstattung in der falschen Farbe gekauft zu haben.

«Wieso hast du nicht auf meine Anrufe reagiert?», will Stefan wissen. Im Hintergrund höre ich ihn hektisch mit den Fingern auf der Tastatur seines Laptops herumhacken. «Ich habe mir Sorgen gemacht.»

«Sorry», murmele ich kleinlaut. Er hat ja recht, ich hätte in der Tat längst ein Lebenszeichen von mir geben müssen. Wenn ich jetzt noch erwähne, dass ich mit Nicolas unterwegs bin …

«Ich habe nach unserem Wagen geschaut», beginne ich mit etwas Positivem. «Die Ersatzteile sind eingetroffen, und Jacques hat schon mit dem Einbau begonnen.»

«*Begonnen?*», fragt Stefan argwöhnisch. Das Tastaturgeklapper ist verstummt. «Was soll das genau bedeuten?»

«Übermorgen ist das Auto fertig.»

Schätzungsweise.

«Puh!» Erleichtert atmet er auf. Es dauert nur eine Nanosekunde, dann hat es in seinem Hirn *pling!* gemacht und die gefürchtete Frage schießt aus seinem Mund: «Wie bist du denn überhaupt in die Werkstatt gekommen?»

«Tja …» Ich stoße ein leicht hysterisches Lachen aus. «Weißt du … Nicolas hat mich gefahren. Du musstest ja arbeiten, und er … nicht. Er hat mir auch noch ein bisschen die Umgebung gezeigt. Die Weinberge und den Ort Mougins.»

Und seine nackte Brust.

«Mougins …», wiederholt Stefan, als würde ihm das irgendetwas sagen.

«Ja, genau.»

Dort hat Nicolas mich seinem Vater vorgestellt. Vorher hatten wir ein romantisches Mittagessen in einem gediegenen Restaurant, und heute Nachmittag haben wir uns eine Liege am Meer geteilt.

Wenn ich mir den Tag im Geiste aufsage, klingt es, als seien Nicolas und ich ein Liebespaar. Aber das sind wir ganz und gar nicht.

«Du bist mit *dem Franzosen* unterwegs?»

«Hm-m.»

«Deine Mutter raucht, und du guckst dir gemeinsam mit diesem Kerl Weinberge an – habt ihr einen Reisekoller?»

So, wie er es betont, hört es sich in der Tat an, als sei der weibliche Teil meiner Familie nicht mehr bei Trost. «Natürlich nicht!», wehre ich mich entrüstet gegen seinen Vorwurf. «Es ergab sich einfach so.»

«Okay», sagt Stefan, und sein Tonfall wird auf einmal mild. «Und wann kommst du nach Hause? Hier scheint es bald Abendbrot zu geben. Regina hat auch schon nach dir gefragt.»

«Regina?» Ich strecke den Rücken durch. «Hat sie gesagt, was sie von mir will?»

«Dir sagen, dass sie nicht zum Abendessen da sein wird. Du sollst nicht enttäuscht sein.»

Kein Wunder. Nachdem ich eine weitere Lüge von ihr entlarvt habe, war es klar, dass sie mir aus dem Weg geht.

«Also», hakt Stefan nach, «wann liefert dich *der Franzose* wieder hier ab?»

Seine Feindseligkeit nervt, doch ehe ich etwas Bissiges entgegnen kann, wird mir bewusst, dass er einfach nur eifersüchtig ist. Ich glaube, das ist in acht Jahren Ehe noch niemals vorgekommen. Ich bin fast ein wenig gerührt. Augenblicklich keimt in meinem Inneren das schlechte Gewissen wieder auf und beginnt, einen erbitterten Kampf gegen den Wunsch nach einem Strandpicknick mit Nicolas auszufechten. Das Picknick gewinnt. Ich schaue auf die Uhr. «Ehrlich gesagt schaffe ich es vermutlich nicht zum Abendessen», beginne ich zögernd. «Wir wollten unterwegs eine Kleinigkeit essen.»

Kurz herrscht Stille. «Gut», sagt Stefan. Er klingt geknickt, versucht aber, es sich nicht anmerken zu lassen. «Dann werde ich dich bei deiner Familie entschuldigen.»

In der Ferne sehe ich Nicolas. Er bezahlt unsere Rechnung und steckt sein Portemonnaie in die hintere Hosentasche. Danach schiebt er sich die Sonnenbrille auf die Nase und kommt in meine Richtung geschlendert. Ich fühle mich hundsmiserabel. Stefan an meinem Ohr zu hören und dazu das Herzklopfen zu verspüren, das dieser fremde Mann in mir auslöst, zerreißt mich beinahe. Die Gewissensbisse fressen sich in meine Magenwand. Dies sollte ein Familienausflug werden. Stefan ist extra mitgekommen, um mir beizustehen. Es ist ihm gegenüber nicht fair.

«Luisa?», fragt er. «Bist du noch dran?»

«Ja», flüstere ich kaum hörbar. Ich schlucke. «Bitte, sag den anderen, dass sie mit dem Essen auf mich warten mögen. Ich komme, so schnell es geht, nach Hause.»

32
Du willst ein Pferd?

Damit sich nicht wieder aus Versehen der Schalter umlegt, stecke ich mein Handy dieses Mal nicht in die Tasche, sondern in meine Jacke und hänge sie mir locker über die Schulter. Als ich hochschaue, steht Nicolas vor mir. Ein Blick von ihm genügt, und er weiß Bescheid. «Du musst zurück», sagt er, und in seinen Augen spiegelt sich das Meer. «Dann essen wir die *Socca* ein andermal.»

«Ja», sage ich leise, «sehr gern.»

Die Rückfahrt verläuft schweigend, keiner von uns spricht ein Wort. Im Radio läuft Bob Dylan, er singt von Augen, die wie Juwelen am Himmel stehen, und von einer Person, deren Loyalität nur den Sternen gilt.

Ich ahne, worüber Nicolas nachgrübelt, denn mich beschäftigt dasselbe. Zwischen uns ist etwas, ein Gefühl, mehr als ein Flirt. Ich spüre die Ernsthaftigkeit, die hinter seinen Worten steckt, und seine Blicke sprechen für sich. Und mein Herz … tja, es ist gehörig aus dem Takt geraten. Doch was soll ich mit diesem Wissen anfangen? Stefan wartet in der Pension, er glaubt an uns, und ich war auf dem Weg, dies auch wieder zu tun. Aus sehr logischen und vernünftigen Motiven. Wir haben eine Basis, ein gemeinsam geschaffenes Fundament, das uns lange Zeit getragen hat und im Grunde genommen immer noch trägt. Das stellt man nicht in Frage, wegen einer Person, die man kaum kennt. Oder?

Aber warum habe ich dann mit Nicolas diesen Ausflug unternommen? Es geschah wie ferngesteuert, ohne Sinn und Verstand und hat alles nur schwieriger gemacht. Der Wagen war mir dabei die ganze Zeit über piepegal. Meinetwegen kann er noch ewig bei Jacques herumstehen, dann müsste ich niemals fort von hier.

Ich male den Gedanken weiter aus und stelle mir vor, wie das wäre. Ich, für immer in der Provence. Eine schöne Vorstellung, romantisch, aber vollkommen surreal. Ein Traum, der nicht zur Realität werden wird.

Mein Job, Mama, Stefan und nicht zuletzt das Haus, das uns noch immer gemeinsam gehört – ich bin fest verankert in Frankfurt. Ausgeschlossen, dass ich mein Leben von Grund auf umkrempele, der Typ bin ich einfach nicht. Ich bin keine Abenteurerin. Ich bin eine treue Seele.

Als wir das Ortsschild von Nid-sur-Mer passieren, hat noch immer keiner von uns ein Wort gesagt. Wenn unser Schweigen eine Farbe hätte, wäre es dunkelblau. Mysteriös wie der Himmel, an dessen Horizont die Sonne beinahe versunken ist. Nicolas' Haus und die Umrisse der Bäume sind noch deutlich zu erkennen, aber von einem diffusen Grauschleier umfangen. Ein wenig wundere ich mich, dass er mich nicht vor der Pension aus dem Auto steigen lässt, gleichzeitig bin ich aber auch erleichtert darüber. Ich hoffe, dass der kurze Weg von Nicolas' Haus zu Regina hinüber mir die Gelegenheit gibt, mich zu sammeln.

Nicolas zieht die Handbremse, stellt den Motor aus und löst seinen Gurt. Dann schnappt er sich aus der Mittelkonsole sein Portemonnaie und die Sonnenbrille und öffnet die Tür. Das war es also.

Ich weiß nicht, was ich erwartet habe, vielleicht, dass wir noch einen Moment gemeinsam der Stille nachspüren, oder … was auch immer. Auf jeden Fall nicht, dass er es offenbar nicht abwarten kann, mich loszuwerden. Verunsichert löse ich ebenfalls meinen Gurt. Habe ich mir die Magie zwischen uns und alle intensiven Blicke doch nur eingebildet? War das Schweigen gerade nur Müdigkeit und hatte keinerlei Bedeutung? War ich womöglich nur eine willkommene Abwechslung für Nicolas in seiner sonst so beschaulichen Welt?

Tief in Gedanken versunken will ich die Tür öffnen, da wird sie schon von außen aufgerissen. Mechanisch ergreife ich Nicolas' ausgestreckte Hand. Ich schwinge die Beine aus dem Wagen, drücke mich hoch und stehe kurz darauf direkt vor ihm. Meine Hand noch immer in seiner. Er wartet, bis ich ihn ansehe, doch als ich es tue, lächelt er nicht. Mit ernster Miene sagt er: «Danke für den schönen Tag», und sein Blick dringt tief in meine Seele. Ich spüre seinen Atem auf meinem Gesicht, und die Wärme seines Körpers bringt meinen zum Vibrieren. Als wäre ich gerannt, fängt mein Herz an zu wummern. Dieser Blick – das kann doch keine Einbildung sein!

«Ich fand den Tag auch sehr schön», flüstere ich mit belegter Stimme. Meine Knie beginnen zu zittern, und ich lehne mich an den Wagen, um nicht die Balance zu verlieren. Ohne mich loszulassen, schließt Nicolas mit einem Fußtritt die Wagentür, erst dann gibt er meine Hand frei. Aber nur, um sich links und rechts von meinem Kopf am Wagendach abzustützen, sodass ich zwischen seinen Armen eingekeilt bin.

Ich traue mich kaum Luft zu holen, in Erwartung dessen, was nun geschehen mag. Nicolas atmet ruhig und tief, dabei wandert sein Blick zwischen meinen Augen und Lippen hin und her. In meinem Kopf und überall in meinem Inneren surrt es, als würde ein aufgescheuchter Hornissenschwarm hindurchtosen. Ich kann mich nicht erinnern, jemals ein solches körperliches Verlangen nach einem Mann empfunden zu haben. Mit jeder Faser meiner Seele wünsche ich mir, dass Nicolas mich küsst. Ich will wissen, wie es sich anfühlt, wenn seine Lippen meine berühren und sich gleichzeitig sein Körper an meinen drängt. Einzig in einer dunklen Ecke meines Hirns meldet sich ganz schwach mein Verstand oder vielmehr das, was noch davon übrig ist. Er rät mir dringend davon ab, es darauf ankommen zu lassen.

Ich räuspere mich und sage krächzend: «Ich … sollte langsam gehen. Meine Familie … wartet.»

Nicolas rührt sich nicht von der Stelle. Hat er mich nicht gehört? Habe ich nur geglaubt, ich würde sprechen und es doch nicht getan?

Sein Blick hat sich inzwischen für meine Augen entschieden. Seine schimmern schwarz, wie die Oberfläche eines unergründlichen Moores, an dessen Ufer ich viel zu dicht stehe. Es fehlt nicht mehr viel, und ich rutsche hinein.

«Ich würde es noch einmal tun», sagt Nicolas plötzlich wie zu sich selbst. Da danach nichts mehr von ihm kommt, frage ich vorsichtig: «Du würdest *was* noch einmal tun?»

Der Glanz seiner Augen verstärkt sich, und ich verspüre eine intensive Sehnsucht, in das verwunschene Moor einzutauchen, damit das samtige Wasser mich umschmeichelt.

«Ich würde von hier fortziehen», sagt er. Nichts weiter, aber ich glaube, die Botschaft hinter seinen Worten zu verstehen. Er meint mich. Er würde meinetwegen noch einmal einen Versuch wagen, die Provence zu verlassen. Das ist … zu viel für mich … Jetzt bringe ich wirklich kein Wort mehr heraus.

Eindeutiger und zugleich auch schöner hätte er mir nicht sagen können, was er gerade empfindet. Dass er Gefühle für mich hegt und wie stark diese sind. Ich würde ebenfalls gern etwas sagen, etwas, das ihm zeigt, dass ich ähnlich empfinde, doch ich kann ihn nur weiter stumm ansehen. Alles in mir summt.

Als ich nach einer gefühlten Ewigkeit glaube, eine Idee zu haben, wie ich mich ihm offenbaren kann, fällt plötzlich ein Schatten auf Nicolas' Gesicht. Seine Augen verlieren ihren Glanz und sind starr auf meine Nasenwurzel gerichtet, als er sagt: «Aber dieses Mal liegen die Dinge anders.» Mit Schwung stößt er sich vom Wagendach ab. «Henri braucht mich hier. Ich kann ihn nicht noch einmal im Stich lassen. Tut mir leid, dass ich dich aufgehalten habe. Ich weiß ja, dass du erwartet wirst.» Er tritt einen Schritt zurück.

Mit der Nähe seines Körpers verschwindet auch das Summen in meinem Inneren. Augenblicklich beginne ich zu frösteln.

Als habe es den magischen Moment zwischen uns nie gegeben, schaut Nicolas an mir vorbei, sodass ich haltlos in die Tiefe stürze. Nicht, dass ich seine Bedenken nicht nachvollziehen könnte, und letzten Endes stand es ja ohnehin nie zur Debatte, dass aus uns mehr würde, aber … ach, ich weiß auch nicht. Ich bin schrecklich enttäuscht und zugleich wütend auf mich. Wie konnte ich mich nur so in meine Gefühle hineinsteigern?

«Das verstehe ich», sage ich und versuche, mir nicht anmerken zu lassen, wie durcheinander ich bin. «Ich … äh … gehe jetzt mal.» Schnell weg, ehe die Situation noch schlimmer wird. Ich bin heilfroh, dass es nicht zu einem Kuss gekommen ist. Das hätte ich nicht verkraftet. Bei meinem Abschied verzichte ich deshalb ganz bewusst auf die französischen Abschiedsküsschen und hebe nur schlapp die Hand. «Tschüs!», sage ich, schon halb im Gehen. «Ich … melde mich.»

Wie erbärmlich!

Die Jacke fest um meine Schultern geschlungen, eile ich die Auffahrt hinunter, ohne mich noch einmal umzudrehen.

Ich nehme mir nicht die Zeit, stehen zu bleiben, um mich unterwegs zu sammeln, sondern marschiere stur die Straße entlang. Inzwischen traue ich mir überhaupt nicht mehr über den Weg. Falls ich stehen bliebe, würden meine Beine wie ein störrisches Pferd ihren Dienst verweigern und mich womöglich zum Umkehren zwingen. Ich kämpfe gegen die Tränen. Wut, Scham, Herzschmerz, ich weiß gar nicht, was davon am schwersten wiegt. Ich fühle mich entsetzlich, und während ich mich selbst bemitleide, kommt mir ein weiterer sentimentaler Gedanke. Im Grunde ist dieser Weg, den ich gerade gehe, bezeichnend für meine Lebenssituation. Ich befinde mich zwischen zwei Häusern, die stellvertretend stehen für zwei Männer. Und in gewisser Weise auch für zwei Mütter. Sogar für die Wahl zwischen meinem Job und dem Funken eines Plans, alles hinzuschmeißen und neu anzufangen.

Überall dazwischen.

Mit aller Kraft setze ich die Füße voreinander und gehe weiter. Schritt für Schritt. Welchen Weg möchte ich in Zukunft einschlagen? Wie konnte es überhaupt dazu kommen, dass ich auf einmal an allem zweifele? Ich fühle mich verloren und regelrecht entwurzelt.

«Da bist du ja!» Plötzlich steht Stefan vor mir. Er hat am Gartentor gewartet. Im schummrigen Licht der einsam herabbaumelnden Straßenlaterne erkenne ich den besorgten Ausdruck auf seinem Gesicht. «Von wo kommst du? Ich dachte, ihr seid mit dem Auto unterwegs gewesen?»

«Ich … ähm …» Ich fühle mich vollkommen überrumpelt und beeile mich nach Kräften, allen Kummer und den Anflug von Tränen, so gut es geht, hinunterzuschlucken. «Nicolas hat mich auf seiner Auffahrt abgesetzt, da wir noch … etwas ausladen mussten.»

Stefan schaut mir forschend in die Augen. Ich kann seinem Blick nicht standhalten, weil ich fürchte, er könne mir an der Nasenspitze ablesen, was gerade in mir vorgeht. Doch statt etwas zu sagen, legt er mir beschützend den Arm um die Schultern und zieht mich ein Stück zu sich heran. Ich lasse es geschehen.

«Du riechst gut», murmelt er und küsst meinen Scheitel. «Nach salziger Meerluft.»

Ich ertrage seine Nähe nicht, mein schlechtes Gewissen zerrt an mir und macht es unmöglich, ihn gewähren zu lassen. Sanft winde ich mich aus seiner Umarmung. «Bitte nicht. Ich muss dringend duschen.»

«Das ist ganz sicher nicht nötig. Außerdem warten die anderen mit dem Essen.»

«Tut mir leid, dass ich so spät komme», setze ich an.

Stefan nickt. «War irgendwie klar, mit *dem* Auto.»

Irritiert starre ich ihn an. Dann realisiere ich, dass er davon ausgeht, Nicolas und ich seien mit dem HY unterwegs gewesen. Ich greife nach dem Strohhalm und nicke stumm.

«Macht ja nichts. Ich habe Ewigkeiten an der Präsentation gearbeitet und bin auch gerade erst fertig geworden. Passt also ganz gut. Willst du wirklich noch kurz aufs Zimmer?»

«Ja bitte.»

Wir steigen die Treppe hoch, und ich verschwinde sofort im Bad, um mir das Gesicht zu waschen. Danach ziehe ich mich komplett um. Als könne ich damit den Tag und alle verirrten Gefühle von mir abstreifen. Stefan beäugt mein Treiben mit kritischem Blick, sagt aber kein Wort. Erst als ich mir zum Abschluss die Haare hochstecke und eine Jacke überwerfe, fragt er: «Ist alles okay mit dir?»

Ich erstarre. Nein!, möchte ich schreien, mit mir ist überhaupt nichts okay. Ich bin vollkommen verwirrt … und es ist schlimmer als zu Beginn dieser Reise.

Doch stattdessen nicke ich und sage: «Ja, warum?»

Er macht einen Schritt auf mich zu und will mich in den Arm nehmen. «Komm her», sagt er mit tiefer Stimme und hat schon seine Hände um meine Taille geschlungen.

«Ich bin wirklich total k. o.»

«Zu k. o., um dich von deinem Ehemann drücken zu lassen? Wir haben uns schließlich den ganzen Tag nicht gesehen.»

Bislang war es immer vollkommen normal, dass wir uns den Tag über nicht sehen. Wir haben uns ja meist nicht einmal abends zu Gesicht bekommen. Warum kümmert es ihn jetzt? Ich schaue ihn prüfend an, doch Stefan missversteht meinen Blick.

Er umschlingt mich fester und wandert dann mit seiner Hand unter mein Shirt. «Die laue Luft macht mich ganz hungrig», raunt er.

Das Abendessen meint er damit wohl nicht.

Mit kleinen Küsschen beginnt er, meinen Hals zu bedecken. Es ist mir unangenehm, und ich versuche, ihn wegzuschieben. «Bitte», ich schaue ihn flehentlich an, «mir gehen seit Tagen tausend Dinge durch den Kopf. Ich brauche noch mehr Zeit. Du weißt das doch.»

Stefans Blick fängt an, genervt zu flackern.

«Ich dachte, zwischen uns wäre alles geklärt», sagt er. «Wir lieben uns und müssen daran arbeiten, die Distanz, die in den letzten Monaten durch unsere Trennung entstanden ist, zu überwinden.»

Und das geht natürlich am besten im Bett. «Bitte ... nicht jetzt.» Und nicht schon wieder diese Diskussion.

Stefan hebt fragend eine Augenbraue.

«Yves Rusco hat sich bei mir gemeldet», platzt es aus mir heraus.

«Echt?» Auf einmal wirkt er regelrecht erleichtert. «Das erklärt, warum du so aufgewühlt bist.»

Herrje.

«Und? Was hat er gesagt?»

Sie sind nämlich viel zu dünn. Ihre Arme wirken kaum dicker als die knöchrigen Flamingobeine auf Ihrem Shirt.

Stefan legt den Kopf schräg und wartet ungeduldig auf meine Antwort. «Los, sag schon.»

«Sinngemäß schreibt er, dass er sich eine Kooperation mit mir ..., also mit LUX14, gut vorstellen kann.»

Als Stefan applaudiert, fahre ich erschreckt zusammen.

«Siehst du. Läuft doch», jubelt er. «Hast du schon mit Biedinghaus gesprochen?»

«Nein. Ich muss erst noch ein paar Details mit Rusco klären, doch dafür war heute keine Zeit.»

Stefan blinzelt. «Okay. Aber dann solltest du so schnell wie möglich mit deinem Chef sprechen, schließlich werden nun die Karten neu gemischt. Weißt du, mein Schatz, gerade Führungskräfte tun sich manchmal schwer, Fehler zuzugeben. Sei also nicht enttäuscht, wenn er nicht zu Kreuze kriecht. Ich würde sagen, es reicht vollkommen aus, wenn er dir eine Gehaltserhöhung in Höhe von …» Er blickt kurz zur Zimmerdecke und rechnet. «… sagen wir zehn Prozent anbietet. Das wären dann – Was verdienst du noch mal?»

Ich habe gerade überhaupt keine Lust, über meinen Beruf zu sprechen. «Es geht mir nicht ums Geld.»

«Weiß ich doch. Dir geht es um etwas anderes. Du hast den Deal abgeschlossen, um es allen zu beweisen. Deine Rückkehr zu LUX14 ist gesichert, und all deine Träume sind in Erfüllung gegangen.» Ich sehe ihm an, dass er sich ehrlich für mich freut. Verrückterweise weckt das in mir den Wunsch, in Tränen auszubrechen.

«Das sollten wir feiern!»

«Ach, mir ist gar nicht so nach feiern zumute …» Es ist nicht nur die Sache mit Nicolas, die mir in den Knochen steckt. Schon vorhin, als die Nachricht von Rusco kam, war ich nicht so extrem von den Socken wie gedacht. Vielleicht ist es gar nicht das Paradies auf Erden, für LUX14 zu arbeiten?

Vielleicht ist das Paradies hier.

Oh Mann … Ich sollte schleunigst nach Hause fahren und mich auf mein Leben konzentrieren. Ein Neustart bei LUX14 ist das Beste, das mir passieren kann. Und vielleicht auch ein Neustart mit Stefan. Und …

«Ich spiele mit dem Gedanken, etwas in meinem Leben zu ändern», sage ich und bin selbst von diesen Worten überrascht. «Möglicherweise war diese Reise ein Wink des Schicksals. Es könnte doch sein, dass ich nicht mehr für LUX14 arbeiten, sondern etwas vollkommen anderes machen soll.»

«Aha.» Stefan schaut mich prüfend an. «Und was sollte das sein?»

Frag mich was Leichteres.

«Du scheinst mir ziemlich durcheinander zu sein, mein Schatz. Glaub mir, du bist nicht der Typ, der sein Leben grundlegend umkrempelt.»

Nicht?

«Du bist eine Karrierefrau. Du brauchst deine Arbeit und die tägliche Herausforderung. Deine Kreativität will gefordert werden.»

«Ehrlich gesagt ist mein Job gar nicht besonders kreativ. Ich bin im Grunde eine Bürokraft. Kunst machen die anderen.»

«Aber du führst die richtigen Leute zusammen.»

«Ich bin erschöpft.»

«Auch das ist normal. Du bist ausgebrannt, und die Tatsache, dass dein Chef dich aufs Abstellgleis fahren wollte, hat dein Ego gekränkt. Aber jetzt hast du die Karten in der Hand. Er braucht dich.»

«Die Frage ist, ob ich ihn brauche. Also, zum Glücklichsein.»

Stefan sieht mich argwöhnisch an. Ein Ruck geht durch ihn hindurch. «Es ist der Franzose, stimmt's? Er hat dir irgendeinen Floh ins Ohr gesetzt.» Er rauft sich die Haare. «Ehrlich, Luisa. Ich habe gedacht, dass es ein wenig mehr bräuchte, um dich aus der Verankerung zu reißen.»

«Ich bin nicht aus der Verankerung gerissen!», brause ich auf. «Und dass ich an meinem Job zweifele, hat nichts mit Nicolas zu tun. Ich finde nur, dass Freizeit auch einen hohen Wert hat», erkläre ich. «Täglich zwölf Stunden arbeiten – wofür?» Ich schaue Stefan herausfordernd an.

«Damit du es in der von dir gepriesenen Freizeit auch schön hast», gibt er zurück. «Was willst du mit deiner Zeit denn anfangen, wenn du kein Geld hast?»

«Keine Ahnung … Aber ich habe so vieles schon lange nicht mehr gemacht. Angefangen damit, Sport zu treiben», sage ich prompt. «Außerdem würde ich mich gern mal wieder mit einer

Freundin verabreden, falls ich überhaupt noch eine habe. Ich interessiere mich fürs Fotografieren, aber mir fehlt die Praxis. Ein Kurs wäre toll.»

«Auch dafür brauchst du Geld», kontert Stefan.

Ich rolle mit den Augen. Er will mich nicht verstehen. «Ich sage ja nicht, dass ich aussteigen möchte», erkläre ich ruhig, «selbstverständlich würde ich arbeiten. Aber nicht mehr von morgens bis nachts. Weißt du ...» Ich gerate regelrecht ins Schwärmen. «Ich hätte wahnsinnige Lust, meinen Freund Janosch in London zu besuchen. Oder mir eine Reitbeteiligung zu suchen.»

Stefan reißt die Augen auf. «Du willst ein Pferd?» Seine Stimme überschlägt sich fast. Als hätte ich komplett den Verstand verloren.

Ich schaue ihn ernst an. «Du weißt genau, was meine. Ich möchte mehr Zeit für mich. Kürzertreten.»

Stöhnen. «Das habe ich dir doch gerade erst vorgeschlagen. Frag deinen Chef, ob das bei LUX14 möglich ist. Bitte ihn um eine Teilzeitstelle. Damit bliebe uns immer noch genug Geld. Und trotzdem hätten wir mehr Zeit für uns.» Er lächelt. «Unserer Ehe würde es guttun. Denk noch mal in Ruhe darüber nach.»

Ich fühle, wie sich in meinem Nacken die Härchen aufstellen. Obwohl sich dieser Vorschlag auf den ersten Blick mit meinen Wünschen deckt, spüre ich gleichzeitig, dass mich so ein Lebensmodell nicht glücklich machen würde.

Möglicherweise bin ich nicht mehr die Frau, für die er mich hält. Für die ich mich selbst immer gehalten habe. Vielleicht bin ich doch der Typ, der bereit ist, alles umzukrempeln.

«Ich glaube, ich muss nicht länger nachdenken», sage ich zu Stefan, der sich daraufhin auf die Bettkante setzt und mich von unten misstrauisch beäugt. Als ahnte er, dass nun etwas Wichtiges kommt. «Was willst du damit sagen?»

Ich lasse mich neben ihm auf dem Bett nieder. Der Tag mit

Nicolas hat mich in mancherlei Hinsicht verwirrt, aber mir gleichzeitig auf einer Ebene Klarheit verschafft: Selbst wenn meine Gefühle für Nicolas nur Schwärmerei sein sollten und mein Herzklopfen allein daher gerührt hat, dass mir schon lange kein fremder Mann mehr so tief in die Augen geschaut hat, bin ich mir einer Sache plötzlich ganz sicher: Meine Liebe zu Stefan lässt sich nicht wiederbeleben. Sie ist im Laufe der Jahre und vor allem in den letzten sechs Monaten einer innigen Freundschaft gewichen. Ich möchte Stefan nicht missen, aber ich bin auch nicht bereit, eine Ehe mit diesem Kompromiss zu führen. Vielleicht ist es romantisch verklärt, so zu denken, aber ich verlange von einer Beziehung mehr, als einen Fels in der Brandung neben mir zu haben. Es gibt ja nicht einmal mehr eine Brandung.

«Das mit uns …» Ich suche nach Worten. Im Leben hatte ich nicht vor, das Thema heute auf den Tisch zu bringen. Aber plötzlich muss es raus. Es fühlt sich gut und richtig an. Außerdem soll Stefan endlich wissen, woran er ist. Wer weiß, vielleicht ist es noch nicht zu spät für ihn und Conni.

«Luisa», unterbricht er mich, «tu mir bitte den Gefallen und denke zu Hause noch einmal in Ruhe nach. Du bist verwirrt und kannst nicht mehr klar denken, weil dir dieser Franzose im Kopf herumspukt.»

«Aber …»

«Ach, komm schon, Lu. Ich bin nicht blind. Dass es dir der Kerl mit seinem braungebrannten Körper und den verwegenen Haaren angetan hat, war ja schon auf der Herfahrt nicht zu übersehen. Allerdings bin ich davon ausgegangen, dass du dieses Machogehabe durchschaust und dich nicht von einem tiefen Blick in seine südländischen Augen blenden lässt.» Er schnaubt verächtlich. «Ich will davon jetzt nichts mehr hören. Wir reden darüber, sobald wir in Frankfurt sind und du wieder bei Sinnen bist.»

33

Die Tasche

Am nächsten Morgen wache ich gegen acht Uhr auf und spüre einen leichten Kater. Dabei verlief das Abendessen im Grunde vollkommen unspektakulär. Regina war, wie sie es angekündigt hatte, nicht anwesend. Das Gespräch wurde von meiner Mutter, Detlef und Helga Schattschneider bestritten, die mit wachsender Leidenschaft übers Kochen philosophierten. Das Ehepaar reist heute ab, was von allen Seiten zutiefst bedauert und mit diversen Schnäpsen begossen wurde.

Während des Essens schrieb sich Stefan fortwährend mit jemandem Nachrichten. Sein Handy hatte er unter der Serviette verstaut, aber es blinkte ständig wie ein Ufo durch den dunklen Garten.

Mir war es einerlei. Ich aß, was man mir auf den Teller legte, und trank, was man mir ins Glas füllte – meine Gedanken kreisten um Nicolas.

Kurz bevor Stefan und ich zum Abendessen runtergehen wollten, piepste mein Handy mit einer Nachricht:

Luisa, ich habe deine Tasche im Wagen gefunden und kann sie dir schlecht in die Pension bringen. Magst du sie abholen? Ich bin morgen den ganzen Tag zu Hause. Bonne nuit, N.

Ich weiß nicht mehr, wie oft ich die Mitteilung gelesen habe. Nur noch, dass ich wie ein Detektiv versucht habe, zwischen den Zeilen nach einer versteckten Botschaft zu suchen. Aber ich fand keine. Nicht eines seiner Worte ließ sich anders interpretieren, als so, wie es tatsächlich gemeint war.

Dennoch habe ich mich die halbe Nacht im Bett herumgewälzt und nachgedacht. Auch über Stefans Worte. Bin ich wirklich eine Karrierefrau, die ihre täglichen Herausforderungen braucht?

Erst bei dem Gespräch mit ihm ist mir so richtig bewusst geworden, dass mein Job im Grunde gar nicht das beinhaltet, was mir so wichtig ist. Er ist überhaupt nicht abwechslungsreich. Ich übe tagein tagaus dieselbe Tätigkeit aus, einzig die Künstler variieren. *Sie* sind die Kreativen. So albern es auch klingt, aber das Streichen der Tische vor zwei Tagen hat mir riesigen Spaß bereitet. Früher habe ich viel mehr mit meinen eigenen Händen geschaffen. Ich habe gebastelt und gemalt, wie Regina.

Wieso wird mir das jetzt erst klar? Auf einmal verstehe ich auch, warum Janosch vor einem halben Jahr die Firma verlassen hat. Er hatte die Eintönigkeit schon viel eher satt als ich und außerdem den Mut, etwas zu ändern.

«Luisa? Bist du wach?» Stefan steht plötzlich vor meinem Bett. Er schaut zu mir herunter, mit einem Gesichtsausdruck, der vollkommen neutral ist. «Wann geht der Flieger?»

Einen Moment starre ich ihn verständnislos an, dann dämmert mir, was er meint. Detlef hat mir gestern noch spät am Abend von Regina ausrichten lassen, ob ich Lust habe, sie zu begleiten, wenn sie die Schattschneiders zum Flughafen nach Nizza fährt. Und sie hat angeboten, mich im Anschluss in die Werkstatt zu fahren, damit ich – sofern Jacques einen Zahn zugelegt hat – den Volvo abholen und ihn nach Nid überführen könnte.

«Boarding ist um 15 Uhr», sage ich.

Er will doch nicht etwa mitfahren? Das käme mir mehr als ungelegen. Ich will noch ein letztes Mal Tacheles mit Regina reden. Wenn wir in Zukunft den Kontakt halten wollen, muss sie mit den Lügen aufhören. Ansonsten kann sie mich gleich in den nächsten Flieger setzen. In Nid habe ich dann nichts mehr zu verlieren.

«Dann kann ich also noch mal in Ruhe arbeiten? Ich warte nämlich auf Korrekturen aus Frankfurt. Gestern kam außerdem noch eine Seminaranfrage für den Herbst, die will ich mir anschauen und einen Ablaufplan vorschlagen.» Er lächelt gequält. «Lass dir aber eine Rechnung geben», mahnt er. «Nur für den Fall, dass wir etwas reklamieren müssen.» Er zieht seine Slipper an und richtet sich auf.

«Geht klar.» Ich krieche aus dem Bett und massiere meine schmerzenden Schläfen. Bitte keine Reklamation, bete ich im Stillen. Stefan würde ein für alle Mal sein ohnehin schon angekratztes Vertrauen in die Franzosen verlieren. Ich beobachte, wie er durch das Zimmer streift, während er nebenbei eine Nachricht in sein Handy tippt. So eigenartig ich es finde, dass er unser Gespräch vom Vorabend mit keiner Silbe erwähnt, so dankbar bin ich darüber. Noch ein Streitgespräch, und mein Kopf würde explodieren.

«Versprich mir aber, dass du umkehrst, falls du auf dem Rückweg noch immer dieses Geräusch hörst.»

Jaa-a! «Versprochen.» So weit wird es aber nicht kommen, denn im Gegensatz zu Stefan habe ich Vertrauen in Jacques' Fähigkeiten.

Beim Frühstück bin ich mit Mama allein. Stefan hat sich einen Kaffee und eine Brioche – von Mama gebacken! – mit aufs Zimmer genommen, um sich hinter dem Rechner zu verschanzen.

Die Schattschneiders sind zu einer letzten Tour aufgebrochen und wollen die Räder im Anschluss zurück zum Fahrradverleih bringen. Regina und Detlef, die laut Mama einen Termin in Nid beim Steuerberater haben, werden die Schattschneiders dann mit zurück in die Pension nehmen.

«Wie läuft es denn mit Regina und dir?», fragt Mama vorsichtig, nachdem ich mir einen Kaffee eingeschenkt habe und ein Gebäckstück hineintauche. Wir sitzen im Garten, allein an dem riesigen Tisch. «Versteht ihr euch?»

Ich zögere. Noch immer erscheint es mir eigenartig, mit Mama über das Thema zu sprechen, aus Angst, sie zu verletzen.

«Ich habe erfahren, dass es in Wahrheit Detlef war, der das Treffen zwischen mir und Regina eingefädelt hat», sage ich und schaue zu einem Vogel, der etwas vom trockenen Boden aufgepickt hat und nun unter Verrenkungen versucht, es am Stück hinunterzuwürgen. «Sieht so aus, als hatte sie von sich aus gar kein Interesse an mir.» Ich gebe mir Mühe, gleichgültig zu klingen. Mama soll mich nicht deshalb trösten müssen.

«Woher weißt du das?»

«Detlef hat mir erzählt, dass er den Brief, den ich ihr damals geschrieben habe, beim Aufräumen auf dem Dachboden gefunden hat. Danach musste er Regina wohl sehr lange zusetzen, bis sie schließlich eingewilligt hat.» Der Vogel ist mit seiner Beute fortgeflogen, und ich fixiere das Muster des rissigen Bodens. «Ginge es nach Regina, hätten wir uns wohl niemals kennengelernt.» Meine Bemühung, die Fassung zu bewahren, bröckelt. Ich fühle, wie meine Augen sich gegen meinen Willen mit Tränen füllen, und blinzele.

«Ach, Liebes …» Ihr Blick ist traurig, aber gleichzeitig auch erfüllt von Fürsorge. «Du darfst nicht enttäuscht sein. Überleg doch mal: Du hast Regina voller Neugierde, aber auch voll positiver Energie geschrieben. Du hast vieles von dir preisgegeben, zum Beispiel, dass du in einer liebevollen Familie aufwächst. Du hast sie wissen lassen, dass du studieren willst, was dein Vater und ich beruflich machen und dass es dir durch unsere Hilfe finanziell gutgeht.» Sie macht eine Pause und greift nach meinen Händen. Ihre sind dünn und faltig, aber warm und weich.

Seit Ewigkeiten waren wir uns nicht mehr so nahe, und die Berührung ruft schlagartig Kindheitserinnerungen in mir wach. Ich sehe mich im Alter von sechs Jahren nach einem Fahrradunfall. Mein Knie blutete, und Mama hielt meine Hände, während Papa zu Hause Jod auf die Wunde träufelte und ein Pflaster draufklebte.

«Du wolltest Regina beruhigen, sie sollte wissen, dass es dir gutgeht. Aber wer weiß», fährt Mama fort. «Vielleicht hatte sie deshalb Minderwertigkeitsgefühle. Womöglich hat sie sich jahrelang geschämt, dass nicht sie es war, die dir dieses Leben ermöglicht hat.»

«Aber ...» Ich schniefe und kann die Tränen nicht länger zurückhalten. Vermutlich kullern sie mir maskaragetränkt über die Wangen und münden als schmutziger Film auf meinen Lippen. «Sie hat mich neun Monate in ihrem Bauch getragen und mich zur Welt gebracht. Das bedeutet doch mehr, als man mit Geld aufwiegen kann. Oder?»

«Das tut es», sagt Mama, «aber vielleicht hatte sie selbst nie ein gutes Verhältnis zu ihrer Mutter – wer hätte ihr diese Werte also beibringen sollen? Sie ahnt vermutlich nicht einmal, wie schön die Bindung zwischen Mutter und Kind sein kann. Das Zuhause sollte ein Ort der Geborgenheit sein, an dem man immer und jederzeit willkommen ist.» Sie schaut mir fest in die Augen. «Vor seiner Familie muss man sich für nichts schämen und braucht keine Geheimnisse zu haben.»

Ich muss schlucken. War das etwa eine Anspielung? Ahnt sie, was mit mir und Stefan los ist und dass ich sie schon so lange beschwindele? Verlegen schaue ich zu Boden. Ich muss es ihr sagen. Am besten sofort.

Ich will gerade tief Luft holen, da erhebt sie sich plötzlich. «Sei mir nicht böse, aber ich muss in der Küche nach dem Topf sehen, den ich auf dem Herd stehen habe. Ich koche nämlich Marmelade ein!» Sie zwinkert mir zu. «Regina und Detlef haben versprochen, auf dem Rückweg Weckgläser mitzubringen. Ich werde ihnen einen Vorrat für den Winter anlegen. Willst du mir Gesellschaft leisten, oder hast du etwas anderes vor?»

Eine gute Stunde helfe ich meiner Mutter, wasche und entkerne Kirschen und Melonen, fülle Rum und Zucker ab und rühre in den Töpfen. Die ganze Zeit über sprechen wir das Thema nicht mehr an. Ich glaube, Mama möchte mir Zeit geben, über ihre Worte nachzudenken, und ich nehme dieses Angebot nur zu gern an.

Plötzlich fällt mir etwas ein. «Sag mal, darf ich eins der Gläser verschenken? Falls das Auto fertig ist, würde ich nach der Fahrt zum Flughafen gern bei Martin vorbeifahren. Du weißt schon, der Typ aus dem Strandladen. Der uns mit Nicolas bekannt gemacht hat.»

Meine Mutter ist Feuer und Flamme. «Aber natürlich! Der dünne Kerl. Der braucht was auf die Rippen.» Sie stemmt die Hände in die Hüften. «Und unser Fahrer bekommt selbstverständlich auch ein paar Gläser.»

Ich nicke. Aber bei dem Gedanken an Nicolas werde ich unruhig. Eine Zeitlang habe ich mich davor gedrückt, doch nun lässt es sich nicht länger aufschieben: Ich muss meine Tasche bei ihm abholen.

Auf der Gästetoilette im Erdgeschoss wasche ich mir Hände und Gesicht, verzichte der Einfachheit halber aufs Nachschminken, sondern strubbele mir nur kurz durch die Haare und gehe los.

Energischen Schrittes passiere ich das Gartentor, doch als ich an der Haustür den Klingelknopf betätige, sehe ich, dass meine Finger zittern, als würde mich jemand schütteln. Gäbe es eine Möglichkeit, mich in Luft aufzulösen – ich würde es liebend gern tun.

Die Tür wird aufgerissen, und ich stehe vor Nicolas. Die Ärmel seines Hemds sind aufgekrempelt und die oberen zwei Knöpfe stehen offen, sodass man den Ansatz seiner braungebrannten Brust sieht.

«Salut», sagt er und lächelt mich mit einer schmalen Version seines Nicolas-Lächelns an. Er verharrt auf der Stelle und hat offenbar nicht vor, mir zur Begrüßung die üblichen Küsschen zu geben.

Unwillkürlich steigen Bilder des gestrigen Abends vor meinem inneren Auge auf. Ich sehe die Hand, die er mir reicht, seine Arme neben meinem Kopf, das Gesicht dicht vor meinem … Mir läuft ein Schauer über den Rücken.

Heute wirkt Nicolas dagegen übernächtigt und kurz angebunden. Er trägt die Haare zum Zopf, und alle noch so kleinen Fältchen scheinen sich über Nacht einen festen Platz in sein Gesicht gegraben zu haben. Die Tatsache, dass er sich heute Morgen frisch rasiert hat, verstärkt den Eindruck.

«Salut», sage ich verlegen. «Ich komme, um meine Tasche abzuholen.»

Nicolas nickt. «Sie ist im Wohnzimmer. Magst du hereinkommen?»

Ohne meine Antwort abzuwarten, geht er voraus in Richtung der offenen Küche und lässt mich verdutzt im Türrahmen stehen. «Trinkst du einen Kaffee oder etwas Kaltes mit mir?», ruft er von drinnen.

Ich zögere. Mein Plan war, hier so schnell wie möglich wieder zu verschwinden, ehe mein Gefühlsleben für den Rest meines Lebens verrückt spielt. Andererseits ist es dafür im Grunde schon zu spät.

Zögernd betrete ich den Flur und schließe die Tür hinter mir. «Gern was Kaltes», sage ich und folge ihm in die Küche.

Nicolas steht am Küchentresen, er öffnet den Kühlschrank und holt eine schlanke Glasflasche mit einer zartgelben Flüssigkeit und Bügelverschluss hervor. «Limonade?»

Als ich nicke, schenkt er mit ruhiger Hand zwei Gläser ein. «Santé!» Er schiebt mir das Glas über den Tresen zu.

Ich greife danach und nehme einen vorsichtigen Schluck. Die Limonade schmeckt lecker. Nach Pfirsich, aber irgendwie auch zitronig-sauer. Nur wenig gesüßt, genau mein Fall. Ich nippe noch einmal und stelle dann das Glas wieder ab.

Als das Schweigen zwischen uns unangenehm wird, sagt er: «Ich hole dir deine Tasche.»

Ich nicke. «Danke.» Verstohlen beobachte ich, wie er in Richtung Wohnzimmer verschwindet, wo sie auf einem Sessel liegt. In meinem Hirn rattert es. Sobald er mir das Teil übergibt, wird es keinen Grund geben, länger hierzubleiben. Ich muss gehen, und danach werden wir uns vielleicht niemals wiedersehen, weil plötzlich alles so kompliziert geworden ist. Und irgendwie aussichtslos.

Nicolas kommt zurück, stellt meine Tasche vor mir auf den Küchentresen. Er verschränkt die Arme, lehnt sich gegen den Kühlschrank und mustert mich stumm. Als würde er darauf warten, dass ich etwas sage.

Ich bin schrecklich nervös. Mein Herz flimmert, und in meiner Speiseröhre steckt ein steiniger Klumpen.

«Du siehst müde aus.» Es ist das Erstbeste, das ich hervorbringe. Danach herrscht erneut Schweigen.

Irgendwann sagt Nicolas: «Mag sein. Liegt vermutlich daran, dass ich die halbe Nacht mit meiner Schwester telefoniert habe.»

Okay …

«Ist etwas passiert?», frage ich vorsichtig.

Er weicht meinem Blick aus. «Nein. Es ging um Henri.»

Der Stein in meinem Inneren sackt eine Etage tiefer. «Fühlt er sich nicht gut?» Der alte Mann wirkte bei unserem Besuch doch so vital und fit.

«Keine Sorge, alles bestens.»

Klar. Deshalb telefoniert man ja auch die halbe Nacht mit seiner Schwester. «Hört sich aber nicht so an.» Ich werde nervös.

Es geht mich nichts an.

Nicolas schließt kurz die Augen. Als er sie wieder öffnet und mich ansieht, ist sein Blick so eindringlich, dass ich unwillkürlich einen Schritt zurückweiche.

«Warum bist du hergekommen, Luisa?», fragt er leise. «Ging es dir wirklich nur um die Tasche?»

Ich starre ihn an. Nein. Natürlich nicht. Die Tasche ist mir im Grunde doch egal.

Warum also bin ich hergekommen, wo er mir doch gestern Abend so etwas wie eine Abfuhr erteilt hat? Es gibt keinen Grund. Keinen *rationalen.* «Ich … habe nachgedacht», sage ich, ohne recht zu wissen, wie der Satz weitergehen könnte. «Über … über mein Leben.»

Nicolas' Blick öffnet sich. Ich sehe wieder das Funkeln auf der Oberfläche des schwarzen Sees. «Aha. Und was genau hast du gedacht?»

Meine Nervosität blockiert alles. Mein Hirn ist weich wie Butter. Unmöglich, damit logische Sätze zu formulieren. Und ein Fazit kann ich ihm leider auch nicht bieten. Fest steht eigentlich nur, dass mein Herz jedes Mal aus dem Takt gerät, wenn ich Nicolas gegenüberstehe. Aber das möchte ich ihm nicht eingestehen.

«Ich … also, möglicherweise hänge ich doch nicht so sehr an meinem Job», bricht es stotternd aus mir heraus. «Was ich sagen will, ist … Frankreich, also die Provence … ich könnte mir gut vorstellen, hier … also … für eine Weile … solange meine Mutter noch rüstig ist … ähm …»

Normalerweise stottere ich eigentlich nicht so arg.

Allerdings werde ich für gewöhnlich auch nicht *so* angesehen.

34

Klarheiten

Obwohl meine Worte wie zusammenhangloses Gestammel in meinem Kopf nachhallen, scheinen sie etwas in Nicolas auszulösen.

Sein angestrengter Gesichtsausdruck entspannt sich. Er drückt sich vom Küchenschrank ab und macht einen Schritt auf mich zu. Seine Augen wandern forschend über mein Gesicht und versenken sich schließlich tief in meinen. Ich bin wie paralysiert.

Dicht vor mir bleibt Nicolas stehen. Obwohl ich genau weiß, wohin mich das führt, kann ich den Reflex nicht verhindern. Ich atme tief ein. *Dieser Duft.* Unwillkürlich driften meine Gedanken ab, und ich erinnere mich an meinen ersten Besuch auf dem Markt in Nid. An das Potpourri von Aromen, das wie ein unsichtbarer Nebel über allem lag. Damals glaubte ich, meine Nase würde die Kräutermischung bis in alle Ewigkeit als den Duft der Provence abspeichern, aber das war ein Irrglaube.

Was in dieser Sekunde durch meine Nase in meine Sinne vordringt – die Mischung aus Nicolas' herbem Aftershave, dem Salz seiner Haut und der geballten Ladung Männlichkeit, die er durch jede Pore verströmt – *das* ist für mich der Duft Südfrankreichs.

«Ist ja auch egal», stoße ich beim Ausatmen hervor. Auf einmal komme ich mir total bescheuert vor, hier noch länger herumzustehen. Ich kann Nicolas keine klügere Antwort auf seine Frage liefern, ich kann mir ja selbst kaum erklären, was in meinem Kopf gerade vor sich geht. «Ich sollte jetzt wohl besser gehen.»

Ich will seitlich nach meiner Tasche greifen, doch Nicolas

schiebt sich mir in den Weg. Wie ein Fels steht er plötzlich vor mir. Ich erstarre in der Bewegung.

«Ich hatte gehofft, dass du etwas in der Art sagst», höre ich ihn murmeln. Mein Gesicht befindet sich auf Höhe seines Halses, ich kann die kleinen Bartstoppeln unter der Haut erkennen, die sich trotz der Rasur schon wieder zaghaft vorwagen. Unwillkürlich beginne ich, sie zu zählen.

«Dass ich *was* sage?», hake ich nach. Mein Blick gilt stoisch seinem Hals. Ein sanftes Pulsieren der Schlagader ist unter der Haut zu erahnen.

«Dass du dir mehr vorstellen kannst», antwortet er sanft, und ich höre seiner Stimme an, dass er lächelt. «Mehr als Frankfurt, mehr als deinen Job.»

Mir stecken die Worte im Halse fest. Dabei liegt mir so vieles auf der Seele, das ich Nicolas sagen möchte. Allem voran die artikulierte Version von meinem Gestammel: Dass mein Herz und mein Verstand von mir verlangen, mein Leben umzugestalten. Dass mir die Provence den Kopf verdreht hat. Und er sowieso.

Doch alles, was ich schaffe, ist, meinen Kopf langsam anzuheben und den Blick an Nicolas hinaufwandern zu lassen. Vorbei an seinem schönen Mund, der noch immer das sanfte Lächeln zeigt, über die leicht schiefe Nase bis hin zu seinen Augen. Als unsere Blicke sich treffen, fliegt ein unsichtbarer Funke durch die Luft. Nicolas atmet schwer. Er hebt seine Hand, streicht damit zärtlich über meine Wange und lässt sie schließlich zu meinem Hinterkopf wandern, wo er mich mit kaum merklichem Druck hält. Er beugt sich zu mir vor, ich kann seinen heißen Atem auf meiner Haut spüren. Eine gefühlte Ewigkeit, während der ich vor Aufregung fast das Luftholen vergesse, verharrt er in dieser Position, dann lodert das Feuer auf. Ich spüre Nicolas' Lippen auf meinen, weich und zugleich fordernd. Ich lasse mich von seinen starken Armen umschlingen und erwidere seinen

Kuss, dass es mir fast die Sinne raubt. Willenlos lasse ich es geschehen, dass er mich fester an sich zieht und gemeinsam, Arm in Arm, tauchen wir ein in den mysteriösen Teich, der mich schon so lange lockt.

Als Nicolas sicher ist, dass ich mich ihm hingebe, presst er mich noch fester an seinen Körper. Ich spüre seine Erregung und den kräftigen Herzschlag in seiner Brust und stöhne auf. Sofort lässt er ein wenig von mir ab, um mir besorgt, aber gleichzeitig voller Verlangen in die Augen zu sehen.

«Ich …» Er atmet schwer. «Entschuldigung. Ich konnte mich nicht länger zurückhalten.» In seinen Augen funkelt es. «Ich beherrsche mich nämlich schon sehr lange.»

Mein Körper vibriert wie ein Klavier, auf dem gerade jemand ein sehr temperamentvolles Stück zum Besten gibt, meine Sinne werden von Hormonen überschwemmt, und ich kann nur hoffen, dass mein Gesichtsausdruck nicht so sinnentleert ausschaut, wie sich mein Hirn zurzeit anfühlt. Mit letzter Kraft ziehe ich fragend die Augenbrauen hoch. Zu mehr bin ich nicht imstande.

Nicolas grinst. «Ich hätte dich am liebsten schon bei unserer ersten Begegnung geküsst. Als ich dich bei Martin in deinem Flamingo-Fummel gesehen habe, war ich sofort verknallt», erklärt er. Noch immer hält er mich sanft in den Armen und ist inzwischen sogar wieder einigermaßen zu Atem gekommen. «Du hattest etwas an dir, das mich ins Herz getroffen hat.» Sein Grinsen wird breiter. «Und dann später im Auto, als du so lustige Übersetzungen geliefert hast, bin ich beinahe umgekommen. Ich musste mich mit aller Kraft beherrschen, nicht zu lachen. Aber auch, dich nicht pausenlos anzustarren.»

Dieser Schuft! Ich versuche, nicht schon wieder an diese Peinlichkeit zu denken. Stattdessen lasse ich ihn nur zu gern weiter reden.

«Und bei deinem ersten Besuch hier bei mir zu Hause und

auch später, als ich dich drüben vom Dach aus im Garten stehen sah …» Er rollt vielsagend mit den Augen. «Am schlimmsten war es während unseres Ausflugs am Meer. Als du schliefst, hätte ich mich am liebsten zu dir gelegt …»

Ich sammele mich, um endlich auch etwas zu sagen. «Warum hast du es nicht getan?», krächze ich. «Gestern, als wir an deinem Auto lehnten, zum Beispiel.»

Sein Gesichtsausdruck wird ernst. «Ich war drauf und dran. Aber vor langer Zeit habe ich mir geschworen, alles gründlich zu überdenken, ehe ich mich in ein Abenteuer stürze. Und deshalb …» Er zuckt mit den Schultern.

«Verstehe. Und dies hier», mein Kopf wandert nickend zwischen uns beiden hin und her, «hast du das zu Ende gedacht?»

«Allerdings. Oder sagen wir: Ich habe so weit gedacht, wie es unter den gegebenen Umständen möglich war.»

Er streicht mir zärtlich eine Haarsträhne aus dem Gesicht. «Meine Schwester ist der festen Überzeugung, dass Henri es mir niemals verzeihen würde, sollte ich seinetwegen auf die Chance verzichten, mein Glück zu finden. Sie glaubt, dass er seinen Unfall besser verarbeitet hat als ich und hier gut allein klarkommt. Sie hat mir ziemlich ins Gewissen geredet, und irgendwann wurde mir klar, dass es noch etwas gab, das mich zurückhielt.»

Ich schaue ihn fragend an.

«Ich wollte nicht schon wieder an eine Frau geraten, die über mich bestimmt. Es hätte mich alle Kraft der Welt gekostet, aber ich wäre niemals auf dich zugegangen, wenn du nicht angedeutet hättest, dass du dir vorstellen kannst, alles aufzugeben.» Ein Augenzwinkern begleitet seinen nächsten Satz: «Auch wenn deine Worte ein wenig verworren waren.»

Ich blicke verschämt zu Boden. Ein Glück, dass er so gut zwischen den Zeilen lesen konnte. Seine Beweggründe verstehe ich nur zu gut. Auch ich habe in der letzten Zeit bemerkt, wie demütigend es ist, wenn andere über mein Leben bestimmen wollen.

«Ich war heilfroh, dass du deine Tasche vergessen hast», fährt er fort. «Auch wenn ich es für möglich gehalten hätte, dass du sie aus Sturheit nicht holst.» Er grinst. «Sophie war sich allerdings sicher, dass du vorbeikommen würdest. Aus welchem Grund auch immer.»

Frauen. So schlau.

Ich registriere, wie er mich betrachtet, dann spüre ich wieder seine Hände, die mich zu sich heranziehen. Er murmelt in mein Ohr: «Ich bin heilfroh, dass meine Selbstbeherrschung nicht länger herausgefordert wird.»

Dieses Mal ist unser Kuss fordernder. Nicolas zieht mich so fest an sich, dass ich glaube, keine Luft mehr zu bekommen. Seine Hände wandern unter mein Shirt und erforschen dort lustvoll meinen Körper. Ich habe Angst, ihm das Hemd zu zerreißen, so intensiv reagiere ich auf seine Berührungen. Wie eine Ertrinkende kralle ich mich an ihm fest und wünsche mir, dass der Moment niemals aufhört.

«Allô? Est-ce qu'il y a quelqu'un?»

Ich fahre erschreckt zusammen, doch Nicolas hält mich fest in seinen Armen und lacht. «Keine Angst. Das ist nur Sophie, meine Schwester. Ich habe zwar gehofft, dass ihr euch möglichst bald kennenlernt, aber in dieser Sekunde könnte ich sie erwürgen.»

In gespielter Verzweiflung lässt er von mir ab und wirft die Hände in die Luft.

Plötzlich ist auch Getrappel zu hören. Als ich hinter Nicolas' breitem Kreuz hervorluge, erblicke ich Porthos, der schwanzwedelnd vor der Küchenzeile steht und aussieht, als würde er am liebsten an uns hochspringen und im Überschwang der Gefühle unsere Gesichter abschlecken. Direkt neben ihm taucht nun eine junge Frau auf. Sie hat die gleichen dunklen Haare wie

Nicolas, nur länger. Ihre Gesichtszüge sind ebenso markant wie seine, und auch sie hat große braune Augen, in denen der Schalk blitzt.

Mit den Armen in die Hüften gestemmt sagt sie: «Ich hoffe für dich, Nico, dass dies deine schöne Nachbarin ist! Sonst kriegst du es mit mir zu tun.» Und zu mir gewandt erklärt sie grinsend: «Die ganze Nacht hat er mir die Ohren vollgejammert. Also: Wenn du nicht Luisa bist, würde ich an deiner Stelle Reißaus nehmen. An sie hat er nämlich sein Herz verloren.»

Ich streiche mir etwas verlegen das Shirt glatt und fühle, wie ich vor Freude rot werde. «Keine Sorge», sage ich und strecke ihr die Hand entgegen, «ich bin Luisa.»

Ein paar liebevolle Gemeinheiten werfen sich die Geschwister noch an den Kopf, dann setzen wir uns gemeinsam in den Garten und plaudern. Sophie ist mir sofort sympathisch, sie ist lustig und klug. Aber besonders mag ich an ihr, wie sehr sie offensichtlich an ihrem Bruder hängt und ihm für sein Leben das Beste wünscht.

«Henri und ich wollen Nicolas schon lange verkuppeln, aber er tut sich etwas schwer», erklärt sie mir augenzwinkernd über Nicolas' Kopf hinweg. «Jetzt ist es endlich geschehen, hurra!»

Als sie ihm neckend über das Haar streicht, schnappt er sich Sophies Hand und beißt spielerisch hinein. «Meine Schwester tut so, als sei ich ein Mauerblümchen», sagt er entsetzt, «dabei ist das keineswegs der Fall.»

Das glaube ich ihm aufs Wort. Garantiert ist er niemand, der Schwierigkeiten hat, Leute kennenzulernen. Frauen schon gar nicht.

Sophie klatscht in die Hände. «Also, Luisa: Falls es dich nicht abschreckt, dass es in unserer Familie meist sehr lebhaft zugeht …» Sie grinst. «Willkommen bei den Briands!»

Ich finde meine Mutter in der Küche, wo sie erschöpft, aber mit zufriedenem Gesichtsausdruck am Tisch vor einer Armada gefüllter Weckgläser sitzt und in den Garten blickt. «Mama!», sage ich vorwurfsvoll. «Bist du immer noch mit der Marmelade zugange? Überanstreng dich nicht!»

Ich bin noch ganz erfüllt von dem ereignisreichen Vormittag. Von Sophies herzlicher Art, ihren klugen Späßen, aber vor allem von den heißen Küssen, die Nicolas mir aufgedrückt hat. Etwa eine Stunde saß ich mit den Geschwistern zusammen, dann mussten wir uns schweren Herzens lösen. «Wann sehen wir uns wieder?», hat Nicolas zum Abschied gefragt, und ich spüre noch immer seinen Atem an meinem Ohr.

Aber auch meiner Mutter hat der Morgen gutgetan. Ihre Wangen sind angeregt gerötet, und als sie jetzt zu mir hochschaut, blitzen ihre Augen vergnügt. «Mach dir um mich keine Sorgen, mir geht es so gut wie lange nicht, Liebes. Und wo warst du?», fragt sie neugierig und blickt mir prüfend in die Augen. «Du siehst so … entspannt aus.»

Mütter … Sie haben für alles einen sechsten Sinn.

Gerade will ich ansetzen, meiner Mutter von Nicolas und Stefan und dem ganzen Chaos der letzten Tage und Monate zu erzählen, als Regina ihren Kopf zur Tür hereinsteckt.

«Ach, hier seid ihr.»

Wie immer trägt sie etwas Schickes, ein Sommerkleid und hochhackige Schuhe – dazu ein strahlendes Lächeln, als wäre alles in bester Ordnung. Doch sie wird wissen, dass Detlef mich über die Umstände der Einladung aufgeklärt hat. Es scheint sie nicht weiter zu irritieren.

«Die Schattschneiders stehen vor dem Haus und warten.» Regina rollt mit den Augen. «Rentner! Die haben ständig Angst, zu spät zu sein.»

Sie schaut zu Mama. «Ein Glück, dass du nicht so pedantisch bist, Elisabeth. Kommt mit raus, es geht los!»

Um die Mundwinkel meiner Mutter zuckt es. Mama ist entsetzlich pedantisch. Sie weiß es, und ich weiß es auch. Wir tauschen einen verstohlenen Blick aus.

«Na, selbstverständlich kommen wir mit», erklärt sie, «um uns von *den Rentnern* zu verabschieden.» Sie zwinkert mir im Rausgehen zu.

Zehn Minuten später ist das Gepäck verstaut, und alle haben sich umarmt und tausend Mal geküsst. Stefan hat sich zum Winken sogar weit aus dem Fenster gehängt.

Jetzt sitzen wir im Wagen, Regina und Helga vorn, ich mit Klaus auf der Rückbank. Die Schattschneiders haben schnell noch jeder ein Marmeladenglas von Mama in die Hand gedrückt bekommen und im Koffer verstaut. Die zwei Weckgläser, die für Martin bestimmt sind, stehen zwischen Klaus und mir. Während die Schattschneiders mit deutscher Genauigkeit bereits den Urlaub im kommenden Jahr abklopfen, schaue ich versonnen aus dem Seitenfenster.

Was den Verkehr um Nizza herum angeht, haben wir gut daran getan, uns zeitig auf den Weg zu machen. Wir werden von einer Umleitung zur nächsten geführt, stehen zwanzig Minuten im Stau, weil ein Laster quer steht, und schaffen es schließlich mit Ach und Krach, rechtzeitig einzuchecken. Die Schattschneiders tupfen sich gegenseitig den Schweißfilm von der Stirn. So knapp bemessen erledigen sie zu Hause vermutlich nicht mal ihren Einkauf im Supermarkt.

Klaus wirkt aufgeregt wie bei einem Weltraumflug.

«Jetzt schaffen wir es gar nicht mehr, durch die Läden zu stöbern», sagt Helga enttäuscht und zieht einen Flunsch.

«Und auch nicht auf ein Bierchen», brummt er.

Und ich dachte, sie wären Sportler!?

Regina lächelt milde. «Die Geschäfte im Flughafen sind hier nicht besonders spannend. Und Bier bekommt ihr ja notfalls auch im Flieger.»

Wir tauschen noch einmal Küsschen aus, dann ziehen die Schattschneiders ihre Koffer zur Sicherheitskontrolle und verschwinden gleich darauf im Gewühl der Reisenden.

«Jetzt zur Werkstatt?», fragt Regina, als wir wieder im Auto sitzen. Ich nicke, und sie startet den Motor und steuert uns konzentriert zurück durch das Baustellenwirrwarr, das sich hinter der Abflughalle anschließt.

Eine Weile sagt keiner von uns ein Wort.

Im Gegensatz zu Nicolas, der am Steuer einen souveränen und gelassenen Eindruck macht, ist Regina im Straßenverkehr nervös und etwas fahrig. Sie hupt viel und blinkt wenig, wodurch sie andere Verkehrsteilnehmer provoziert, sich über sie aufzuregen.

Schlagartig fühle auch ich mich gestresst und mag kaum mit ihr sprechen, aus Angst, sie noch mehr vom Verkehr abzulenken.

Als wir die Uferpromenade erreichen, atmen wir beide geräuschvoll auf. «Nicht zu vergleichen mit dem Großstadtverkehr in Frankfurt, was?», fragt sie, und ich bin mir nicht sicher, ob die Frage ernst gemeint ist oder Regina doch überraschend viel Selbstironie hat. «Wie gefällt es dir denn eigentlich in Nid?» Sie schielt mich erwartungsvoll an.

Es erstaunt mich nur mäßig, dass sie offenbar vorhat, belanglosen Smalltalk mit mir zu treiben. Aber sie sollte mich inzwischen gut genug kennen, um zu wissen, dass ich nicht sang- und klanglos darüber hinwegsehe, dass sie sich täglich in neue Lügen verstrickt.

«Ich mag die relative Ruhe hier», spiele ich ihr Spiel erst einmal mit. Obwohl die letzten Tage alles andere als still waren, übt Nid eine entschleunigende Wirkung auf mich aus. «Ich habe festgestellt, dass ich mich in den vergangenen Jahren viel zu selten mal zurückgezogen habe, um Kraft zu tanken. Hier wäre es perfekt dafür.» Schade, dass unser Urlaub schon bald vorbei ist, will ich noch sagen, verkneife es mir aber. Sie soll nicht glauben, dass ich mich ausnahmslos wohl gefühlt habe als ihr Gast.

Der Verkehr hat sich deutlich beruhigt. Auch ich entspanne mich etwas.

Eigentlich wollte ich ja abwarten, bis wir bei der Werkstatt sind, und vorschlagen, dort in der Nähe ein Café zu suchen, wo wir in Ruhe miteinander reden können. Doch plötzlich mag ich das Gespräch nicht länger aufschieben. Wer weiß, ob Regina nicht gleich schon zur nächsten Verabredung drängt und mir am Ende doch wieder keine Zeit bleibt.

Ich fasse mir ein Herz. «Detlef hat mir erzählt, dass es seine Idee war, mit mir Kontakt aufzunehmen.» Ich schaue sie forschend an. «Hättest du dich wirklich nicht von dir aus gemeldet?»

Mein größter Wunsch wäre es, dass sie eine Antwort parat hat, die mich nicht enttäuscht. Gleichzeitig weiß ich, dass das kaum möglich ist. Deshalb würde es mir reichen, ein einziges Mal aus ihrem Mund die Wahrheit zu hören.

Regina kneift die Augen zusammen und blickt angestrengt nach vorn, sodass sich viele kleine Konzentrationsfältchen bilden.

«Nein», sagt sie mit belegter Stimme. «Ohne Detlefs Einmischung hätte ich mich wahrscheinlich nie bei dir gemeldet.»

Mir läuft ein kalter Schauer über den Rücken. Draußen vor dem Fenster winken wieder die Palmen mit ihren Blättern. Als wollten sie sich gemeinsam mit mir von einer lange gehegten Hoffnung verabschieden.

«Es tut mir leid …», entschuldigt sie sich.

«Schon gut», sage ich gefasst und schaue weiter aus dem Fenster. «Ich hatte diese Antwort erwartet. Inzwischen ist mir einiges klargeworden.»

Aus dem Augenwinkel nehme ich wahr, dass sie den Kopf kurz in meine Richtung dreht. «Und was?»

«Deine Art, mit der Sache klarzukommen, ist: Verdrängen. Ich habe das mittlerweile begriffen und verstehe deine Ängste und Befürchtungen. Auch, dass mein Brief sie nicht zerstreut hat. Im Gegenteil …» Ich schweige einen Moment und füge dann hinzu: «Ehrlich gesagt wollte ich gar nicht hierherkommen. Ich hätte es dir viel lieber heimgezahlt und mich nicht auf die Einladung hin gemeldet. Du solltest dich genauso schlecht fühlen, wie ich es jahrelang getan habe. Aber Mama hat mich überredet. Tagelang. Sie fand es wichtig, dass wir uns kennenlernen.» Weil ich fürchte, mir könnten die Tränen kommen, wende ich meinen Blick noch ein wenig weiter nach rechts. Doch noch habe ich mich unter Kontrolle.

Regina seufzt tief. «Ich habe nicht mal ansatzweise geahnt, wie sehr dich mein Schweigen kränkt», gesteht sie kleinlaut. «Dabei wollte ich dich damit eigentlich schützen.»

Ich nicke. Leider war das genaue Gegenteil der Fall. Ich habe sie jahrelang dafür gehasst. Doch auch das habe ich inzwischen begriffen. Regina wurde als Kind so sehr verletzt, dass sie noch immer unter den Wunden leidet und sich in erster Linie um sich selbst kümmert. Sie ist schwach und versucht auf ihre Art, im Leben klarzukommen.

Plötzlich habe ich nichts mehr zu sagen. Ich weiß nun, wie sich alles zugetragen hat. Ich kenne meine Geschichte und habe verstanden, welche Gründe sie hatte, mich als Baby wegzugeben und warum sie meinen Brief nicht beantwortet hat. Und auch, wenn ich es mir anders gewünscht hätte, fühle ich dennoch, dass eine schwere Last von mir abfällt. Letzten Endes hat das Schicksal es gut mit mir gemeint. Mama und Papa haben mir alles Wichtige, das man im Leben braucht, mit auf den Weg gegeben. Sie haben mich nicht nur behütet und geliebt, sondern mich bei meinen Träumen unterstützt.

«Elisabeth ist eine tolle Frau», wechselt Regina unvermittelt das Thema. «Dass du sie mitbringen wolltest, war zunächst ein Riesenschock für mich. Ich fand sie einerseits zwar sympathisch, aber andererseits konnte ich es kaum aushalten zu sehen, dass sie dir so nahesteht. Sie liebt dich von Herzen, das habe ich ihr gleich bei unserem Kennenlernen angesehen. Und ich war … eifersüchtig.»

Ich bin seltsam gerührt von ihren offenen Worten. Das habe ich von Regina nicht mehr erwartet.

Sie räuspert sich. «Überhaupt hatte ich ganz stark das Gefühl, vor deiner Familie auf dem Prüfstand zu stehen», spricht sie weiter. «Ich fühlte mich beobachtet und war schrecklich unsicher.»

«Das tut mir leid», sage ich und überlege, ob Reginas häufige Abwesenheit damit zu tun hat. Bislang habe ich keine Erklärung dafür gefunden.

«Inzwischen bin ich erleichtert, dass ich dich *und* Elisabeth kennengelernt habe.» Regina wirft mir einen kurzen Seitenblick zu. «Deine *Mutter.*»

Ich sage nichts dazu, sondern lasse die Worte so stehen. Mir wird warm ums Herz.

«Ich mag Elisabeth sehr. Sie ist eine wunderbare Frau, und ich bin dem Schicksal dankbar, dass es dir bei deinen Eltern so gut ergangen ist.»

Ohne zu blinken überholt sie einen liegengebliebenen Wagen. «Ich hoffe, dass ihr uns von nun an regelmäßig besuchen kommt? Ich glaube, Elisabeth gefällt es bei uns.» Regina zwinkert mir zu. «Detlef ist jedenfalls ganz vernarrt in sie und würde sie am liebsten gleich hierbehalten.»

Das trifft sich gut, denke ich und überlege, was Stefan wohl sagen wird, wenn er hört, dass sowohl seine Exschwiegermutter als auch seine Exfrau damit liebäugeln, in die Provence auszuwandern.

Unvorstellbar!

Regina fährt bei der Werkstatt vor und wartet, während ich fragen gehe, ob der Wagen fertig ist. Er ist es! Schnell gebe ich ihr Bescheid, woraufhin sie wieder losfährt. Jacques erklärt mir detailliert die letzten Endes wohl doch recht simple Reparatur. Ich bedanke mich überschwänglich, zahle und lasse mir für Stefan artig die Rechnung mitgeben. Dann öffne ich in meinem Handy die Karte, denn ich möchte ja Martin noch hallo sagen und ihm die Marmelade vorbeibringen. Sein Laden liegt zwar nicht unbedingt auf dem Weg, aber der bunte Vogel hat ein Dankeschön verdient, nicht nur, weil er es war, der Nicolas und mich zusammengeführt hat.

Als ich wenig später seinen Strandladen betrete, muss ich leider feststellen, dass er sich heute frei genommen hat. Eine ältere Dame, die ich aufgrund ihres schrillen Outfits – sie trägt die Flamingo-Tunika! – für seine Mutter halte, nimmt meine Grüße und die Weckgläser stellvertretend entgegen.

Zurück in der Pension sehe ich als Erstes, dass Reginas Wagen noch nicht auf dem Parkplatz steht. Vielleicht ist also Nicolas noch da, um Detlef bei den Holzarbeiten zu helfen?

Erwartungsvoll hüpfe ich ums Haus und entdecke Detlef. Er lehnt am Gartentisch, den Arm sicher in einer Schlinge verstaut, und spricht mit jemandem, der offenbar im Gebüsch kniet. Nicolas! Über das ganze Gesicht strahlend, eile ich auf die beiden zu.

«Oh … Hey, Luisa!» Detlef schielt mich schräg von der Seite an. In seinen Augen lese ich große Unsicherheit und etwas, das aussieht wie … Schuldgefühle?

35

Der Fels in der Brandung

Ein wenig irritiert nehme ich es zur Kenntnis, schaue dann aber erst einmal nach Nicolas. Gerade war er im Begriff, den Stamm eines halbhohen, bräunlich verfärbten Laubbaums zu zersägen, und kann mich nicht gehört haben. Als ich zu ihm trete und mein Schatten auf das Gebüsch fällt, schaut er hoch.

«Salut!» Ich lache ihn an, doch als ich seinen Gesichtsausdruck sehe, weiche ich vor Schreck zurück. Von der Wärme und Leidenschaft am Morgen ist nichts mehr zu erkennen, sein Blick ist eiskalt, und er hat die Augen zu kleinen, schmalen Schlitzen gezogen, aus denen er mich verächtlich mustert.

Diesen Blick habe ich schon einmal an ihm gesehen, als er mir gestern vom Unfall seines Vaters erzählte und Regina die Schuld daran gab. Ich weiß noch genau, dass ich mir gewünscht habe, er möge mich niemals so ansehen.

Mit einem Zittern in der Stimme sage ich: «Hey, wie schön, dass ich dich hier treffe.»

Nicolas erwidert nichts. Wortlos steht er auf, klopft sich Erde und Sägespäne von der Hose und wirft ein paar Holzteile ein Stück weiter, wo sich bereits ein Haufen Kleinholz befindet. Danach zieht er seine Arbeitshandschuhe aus, wischt sich den Schweiß von der Stirn und sagt zu Detlef: «Ich gehe rüber. Melde dich, wenn die Frauen fort sind.» Sein Blick streift mich. Nur ganz kurz, doch ich erkenne den Schmerz, der in seinen Augen liegt.

Dann ist er fort.

Vollkommen perplex stehe ich einen Moment regungslos da und starre ihm hinterher. In Zeitlupe drehe ich mich um und sehe Detlef an, der plötzlich reichlich zerknirscht wirkt. Verlegen wartet er, bis Nicolas außer Hörweite ist, dann sagt er: «Es tut mir so leid, sei mir bitte nicht böse, Luisa. Ich habe ja nicht gewusst, dass du und Nico …» Er macht eine hilflose Geste. «Ich weiß auch gar nicht, wie es dazu kam, aber … na ja … ich habe beiläufig erwähnt, dass du Reginas Tochter bist …»

Ich erstarre. Vor Schreck sackt mir das Blut in Richtung Füße, mein Körper wird taub. Mein Hirn verweigert seinen Dienst, ich mag mir gar nicht ausmalen, was diese Information in Nicolas ausgelöst haben mag.

Verdammt! Natürlich hätte ich ihm längst sagen sollen, weshalb ich wirklich in Nid bin. Scheiße, Scheiße, Scheiße! Es ist so was von verständlich, dass er sauer ist. Ich könnte mich selbst ohrfeigen.

Aber – es hat sich einfach nie eine gute Gelegenheit ergeben. Und seit gestern … vielleicht habe ich im Stillen angenommen, es würde nun ohnehin keine Rolle mehr spielen, jetzt, da wir zu unseren Gefühlen stehen. Ich beurteile Menschen ja schließlich auch nicht danach, wer ihre Eltern sind. Ich meine … Er kann mich doch nicht *so* ansehen, nur wegen Regina.

Doch, kann er. Und er hat alles Recht der Welt dazu. Ich weiß inzwischen ziemlich gut, welch zentrale Rolle Regina in seinem beziehungsweise in Henris Leben spielt und dass Nicolas nie wieder etwas mit ihr zu tun haben möchte. Ich hätte es ihm sagen *müssen*! Gleich nachdem er mir die Geschichte über den Unfall erzählt hat. Er war offen und ehrlich zu mir – und ich? Ich war feige. Dass Regina meine Mutter ist und ich es ihm verheimlicht habe, muss ihn wie ein Faustschlag in die Magengrube getroffen haben.

Könnte ich doch nur die Zeit zurückdrehen!

Plötzlich kommt Leben in meinen regungslosen Körper. Ich wirbele herum und rufe Detlef zu: «Du kannst nichts dafür. Aber Nicolas …» Ich schnappe nach Luft. «Ich muss sofort mit ihm reden!»

Mit diesen Worten lasse ich den verdatterten Detlef im Garten stehen und renne zum Nachbarhaus. Noch auf dem Weg schwöre ich mir hoch und heilig, nie wieder etwas so Wichtiges, wie jemandem die Wahrheit zu sagen – sei sie auch noch so unbequem – auf die lange Bank zu schieben. Jetzt kann ich nur noch beten, dass Nicolas mir mein furchtbares Verhalten verzeiht!

An der Haustür angekommen läute ich Sturm. So lange, bis sie schließlich von innen aufgerissen wird. Vor mir steht Nicolas, mit nacktem Oberkörper und offenen Haaren. Ehe ich zu Atem kommen kann, werde ich angeblafft: «Was willst du?» Ein paar Strähnen fallen ihm wild ins Gesicht, ich schätze, er wollte gerade unter die Dusche gehen.

«Ich möchte mich entschuldigen. Ich will dir erklären, wie es dazu kommen konnte, dass ich dir nichts von meiner ...» Ich stocke.

Nicolas' Blick ist noch eisiger als eben im Garten, und sein Gesichtsausdruck verändert sich kein bisschen, als er sagt: «Du wusstest genau, wie ich zu Regina stehe und was sie meiner Familie angetan hat.» Der Klang seiner Stimme jagt mir einen Schauer über den Rücken.

«Ja», gestehe ich kleinlaut. «Ich wollte es dir ja längst sagen, aber irgendwie kam immer etwas dazwischen. Oder aber ich habe mich nicht getraut. Ich wusste ja, dass du sie nicht leiden kannst. Und am Ende fand ich es auch nicht wichtig.»

«Nicht wichtig?» Nicolas' Augen sprühen Funken vor Zorn.

Ich werde immer verzweifelter und rede mich um Kopf und Kragen. «Was ich sagen will, ist, dass meine Verwandtschaft zu Regina für uns keine Rolle spielen sollte. Ich kann ja nichts dafür, dass sie ...»

Er unterbricht mich.

«Weißt du, Luisa», sagt er in einem Tonfall, der mir das Blut in den Adern gefrieren lässt. Er macht einen Schritt auf mich zu.

«Vielleicht hätte ich es geschafft, darüber hinwegzusehen, dass du Reginas Tochter bist. Weil ich dich wirklich gern mochte. Aber ich hasse es, belogen zu werden. Offenbar war ich die ganze Zeit der Einzige, der nichts von deiner Vergangenheit wusste. Hast du eine Idee, wie sich das anfühlt?»

Hätte … mochte … Ich fühle, wie meine Knie zu zittern beginnen.

«Ja», flüstere ich schuldbewusst. «Ich kann es mir vorstellen. Und ich schäme mich entsetzlich, dir das angetan zu haben.»

Nicolas sieht mich mit einem Blick an, als sei ich auf einmal eine vollkommen fremde Person für ihn. «Du wusstest, wie schmerzhaft dieses Thema für mich ist. Und trotzdem hast du dir meine Geschichte angehört, ohne auch nur ein einziges Wort über deine Herkunft zu verlieren. Du hättest es mir sagen *müssen*, und zwar *bevor* wir zu Henri gefahren sind!»

Mir schießt das Blut in den Kopf. Er hat recht. Natürlich hat er recht. Tränen der Verzweiflung steigen mir in die Augen. Was soll ich denn nur machen? Ich kann doch nicht mehr tun, als mich für meinen Fehler zu entschuldigen. «Ich hatte ja vor, es dir zu sagen», rechtfertige ich mich und hasse es, dass meine Stimme so eingeschüchtert klingt. Denn es gibt immer eine andere, eine zweite Seite einer Geschichte. Und man muss den Menschen die Möglichkeit geben, sie zu erzählen. Ich wische mir mit dem Handrücken die Tränen aus dem Gesicht und richte mich auf. «Ja, ich habe einen Fehler gemacht», sage ich und räuspere den Kloß in meinem Hals fort. «Einen Riesenfehler. Und das tut mir leid. Aber ich kann die Vergangenheit nicht ändern.» Ich hole tief Luft. «Ich wollte dir die Wahrheit sagen, aber es passte einfach nie. Ich hatte Angst, dich vor den Kopf zu stoßen. Und dann war es plötzlich zu spät dafür.»

Nicolas' Miene ist vollkommen verschlossen. Ich dringe nicht zu ihm durch. «Darf ich dich an deine eigenen Worte erinnern?», sagt er, und sein Tonfall trieft dabei vor Ironie. «Du sagtest: ‹Es ist nie unpassend, die Wahrheit zu sagen.›»

Verdammt! Was für eine unsagbar peinliche Plattitüde.

Es beschämt mich, damit konfrontiert zu werden. Gleichzeitig wandelt sich mein schlechtes Gewissen nach und nach in Rage. «Touché», sage ich, so fest es meine Stimme zulässt. «Aber hast du dir mal überlegt, was gewesen wäre, wenn ich es dir erzählt hätte? Meinst du wirklich, du wärst mir um den Hals gefallen und hättest erfreut gerufen: *Oh, Luisa, schön, dass du mir die Wahrheit sagst, es macht mir gar nichts aus, dass du Reginas Tochter bist*? Wohl kaum. Du wärst an die Decke gegangen, so wie jetzt. Und genau davor hatte ich Angst.»

«Ach», macht er abfällig, «aber Angst, meinem Vater unter die Augen zu treten, hattest du nicht. Erstaunlich.» Sein Blick wird noch ein paar Grad kälter, und die Worte, die er wählt, treffen mich wie messerscharfe Geschosse mitten ins Herz. «Interessant zu sehen, dass du im Grunde genau wie Regina bist. Du handelst so unbedarft und egoistisch wie sie!»

Mir rauscht das Blut in den Ohren. Ich schäme mich, wenn ich an Henri denke und daran, was ich ihm angetan habe. Aber auch mein Zorn nimmt zu. Ich habe Nicolas die Gründe für mein Handeln erklärt und mich entschuldigt – was soll ich noch tun? Es gibt nichts mehr zu sagen! Jetzt ist es an ihm, mir zu verzeihen. Doch ein Blick in seine Augen verrät mir, dass er genau das niemals tun wird.

Allerdings sind wir auch stolz und manchmal ein wenig stur …

Ich kämpfe auf verlorenem Posten. Nach und nach dringt diese Erkenntnis in mein Bewusstsein. Welche Gefühle auch heute Morgen zwischen ihm und mir eine Rolle gespielt haben mögen – sie sind ausgelöscht wie die Kerzen auf einem Geburtstagskuchen. Seine Abneigung gegenüber Regina überwiegt alles. Wut und Enttäuschung lassen meine Stimme zittern, als ich sage: «Das war es dann wohl mit uns.»

Es war mein letzter Versuch und als Vorlage für ihn gedacht, doch noch das Ruder herumzureißen. Aber ich kenne die Antwort, ehe Nicolas sie ausspricht. Er strafft die Schultern.

«Ja. Bitte geh.»

Obwohl ich damit gerechnet habe, verfügen seine Worte über die Wucht einer Splitterbombe. Der Schmerz explodiert in meinem Innersten. Ich presse die Kiefer aufeinander und muss mich abwenden, damit er nicht sieht, wie verletzt ich bin.

Als ich schon fast durch die Tür bin, drehe ich mich doch noch einmal um, weil mir plötzlich ein Gedanke kommt. Ich schaue Nicolas herausfordernd an und sage möglichst gefasst: «Wer nach Rache strebt, hält seine eignen Wunden offen.» Dann wirbele ich herum und renne fast durch den Garten. Bis zur Straße schaffe ich es, mich zusammenzureißen, dann breche ich in Tränen aus. Ich bin so wütend, dass ich am liebsten umkehren und ihm meinen Schmerz ins Gesicht schreien würde. So schnell gibt er auf? So wenig Tiefgang hatte unser Kuss am Morgen? Was denkt er sich? Glaubt er allen Ernstes, ich habe es mir leichtgemacht, die Wahrheit zurückzuhalten? Oder ist er nur abgrundtief stur? Verdammt, es hätte alles so schön werden können! Hätte ich es bloß geschafft, ihm alles zu erklären! Mein ganzer Körper schmerzt. Alles tut weh. Und mit jedem Schritt, den ich mich von seinem Haus entferne, wird es schlimmer. Wie konnte ich mich nur derart in ihm täuschen! Ich dachte, er sei einfühlsam, verständnisvoll und könne mir bis auf den Grund meiner Seele schauen. Einen Scheiß kann er!

Fuchsteufelswild setze ich den Weg zur Pension fort und merke erst, dass es ein Fehler war, hinauf aufs Zimmer zu gehen, als ich Stefan dort am Tisch sitzen sehe.

«Weinst du?», fragt er irritiert, als er von seiner Arbeit aufschaut. Aber er zieht die falschen Schlüsse: «Ist etwas mit dem Wagen? Hat dieser Franzose etwa sein Wort nicht gehalten?»

Ich weiß, er kann nichts dafür, dass ich gerade am Rande

eines Nervenzusammenbruchs stehe, aber mit seinen Worten bringt er das Fass zum Überlaufen. Ich fuchtele wild mit den Armen und fauche: «Kannst du bitte endlich aufhören, ständig einen Artikel davorzusetzen, wenn du von einem Franzosen sprichst? Der Mann heißt Jacques. Nicht *dieser* Jacques. Und auch nicht *der Franzose*. Kapiert?»

Stefan starrt mich mit offenem Mund an. «Was ist dir denn über die Leber gelaufen, mein Schatz? So hast du dich früher immer aufgeregt, wenn deine Mutter uns sonntagsmorgens mit ihren Anrufen aus dem Bett geklingelt hat.» Ein schiefes Grinsen huscht über sein Gesicht. «Ist lange her.»

Allerdings.

«Nein, Mama war es nicht», knurre ich und bereue es, zurück zur Pension gegangen zu sein. Ich hätte mich an den Straßenrand setzen und warten sollen, dass mich ein Auto überrollt. «Ich möchte darüber jetzt nicht reden.»

«Aha», sagt Stefan. Pragmatisch, wie Männer sind, wechselt er das Thema: «Du hast Glück, gerade habe ich mein Konzept abgeschickt.» Er lacht selbstgefällig. «Stell dir vor, sogar eine erste Auflistung der Kosten für das neue Seminar bei diesem Aufzugbauer habe ich durchgeboxt. Die haben nicht mit der Wimper gezuckt. Krass, oder?»

Er schaut mich beifallheischend an. Ich drehe mich weg, damit er nicht sieht, wie herzlich egal mir das Thema ist. «Toll», schaffe ich es gerade noch herauszubringen.

«Luisa …» Stefan steht auf und macht einen Schritt auf mich zu. «Sag mir, was los ist!»

Schweigend starre ich auf den Boden. Es wäre mehr als unfair, Stefan wegen Nicolas vollzujammern.

«Wollen wir einen Spaziergang machen?», schlägt er vor. «Oder eine Fahrt mit dem Auto? Dabei können wir auch gleich testen, ob alles in Ordnung ist. Wegen der Gewährleistung und so.»

Wenn er noch einmal von diesem dämlichen Wagen anfängt … «Ehrlich gesagt möchte ich momentan nicht spazieren gehen», sage ich, so ruhig es mir möglich ist.

Ich würde mich lieber in ein Erdloch eingraben.

«Und mit dem Auto ist alles in bester Ordnung. Auf der Fahrt von der Werkstatt hierher hat nichts geklappert.»

«O-kay», sagt Stefan gedehnt. «Aber wir wollen doch in Zukunft mehr Zeit miteinander verbringen und …»

«Stefan.» Ich wirbele herum. Es kostet mich allergrößte Mühe, freundlich zu bleiben. «Ich möchte nicht spazieren gehen. Und ich will auch keinen Ausflug unternehmen.» Bewusst suche ich seinen Blick. «Ich kann das einfach nicht mehr.»

Ein argwöhnischer Ausdruck überschattet sein Gesicht. «Du kannst *was* nicht mehr?»

«Ich kann nicht länger so tun, als gäbe es noch eine Chance, unsere Ehe zu retten.» So, wie Stefan mich anschaut, geschockt und zugleich ratlos, überkommt mich zum zweiten Mal an diesem Tag das schlechte Gewissen. Es tut mir leid, dass ich so unvermittelt mit der Tür ins Haus falle, aber ich wollte ja schon länger mit ihm reden. Wenn er mir nur ein Mal zugehört hätte! Ich hole tief Luft und versuche, meine Worte so ruhig und klar wie möglich zu formulieren. «Seit Tagen denke ich über alles Mögliche nach, auch über uns. Und ich bin zu dem Schluss gekommen, dass wir uns endgültig trennen sollten.» Dass Nicolas sich in der Zwischenzeit als Idiot entpuppt hat, ändert nichts an dieser Entscheidung. «Ich habe dich noch immer lieb, aber ich liebe dich nicht mehr. Versteh das bitte. Im Laufe der Jahre ist leider der kleine Funke, der in einer Ehe das Feuer am Glimmen hält und sie dadurch zu mehr als nur Freundschaft macht, erloschen.»

«Also, bei mir ist nichts erloschen», kontert Stefan bockig. «Außerdem ist es vollkommen normal, dass Ehepaare zu Freunden werden.»

Ich seufze tief. «Sicher. Unter anderem.» Ich schaue ihn ernst an. «Wir hatten in den letzten fünf Jahren ungefähr zehn Mal Sex», sage ich und glaube, damit sogar hoch gegriffen zu haben. «Und mit der Beziehung zu Conni wolltest du dir sexuell etwas beweisen. So hast du es mir erklärt.»

Stefan gibt einen Zischlaut von sich, der wohl überspielen soll, dass er sich ertappt fühlt. «Ja, aber … komm schon, Lu. Soo wichtig ist Sex nun auch wieder nicht.»

Was redet er denn? Conni hat sich den Meniskus gerissen, so wild ist es zwischen den beiden hergegangen, aber mir will er etwas anderes weismachen? «Okay», sage ich, bemüht, ihn zur Einsicht zu bewegen. «Aber etwa genauso oft, wie wir miteinander geschlafen haben, waren wir beispielsweise im Kino oder Theater.» Und *das* ist definitiv hoch gegriffen. «Und an ein romantisches Essen kann ich mich beim besten Willen nicht mehr erinnern. Was ich sagen will, ist: Wir hatten gar keine Lust mehr, gemeinsam Zeit zu verbringen. Wir hatten weniger als Freundschaft. Wir hatten unsere Arbeit. Sie war der Ersatz.»

Stefan schaut betreten drein, will aber offenbar noch nicht aufgeben. «Darum wollten wir uns nach unserer Rückkehr ja auch umeinander bemühen», sagt er, klingt aber nur noch wie eine leere Hülle, aus der man die Luft gelassen hat. Für mich ein klarer Fall, dass er es einfach nur nicht ertragen kann, nicht selbst den Schlussstrich gezogen zu haben.

«Aber ich möchte das nicht», sage ich leise, aber bestimmt. «Ich will meine Gefühle nicht wiederbeleben wie einen kollabierten Patienten. Es würde nicht funktionieren.» Ehe er noch etwas dazu sagen kann, wechsele ich das Thema. «Was ist eigentlich mit Conni? Ich habe gesehen, ihr schreibt euch wieder.»

Stefan wirkt ertappt. «Ja, wieso? Man muss sich ja nicht gleich aus den Augen verlieren, nur weil man sich trennt.»

«Ach. Hat sie es dir gar nicht übelgenommen, dass du mit

deiner Exfrau abgehauen bist und ihr nur einen Brief auf dem Küchentisch dagelassen hast?»

Plötzlich weicht er meinem Blick aus und fixiert die Wand hinter mir. Also hake ich nach: «Du hast ihr doch einen Brief hingelegt, oder?»

Er schweigt. Im Raum herrscht absolute Stille. Irgendwann scheint Stefan jedoch klarzuwerden, dass ich mich nicht so einfach abspeisen lasse, und er gesteht kleinlaut: «Ich habe den Brief geschrieben, ihn ihr aber nicht hingelegt.»

Einen Moment bin ich baff, dann zähle ich zwei und zwei zusammen. «Heißt das, du wolltest mal sehen, wie es mit uns so läuft, sie aber vorher nicht aufgeben?»

«Herrje, Luisa! Was soll das hier sein, ein Verhör? Spiel jetzt bitte nicht den Moralapostel. Du bist es, der unsere Ehe nichts mehr bedeutet.»

Normalerweise würde ich jetzt aufbrausen und ihm die Widersprüchlichkeit seiner Worte an den Kopf werfen, doch mir ist klar, dass er in seiner Verzweiflung die Flucht nach vorn wählt. Mir fehlt die Kraft, das Thema weiter auszudiskutieren. «Was du mit Conni machst, ist mir im Grunde egal», erkläre ich matt, «ich wollte dir nur meine Gefühle mitteilen und nicht warten, bis wir zurück in Frankfurt sind.»

Plötzlich geht durch Stefan ein Ruck. «Hat der Franzose … Ich meine: Hat Nicolas etwas damit zu tun?»

Ich halte seinem Blick stand und schüttele langsam den Kopf. «Nein. Hat er nicht.» Es ist die Wahrheit. Auch wenn ich in Stefans Augen lese, dass er nur zu gern die Verantwortung für das Scheitern unserer Ehe jemandem zuschustern möchte. Aber den kann ich ihm nicht liefern. Schuld sind nur wir beide.

In dieser Nacht bekomme ich kein Auge zu. Ich grübele über Stefan und unsere Ehe nach. Die Trennung vor einem halben Jahr war gut und richtig. Dass Stefan noch einmal einen Vorstoß gewagt hat, geht für mich in Ordnung, auch wenn ich glaube, dass er gar nicht erst auf die Idee gekommen wäre, mich auf diese Reise zu begleiten, wäre seine Beziehung zu Conni glücklich. Die Aussicht, plötzlich ganz allein dazustehen, war der Grund, warum er zu mir zurückwollte. Ich hoffe, dass ihm diese Erkenntnis auch bald kommt und er sich entweder mit Conni oder mit seinem Single-Dasein arrangiert.

Dann irgendwann kann ich es nicht länger unterdrücken und denke an Nicolas. Wieder und wieder lasse ich unser Gespräch im Geiste Revue passieren, und als Stefan schließlich im Tiefschlaf versinkt und leise zu schnarchen beginnt, lassen sich die Tränen nicht länger zurückhalten. Lautlos schluchze ich in mein Kopfkissen, hin und her gerissen zwischen Wut und Trauer. Besonders schmerzt es mich zu wissen, dass er nur etwa fünfzig Meter entfernt von mir in seinem Bett liegt, die Distanz aber unüberwindbar ist.

Gegen 6 Uhr halte ich es im Bett nicht mehr aus. Nur im T-Shirt tapse ich nach unten, öffne leise die Tür zum Garten und will gerade hinaustreten, da sehe ich jemanden am Gartentisch sitzen und in die Ferne schauen.

Es ist meine Mutter.

Sie trägt ein dünnes, fliederfarbenes Nachthemd, das sich an ihren schmalen Körper schmiegt und sie ein wenig aussehen lässt wie Omi.

«Mama», sage ich leise, um sie nicht zu erschrecken. Als ich an den Tisch trete, dreht sie sich zu mir um. Sie lächelt.

«Bist du schon auf, oder warst du noch gar nicht im Bett?», frage ich sie erstaunt.

«Ach, Liebes ...» Sie rutscht ein wenig nach links, um mir Platz zu machen. «Ich konnte nicht schlafen. Etwas hält mich wach … eine innere Unruhe.» Ihre Augen schimmern in demselben bläulichen Grau, das den frühen Morgen begleitet. Forschend schaut sie mir ins Gesicht. «Und du? Was ist mit dir?»

Ich setze mich neben sie auf die Bank. Mein Blick gleitet nach vorn, zu den Kiefern, deren Duft schwer und holzig über dem Garten wabert. Wo soll ich bloß anfangen?

«Ist es wegen Regina?», fragt meine Mutter. Und weil ich keine Antwort gebe, sagt sie: «Habt ihr denn noch immer keinen Frieden miteinander geschlossen? Weißt du, Spätzelein, Regina hat für ihren Fehler, den sie in der Jugend begangen hat, einen hohen Preis gezahlt.» Mama greift nach meiner Hand und drückt sie leicht. «Sie konnte dich nicht aufwachsen sehen. Sie hat keine Ahnung, was ihr entgangen ist.»

Vor Rührung muss ich schlucken. «Ach Mama», flüstere ich, löse meine Hand und lege stattdessen mein Gesicht in ihre warme Handfläche. Sie riecht nach Mamas unverwechselbarem Duft, nach Geborgenheit und ein klein wenig nach Marmelade. Und auf einmal brechen bei mir alle Dämme. Ich flüchte mich in Mamas Arme, hänge ihr heulend an der Schulter, bis das dünne Nachthemd ganz durchweicht ist. Es dauert eine gefühlte Ewigkeit, aber meine Mutter hält mich fest. Ohne ein Wort zu sagen, streicht sie mir unentwegt über den Kopf und gibt mir Geborgenheit. Wie eine gesprengte Steinformation beginnt der Stress der letzten Tage und Wochen samt der enttäuschten Erwartungen und Gefühle nach und nach von mir abzubröckeln. Bis ich es irgendwann schaffe, mich von Mamas Schulter zu lösen. Wir schauen uns in die Augen, und ich sehe den Kummer, den ihr mein Weinen bereitet. «Liebes», sagt sie und streicht mir eine Träne von der Wange, «sprich mit mir.»

Und endlich fasse ich mir ein Herz. Ich berichte ihr von der Fahrt zum Flughafen, von meiner Enttäuschung über Reginas viele Lügen, aber auch, dass sie zum Schluss mehr und mehr mit der Wahrheit herausgerückt ist. Und dass ich mir vieles damit erkläre, dass Regina mit sich selbst nicht im Reinen ist. Dann erzähle ich kurz von meinem Stress im Job und schaffe es am Ende endlich, ihr zu gestehen, dass Stefan und ich uns getrennt haben.

Gefasst und konzentriert hört meine Mutter sich die ganze Geschichte an, jedes Detail der letzten Jahre und Monate. Erstaunlicherweise wirkt sie zum Schluss nicht mal sonderlich überrascht.

«Ach, meine Süße», sagt sie schließlich und zieht mich noch einmal liebevoll an sich. «Warum hast du mir denn nicht viel früher was gesagt? Es geht doch nicht darum, wie *ich* diese Trennung verkrafte, sondern es geht um dich. Es ist dein Leben. Durch deine Geheimniskrämerei hast du für dich nur alles schlimmer gemacht.»

«Ich weiß», sage ich kleinlaut, «aber ich wollte dich schonen. Und insgeheim wollte ich wahrscheinlich auch so eine perfekte Ehe führen wie Papa und du. Ich fühle mich im Vergleich mit dir ohnehin immer schon so minderwertig.»

Meine Mutter schiebt mich mit einem Ruck von sich und sieht mir in die Augen. «Wieso das denn?», fragt sie perplex.

«Na, weil in deinem Leben immer alles glattlief.»

«Ach, du Dummerchen», sagt sie liebevoll. «Den Eindruck solltest du ja auch haben. Wir wollten, dass du ein heiles, glückliches Zuhause hast. Aber was unsere Ehe angeht … Ich fürchte, die Illusion muss ich dir nehmen.»

Ich runzele die Stirn.

«Dein Vater und ich waren doch auch nicht jeden Tag ununterbrochen nur glücklich. Eine Ehe ist viel Arbeit. Es gab Zeiten, da … Einmal standen wir sogar kurz vor der Trennung.»

«Was? Wieso das denn?» Entsetzt schaue ich sie an.

Mama seufzt. «Es war, bevor du zu uns kamst. Gerd hat sehr viel gearbeitet und war oft auf Geschäftsreise. Und ich fühlte mich einsam und verzweifelt, weil wir keine Kinder bekommen konnten. Dann gab es da plötzlich einen Mann, mit dem ich mich sehr gut verstanden habe. Er hatte in unserer Straße einen Kiosk.» Sie lächelt versonnen. «Wir haben uns beinahe täglich gesehen. Und da ich oft allein war …» Sie lässt den Satz in der Luft hängen. «Ich glaubte, ich sei verliebt.»

«War er dein Liebhaber?» Ich falle aus allen Wolken.

Verschämtes Nicken. «Er wollte, dass ich mich von deinem Vater trenne, damit er mich heiraten kann. Aber ich habe es nicht übers Herz gebracht. Mir fehlte der Mut.»

«Aber …» Ich weiß gar nicht, was ich sagen soll. «Was heißt das – dir fehlte der Mut? Hast du ernsthaft erwogen, Papa zu verlassen?»

«Mein Herz wollte es, aber mein Verstand hat nein gesagt. Damals war eine Scheidung auch noch nicht so einfach und alltäglich wie heutzutage. Es hätte viel Aufhebens gegeben, und darunter hätte auch Gerd gelitten.»

«Und dann?», frage ich. «Hast du Papa von dem anderen Mann erzählt?»

«Nein. Nachdem ich für mich entschieden hatte, bei deinem Vater zu bleiben, zog Hans, so hieß er, fort. Ich habe deinem Vater meine Schwärmerei verschwiegen, aber ich glaube, er hat es gespürt. Jedenfalls hat er von einem Tag auf den anderen weniger gearbeitet und ist auch nicht mehr so viel auf Reisen gegangen. Mit einem Mal mussten die Kollegen ran. Na ja …» Sie bekommt einen verträumten Ausdruck. «Und dann kamst du.»

Ich schaue sie fragend an.

«Versteh mich nicht falsch, ein Kind ist nicht die Lösung. Aber wir hatten nun mal den Wunsch, unsere Familie zu vergrößern, immer schon. Es war so zermürbend, dass es bei uns nicht geklappt hat. Vielleicht haben wir uns auch darüber kurzzeitig voneinander entfernt.» Sie hält einen Moment inne. «Jedenfalls haben wir irgendwann damit begonnen, uns um ein

Adoptivkind zu bemühen. Und wir hatten Glück.» Sie lächelt mich selig an. «Nicht nur mit dir, sondern auch, weil heute die Bestimmungen wesentlich strenger sind. In dem Alter, in dem wir damals waren, bekommt man heute kein Baby mehr vermittelt.»

Mama nimmt mich in den Arm. «Meine Süße, ich habe keinen Rat für dich. Außer einen, den du vermutlich schon hundert Mal gehört oder gelesen hast: Man soll auf sein Herz hören. In der Liebe ebenso wie sonst im Leben. Fühl in dich hinein, dann weißt du, was das Richtige für dich ist.» Sie holt Luft und zitiert einen ihrer klugen Sprüche: «Den größten Fehler, den man im Leben machen kann, ist, ständig Angst zu haben, einen Fehler zu machen.»

Ich nicke stumm. Auch wenn mir in der Liebe zurzeit nicht alle Türen offen stehen, durchflutet mich dennoch ein tiefes Glücksgefühl. Es dringt bis in die letzte Pore und wärmt mich von innen. Dazu das Morgengrauen – ich könnte ewig hier draußen in den Armen meiner Mutter sitzen. Nicht Stefan ist mein Fels in der Brandung, sondern Mama.

Ganz allmählich beginnt sich um uns herum das Licht zu verändern. Es wird heller. Die Vögel haben ihr Konzert beendet.

«Was nimmst du eigentlich für Medikamente?», frage ich, weil ich an die Herfahrt denke und daran, wie vieles sich seitdem verändert hat. Zwar fürchte ich mich vor ihrer Antwort, aber ich *muss* die Frage stellen. Mama soll wissen, dass ich ihr immer beistehe. «Bist du … krank?»

Überrascht dreht sie den Kopf zu mir. «Du meinst wegen meines Telefonats im Wagen?»

Ich nicke. Ein verschämtes Lächeln huscht über ihr Gesicht. «Ich hatte mir selbst ein paar Vitamine verordnet, doch mein Magen hat danach verrückt gespielt. War wohl zu viel gesundes Zeug. Der Arzt meinte, ich soll den ganzen Kram weglassen.»

Vor Erleichterung drücke ich sie ganz fest an mich. Danach

steht Mama auf. «Ich ziehe mir mal etwas an und mache uns Frühstück, was hältst du davon?»

«Klingt gut.» Ich drehe mich zu ihr. «Und Mama?»

Sie schaut mich erwartungsvoll an.

«Ich würde gern zurück, nach Hause.»

«Ich weiß, Liebes.» Sie lächelt.

Drei Monate später

Bist du aufgeregt, Spätzelein?» Mamas Stimme am anderen Ende des Telefons klingt besorgt.

«Allerdings.»

«Aber du unterschreibst doch nicht dein Todesurteil, nur den Vertrag für einen Job.»

«Ich weiß, Mama.»

«Warum tust du dich dann so schwer damit?»

«Shanghai ist ziemlich weit weg.»

Sie seufzt in den Hörer. «Dann bleib zu Hause in Deutschland. Du findest etwas anderes.»

«Ich kann nicht.»

Seit wir von unserer gemeinsamen Provence-Reise zurückgekehrt sind, hat sich das Leben meiner Familie vollkommen auf den Kopf gestellt. Der Einzige, der seinen angestammten Weg nicht verlassen hat, ist Stefan. Er wurde nach seiner Heimkehr von Conni mit offenen Armen empfangen. Ob ihn die Beziehung glücklich macht, weiß ich nicht, wir sehen uns kaum. Einmal haben wir uns noch ausgesprochen und danach in gegenseitigem Einvernehmen die Scheidung eingereicht. Einzig die Frage, was mit unserem Haus geschehen soll, ist noch nicht abschließend geklärt. Möglicherweise wird Mama seinen Anteil vom Kredit übernehmen und ganz vielleicht sogar in die untere Etage einziehen, aber das sind bislang nur lockere Ideen.

Einmal war meine Mutter in der Zwischenzeit sogar schon zu Besuch bei Regina und Detlef. Die beiden wünschen sich von Herzen, sie würde für immer dort bleiben und das Kochen für die Pension organisieren, aber Mama zögert noch. Vorerst genießt sie es, dass wir wieder einen engen Draht zueinander haben, auch wenn ich gerade mehr oder weniger im Begriff bin, das Land zu verlassen.

«Ich muss für eine Weile raus hier», erkläre ich meiner Mutter. «Es ist zu viel geschehen, das ich vergessen möchte.»

Erst seit wir zurück sind, habe ich ihr von mir und Nicolas erzählt. Alles. Inklusive unseres Streits und warum er mit Regina im Clinch liegt. Was mein Herz anbelangt, war Mama nicht besonders verwundert. «Ich hab doch Augen im Kopf, Liebes», sagte sie mit einem alles erklärenden Ausdruck auf ihrem klugen Gesicht. «Dass der junge Mann es dir angetan hat, wusste ich schon, da trugst du noch dieses sackartige Zuppelkleid am Leib.»

Seitdem leidet Mama mit mir. «Dann geh nach Shanghai», rät sie mir überraschend entspannt. «Wenn du glaubst, es könnte dir helfen, tu es! Die Entscheidung kannst nur du treffen. Auch wenn ich mir wünschte, China wäre nicht so weit entfernt.»

Nach der Rückkehr aus der Provence habe ich bei LUX14 gekündigt. Yves Rusco ließ sich nach langem Hin und Her und einer Vielzahl Kurznachrichten, die allesamt ziemlich privat und verrückt waren, trotzdem dazu bewegen, auch ohne mich mit LUX14 zu kooperieren. Mein Chef war happy, und dennoch stand ich sozusagen von heute auf morgen auf der Straße. Geheimhaltungsklausel. Einen Karton durfte ich noch packen, dann war LUX14 für mich Geschichte.

Lange habe ich mit mir gehadert, ob es die richtige Entscheidung war, alle Brücken hinter mir abzubrechen. Aber mit Janoschs Hilfe konnte ich schließlich in London einen Treffer landen. Er machte mich mit dem Geschäftsführer einer international agierenden Modemarke bekannt, der sofort Interesse an mir bekundete. Die Firma suchte jemanden, der das Social-Media-Team verstärkt. In Shanghai. Statt auf klassische Werbung setzt man in der Modewelt nämlich immer stärker auf Influencer. Sie arbeiten rund um den Erdball, lassen sich in Kleidung der Marke fotografieren und posten die Bilder anschließend auf Facebook, Instagram & Co. Im Grunde genau mein Ding, wenn man davon absieht, dass eigentlich eher Kunst und nicht Mode mein Steckenpferd ist. Und China … Lieber würde ich – ach, ich weiß auch nicht.

Ich fühle ein beklemmendes Ziehen in meiner Brust. Morgen ist die Vertragsunterzeichnung. Da die Firma in London gegründet wurde und dort nach wie vor ihren Hauptsitz hat, wohne ich wegen der Vorgespräche bereits seit zwei Tagen in einem hiesigen Hotel. Und noch immer bin ich nicht restlos überzeugt. Was, wenn der neue Job nicht der Neustart ist, der mir vorschwebt? Ich beneide meine Mutter von ganzem Herzen um die Möglichkeit, nach Lust und Laune zu reisen. Die Provence fehlt mir sehr – ich habe dort in vielerlei Hinsicht mein Herz verloren.

«Hast du etwas von Nicolas gehört?», frage ich Mama unvermittelt. Eigentlich ist es ein stillschweigendes Abkommen zwischen uns, nicht über Nicolas zu sprechen. Ich will die Erinnerung an ihn, so gut es geht, verdrängen. Leider erweist sich das als äußerst schwierig, denn es vergeht kein Tag, an dem ich nicht an ihn denke. Doch ich würde mir eher beide Hände abhacken, als von mir aus Kontakt zu ihm aufzunehmen. Auch Mama hat striktes Verbot, sich ihm in Nid zu nähern oder sich bei Detlef nach ihm zu erkundigen. Trotzdem ist mir die Frage heute über die Lippen gehuscht. Seinen Instagram-Account hat

Nicolas nämlich gelöscht. Selbst wenn ich es wollte, könnte ich nicht herausfinden, was er gerade so treibt.

«Nein, aber Regina lässt dich herzlich grüßen», wechselt meine Mutter schnell das Thema. Ihre Stimme klingt nervös, fast ein wenig zu nervös. Glaubt sie etwa, dass ich ausraste, nur weil sein Name gefallen ist? «Ich glaube, sie würde sich freuen, wenn du mal wieder mit ihr sprichst.»

Ich seufze. «Regina kann mich doch auch mal von sich aus anrufen. Immer muss ich die Initiative ergreifen.»

«Du kennst sie doch. Wenn sie mal nicht unterwegs ist und die Zeit für ein Telefonat hätte, verlässt sie der Mut. Sie hat noch immer Schuldgefühle dir gegenüber.»

Ich fahre mir durch die Haare. Regina macht es mir wirklich nicht leicht, Nähe aufzubauen, weil von ihr so wenig kommt.

Nach einem Blick auf die Uhr erkläre ich: «Mama, ich muss auflegen. Ich treffe gleich noch einen neuen Kollegen zum Abendessen. Er ist für den asiatischen Markt zuständig und soll mir wohl im Auftrag des Chefs schon mal ein bisschen Appetit auf China machen.»

«Vergiss aber nicht, dass London gefährlich ist.»

«Keine Sorge. Ich gehe nur fünf Stockwerke nach unten ins Hotel-Restaurant und spaziere nicht allein durch den Hyde Park.»

Sie gibt ein gequältes Stöhnen von sich. «Okay, aber du nimmst ihn nicht mit auf dein Zimmer!»

«Mama! Ich bin erwachsen.»

Und mein Bedürfnis, einen fremden Mann in mein Bett zu lassen, tendiert quasi gegen null, seit Nicolas mich geküsst hat. Genau genommen interessieren Männer mich nur noch, wenn sie mir bei Starbucks einen Kaffee zubereiten.

«Rufst du mich an, sobald du wieder auf deinem Zimmer bist?» So ganz kann sie es einfach nicht lassen.

«Mama!»

«Jaja, schon gut. Dann morgen?»

«Mal sehen.»

Wir legen auf. Am liebsten würde ich mich jetzt hintenüber aufs Bett fallen lassen und so lange schlafen, bis sich der Schritt, den ich gehen will, in meinem Kopf gut anfühlt. London, Shanghai – ich jammere auf hohem Niveau, das ist mir bewusst. Aber irgendwie will bei mir der Funke für beide Orte nicht recht überspringen.

Ich gebe mir einen Ruck. Das wird schon noch!, spreche ich mir selbst Mut zu. Es ist viel passiert in der letzten Zeit und nun noch eine Veränderung – das ist ein wenig viel für mein sonst eher beschauliches Dasein. Ich stehe auf und betrachte mich im Spiegel. Die paar Pfunde, die ich in der Provence zugenommen hatte und die mir eigentlich ganz gut standen, habe ich durch den Kummer um Nicolas wieder verloren. Meine Haare sind noch immer etwas ausgeblichen von der Sonne, und ein Rest Bräune ziert meine Nasenspitze, da das Wetter in Frankfurt in der letzten Zeit gar nicht mal so schlecht war. Ansonsten sehe ich genau so aus, wie ich mich fühle: müde. Und einsam. Ich ahne, dass sich daran auf absehbare Zeit nichts ändern wird. Langstreckenflüge waren noch nie mein Ding. Und überhaupt: Ich hasse Flugzeuge.

Kurz überlege ich, dem neuen Kollegen abzusagen. Alles abzusagen. Den ganzen Job. Alles hinzuschmeißen. Aber irgendwie muss ich schließlich mein Geld verdienen.

Reiß dich zusammen und hör auf, dich zu bemitleiden!, schimpfe ich still mit mir selbst.

Ich greife mir energisch ins Haar und kringele es zu einem ordentlichen Dutt. Ein letztes Mal prüfe ich mein Make-up, dann schlüpfe ich in ein paar hochhackige Schuhe, schnappe mir meine Handtasche und das Handy und eile zum Fahrstuhl.

Da ich gestern bereits hier im Haus gegessen habe, kenne ich den Weg. Am Eingang des Restaurants muss ich meinen Namen sagen und kurz warten. Anscheinend gibt es nur einen Kellner, der für die Platzvergabe zuständig ist. Er scrollt sich eine halbe Ewigkeit durch ein elektronisches Tablet, bis er meine Reservierung gefunden hat. Schließlich nickt er mir zu. Erhobenen Hauptes stolziert er voran zu einem quadratischen Tisch direkt an der Fensterfront. Ich staune nicht schlecht. Gestern, als ich allein hier gegessen habe, hat man mich irgendwo bei den Toiletten platziert, eingekeilt zwischen traurigen Grünpflanzen und einem hölzernen Kindersitz. Heute scheint man sich dafür entschuldigen zu wollen. Ich setze mich und lasse meinen Blick über die funkelnde Londoner City schweifen. Das Restaurant liegt in der fünften Etage, mit phänomenalem Ausblick. Ich erspähe eine belebte Einkaufsstraße, in der Büroangestellte ihre Feierabendeinkäufe tätigen. Außerdem erkenne ich sauber angelegte Parkanlagen und dahinter eine imposante Brücke, die den Autoverkehr über die Themse fließen lässt. Früher hätte es mich wahrscheinlich schmerzlich in den Fingern gejuckt, trotz der widrigen Lichtverhältnisse ein Foto zu schießen. Heute weiß ich, es würde ohnehin nicht funktionieren.

Gedankenverloren lasse ich meinen Blick auf den Tisch vor mir schweifen. Er ist opulent eingedeckt, mit allem, was ein teures Restaurant ausmacht. Tafelsilber, blankgeputzte Gläser, Kerzen. Fast ein wenig romantisch für ein Geschäftsessen mit einem Mann, den ich gar nicht kenne. Der Kollege, den ich gleich treffe, hat mir heute Morgen spontan eine Nachricht auf mein Handy geschickt und mich zu diesem Treffen eingeladen. Zwar hätte ich lieber den Abend für mich gehabt, doch andererseits kann es ja nicht schaden, schon mal im Voraus ein paar Insiderinformationen abzustauben. Sicherheitshalber habe ich erst einmal seinen Namen gegoogelt, er ist ein freundlich aussehender Kerl mit Glatze und Nerd-Brille, der früher sicher mal Klassensprecher war. Vertrauenswürdig. Uninteressant. Könnte auch bei Starbucks arbeiten.

Beinahe lautlos tritt ein Kellner an meinen Tisch. Ich will ihm sagen, dass ich mit meiner Bestellung noch warten möchte, bis meine Verabredung erscheint, doch zu meiner Überraschung interessiert ihn das gar nicht. Er ist nicht gekommen, um meine Wünsche aufzunehmen, sondern schenkt mir voller Tatendrang Mineralwasser ein. Danach stellt er die Flasche auf dem Tisch ab, zaubert eine Weinflasche hinter seinem Rücken hervor und wiederholt das Schauspiel.

«Ich habe doch noch gar nichts bestellt», wehre ich mich irritiert. Was bitte macht es vor dem Kollegen für einen Eindruck, wenn ich mein Glas schon zur Hälfte geleert habe, ehe er überhaupt aufgekreuzt ist?

Der Kellner hält in der Bewegung inne. Ein blasierter Blick gleitet über mich hinweg. «Something wrong?», fragt er und klingt, als habe sich in diesem Restaurant nun wahrlich noch niemand über irgendetwas beschwert.

Ich weise ihn noch mal auf den Irrtum hin.

Er nickt verkniffen und entfernt sich. Aber nur, um kurz darauf, wie zum Hohn, eine flache silberne Schale vor mir abzustellen, die mit einer Serviette abgedeckt ist. Der schwache Duft nach Brot kitzelt meine Nase.

Okay, denke ich, hab ich zwar auch nicht bestellt, ist aber in einem Restaurant nichts Außergewöhnliches. Neugierig lupfe ich das Tuch, sobald der eingebildete Kerl mir den Rücken zuwendet. Darunter liegt … nun ja … so etwas wie ein Pfannkuchen. Nur viel dünner. Eher wie eine Crêpe.

«Entschuldigung?» Ich winke einen anderen Ober herbei und deute auf die Schale. «Was ist das?»

Doch ich bekomme keine Antwort. Denn jetzt erscheint der erste Kellner wieder auf dem Plan und platziert neben der Silberschale fünf handtellergroße Porzellanschüsselchen mit Dips. Verblüfft starre ich auf den Tisch. Also … langsam sollte ich vielleicht doch mal den Geschäftsführer kommen lassen.

Nicht dass ich am Ende achtzig Pfund nur für das Gedeck löhnen muss.

Doch erst einmal betrachte ich die Dips. Für einen kurzen Moment bilde ich mir ein, eine Prise holzigen Zitrusduft zu erschnüffeln und mein Herz beginnt, zaghaft gegen meine Brust zu klopfen, als wolle es mal kurz auf sich aufmerksam machen.

«Was ist das bloß?», höre ich mich verwundert murmeln.

«*Socca de Nice*», antwortet plötzlich eine männliche Stimme hinter mir. «Dünne Fladen aus Kichererbsenmehl. Dazu ein Rosé – merveilleux!»

Ich fahre herum und sehe … Nicolas! Mein Herz setzt aus. Und zwar so viele Takte, dass ich fürchte, es würde gar nicht wieder anfangen zu schlagen.

«Darf ich mich setzen?» Seinen Mund umspielt ein scheues Lächeln. «Ich weiß nämlich nicht, ob die Engländer die *Socca* so gut hinbekommen wie wir Franzosen. Ich müsste probieren …»

Vor Überraschung bekomme ich keinen Ton heraus. *Was. Tut. Er. Hier?* Drei Monate hat er kein Sterbenswörtchen von sich hören lassen, und jetzt taucht er auf einmal in meinem Hotel auf und … versaut mir den Abend! Ist das zu fassen? Ich will ihm erklären, dass ich verabredet bin und dass er stört, aber meine Lippen sind wie zugenäht.

Mechanisch nicke ich. Es geschieht aus einem Reflex heraus, denn ich möchte natürlich nicht, dass er sich setzt. Im Gegenteil, er soll verschwinden!

Seit Wochen liege ich nachts wach und zermartere mir über ihn und unseren Streit das Hirn. Dass ich einen Fehler begangen habe, den ich liebend gern ungeschehen machen möchte, ist klar. Aber inzwischen bin ich zu dem Schluss gekommen, dass er zu hart mit mir ins Gericht gegangen ist. Nach dem, was sich gerade im Begriff war, zwischen uns zu entwickeln, war es nicht fair von ihm, mich ohne eine Chance auf Rehabilitation eiskalt abzubügeln. Feindselig starre ich ihn an.

Er hat es sich mir gegenüber gemütlich gemacht und probiert jetzt ganz dreist die *Socca* mit einem der Dips. Sein Urteil fällt hart aus: «*Bon*, sie haben sich … bemüht.»

Er sucht meinen Blick, und mit einem Mal wirkt es, als würde er die Schultern hängen lassen. Der Ausdruck auf seinem Gesicht ist müde und traurig.

Ich bin noch immer zu perplex, um meinen Ärger in Worte zu fassen. Mein Hirn hat einen Totalausfall erlitten, es streikt. Also schweige ich und versuche alles, was mir auf der Seele liegt, in meinen Blick zu legen. Gleichzeitig mustere ich ihn intensiv. Er hat sich verändert. Irgendwie. Irgendwie aber auch nicht. Er trägt dunkle Jeans, das habe ich beim Hinsetzen bemerkt, und ein schwarzes Hemd, wenig aufgeknöpft, darüber ein gleichfarbiges Samtsakko. Erst jetzt nehme ich Nicolas' glattrasiertes Kinn wahr und die Haare. Er hat sie abgeschnitten!

Mir klappt die Kinnlade herunter. Okay, sie sind nicht wirklich kurz, für seine Verhältnisse aber schon. Nur noch ganz leicht fallen sie ihm in die Stirn, locken sich oberhalb der Ohren und stoßen unten herum knapp an den Hemdkragen. Nicht so übel.

«Was machst du hier?», frage ich und hoffe, dass mein lässiger Tonfall darüber hinwegtäuscht, dass mein Herz wie ein Teenager in meiner Brust herumflippt. «Ist dein Auftauchen Zufall oder wusstest du, dass ich hier bin?»

Nicolas lehnt sich in seinem Stuhl zurück und mustert mich eindringlich. Sein Blick geht mir unter die Haut, in ihm spiegeln sich die unterschiedlichsten Emotionen: Unsicherheit und Reue, aber auch Hoffnung und etwas, das ich unmöglich beschreiben kann.

Vor meinen Augen verschwimmt alles.

Er schüttelt den Kopf. «Kein Zufall. Ich wollte dich sehen.»

«Aber …»

«Deine Mutter hat mir erzählt, dass du in London bist und einen neuen Vertrag unterschreiben willst.»

«Meine *Mutter?*»

«Ja, Elisabeth.» Fragend sieht er mich an. «Sie ist doch deine Mutter?»

Ich nicke wie ferngesteuert.

Elisabeth nennt er sie? Das klingt ja geradezu so, als würde er sie jeden Abend auf einen Sherry treffen.

«*Wann* hat sie dir von mir erzählt?» Ich bemühe mich, weiterhin locker und selbstbewusst zu klingen, doch ich fürchte, man hört mir deutlich an, dass ich gerade vollkommen auf der Leitung stehe.

«Etwa vor vier Wochen habe ich sie zufällig auf dem Markt von Nid gesehen. Ich dachte erst, ich halluziniere schon …» Er verzieht das Gesicht. «Wir haben zusammen Kaffee getrunken und lange miteinander geredet.» Ein Lächeln huscht über sein Gesicht. «Den Spruch mit den offenen Wunden hast du von ihr, stimmt's?»

Ich fege seine Bemerkung mit einer Handbewegung fort. Mama und Nicolas waren Kaffee trinken? Und sie hat mir kein Sterbenswort davon erzählt? Ich meine … Wir haben doch gerade noch telefoniert! Mama kann doch sonst ihren Mund nicht halten.

«Aha», bringe ich zutiefst verstört hervor. Mehr schaffe ich beim besten Willen nicht. Zum Glück übernimmt Nicolas das Gespräch.

«Sie hat mir noch einiges mehr verraten.» Sein Blick wird plötzlich ernst. «Zum Beispiel, unter welcher Anspannung du gestanden hast, als du nach Nid kamst. Dass du Regina selbst noch nicht kanntest und es dabei eigentlich belassen wolltest. Wie du versucht hast, deine Erwartungen zu unterdrücken und wie enttäuscht du von Reginas Verhalten warst. Die ganze Geschichte.» Er hat die Unterarme neben seinem Teller abgelegt und die Hände gefaltet. Mit seinen Augen fängt er jede noch so kleine Regung in meinem Gesicht ein. «Luisa, es tut mir unendlich leid. Schon in dem Moment, als du mein Haus verlassen hast und die Tür hinter dir ins Schloss fiel, fühlte ich mich entsetzlich. Aber ich war dermaßen wütend auf dich, so verdammt sauer und verletzt, dass ich einfach nur allein sein wollte.»

Das Schuldgefühl beginnt, wieder in mir emporzukriechen. Ich senke meinen Blick zur Tischplatte und ziehe den Kopf wie eine Schildkröte zwischen meine Schulterblätter.

«Es hat ewig gedauert, bis ich meine Gefühle sortiert und analysiert hatte. Erst nach und nach wurden mir verschiedene Dinge klar. Unter anderem der Grund dafür, dass dein Verhalten mich so aus der Bahn geworfen hat.» Er verstummt, und ich kann spüren, dass er mich ansieht. Meine Kopfhaut beginnt zu kribbeln, aber ich schaffe es nicht, hochzusehen.

«Es lag daran, dass ich so viel für dich empfinde. Ich fühlte mich von dir verraten.» Dieses Mal ist seine Pause kürzer. «Etwas länger hat es gedauert, um zu begreifen, dass du nicht in böser Absicht gehandelt hast. Du standest unter permanentem Stress und wolltest in meiner Gegenwart verschnaufen und nicht einen weiteren Konflikt austragen.» Er seufzt. «Danach ging es mir nur noch schlecht. Ich wollte mit dir reden, doch dann erfuhr ich von deiner Abreise. Ich war geschockt und verunsichert und wusste nicht, ob wir überhaupt noch eine Chance haben.»

Das Kribbeln läuft mir den Rücken hinunter. Ich reibe mir den Nacken. Meine Wut auf Nicolas ist ganz plötzlich verraucht.

«Vier Wochen habe ich mit mir gehadert», fährt er fort. «Ich habe versucht, dich zu vergessen. Habe mir eingeredet, dass wir uns kaum kennen und höchstwahrscheinlich gar nicht zusammenpassen, doch es hat nicht funktioniert. Ich konnte nicht aufhören, an dich zu denken. Jeden Tag habe ich mir entweder dein Foto auf der Seite von LUX14 angeschaut oder deinen Instagram-Account gestalkt. Dabei ist mir aufgegangen, dass ich dich sehr wohl kenne. Ich kann in deinen Fotos lesen. Ich sehe an den Bildern, wie es in deinem Herzen aussieht, und an den Kommentaren, was in deinem Kopf vorgeht. Ich weiß, worüber du lachen würdest und was dich traurig stimmt.» Er stockt. «Wir … passen sehr wohl zusammen.»

Vorsichtig hebe ich den Kopf. Sein Blick ist so voller Wärme und Zärtlichkeit, dass mein Herz sich anfühlt, als habe es jemand mit einem Zauberstab berührt.

«Und ich weiß, dass ich niemals in meinem Leben wieder einen Flamingo ansehen kann, ohne an dich zu denken», beendet er seinen Vortrag.

«Na ja.» Ich räuspere mich. Der fette Kloß in meinem Hals bleibt. «So oft begegnen die einem im Alltag ja zum Glück nicht.»

Nicolas lacht leise auf. Er greift über den Tisch nach meiner Hand. «Luisa, bitte verzeih mir. Ich weiß, du bist nicht wie Regina. Ich wusste es die ganze Zeit.»

«Schon gut», krächze ich. Seine Worte berühren mich. Nicht nur der Inhalt, sondern dass er es überhaupt schafft, seine Gefühle so offen auszusprechen.

«Und das hier?» Ich mache eine alles umfassende Kopfbewegung. «Ich nehme mal an, mein Arbeitskollege kommt nicht mehr?»

Nicolas grinst. «Enttäuscht dich das?»

«Ich mochte seine Brille.»

Er lacht laut. «Nein, er kommt nicht mehr. Er weiß gar nicht, was ihm entgeht.»

«Aber …» Ich verstehe das irgendwie immer noch nicht.

Schmunzelnd erklärt Nicolas: «Nachdem deine Mutter mir verraten hat, wo du bist und warum, habe ich deine neue Firma gegoogelt. Ich habe irgendeinen Typen von der Homepage ausgesucht, der nett, aber nicht zu nett aussah, mir eine Prepaid-Karte gekauft und dir eine SMS in seinem Namen geschrieben. War nicht schwer.» Er schaut mich vorwurfsvoll an. «Ein Glück, dass kein Verbrecher auf diese Idee gekommen ist!»

Der Spruch könnte von Mama kommen.

Nicolas drückt meine Hand und sieht mir tief in die Augen. Seine funkeln im Kerzenlicht wie zwei Sterne. «Ich möchte mehr von dir kennenlernen, Luisa. Mehr Zeit mit dir verbringen.» Mein Körper wird von einer unglaublichen Wärme erfüllt.

«Meinetwegen auch in Shanghai.»

Liebe Mitreisende,

falls Sie es mochten, sich vom Duft der Provence verzaubern zu lassen, und spontan das Internet bemüht haben, um dem hübschen Ort Nid-sur-Mer einen virtuellen Besuch abzustatten, sind Sie hoffentlich nicht verzweifelt. Zieht man auf der Landkarte mit dem Lineal eine Linie zwischen Nizza und Aix-en-Provence, liegt Nid-sur-Mer etwa auf der Hälfte. Genauer lässt sich das nicht sagen, denn der kleine Ort ist meiner Phantasie entsprungen.

Trotz aller dichterischen Freiheit lässt sich dort oben, in den Ausläufern des Lubéron, zwar das Meer nicht sehen, aber man kann es an manchen Tagen auf wundersame Weise riechen. Ebenso wie die unzähligen anderen himmlischen Düfte, die über Nids romantischem Markt und seinen Gärten schweben. Nid-sur-Mer ist wahrlich ein «Nest», aber voller Leben und Inspiration, und war Ihnen hoffentlich eine phantastische Reise wert.

Sollte das Fernweh Sie nicht loslassen, folgen Sie gern Luisa auf ihrem Instagram Account: luisa_lululux oder auf meiner Website: www.lenaswolf.de

A très bientôt, j'espère
Lena Wolf

MIX
Papier aus verantwortungsvollen Quellen
FSC® C083411

Das für dieses Buch verwendete Papier ist FSC®-zertifiziert.